本书获西安财经大学学术著作出版资助

中国文学经典建构的
理论与实践
（1976—2016）

张 颖 ◎ 著

中国社会科学出版社

图书在版编目(CIP)数据

中国文学经典建构的理论与实践:1976—2016/张颖著. —北京:中国社会科学出版社,2021.12
ISBN 978-7-5203-9070-5

Ⅰ.①中… Ⅱ.①张… Ⅲ.①中国文学—当代文学—文学研究 Ⅳ.①I206.7

中国版本图书馆 CIP 数据核字(2021)第 180252 号

出 版 人	赵剑英
责任编辑	郭晓鸿
特约编辑	杜若佳
责任校对	师敏革
责任印制	戴 宽

出　版	中国社会科学出版社
社　址	北京鼓楼西大街甲 158 号
邮　编	100720
网　址	http://www.csspw.cn
发行部	010-84083685
门市部	010-84029450
经　销	新华书店及其他书店
印　刷	北京明恒达印务有限公司
装　订	廊坊市广阳区广增装订厂
版　次	2021 年 12 月第 1 版
印　次	2021 年 12 月第 1 次印刷
开　本	710×1000　1/16
印　张	23
插　页	2
字　数	301 千字
定　价	138.00 元

凡购买中国社会科学出版社图书,如有质量问题请与本社营销中心联系调换
电话:010-84083683
版权所有　侵权必究

目　　录

序 …………………………………………………………（1）

绪论 ………………………………………………………（1）

第一章　中西文学经典论争溯源 ……………………（10）
第一节　什么是"经典" ……………………………（10）
第二节　近代以来西方文学经典理论溯源 ………（18）
第三节　国内五四以来的文学经典论争 …………（35）

第二章　1980 年代启蒙媒介文化影响下的现代文学
　　　　经典建构 ………………………………………（56）
第一节　文学经典论争：作为问题的凸显 ………（56）
第二节　启蒙媒介文化的形成与文学经典论争场域的重建 ……（69）
第三节　以出版为依托的现代文学经典建构 ……（100）
第四节　文学经典的解构性话语力量的潜滋暗长 ……（138）

第三章　20 世纪 90 年代媒介文化大众化语境中的文学
　　　　经典论争 ………………………………………（149）
第一节　市场化进程中的媒介文化转型 …………（150）

第二节　文学研究转型与文学经典论争的学术语境 …………（166）
　　第三节　"百年文学经典"建构中的文学经典论争 ……………（200）
　　第四节　媒介文化大众化对文学经典的冲击 …………………（220）

第四章　21世纪：媒介化社会的文学经典理论反思 …………（250）
　　第一节　文化媒介化 ……………………………………………（251）
　　第二节　关于当代文学经典的论争 ……………………………（269）
　　第三节　文学经典的理论论争与理论探索 ……………………（290）

结语　文学经典理论重构 ……………………………………（327）

参考文献 ………………………………………………………（333）

后记 ……………………………………………………………（356）

序

　　张颖的《中国文学经典建构的理论与实践（1976—2016）》即将由中国社会科学出版社出版，作为她的硕士和博士研究生导师，我十分乐意为之写几句话。这本书是以她的博士学位论文为基础写作完成的。张颖的博士论文以选题价值大、研究视角新、论证扎实严谨、表述流畅规范为根据，得到了匿名外审同行专家的充分肯定，并在以吴义勤先生为主席的论文答辩时，被答辩委员会一致评定为优秀博士论文。作为该书从选题到写作完成的见证者，我发自内心地为她经过艰苦努力在学业上所取得的进步感到欣慰和高兴。

　　2010年秋天，张颖来到陕西师范大学新闻传播学院随我攻读博士学位，研究方向是文艺与文化传播学，此时，距离她硕士毕业已经六年。虽然是在职读书，但她仍以很高的标准要求自己，妥善地处理了专业学习与工作的关系，将很大一部分精力投入到学习和研究中。硕士阶段，她主攻中国现代文学作品及文学流派方向，因此，到新闻与传播学院就读文艺与文化传播学算是跨了专业。为了打好理论基础，2011年，她申请前往中国人民大学新闻学院访学一年，跟着该校一年级的博士生、硕士生、本科生听课读书，与他们一样完成作业。这一年的学习对她顺利完成博士学业，尤其是完成博士论文写作以及此后的专业教学和研究工作大有助益。

2011年春天，在一次有关专业问题的讨论、交流中，张颖谈到她的学位论文想做关于文学经典问题的研究，征求我的意见，我当即表示了支持。在我看来，文学经典问题既是当代学界人们关注的前沿问题，也是文学艺术领域里一个带有基础理论性质的重大课题，有长远研究的空间。早在2006年4月，陕西师范大学文学院就曾和中国社会科学院文学研究所联合举办过"文学经典的承传与重构"学术研讨会。当年，我正主持《陕西师范大学学报》工作，深感关于此话题研究的价值和意义，于是及时为刊物设计了"学术前沿：文学经典的承传与重构"专栏，并在该年7月出版的第4期刊物上推出了著名学者、中国社会科学院文学研究所原副所长董乃斌先生、中国社会科学院文学研究所研究员叶舒宪先生等三位专家的3篇论作。紧接着又在该年第6期及2007、2008年连续数期组织刊发了黄大宏、黄万华、赵学勇、陈学超等学者关于文学经典研究的论文十数篇，一时在学术界产生了不小的反响。在肯定文学经典研究价值的同时，我也深知这一课题研究的难度：一是学术界参与研究的学者众多，二是已出的研究成果相当丰硕，由此，要想在目前已有研究的基础上进行理论创新，其难度自不待言。不过，这一点并没有吓退张颖，相反，她很快拿定了主意，并立即开始了文献的搜读。在此后的一年时间里，结合研究兴趣和专业特长，经过对大量论文、专著的刻苦钻研和深入思考，通过博士开题报告会，反复多次讨论切磋，最终确定了她的研究选题和写作计划。

文学经典和文学经典化的课题既是文学理论研究的核心问题之一，也关系到文学史的编撰、文学批评、文学教育、文学传播等一系列重要问题的解决。进入现代社会以来，文学经典的调整和变动成为一种常态，成为一个不断建构的经典化过程。一部作品能否成为经典不仅取决于其艺术价值、阐释空间、文学精神等"自律"性因素，更受制于意识形态、文学理论和批评的价值取向、"赞助人"、读者的审美期待等"他律"性因素的共同作用。新世纪以来，关于这一课题研究的项目和论著层出不穷，从事文艺学、现当代文学、中外文学史、文学批评等不同领域研究的学者都以极大的热情参与其中，提出了很多真知灼见，想要开辟新的领域、提出新的观点并不容易。但张颖的研究从文学传播学的角度另辟蹊径，以新时期以来媒介文化的嬗变为研究切入点，结合我国媒介文化的重大变化，分三个不同的媒介时段深入分析了最近四十年来国内关于文学经典研究的学术话语资源。上世纪80年代，启蒙主导的媒介文化成为当代文学经典讨论的主要语境，在以纸质出版为主要媒介的背景下，主要集中在现代文学研究领域中对文学经典的建构。1990年代以后的十年，在市场化的进程中，媒介文化也随之转型，文学经典论争的主体、批评的话语资源等都发生了巨大的变化，文学经典呈现出一种泛化的倾向。进入新世纪以来，信息网络化、媒介融合的趋势不断加剧，社会文化媒介化程度加深，关于文学经典的讨论从传统的纸质媒介扩展到网络空间，大众文化、消费文化、网络文化等以层出不穷的新样态消弭和蚕食着经典与大众、雅与俗等界限，文学经典的话题在被媒介制造的事件和话题裹挟其中，在各种各样的终结论的语境中，学术界也开始了对这一问题的认真反思和理论重建。应该说，张颖在研究中提出的这些问题都是很重要的，对文学经典论争在不同时期的分析是有洞见的，她的基本判断我也是赞同的。同时，将文学经典论争的发生发展及文学经典研究的困境与媒介文化的变化联系起来，分析媒介文化对文学经典和文学经典研究的影响，为丰富、深化文学经典研究提供了新的角度和思路。

　　为避免在对学术史的梳理中将不同的观点放在同一个历史横断面上进行正确或错误判断的简单化思考，在本书写作中，张颖选择了"论争"这一更具动态性、对话性、包容性的角度作为研究的主要对象。通过"论争"角度的选择，将不同时期学术界对"文学经典"讨论的历史语境、相关事件和理论发生、发展的动态过程结合起来，分析、把握这一时期关于"文学经典"讨论的理论话语及其得失。如此，大大拓展了研究的视野，突破了紧紧围绕学院派专家学者的系统性、理论性的话语实践的局限，将理论探索、批评实践、文学创作、文学阅读等丰富而复杂的文学经典现象整合到研究中，并对论争中不同话语的文化立场、理论来源及发展等问题加以综合考察和反思。这种整体性的研究，也是张颖这本书中特别值得肯定的。

现在呈现在大家面前的这部沉甸甸的书稿，即是她几年来精益求精、反复打磨出来的一部有着相当水平的学术成果。我认为该书在不少问题上都有她自己的独创性见解和深刻清晰的论述，其整体质量已经达到了一个相当的学术高度。著名学者李春青教授在对张颖论文的评审意见中写到："从媒介文化的角度考察中国近40年文学经典化问题的相关讨论与主要见解，这是一个独特的研究视角，选题有新意。论文大量占有第一手资料，论证充分，有说服力；能借鉴西方关于文学经典的相关研究成果，有宏通的学术视野。尤其值得肯定的是，论文在具体讨论文学经典化过程时，能自觉联系社会文化语境，把经典化问题看成是某种政治的、意识形态的、社会问题的话语表征，使论文获得了更为深厚的文化蕴含……此外，对媒介文化的大众转向之于文学经典化的影响的分析也很有独到之处。"李先生的评价无疑是十分中肯的、准确的。我非常赞成。

关于文学经典论争，本身就是一个经典文本建构、传播、接受、诠释的过程；研究文学经典问题，文学传播是一个不可忽视的重要维度。按照本书的研究路径，进一步建构媒介文化对文学经典的形成与传播的影响关系，深入研究媒介文化对文学经典论争的影响机制和作用机制，我想，张颖的这部书，既是她之前学术研究的一个总结，也是今后继续探索前行的一个很好的基础；以她一贯认真执著、勤奋刻苦、严谨扎实的治学态度，以及敏锐细腻、见解独到的眼光，我相信她一定能在这一的学术领域里有所作为，做出新成绩。对此，我充满期待。

  张颖品学兼优，在做人、做学问上都有很高的追求。她聪明好学，刻苦努力，具有扎实的专业理论基础、良好的科研能力和在专业领域发展的潜力。在获得博士学位后，她始终未停学术进步的脚步，而是继续努力向新的学术高度攀登。2018年至2019年，她曾克服重重困难，远赴新西兰梅西大学人文与社会学院访学一年，以开阔学术视野，完善知识结构，提升理论学术水平。现在，作为西安财经大学文学院院长，她肩上的担子更重了，责任更大了。愿张颖今后不负伟大时代的期望，不断提高马克思主义理论水平，在努力做好学院工作的同时，坚持不懈进行科学研究，以在教学科研和管理工作两方面都不断有所成就。

张积玉

2021年6月9日于陕西师范大学

绪　论

　　《庄子·杂篇·天下》中将"古之道术"视为一种普遍性的学问，它存在于《诗》《书》《礼》《乐》《易》《春秋》等经典之作中，发挥着"配神明，醇天地，育万物，和天下，泽及百姓"[①] 的作用。此后，由于社会文化和价值标准的分歧，对于"道"的理解也因人而异，成为各执一偏的片面学问。作为今天的研究者，我们无法追问圣贤一代是否有幸见到"天地之纯"的理想境界，"天地之纯"早已成为一种理想和奢望，研究者无法跳脱历史和文化的局限。因此，大多数的研究不可避免地既存"辨天地之美，析万物之理，察古人之全"的期望，又因为"多得一察焉以自好"而带有"一曲之士"的偏颇。于是，学术研究在论争中兴起和推进。

　　《诗》《书》《礼》《乐》《易》《春秋》等古代典籍之所以被封为"经典"，主要是因其教化性与正统性而非其美感、辞达等文学性因素，在政治教化的加持下，经典化了的文本造就了最初的文学经典主义。经典文本显示出其在印刷文化时代所具有的强烈的精英文化色彩，并形成了一种文化样态。通过对经典的阅读、借用和阐释，历代学者和读者一方面借此获得话语表达的权利，另一方面，他们的阐释也不

---

① （清）王先谦集解，方勇校点：《国学典藏：庄子》，上海古籍出版社2013年版，第387页。

断建构着经典的神圣"光晕"。文学经典"天然的"合法性在很大程度上支配了人们的文学生活，决定了文学史的叙述。

随着近代以来新的社会阶层的兴起、印刷技术的变革和具备读写能力的人群的扩大，具有对文学经典进行阅读和阐释的权力的人从文人的小圈子逐步扩散到社会各个阶层，也由此产生了对文学经典认知的分歧。随着各种现代科学门类的确立，人们对世界的阐释方式也有了不同的符号系统，文字符号的天然排他性优势逐渐减弱，文学（甚至文字作品）逐渐丧失了其在符号表征领域的领导地位，进而弱化了其塑造民众认知的独占性话语权。被封为"经典"的作品不再因其对"道"的普遍性解释而具有不证自明的权威，在"一千个读者有一千个哈姆雷特"的接受美学中，越来越多的"民选经典"被发现和确认。

大众传播媒介的迅速发展带来了便捷的信息沟通方式，但这并没有融合这些关于经典的认识分歧，相反，因为媒介生产对内容和话题的需要，关于文学经典的论争在大众媒介的推动下走向了新的白热化：各种媒介在弥合"知沟"的同时，又制造和传播着新的认知偏向与偏见。在信息传播和扩散的过程中，本来仅存在于精英文化内部的关于"经典"的不同理解被广泛散播到大众中来，大众对文学经典的接受和反馈又经由大众媒介的传播和扩散，成为影响精英文化生产的潜在性因素。

当下，大众媒介不只是文学经典的传播者，它还成为关于文学经典不同观念论争的策源地和扩散地，不同观点的持有者借助大众媒介展开广泛论争，关于文学经典认知的差异性在媒介策动和扩散中不断被呈现，文学经典的合法性作为一个问题被凸显出来。另外，随着社会文化媒介化程度的日益加深，大众对文学经典的接受从"沉浸"变成"浏览"、从文本阅读变为读图读屏、从正襟危坐到大话戏仿……文学经典乃至文学本身不证自明的确定性和最高权威遭遇了现实和观念的双重挑战，"后文学时代""后经典时代""去经典化"等以消除预设价值权威的方式争相宣布着文学经典的终结。

在世界范围内,从20世纪60年代开始,"打开经典"的论争在美国、英国、荷兰、俄罗斯等国家迅速蔓延开来。受1968年"五月运动"等文化政治事件的影响,以美国为中心的西方社会和知识界弥漫着浓烈的打破既有秩序和反叛的气息,在文学领域最集中地表现为对文学经典的反叛。经典因其在社会文化中承担的复杂的功能,被不同的理论流派视作"必争的文化资源"①,成为"权力关系"和"表征权利"争斗的场域,解构西方文学经典就是对既有文化传统和权威的反叛。在美国等地,这场围绕文学经典展开的"文化战争"一直持续到1980年代中后期。

正当这场围绕文学经典展开的论战在西方进入尾声之时,其相关理论和讨论因中国学术界对西方当代文艺、文化思潮的再次引入而引起学术界的普遍关注,并与国内从1980年代开始的现当代文学经典重评和文学史重写的潮流汇聚,最终在1980年代末期,形成了中国关于文学经典论争的第一次热潮。1990年代,随着市场经济的全面展开,媒介市场化、文化大众化、消费文化和视觉化转向等带来了各种经典"旁落"或被"冷落"的现象,这引起了学术界的普遍担忧。与此同时,受"世纪末"情绪的影响,各种各样的百年反思和总结在临近千禧年时成为一种普遍性潮流和焦虑,不同版本的"百年经典"以丛书的形式竞相出现,文学批评和文学研究在大众文化的冲击之间,面临着对"文学经典"价值的重新判断和评估;21世纪的最初十年,中国逐步进入Web 2.0时代,网络的民主化使文学批评的话语权逐渐分散,理论家和评论家作为传统的文化精英,在遭遇"网络文化"时表现出了新的不适应性,其对文学经典的命名、解释、评论的合法性受到了空前的挑战;随着社会文化媒介化程度的加深以及文化研究对文学研

---

① 周宪:《经典的编码和解码》,《文学评论》2012年第4期。

究的冲击,"文学"和"经典"的概念首先成为被质疑的对象。但是,文学经典一方面备受质疑,另一方面,新的对"经典"的需求又导致了新的"经典"被不断制造出来:文学创作和文学史书写需要经典标注其高峰,大众阅读消费需要经典的引导和刺激,学校教育需要经典哺育下一代……因此,对文学经典的理论内容和理论价值的清理与重估、当代文学经典的遴选和加冕,成为最近十年关于文学经典论争的新的理论热点。

从整体上看,在学术界关于"文学经典"的论争中,从精英文化角度捍卫传统经典反对大众文化者有之;以读者对经典阅读失去兴趣为由,认为文学经典已是"青山遮不住,毕竟东流去"的去经典化的持有者有之;坚持文学经典作为审美和思想结合文本的典范意义的有之;揭示文学经典并不具有特殊的内在品质而是各种权力构建结果者亦有之;对文学的不断经典化抱有期待的有之;宣布在新的媒介时代"经典"已经是失效的评价标准需彻底放弃者亦有之……来自不同层面不同立场对文学经典的评价和各时期社会文化思潮不断叠加,在很大程度上造成了对"文学经典"认知的混乱,有学者因此宣布这是"文学经典的危机",但这又是我们进一步深入地思考和认识"文学经典"的新际遇。

长期以来,学术界对各种文学经典现象和相关问题的讨论已经积累了大量的研究成果,因此,对文学经典问题的重新思考需要建立在对现有理论资源和批评话语系统梳理及借鉴的基础之上。本书以对近四十年来文学经典论争的历史梳理为主线,在当代媒介文化嬗变的视域下对不同时期的论争的动因、事件、过程、观点等进行理论分析,将微观的个案研究与整体性理论探求相结合,以求系统、全面地梳理国内文学经典研究的源流,整合文学经典理论资源,总结理论得失及其偏误,并探讨文学经典理论对当下文学研究、文学批评和文化建构的意义。本书主要集中了对以下问题的思考:

其一,"文学经典"是一个真问题还是伪命题?这是本书探讨的重要前提。"文学经典"是因为西方文化研究拓殖文学研究而被"设定"的问题,还是在文化建构、文学批评及学术发展中产生的需要解决的问题?本书通过对近四十年来文学经典研究的分析认为:国内关于文学经典问题的研究,首先是源自当代文化及文学活动、文学批评话语实践和自主性文学场建构中的真问题,正视和解决文学经典的理论瓶颈对当下的文学批评、文学史研究和文化建构都有着重要的理论价值和意义。正如吴义勤指出的:关于文学经典的讨论是一个"时时刻刻都在进行着,它需要当代人的积极参与和实践"。①

其二,国内文学经典论争相较于西方文学经典论争有何不同?西方文学经典论争的理论成果成为国内学术研究中重要的借鉴和理论来源,但需要追问的是:国内文学经典论争面对的现实语境和需要解决的问题与西方是否一致?本书将国内文学经典论争的起始点确定在1980年代,它几乎是与西方关于文学经典的论争相继发生,但所面对的文化语境和问题却截然不同,在后续发生的论争中,其问题、过程、方式及理论成果都显现了不同于西方文学经典论争的路径和特征。

其三,国内关于文学经典的研究为该问题的思考提供了哪些思路?借鉴或积累了哪些理论资源?对近四十年来文学经典论争作一系统总结是我们当下进行文学经典理论建构的重要基础。西方文学理论对当代中国文学研究的影响已成为一种焦虑性的存在,对"文学经典"这类带有根本性和基础性问题的系统梳理和理论总结应成为中国文学理论建构的重要组成部分,这也是本书的重要指向。

其四,对新的媒介文化嬗变中不断出现的各种关于文学经典传播和认知的误区与问题,我们的研究与批评是否到位?需要一种怎样的理论话语才能更好地解决?通过对近四十年来的文学经典论争进行系

---

① 吴义勤:《当代文学"经典化":文艺批评的一个重要面向》,《光明日报》2015年2月12日第16版。

统的爬梳和评判以正本清源，以此为文学经典的理论建构探索可能的方向。

在本书中，笔者选取了"论争"这一具有动态性、对话性、包容性的对象，以此作为对近四十年来文学经典研究进行系统总结和分析的切入点。研究围绕不同时期文学经典"论争"的主要事件、展开方式、论争过程、主要观点等，探讨近四十年来不同时期文学经典研究的特殊语境和独特问题，观察研究者观点的交锋，关注作为行动者和话语实践者的存在，梳理不同观点、理论的来源及走向，辨析论争的浮沫与珍珠，并以此建立1980年以来国内文学经典建构的理论研究和批评实践的立体地图。

不同于文学经典研究的静态描述，"论争"是动态的历史过程，在不同的历史阶段，"论争"的双方（或多方）有着变化和渗透、起因和重点呈现出不同的批评风貌；"论争"是一种对话关系，是双边或多边的对谈，对论争过程的展示可以看到观点是如何产生和被激发出来的，以此可以观察不同的学术观点是在何种研究和历史语境中生成的，话语之间是如何既互相批评又互相启发进而推动批评实践和理论发展的；"论争"是一个包容性、开放性的概念，它使得我们关注的视野突破了仅局限于学院派专家学者的系统性、理论性的话语实践活动，可以容纳包括理论探索、批评实践、文学创作、作品排位等复杂而丰富的文学经典现象，在社会—文化的整体语境中对参与论争的不同话语主体的文化立场进行考察。

就内容而言，"文学经典的论争"包括了关于文学作为一种艺术形式在当代艺术之林中的经典性地位的讨论，也包括了被命名为"经典的"文学作品在文学史中的"江湖地位"之争；就研究领域而言，"文学经典的论争"涉及：文学理论中关于文学经典的价值等问题的理论建构之争，文学史研究中对经典文学作品的指认以及文学经典选本确定及其诠释，文学批评的话语实践中的话语表达和互文的发现。

此外,"文学经典论争"还包括了古今之争、中西之争等;就表现形式而言,"文学经典的论争"主要表现为:在文学场内部主要表现为学术期刊中关于文学经典的观点商讨、文学会议中的集中探讨、其他文学讨论展开过程中涉及的文学经典的讨论,以及在大众媒介上由其他文学或社会实践活动引发的关于文学经典的争议及思考;就论争的主体而言,文学理论、文学史研究者以及文学批评者是文学经典论争的主要参与者,此外大众媒介(期刊的编辑、出版社的编辑等专业人员)也充当了观点的收集者和筛选者,文学读者和大众在论争中是不在场的在场,也是论争双方企图影响和作用的人群;作为社会话语实践活动,文学论争往往演变为轰轰烈烈的文学事件,论争本身被戏剧化,论争各方被展示、被挑动,并被大众媒体编排为可消费的符号,其围观者远远溢出了文学界、学术界而演变成一场大众话语狂欢,成就了大众传媒时代文学经典的浮华。

"媒介文化"的嬗变是本书的主要研究背景。社会—文化的转变作为一种大背景同时也是非常宏阔不清的叙事,为了避免在庞大现象和话语体系中自我迷失,研究中选取了"媒介文化"这一既是当代最具代表性的文化形态又能与文学建立密切和本质联系的视角,以此作为弥合社会—文化和文学经典论争活动的"中介"。

20世纪中后期以来,传媒已构成当代社会的"新的权力核心",在很大程度上,大众传媒成为知识分子"介入、干预、作用于当代社会的中介,也是在消费社会中饱尝'失语'之痛的当代人文知识分子重新切入社会实践领域的重要武器"[1]。作为一个"既能转化各种文化资本的交易平台,社会权力较劲的角斗场,也能容纳各方力量争相发言的话语场域"[2],对媒介文化的关注和重视就是对我们所置身的世界的神经中枢的关注。1980年以来,由大众媒介形态、媒介制度和由此

---

[1] 鲍海波:《文化转向与媒介文化研究的任务》,《新闻与传播研究》2006年第3期。
[2] 鲍海波:《文化转向与媒介文化研究的任务》,《新闻与传播研究》2006年第3期。

影响的传播与接受方式、传播效果等形成的媒介文化对社会总体文化构成的影响作用越来越明显,甚至可以说,当下的社会文化已经被媒介化了。媒介文化不仅是媒介的生成物,它还构成了我们生活和研究的总体语境,带来了新的文化现象和问题,它不仅影响到了普通读者对文学经典的阅读接受,还影响到了研究者对当代文学经典问题的思考和观察,几乎没有人可以完全不考虑媒介文化带来的影响而讨论文学经典问题;同时,学术研究和讨论也并不是在象牙塔中进行,学术讨论借以展开的各种媒介既是当代文学经典论争的中介,又是整体媒介文化的产物,大众媒介文化的渗透无孔不入。学术界关于"文学的终结"、文艺学危机、文学的去精英化倾向、文学经典的消费化传播、文学研究边界等问题的讨论都与媒介文化直接相关。

文学经典不仅具有独特的文化内涵、人性深度和美学品格的"经典性",而且还是包含着一个不断确立、被质疑、被认可的"经典化"过程,这种过程有明显的传播属性:经典确立过程就是作品通过媒介不断被受众接触、阅读、接受和认可的过程;经典的目的是在传播中取得话语的优先权和意识形态霸权;经典确立的结果使得作品具有了穿越历史、文化、地域的可能性,无远弗届。媒介属性应该是文学经典的内在属性之一,媒介文化内在于文学经典的传播和讨论中。

因此,"媒介文化"是考察近四十年间文学经典论争的重要背景和基本视角。媒介文化是一个既外在于文学经典研究的文化语境,又是文学经典研究的组成部分,它们之间有着交叉影响的关系。作为"语境",媒介文化是文学经典研究中具体话语和文本产生和置身语言的环境。

本书的研究以 1976 年为起点,根据媒介文化语境和文学经典论争的总体趋势将近四十年来的文学经典论争分为四个历史阶段进行研究评析。在具体的阶段划分中,使用了 1980 年代等较为模糊的时间概念,以避免将文学经典论争和政治意识形态的转变相对应,并借以突出文学经典论争自身的理论逻辑和特征。

  以"1980年代"作为研究的起点，它向上可以追溯到1976年"文革"的结束，终点最晚定为1992年前后。相较于"新时期""文革以后"等表述，1980年代是一个中性的时间概念，它包括时代的政治、经济变化，但并不以这些变化为唯一划分标准；此外，1980年代的使用也避免了学术界关于"新时期"和"后新时期"等概念的分歧，因此是一个更有包容性的时间概念。为了分析的方便，研究中将1980年代至今的研究阶段分为四个阶段，这种较为含混的时间划分并不包含绝对的阶段论和目的论，因此能够兼顾不同时期研究的区别和互相承继、互相渗透的关系。在将近40年的时间跨度中，研究可以获得一种历史的视野。在历史的辨析中，文学经典作为问题在不同时期的特殊语境、媒介文化对文学经典论争中多个因素的影响、不同观点的前后承继关系、理论的发展变化、成就与缺失等都将得到整体性的呈现。

第一章　中西文学经典论争溯源

第一节　什么是"经典"

尽管在现实生活和理论使用中我们会频繁使用"经典"一词，但要对此概念做一个精确的界定则是另一回事。几乎每一个研究者都试图给出自己关于经典的观察和定义，其中一种观点倾向于把经典作为一种本质意义上的概念。在《为什么读经典》一文中，卡尔维诺以文学家的感性一口气给出了经典14种描述式定义；[1] 佛克马指出"经典是一个文化所拥有的我们可以从中进行选择的全部精神宝藏……包括那些在讨论其他作家作品的文学批评中经常被提及的作家作品"，"它们长期以来，在宗教、伦理、审美和社会生活的众多方面都发挥了重要的作用，它们是提供指导的思想宝库。或者用一种更为时髦的说法就是，经典一直都是解决问题的一门工具，它提供了一个引发可能的问题和可能的答案的发源地"[2]；黄曼君教授认为"在精神意蕴上，文学经典闪耀着思想的光芒；从艺术审美来看，文学经典应该有着'诗性'的内涵；从民族特色来看，文学经典还往往在民族文学史上翻开

---

[1] ［意］伊塔洛·卡尔维诺：《为什么读经典》，黄灿然等译，译林出版社2012年版，第1—5页。

[2] ［荷］D. 佛克马、E. 蚁布思：《文学研究与文化参与》，俞国强译，北京大学出版社1996年版，第39页。

了新篇章，具有'史'的价值"①；作家毕淑敏等则认可"经典作品都是经过时间的冲刷，被历史选择而存留下来的，历久弥新地描述、传达了人性、人类处境中基本不变的东西"，并形象地称其为"铁打的营盘"；在年青一代的作家看来，"经典文学读本是在以往的岁月里积累下来的优秀读本，或者是因为自身有特点，或者是很好地记录了当时的生活氛围和文化氛围等等，总之肯定是众多书目中遴选和保留下来的，经历了一代甚至几代读者的反复阅读，也可以说是经过了反复的考验，以独树一帜或聊备一格而存世"②。另外的一种观点则是从关系的角度来理解经典，如特雷·伊格尔顿认为"所谓的'文学经典'以及'民族文学'的无可怀疑的伟大传统，却不得不被认为是由一个特定人群出于特定理由而在某一时代形成的构造物"。③

以上两类定义从不同的角度出发道出了部分真相，但是，从任一视角都能看到与之对立的视角所忽视的一些构成经典的基本要素。柯勒律治在《反思的目的》中提到一个很有启发性的观点：一个词的历史比一项运动的历史能传达更多的知识和更多的价值，④ 因此，我们将首先从词源的角度考察经典一词在历史流转中的意义偏转。

一 汉语中的"经典"流变

古汉语中的经、典本是两个词。"经"在《说文解字》卷十三的糸部，解释为织也。从糸巠声。"巠"义为绷直、笔直、僵直，"糸"与"巠"联合起来表示"绷直的丝线"。从纺织中的纵线到编织而成的织物，以此引申为穿订书册的线，"经"首先发展出作为书写的承

---

① 黄曼君：《回到经典重释经典——关于20世纪中国新文学经典化问题》，《文学评论》2004年第4期。

② 陈戎：《我们是否还需要文学经典》，《北京日报》2000年8月30日第13版。

③ [英]特蕾·伊格尔顿：《二十世纪西方文学理论》，伍晓明译，陕西师范大学出版社1987年版，第13页。

④ Jan Gorak, *The Making of the Modern Canon: Genesis and Crisis of a Literary Idea*, London and Atlantic Highlands: Athlone, 1991, p.1.

载物之意。如近代学者章太炎在《国学概论》中指出"经者,编丝连缀之称,犹印度梵语之称'修多罗'也",①他把"经"说成编书装订的工具,也就是装订书用的丝,有如梵语中"修多罗"("修陀罗"就是指用丝线把贝叶编成书,译成汉语叫"经")。蒋伯潜肯定了这一说法,并指出"经"本来只是"书籍之统称,后世尊经,乃特成一专门部类之名称也"②,这就将"经"的词义缩小为被尊奉为典范的著作。汉代将儒家思想奉为最高准则,从此"经"成为儒家经典著作的专称,乃有"五经""九经""十三经"等合称。如《白虎通·五经》中:"五经何谓?谓易、尚书、诗、礼、春秋也。"李白在《嘲鲁儒》中有云"鲁叟谈五经,白发死章句"。此外,"经"还指常行的义理、准则、法制。《广雅》"经,常也",柳宗元《断刑论》中也说"经也者,常也;权也者,达经也"。在纺织中,经线的疏密和均匀度影响着织物的质量,由此"经"又衍生出治理或政治规划之意,曹丕所谓"盖文章者,经国之大业,不朽之盛事"中"经"用的就是这个意思;"经"作为动词还可以表示经历、度量等多重意义。

"典"甲骨文写作𠔓,《说文解字》卷五丌部中释"五帝之书也。从册在丌上,尊阁之也。庄都说,典,大册也。古文典从竹";清代段玉裁《说文解字注》认为,典"从在丌上。尊阁之也。阁犹架也"。"五帝之书"表明了"典"是记载被奉为准则、规范的圣贤遗训和规章制度的书籍,可以窥见"典"所反映的权力阶层的价值判断和道德推崇。《尔雅·释言》中言:"典,经也。"郑玄注"典,常也,经也,法也",在这里,"典"和"经"意义汇合。

经、典两个词的连举至迟可在《汉书·孙宝传》中找到记载:"周公上圣,召公大贤。尚犹有不相说,著于经典,两不相损",《后汉书·皇后纪上·和熹邓皇后》也有"昼修妇业,暮诵经典",到唐

---

① 蒋伯潜:《十三经概论》,上海古籍出版社2010年版,第2页。
② 蒋伯潜:《十三经概论》,上海古籍出版社2010年版,第3页。

代刘知几《史通·叙事》中有言"自圣贤述作,是曰经典"等,都是用来指作为典范的儒家载籍;除了指代古典经籍,"经典"一词也泛指宗教的经书或权威之作,如《法华经·序品》:"又睹诸佛,圣主师子,演说经典,微妙第一。"

在文学意义上最集中使用"经典"一词的应该是刘勰。刘勰在《文心雕龙》中多次阐发了"经典"的地位及其作用,他将经典视为文学创作的精神本源,"唯文章之用,实经典枝条,五礼资之以成文,六典因之致用,君臣所以炳焕,军国所以昭明,详其本源,莫非经典"①,经由君王之口确立"经典",各种文学的表达据此得以正名;在《诏策》中,刘勰进一步论述:"《诗》云'畏此简书',《易》称'君子以制数度',《礼》称'明神之诏',《书》称'敕天之命',并本经典以立名目……王言之大,动入史策,其出如綍,不反若汗"②,作为政治权威的君王之言彪炳史册,是不容改动和质疑的"经典",各文体的创作和问题的言说都要依循于此。由此可见,"经典"一词包含着浓厚的君主意志及其意识形态的主导作用,虽然刘勰将经典视为"恒久之至道,不刊之鸿教",但这并不意味着"经典"是不证自明且千古不变的抽象之物,相反,它是有着具体内容的历史性存在。

二 西方"经典"流变

对应汉语中的"经典",英语中有两个可供选择的词汇。其一是canon。Canon 一词③最早可以追溯到古希腊语中对应的词汇 Κάννά(kanna),意指一种笔直而坚硬的芦苇。在词义发展中,它的一个衍生义是 cane(藤条),是一种惩罚性工具,这一意义支持了 Κάνών

---

① (南朝梁)刘勰著,王运熙等译:《文心雕龙译注》,上海古籍出版社2010年版,第3页。
② (南朝梁)刘勰著,王运熙等译:《文心雕龙译注》,上海古籍出版社2010年版,第3页。
③ 根据卡尔巴斯(E. Dean Kolbas)在《批判理论与文学经典》中对西方文学经典观念的梳理,这一概念的发展演变历经了古典、中世纪和现代三个不同的时段。

（kanon）一词中严厉以及权力压制的维度（这个词后来发展为 Cannon，在 14 世纪的欧洲泛指发射弹丸的金属管形火器，也就是我们后来所说的"加农炮"。正如斯库尔斯意味深长的表达"Where the Empire went, the cannon and the Canon went too"，所谓帝国去处，大炮与正典并置）；而经过转喻和隐喻的发展后 Κάννά（kanna）的另一个衍生词为 Κανών（kanon），这个希腊词汇已经具有了尺子、木棍以及严厉的批评、规则、标准等含义。据卡尔巴斯的考证，古希腊著名雕塑家 Polykleitos 曾著有《经典》一书（现已遗失），而他杰出的作品《持矛者》则被誉为是"雕塑家的经典，从中可以抽绎出雕塑的标准"①。这里的 canon 就是标准，一种普遍性的规则，可作为信仰、行为和判断的准则。随着罗马西斯廷教廷的兴起，因为需要一种能和其他宗教著述相区别的拉丁用语，他们将"被规则或教条准许的作品"称为 canonical（经典的），动词 canonize（用简单的语言翻译这个词就相当于经典化）也应运而生。

我们可以在《韦氏大学词典》中关照一下 canon 一词所对应的几种主要解释：①教会理事会颁行的规章和教令或是教会法规中的某一条款；②被接受为真经的书目权威名单，作家的真作或被批准和接受的相关作品集合；③被接受的原则或尺度，判断的标准，一整套原理、尺度、规范。② Canon 一词还有艺术领域更加宽泛的内含，这里不再展开分析③。

从 canon 一词的流变和解释来看，其一，它是一个包含着规则、标准、限定的词汇，因此很多台湾学者将 canon 一词翻译为"典律"，强调它作为一种普遍性的规则、信仰或评判的标准的意义侧重，作为

---

① 李玉平：《多元文化时代的文学经典理论》，南开大学出版社 2010 年版，第 15 页。
② Inc. Merriam-Webster, *Merriam-Webster's Collegiate Dictionary* (11th Edition), Merriam-Webster, 2003, p. 180.
③ Canon（卡农）还指一种音乐谱曲技法。卡农的所有声部虽然都模仿一个声部，但不同高度的声部依一定间隔进入，造成一种此起彼伏、连绵不断的效果。

一种尺度，它似乎具有先天的不证自明的特点。词义②和③中的"被接受"也暗含了规范的制定者和遵守者之间的权力关系，在评估或考虑事物时为一定的价值取向和权力关系留下了余地。其二，要注意到 canon 是一个与宗教有着密切相关性的词汇，不论是作为"合法的经书"还是"教令"，它都和《圣经》新旧约以及教会规章制度直接相关。在基督教发展过程中，为了系统化神学内容以回应异端的挑战，基督宗教的经典分为正典、次经与伪经三个层级①。Canon 一词的宗教内涵直接被引入了艺术和文学领域，使文学经典成为和宗教有着直接相关性的对应，尤其是随着西方宗教权威在 18 世纪的渐趋衰落，文学艺术在某种意义上发挥了宗教经典原有的部分作用，文学艺术作为一种特殊形式的"世俗圣典"成为了后基督教时代不是经典的经典②，这就使得人们在说到"文学经典"时，暗含了对文学"世俗经典性"地位的确指。其三，canon 还是一个集合名词，是某类特定作品的总称，没有一个单词可以用来表达单个经典的（canonical）诗歌、戏剧或小说。因此，作为一个复合名词的 canon，它是由一系列固定的作品组成的，具有相当的独断性和天然的排他性。

"经典"的另外一个对应翻译是 classic，它既是一个形容词也可用作名词。公元 1 世纪前后，西方文学已经出现了"古典"和"当代"、重要作家和非重要作家的区别；到公元 2 世纪，奥勒斯·盖留斯（AulusGellius）创造了 classicus，用来指称古希腊早期的典范作家③，而拉丁文法家和批评家奥吕杰尔的著作中也使用 classicus 指代有价值和有才能的同时也是有名望的作家。Classicus 的词源是 classici，源于罗马

---

① 其中正典（Canon）是完全可靠的经典，现在通用的拉丁版圣经便是在这一次的集结中定本。"次经"是一些作者还不能完全确定的作品，次经的内容通常无损于正统神学的内涵，因此仍有参考的价值。最后一个等级的"伪经"便是指那些次经以外的内容未能确定真伪的著作。

② Roger Lundin, "The 'Classics' are not the 'Canon'", in *Invitation to the Classics*, MI: Baker Book House Company, 1998, p. 26.

③ E. Dean Kolbas, *Critical Theory and the Literary Canon*, Westview Press, 2001, p. 15.

的行政法规，其中规定了公民按照收入的多少被分为 5 个等级，classi-ci 就是处于第一等级的拥有超过某种固定数目收入的头等公民。这个名词在当时也偶尔被用来比喻第一流的或最高级的作家。这里的"一流"作家是一种价值判断而不是一种排他性和独占性，这意味着只要其创作是杰出的，都可称作 Classicus；到了文艺复兴时期，对古希腊文艺作品的推崇更是让人们确立了崇尚古代作家和艺术家的杰出性的信念，这种观念一直持续到了 18 世纪；进入 19 世纪以来，人们把继承了古典艺术中"高贵的单纯和静穆的伟大"的作品称为 Classicism（古典主义）。

波兰美学家塔塔尔凯维奇在《西方六大美学观念史》中将 classic 的含义归结为六种：第一种含义与诗或艺术相关，意为杰出、值得效法并获得公认的，在这个意义上从荷马到莎士比亚再到歌德都可称为 classic；第二种含义是指"古典的"或"古代的"，它所表达的是历史上一个独特的时期；第三种含义是以古为法，不同时期艺术中的"古典主义"都表现出了对古代艺术的模仿和崇尚；第四种含义是遵守艺术与文学中的法则；第五种含义指向在过去已经成立的标准或规范，由于历史的流转和接受，在它的背后形成了一种传统；第六种含义倾向于作品中拥有的和谐、节制、平衡、沉静等要素。

在理解和使用 classic 这一概念时有几个需要注意的方面。其一，classic 带有明显的阶级划分和政治出身的倾向。在词语的使用中，它从一个区别特殊社会阶层的专有名词逐渐演变为一个表明不同层次的区分性词汇。雷蒙·威廉斯在对 classic 进行的诠释中指出，该词的词根 class 在进入英文后吸收了罗马人依据百姓的身份地位进行分类的意涵，掺杂了价值评判和社会偏见的成分。雷蒙·威廉斯引用了格拉伯（Grabb）所说的"对于每一个阶层，我们都有指定的学校，所有阶层的规则与每个心灵的食物"，每个对应的阶层有着与之生活方式相关的"规则"和"心灵的食物"，这就决定了不同阶层对于 classic 的不同评价和需求。其二，这种层次的划分不只是单一的政治和经济维度的，更是一种以审美为中心的区分。其三，没有了宗教的内涵，classic 所指的对象也就没有了天然的权威性和神圣性，而做出判断的主体的价值立场具有更加多元的可能性。其四，classic 是一个可数名词，仅指单个作品，"没有一个词可以指称以单个的经典（classic）构成的集合"。与 canon 一词的复合性、排他性特点相对，classic 的数目是潜在的无限的，它是一个具有流动性、"包容性和柔韧力的概念"。①

区别而言，classic 带有世俗的性质，canon 偏重宗教和神圣；classic 更多具有文学和审美的取向，canon 更多具有神学和膜拜的意味；classic 在对古典主义的审美沉醉中为传统点燃了敬畏的馨香，canon 在强调作品神圣性的同时赋予文学这种艺术形态神圣的灵光。虽然近代以来受宗教世俗化趋势的影响，这两个词趋于重合，但其中微妙的区别仍在，而每个词汇在产生和使用的过程中所包含的丰富的所指、具体的历史痕迹和特定的意识形态色彩也成为启发文学经典论争的重要原因和可能。

质言之，不论是汉语中的"经典"还是英语中的 canon 与 classic，概念中所表达的是与当时专制政体相似的不容置疑的权威性、制度性、稳定性。比较而言，汉语中的"经典"体现了一种政教合一的传统，强调世俗政治的权力和权威，有着崇古宗祖的认同取向，重在观念的认知价值，具有较为稳定和封闭的"经典"书目，并经由官方钦定的途径，使得经典的研习和中国知识分子谋求前程的经济仕途和经世济国的人文理想紧紧捆绑在一起。与西方经典中 canon 和 classic 两种意义向度相比较，"经典"更具一种从精神气质到行为方式的权威性和穿越历史的稳定性，也少了流动性和调整的可能。

---

① Roger Lundin, "The 'Classics' are not the 'Canon'", in *Invitation to the Classics*, MI: Baker Book House Company, 1998, p. 27.

第二节　近代以来西方文学经典理论溯源

语言所指的复杂性和能指的多样性给了西方文学经典更多争论的理由和研究的可能，在经历了几个世纪的建构和重构后，西方文学经典研究已积累了丰富的话语和理论资源，并启发了我们对这一问题的关注和思考，成为国内学者对经典问题研究的重要背景和理论预设。因此，西方文学经典研究是我们观照自身文学经典论争时的参照体系。2000年以来，文学经典论争的几次热潮都与西方文学经典论争有着显在关系，西方文学理论对当代中国文学研究的影响已成为一种焦虑性的存在。因此，对西方文学经典理论的系统梳理和总结应成为中国文学理论建构的重要组成部分，考察西方文学经典论争的理论源流对厘清国内文学经典讨论中的话语缠绕、看清论争各方背后的理论资源，进而透视国内的文学经典论争有着重要意义。

在《批判理论与文学经典》一书中，Dean E. Kolbas 指出：西方文学经典研究的演变经历古典、中世纪和现代三个不同时段。约翰·杰洛瑞在《文化资本——论文学经典的建构》一书中将近代以来西方文学研究对文学经典的理解划分为俗语经典、新的批评经典和理论之后的文学经典三个阶段。这些研究对我们认识西方文学经典理论源流有重要启发，但由于上述研究对文化研究兴起后的文学经典理论讨论过于粗略，为更好地厘清西方文学经典的理论源流，以下将分五个时段，着重对近代以来的西方文学经典研究谱系进行理论探究和梳理。

一　俗语文学：西方现代经典的建构

在中世纪以前，拉丁文及其文本作为唯一通用的官方语，成为制度—经典—标准，经典的确立、传播和阐释权都掌握在僧侣阶层手中。随着中世纪后期地方语言和民族语言的发展，方言文学悄然兴起，但丁、薄伽丘等作家通过对"古代经典的模仿、联合"使俗语文学"借用经文正在慢慢消逝的光环增强和巩固它的新声望"①；到文艺复兴时期"一种全新的经典，事实上是各种各样的方言文学经典"的产生②，进而引起了西方文学经典中的"古今之争"。与此同时，古典的拉丁文名著作为最稀有、最珍贵的文化资本形势依然发挥着重要作用。直到18世纪中期，斯宾塞、莎士比亚、弥尔顿等在文学中最终获得了决定性的地位。

在考察文学经典的形成时，卡尔巴斯指出："方言文学经典的形成只能发生在地方语言标准化，现代民族—国家稳定形成，民族主义意识形态广泛流布之后。现代文学经典的最终确立依赖于其他经济社会因素：专业化批评的兴起，出版业的发展，文化的商品化。"③ 印刷和出版业的发展为现代文学经典化提供了物质基础，印刷业最激进的趋势和它的多样性逻辑摧毁了以希腊、罗马古典文学为中心建立的庄严而高雅的文学经典。工业化的发展、期刊的兴起和印刷业的繁盛需要大量的稿件，写作成为资本主义商业的一个大的分支，与之相应的文学批评的增长、文学选本的编订和文本的阐释与注解等活动共同促成了方言文学跻身经典之列。

在方言文学经典（俗语经典）形成的过程中，民族意识的形成和强化是另一个重要因素。安德森把现代民族视为一种想象的共同体，作为政治和文化建构的产物，其中语言就是这个"共同体"建构中极重要的"社会想象物"，作为构建共同体想象的重要资源。同时，方言文学经典也进一步巩固和加强了民族认同达成。英、法两国的文学经典是在17、18世纪伴随这两个国家的认同逐步建立形成的，是"骑

---

① ［美］约翰·杰洛瑞：《文化资本——论文学经典的建构》，江宁康等译，南京大学出版社2011年版，第70页。
② ［荷］D. 佛克马、E. 蚁布思：《文学研究与文化参与》，俞国强译，北京大学出版社1996年版，第42页。
③ E. Dean Kolbas, *Critical Theory and the Literary Canon*, Westview Press, 2001, pp. 16–17.

在战时民族主义的背上走向权力"①以此获得合法地位的；德国的民族文学经典的建构也是在民族主义运动中兴起和完成的。在文学经典的周边，与经典相关的作家、作品、纪念日、故居、纪念碑等都成为民族文化想象共同体的重要组成部分。在西方方言文学经典建构的过程中呈现了三种力量的分布和重新组合：一种体制实践，即教学实践；一系列保存下来而且得以传播的作品；一种生成的语言知识，也就是标准语的产生。随着西方现代教育的人口增加，此后，西方文学经典论争发生地多是在大学，其争议的内容也主要是围绕着大学文学教育的内容选择和语言传统展开。②

二 文化救赎：文学经典作为文化实践

当俗语文学经典拜别了古典时期神权的庇护而获得现代世俗意义上的确立，它也就面临着来自两个时间向度的挑战：一是来自未来不断出现的新的创作的经典化要求；二是来自古典经典的灵光再现以及对阅读者和批评者的召唤。过去的历史和创作作为一种强大的传统，它一直存在于文学文化发展的天际，研究者的每次回眸和凝望都有被它的魅力所召唤的可能。

与欧洲世俗文学、民族认同、现代物质文明所取得的一系列辉煌成就并生的还有日益膨胀为强调理性至上的"工具理性"，当启蒙现代性由积极方面走向了反面，人们热衷于由科学理性、实证主义、功利主义以及非人性化的机械操作等所带来的物质文化的耀眼成就时，人们不再关注生存的本源和意义，也不关注人类共同的情感、道德、信仰等精神文化领域内的问题。以纽曼、阿诺德等为代表的19世纪英

---

① 陈晓明：《拆除深度模式——二十世纪创作与理论的嬗变流向》，《文艺研究》1989年第2期。

② [美]约翰·杰洛瑞：《文化资本——论文学经典的建构》，江宁康等译，南京大学出版社2011年版，第65页。

国知识分子开启了对工业文明的警觉与批判，发扬了对文化的推崇与坚守的人文主义传统。他们着眼于现代化进程中物质文明和精神文化之间的分离与抗衡关系，反思现代工业文明的糟粕与弊端，谋求匡正和重建的可能与途径，选择从文化和传统出发，将文学经典、文学批评以及大学和人文教育紧密地联系在一起。经由20世纪艾略特、瑞恰慈、利维斯等人的传承光大衍化为文学经典研究中一种主要的价值取向和理论资源。

托马斯·卡莱尔在《时代的标志》一文中首先指出，对机器技术的掌握使人们在处理外在事物方面超过了所有的时代，但在纯粹的道德理想、灵魂和人格的真正的尊严方面也许不如很多文明的时代，直面了文化与文明所形成的相互疏离和彼此对峙的社会现实；紧随其后，柯勒律治在第二年完成的《论国家与教会之组成》一书中表达了相似的担忧和判断："如果一个民族的'文明'不是扎根于教养和人类素质与能力的和谐发展，那么这个民族充其量只不过是'虚有其表'而不是'文雅的'民族"[①]；1852年牛津大学红衣主教亨利·纽曼发表了《大学的理想》，在对科学主义和功利主义催生出的新大学运动对经典大学理想和古典人文主义教育传统的冲击的讨论中，触及了英国工业革命后传统和现代的矛盾以及深藏的文化和理想的危机。纽曼强调了文学的教化和感召力量并充分肯定了文学在人格养成和人类发展中的重要作用，他认为，文学之于人就如科学之于自然，文学是人的历史，文学对于人类就相当于自传对于个人。

纽曼等人的思想深深地影响了英国人文主义批评理论的奠基人物马修·阿诺德。作为牛津的晚辈，面对机器文明和拜金主义冲击下宗教信仰的式微，阿诺德提出了"文化救赎"的观念，意图"通过了解世界上最优秀的思想和言论，在一切我们最为关切的方面，追求全面

---

① 参见 Raymond Williams, *Keywords: A Vocabulary of Culture and Society*, London: Fontana Paperbacks, 1976, p. 59.

的完美"①。在具体操作中,阿诺德提出以文学来代替宗教,他认为"文学是对生活的批判",是"世界上最优秀的思想和言论",它引导人们探讨和追求甜美与光明。1864 年,阿诺德在《国家评论》的一篇批评文章中提出了"文学是关于生活的批评"的论断,指出,文学经典作品可以向当下的时代以及世世代代揭示生活的本质和人性的永恒问题,文学实际上是一种"关于生活的批评";在《当今批评的功用》一文中,阿诺德进一步提出了批评的独立性和客观性。他认为,正是批评与各宗派团体的利益保持距离的超然无执的特性,赋予它重要的社会文化责任,有力地推动真实、鲜活的思想的生成和伟大作品的诞生。②

正如佛克马等所言:"历史意识的一次变化,比如像 18 世纪所发生的那样,将引发出新的问题和答案,因而就会引出新的经典。"③ 英国社会文化的变革引发了知识分子对文化的忧思,并最终把思考不断引向直接逼近文学经典的讨论。阿诺德的观点有两个尤其值得关注的角度。其一,是他对文学批评的倚重和强调。阿诺德从文化救赎的立场出发所建构的批评观使得文学批评超越了一般美学意义上的阐释和欣赏,进而成为一种知识分子用来实现社会价值判断和重建的工具,批评被赋予了直接介入生活,针砭时弊、砥砺思想的文化救赎责任。这种人文主义的传统在当下依然被念念不忘并留有回响,也因为此,克里斯·鲍迪克认为20 世纪文学批评试图解决的问题起源于阿诺德,"他试图以文学感受性的含蓄和直觉特性来取代当前教条而又直白的意识形态表达方式"④。其

---

① [英] 马修·阿诺德:《文化与无政府状态》,韩敏中译,生活·读书·新知三联书店 2002 年版,第 208 页。

② John Henry Newman, *Discourse 7. "Knowledge Viewed in Relation to Professional Skill"* in The Idea of a University, London: Longmans Green and Co., 1907, p. 227.

③ [荷] D. 佛克马、E. 蚁布思:《文学研究与文化参与》,俞国强译,北京大学出版社 1996 年版,第 50 页。

④ [美] 约翰·杰洛瑞:《文化资本——论文学经典的建构》,江宁康译,南京大学出版社 2011 年版,第 129 页。

二，阿诺德在双重语境中展开对经典问题的思考。（1）是在工业化所代表的现代化和现代性的维度上反思工业文明的弊端，也就是说，在现代性的体制内反思现代性的问题与重建的可能。19 世纪在欧洲主要国家，现代化还处于上升阶段，而这些批评者已经敏锐地发现其中包含的问题，并尝试在对文化的反思中努力建构一种完整的现代性。（2）是在民族文化认同的维度上思考关于国家和民族文化影响力的建设和提升。在阿诺德那里，文学批评扩展为更深广的道德和文化批评，成为一种身体力行的文化建设活动。这些论断都为 20 世纪的文学经典研究提供了重要的理论资源；另外，阿诺德以文化重建为目标开展的"文学批评"否定了文学作为自主性艺术生产的独立性，他将文学视作文化的实践形式，将文学经典和文化传统并置，在强调文学的重要性的同时，也为文化入侵文学领域提供了话语通道，并成为 20 世纪兴起的"文化研究"的重要源头，为 1970 年代以来的西方文学经典论争埋下了伏笔。

三　回归正统：经典的重评与重构

阿多诺的研究虽然已经开始了对文学经典的关注，但由于他对文化和大学教育的痴迷，阿多诺对文学经典的选择和推崇是一种本能的认知，在他看来，由文学经典建构起来的传统是被不断进行的文学实践证明和检验了的，这一过程凝结着历代的经验和睿智的巨大财富。在阿多诺那里，文学经典的美学特质、经典对创作的意义及其文化作用的实现等问题并未得到深入思考。到 20 世纪，英国诗人、批评家 T. S. 艾略特在前人研究的基础上，开始深入研究文学经典问题。

在 1917 年发表的论文《传统与个人才能》中，艾略特提出了文学传统和经典是文学发展的根本动因的判断。他首先赋予"传统"这个概念创新的理解："传统"不是凝固不变的存在，而是一种"历史意识"的表达，是共时性与历时性、永久性与暂时性的统一；对"传统"的领悟，既要理解其作为文化背景的"过去性"，也要理解传统的"现在性"。艾略特将"传统"视为一个由伟大的作品和作家构成的尚未完成的书写过程，在不断书写的文化体系中，经典的"过去性"与"现代性"并存，它潜移默化地引导着当下的文学建构，并在新的书写中延续经典文本的生命；其次，艾略特还论述了文学传统的整体性与文学经典面向新的创作开放性和适应性之间的关系。"现存的艺术经典本身就构成一个理想的秩序，这个秩序由于新的（真正新的）作品被介绍进来而发生变化……整个的秩序就必须改变一下……每件艺术作品对于整体的关系、比例和价值就重新调整了；这就是新与旧的适应①。"因此，文学传统不是故步自封、因循守旧的静态概念，而是一个不断发展充实的动态的过程，经典是不断变化的秩序而非僵化凝固的艺术品集合体。艾略特给当代和未来的作家在经典传统和序列中留下了书写的空间的同时也提供了名列经典的途径，他既将作家安置于文学传统的有机链条之中进行经典的学习和继承，又赋予他们新经典的创造者和传统的建构者的可能。作为一篇早期系统讨论文学经典的文章，艾略特在历史与现代、经典与新的创作之间建构起一个文学传统的坐标体系，在这个历时与共时相结合的坐标点上寻找个人所处的位置。

1920年以后，艾略特进行了持续的"经典批评"实践：他对已有的经典文本与作家进行研究和重评，并不断发掘被湮没的作家作品参与经典重构的过程。作为"20世纪英语世界最为重要的批评家……重新评估英国诗史上的主要时期和人物，他作的努力超过任何一位"②。以纠正维多利亚时代以来的审美标准和情趣为根本出发点，艾略特重评了从莎士比亚到波德莱尔等欧洲传统文学经典大家，在文学史的流变中揭示作家、作品之间的承传关系与价值所在；同时，艾略

---

① ［英］艾略特：《艾略特诗学文集》，王恩衷编译，国际文化出版公司1989年版，第2页。
② ［美］韦勒克：《近代文学批评史（第五卷）》，杨自伍译，上海译文出版社2002年版，第278、323页。

特注意发掘文学史中被历史尘封的具有价值的东西并使其进入经典行列，将"复活一个诗人"视为"批评之伟大而永恒的任务"①。艾略特深知文学批评对经典的阐释作为经典建构的一部分，它使得"现存的艺术经典……这个秩序由于新的（真正新的）作品被介绍进来而被重构"②。不论是对莎士比亚的《哈姆雷特》的质疑、对弥尔顿的"反感"、对但丁和波德莱尔经典性的阐释，还是对德莱顿以及约翰·多恩等玄学诗人的推举，这些批评具体而生动地实践了艾略特的文学经典观并对英国文学乃至整个西方文学经典建构的思考都起到了重要的作用。

1944年艾略特发表了《什么是经典？》（What is a Classic?），集中呈现了他关于这一问题的思考。艾略特首先用分类列举的方法定义了文学经典，指出经典在不同的语境中的语义偏差，人们既可以使用"文学经典"一词表明某位"标准作家……在他自己的领域中的伟大或永恒性和重要性"，也可以"用来指全部拉丁和希腊文学，或者这些语言中最伟大的作家，这得看情况而定"③；关于文学经典是否存在共同的特性，艾略特从文学作品内部出发定义了这种"经典性"特质：它包括作品所呈现的情感及其社会影响的"广涵度"、作品穿越不同文化和国度抵达人心的"普遍性"以及"心智的成熟、习俗的成熟、语言的成熟以及共同文体的完善"的"成熟度"；回答经典作品或作家是如何产生的问题。艾略特认为：其一，需要适当的历史语境以及作家自己毕生的努力；其二，他强调了在《传统与个人才能》中所论述过的"历史的意识"。

艾略特抽象出了文学作品"经典性"及其内涵，总结了经典作家的品格，具有开拓性的意义和重要的理论价值；"艾略特及其英语系

---

① T. S. Eliot, *T. S. Eliot: Selected Essays*, London: Faber 8c Faber, 1999, pp. 252 – 274.
② T. S. Eliot, *T. S. Eliot: Selected Essays*, London: Faber 8c Faber, 1999, p. 377.
③ 董洪川：《托·斯·艾略特与"经典"》，《外国文学评论》2008年第3期。

的同伴们装备起来的现代主义的经典，一方面提倡一种雄心勃勃的创新方法探索文学形式，另一方面，提倡取自古代、中世纪和文艺复兴时期经典的神话和诗性文本的一种学究的鉴赏"①，换言之，艾略特肯定古典经典序列的同时开启了现代文学经典的建构，他对伊丽莎白时期的剧作以及蒲柏等作家作品的评价在很大程度上改变了文学经典的传统秩序；艾略特一方面继承阿诺德等人关于文化、传统以及文学的思考方式，另一方面，他以独特的传统观来研究经典，从理论上首先明确了传统意识与文学经典的紧密关系，并将文学传统的形成与文学经典的确立建构为一种整体稳定又不断调整的开放性秩序，既瞻前又顾后，"把分裂孤立的传统与个人、过去与当下、前人和今人贯穿起来，赋予文学传统以动态的有机整体"②。这些独特的理论洞见和丰富的批评实践都为之后的"经典"研究提供了重要的学理基础，成为许多当代理论家进行经典研究时不可忽略的"影响的焦虑"③。艾略特的《传统与个人才能》还漂洋过海，经卞之琳之手翻译介绍到了国内④，并经由新批评的代表性学者燕卜荪在北京和西南的课堂上传播影响了几代中国诗人和学者。

　　稍晚于艾略特对文学传统与文学经典的问题进行研究的代表人物是 F. R. 利维斯，他认为文学或精英文化扮演着一个"独一无二"的

---

① 董洪川：《托·斯·艾略特与"经典"》，《外国文学评论》2008 年第 3 期。
② 陈静：《省思文学传统和经典：从艾略特到布鲁姆》，《理论月刊》2010 年第 7 期。
③ 当代经典研究的代表性人物哈罗德·布鲁姆在《西方正典》一书中表达了对艾略特的不满，他说："近40年前我就开始了教学生涯，当时学术界充斥着托·斯·艾略特的思想，这些思想令我愤怒，促使我极力反抗。"但是，他对经典的认识与评判和艾略特却有很多内在的相似；而作家卡尔维诺在其《为什么读经典》一书中对"经典"给出了14个定义。在卡尔维诺看来，"经典"最重要的品质就是其丰富的蕴涵性或者永恒性，"经典作品……带着先前解释的气息走向我们，背后拖着它们经过文化或多种文化（或只是多种语言和风格）时留下的足迹"。卡尔维诺提出的"经典"定义并没有超越艾略特。
④ 可参考张新颖文章《T. S. 艾略特和几代中国人》，发表于《文汇报》2012 年 8 月 4 日。1931 年徐志摩在北京大学上英诗课，后不幸飞机遇难，代替这门课的叶公超大讲现代主义诗歌。后来叶公超还让卞之琳翻译了 T. S. 艾略特的《传统与个人才能》。《穆旦的诗和译诗》也记述了周珏良的回忆："记得我们两人（另一人指穆旦）从燕卜荪先生处借到威尔逊的《爱克斯尔的城堡》和艾略特的文集《圣木》（*The Sacred Wood*），才知道什么叫现代派，大开眼界，时常一起谈论。他特别对艾略特著名文章《传统与个人才能》有兴趣，很推崇里面表现的思想，当时他的诗创作已表现出现代派的影响。"

角色。在利维斯1930年出版的成名之作《大众文明与少数人文化》中,其继承了阿诺德对"文明"与"文化"概念的区分,认为二者在现代社会的渐行渐远应归结于多数人的文明(主要是指工业文明)和少数人的文化(主要指构成伟大传统的文学)之间的冲突和距离,并以不加掩饰的精英主义态度强调了少数文化精英在守护和传承文化中的领袖地位和历史责任。"文化"主要指以文学经典为核心的"高雅文化",是伟大的作家笔下"最美好的经验"和"最细微、最脆弱"的那部分文化传统,是抗击由现代性所导致的混乱的重要手段;文学和文学批评则是时代的终极依归,为时代设定标准、导引方向和滋养精神家园,他在延续艾略特文学批评的基础上形成了以《细察》为阵地的批评活动,将"文学批评和对文学外事物的批评结合起来","通过循循善诱,促成'当代敏感性'的形成"[1]。需要着重指出的是,利维斯虽然认为文学批评应该结合内部研究和外部研究,但他特别强调:文学的现实关怀应该始终立足于文学本身,文学批评不能被等同于社会批评,否则就是对批评的背叛。批评家应在塑造品位、设定标准和导向等方面发挥积极作用。利维斯既发扬了英国文学批评中的"实际效用"的传统,又给文学批评划定了主体和边界。

利维斯表达了对"文明"义正词严的全方位拒斥、对"文化"热情的歌颂,他认为文学或精英文化扮演着一个"独一无二"的角色。带着这一使命感,利维斯重新评价并建构了英国文学传统,仅从《重新评价》《伟大的传统》《英国诗歌的新方向》等一系列著述书名就可以体察他的良苦用心。利维斯强调文学"传统"是建构的而非纯粹的承袭,不是对过去文本一味尊为圭臬,而是要去芜存菁,发掘和建构英国文学的"伟大的传统",其旨归则是为文学学习和教学提供一套经典。我们或许可以批判在这些价值判断背后的精英主义立场,正如

---

[1] F. R. Leavis, *For Continuity*, Cambridge: The Minority Press, 1933, p.183.

威廉斯所言,"主张以文学上的少数派作为'中心'的呼声是软弱无力的"①,文学不仅无法涵盖全部的人类经验,而且重振朝纲的重任对文学而言更是太过沉重,但他对经典的追求中却有着批判现实的锐气,闪烁着人文主义的理想光芒。从经典建构和发展的角度看,利维斯精英主义的话语立场将艾略特给予经典言说的有限空间几乎封闭,"伟大的传统"变成了供奉屈指可数的四五位作家作品的神坛。这种经典的偏见经由"新批评"的教学,完成了从批评家对大众的"撒播"到教授向学生讲授的话语权威的转变,在体制上获得了言说的合法性,从而将一种"纯粹意见"转化为一种"知识"。经过长时期不易被察觉的持续努力,西方文学经典在英美各名牌大学以"大书"的形式出现②,作为西方文明、文学人文等核心课程的必读书目、最值得传播的人类文明遗产,在被膜拜的同时也接受着质疑。而文学批评以一种"科学的"面目在教育体制内获得认可,那些用来"分析范本的作品(按:这里指文学批评文本)也就不自觉的被经典化"了③。批评的权威与作品的特权完全纠结在一起,某些作品获得权威的过程也是文学批评权威得以确立的过程。

四 文化与社会:文学经典研究的范式转变

将利维斯推为"是那个时代最具魅力的批评家"的是他的学生雷蒙德·威廉斯。也正是这位学生颠覆了从阿诺德以来建构的关于文学经典和传统的研究范式。被尊称为文化研究之父的雷蒙德·威廉斯④

---

① 何卫华:《"伟大的传统"的功用与使命——论弗·雷·利维斯的文学守望》,《外语教学》2012年第2期。

② 在《文学经典论争在美国》一书中,阎景娟指出20世纪前50年是西方文学经典创立并得以在体制上确认的时期,经典形构(canon formation)以作者、天才、传统等理论范畴遴选经典作品。

③ 阎景娟:《文学经典论争在美国》,社会科学文献出版社2010年版,第50页。

④ Marjorie Ferguson & Peter Golding, *Cultural Studies in Question*, London: Sage Publication, 1997, p. xv.

于1939年进入剑桥大学的三一学校深造,英语研究的精英主义文学观、艾略特和F.R.利维斯的实用注意批评等理论熏陶成为威廉斯文学和文化研究思考的起点和理论差异的出发点①。威廉斯的理论宏大驳杂远超出本项研究的论题,这里仅就其与传统、文学以及文学经典相关的问题进行辨析。

威廉斯首先更新了阿诺德以来研究者始终关注的"文化"的定义。在《长期革命》中,威廉斯将文化的定义分为文献、理想和社会三类定义,②在此基础上,提出了文化作为"一种整体的生活方式"的理解,并指出对它进行分析时必须考虑到每一种文化独特的重要性"从整体上把握文化过程"③。威廉斯将阿诺德以来的研究纳入对文化思考的理论框架,进而提出了更有阐释力和包容性的理解范式,由此动摇了英国文化保守主义的人文学者的核心价值概念——传统。在威廉斯之前的研究者那里,"传统"占据着重要地位,它是价值重构的重要依据,在具体形态上表现为经典之作。艾略特和利维斯等人的研究中虽然都意识到经典是经过筛选的,但并不关心选择的过程。威廉斯揭示了"传统"是"选择性的"——当"传统"被"选择"一词

---

① 威廉斯表明他写作《文化与社会》的动力来源于艾略特1948年出版的《文化的定义札记》。1979年,在接受《新左派评论》采访时,他公开申明自己写作的目的就是"为了反对艾略特、利维斯和围绕它们的所有文化保守主义者",认为他们霸占了国家的文学和文化;伦纳德·杰克逊总结说,威廉斯身后留下了三笔遗产:"1.对利维斯高雅文化传统提出的另一种解读方式;2.创建了一个重要的马克思主义流派,或者是造就了一批自称为文化唯物主义者的后马克思主义批评家;3.创建了一门新学科:文化研究。"这都充分显示了他们之间的师承关系。正因为威廉斯把艾略特等人作为自己文学和文化研究的参照物,以至于他的文学和文化研究范畴以及所使用的一些文学和文化术语,与艾略特、利维斯等的相同或者相似使得他进入相同的研究领域但从相反的角度切入,彰显他们之间的差异和对抗。

② 第一类是"理想"的文化定义,"就某些绝对性或者普遍性的价值而言,文化是人类完善的一种状态或者过程"。这是典型的阿诺德式的文化定义。第二类是"文献"的定义,"文化是知性作品和想象作品的整体,人类的思想和经验在其中得到各种各样的详细记录"。这是近似于利维斯式的定义。第三类是"社会"的定义,"文化是对某种特定生活方式的一种描述,它表达了某些意义和价值标准,这些意义和价值标准不仅存在于艺术和学问中,也存在于各种制度和日常行为中"。这似乎接近于艾略特思考文化的方式。

③ [英]斯道雷:《文化理论与大众文化导论》,常江译,北京大学出版社2010年版,第32页。

修饰时，它不证自明的根基就被动摇了。

从阿诺德到艾略特再到利维斯，这些学者都经历了一个从文学重建到传统追寻再到文学经典的思考路径，作为后继者的威廉斯也从现实关怀出发开始了对文化、传统和文学的反思，不过他选取了不同的理论武器：艾略特等前辈主要发展了亚里士多德的文学研究模式，即探讨文学主体和文学客体"应该是什么样"，从而建构一种理想的审美范式；威廉斯则继承和发展了西方马克思主义文学批评传统，将文学研究视为关系论而非本质论，探讨文学主体和文学客体"为什么是这样或者那样"[1]。因此，在艾略特的研究视野中，文学经典是永恒的评判标准和创作素材，经典被视为文学研究的唯一对象；文学研究是从社会历史语境和意识形态的角度研究文学与社会历史、政治等要素之间的关系，具有普世价值的经典则是被建构起来的神话，是带有不同身份标签的社群共同"选择"的结果。因此，对经典的研究就不再只是筛选和关注"经典"的事实，而是要对其筛选机制有自觉和批判意识，展示"选择"的过程，揭示"历史的替代选择"，挖掘被历史书写湮没的史料，寻找重新阐释的可能性。对研究的价值指向在不断地回应当代的提问中保持对未来的敞开，也可视为利维斯意义上的"伟大的传统"的解构、敞开和重构。威廉斯提出，文学研究不但包括虚构性文本，还应该关注文本形式的多样性可能。应"关注文学实践活动的层次性，而非对文学本身进行等级划分；研究文学整体，而不仅仅是少数伟大的作品。把文学审美客体还原到特定的社会历史语境，把文学还原成具有现实审美目的，能激起审美反应的特殊艺术形式"[2]。

---

[1] 威廉斯出生在英国威尔士的具有社会主义信仰传统的阿伯盖文尼（Abergavenny）的矿村潘第（Pandy），在父辈们的熏陶下，他一生将理论和实践相结合，积极参加战后英国社会的重建，为实现民主社会主义鞠躬尽瘁，被科奈尔·韦斯特称为"欧洲最后的最伟大的男性革命社会主义知识分子"。

[2] 李兆前：《范式转换：雷蒙德·威廉斯的文学研究》，博士学位论文，首都师范大学，2006年。

针对艾略特以来文学家的文学批评传统，威廉斯在考察了文学批评产生的历史动因后提出，文学批评的兴起是源于代表大多数人的文学为少数精英所占有，他们过分地强调文学作为虚构艺术的特质，造成了文本研究中情感/思想、主观/客观、个体/公众、有意识/无意识等领域的分离，并最终使文学和对文学的理解与生活脱离并失去了原有的阶层意义。这种"少数人"的文学在某种意义上成为一种"意识形态霸权"，它维护精英阶层的统一、提供社会标准并主导社会走向。从17世纪开始，"一些人自觉地运用'品味'、'敏感性'和'辨别能力'进行文学评论"①，文学批评由此兴起，继而作为"替代性客观标准"执行原有的文学生产的霸权，"作为一种新的超民族的专业，即保留原有的阶级观念，又试图建立新的抽象的客观标准"②。威廉斯认为，20世纪的文学批评渐次走向了极端专业化和理论化的老路，它已经丧失了最初的积极的大众意义而沦为少数人的玩物，而要进行有价值的文学研究必须寻求新的范式。按照这样的逻辑，威廉斯提出了文化研究范式兴起的依据：由于大众文化教育的普及，绝大部分人获得了现代意义的读写技能和介入社会政治的能力，他们因此具备了对文学和文化进行要求和建构的能力。他将利维斯眼中被动的"大众"定位为一种决定性力量：通过社会文化传统习得和社会体验，大众获得对社会真实的认知能力，并以此作为判断艺术品的标准。普通大众以彼此相似的认知能力创造着"社会现实"的新的认知，并以此塑造现实世界。

威廉斯的研究试图冲破文学本体研究的牢笼，把文学研究放在广阔的文化视野中，观照文学和文化产生的社会历史语境，以及其中蕴含的权力政治关系，并以此对抗艾略特等所提倡的精英主义文学和文化观，颠覆由一小撮人以的经典为标准实施的文学和文化霸权。他将

---

① Raymond Williams, *Marxism and Literature*, Oxford University Press, 1977, p. 49.
② Raymond Williams, *Marxism and Literature*, Oxford University Press, 1977, p. 49.

文学活动背后的权力关系显现出来，质疑了经典命名者的话语特权，将艾略特等赋予文学经典整体秩序内部相对的有限的流动性，变成一种面向当下和未来彻底敞开的无限的可能性。威廉斯选择了以反叛的形式继承英国文学批评关注现实效用的传统，他解构性地使用了从阿诺德以来的研究中关于文化、传统和文学经典的概念。由于出身背景的差异和时代的不同，他选择了从更宽广的社会学视野中寻求文化重建的可能。虽然威廉斯研究的主要是构建一种"有意指化系统的实践活动和生产的文化社会学"① 而非文学趣味，但他关于文学和文学批评的观点启示了文学发展的一种可能方向：面向大众的文化审美需求，引导属于多数人的文学生产和消费；面向特定的社会历史状况，在社会文化各范畴的互动中推动社会发展。但在解放被缚的普罗米修斯的同时，这种文化社会学的研究取向也阻碍了威廉斯对文学和文学经典更本质的把握和更深入的探索。他虽然注意到了文学作为艺术形态的特性，但在具体的论述中，这种社会建构的倾向以对文学背后的各种话语和权力关系的揭示取代了对文学审美属性的观照和价值判断的取得。威廉斯的文化研究倾向于一种新学科的理论建构，它广纳"各学科之精华"，并在威廉斯之后变成了各种后现代理论的实践场。在这种理论观照中的文学经典也不再是文学规范的范本而作为文化资本参与到权力的争夺中，关于经典研究和论争就不再是利维斯之前的古今之争或文化品位与理想之争，而衍化成一场话语交织的文化资本和话语权力的角逐。

五 "拓宽"还是"捍卫"：文学经典的危机

进入1960年代以后，随着西方文化思潮和社会运动的发展，文学经典面临新的危机，文学经典理论研究也进入新的历史阶段。

---

① Raymond Williams, *Marxism and Literature*, Oxford University Press, 1977, p. 49.

西方文学经典从近代以来就一直有被拓宽的趋势，但捍卫者也同样坚决。首先来看捍卫。从历时和共时两个维度考察，可以寻到两种基本出发点：一种是对文学经典作品作为某种审美典范的肯定和推崇，另一种则将文学经典视作文化传承的一套文本，是对道德指向或文化价值的认可和坚守，前者或可被称为审美本质主义，后者或可被称为文化保守主义。虽然在价值取向上各有侧重，但两种立场都是从文学本体出发，从文本内部寻找某种"经典性"的存在，鉴于此，有研究者将二者笼统地称为本质主义经典观。从前面部分理论梳理中我们可以清晰地看到阿诺德—艾略特—利维斯的相互继承和发展线索，之后还有弗兰克·克默德、罗伯特·奥尔特、杰弗里·哈特曼，当然绝对不能忽略艾伦·布鲁姆、哈罗德·布鲁姆，以及H.温德勒[①]等后来者。

经典拓宽者的阵容非常复杂，他们既有自由主义也有激进主义，更多的是被称为"当代批评理论的彩虹联盟"的文化左派，而经典的捍卫者则把解构主义、女性主义、符号学或文化多元主义的研究者都称作"经典铲除机"。抛却了政治立场和方法使用的差异，经典的拓宽有着较为一致性的方向：他们普遍抛弃了文学观察的内部视野，转而采用了威廉斯式的文化与社会的研究框架，在文化—文学的理论维度中研究文学经典问题。

从文学经典研究的漫长的历史过程中也可以看到，不论是致力于对经典内在的"经典性"的寻找还是对文学经典的外部力量的揭示，研究者总难以摆脱价值判断和政治倾向的影响。即便是主张文学经典

[①] 这里列举的主要是英、美两国的学者。弗兰克·克默德（Sir Frank Kermode）是剑桥大学荣誉退休教授，他是英语界卓越的批评家之一，在他的众多著作中有三本与经典研究密切相关，The Classic, Forms of Attention 以及 History and Value。2001年，他前往加利福尼亚大学伯克利分校讲学，提出了愉悦、变革和机遇是文学经典变化的主要原因；罗伯特·奥尔特（Robert Alter）是加利福尼亚大学比尔克利分校的教授，著有《观念时代的阅读愉悦》《经典与创造力》等；H.温德勒是哈佛大学的学者，她的《天成的和建构的》（1995）一书中以《西方正典》式的"文本细读加审美体验"的批评方法对狄金森等美国诗人进行研究，强调诗歌写作的审美策略指出他们能够在美国文学史上占有一席之地与他们作品的审美倾向有密切关系。

超然物外、与世无涉的阿诺德、艾略特也做不到对于实际需要的真正超脱。西方当代文学经典的论争植根于社会政治运动以及由此引发的文化战争之中，不论是1968年法国的"五月风暴"，还是1970年代席卷欧美的"新社会运动"，都为这场争论提供了特定的背景。先锋理论将批判的矛头直指西方发达工业社会的政治体制和主流意识形态，他们反叛传统、蔑视权威、否定体制、凌越常规的鲜明态度奠定了他们对待文学经典的基本立场。

文学经典首先受到了来自多元主义的政治话语的质疑，研究者的注意力从文学经典自身引向了外部的建构，讨论的重点集中在作家的性别、种族、文化身份，并提出人们构筑的"经典壁垒"隐含着严重的性别歧视、种族歧视、等级歧视、欧洲中心主义以及厚古薄今的偏见。质疑传统文学经典的风潮引起了学术界的关注，1979年，哈佛英语学院的学者就文学经典问题进行了专题研讨；1981年，莱斯利·菲德勒（Leslie Fiedler）和霍斯顿·贝克（Houston Baker）将这次会议的论文结集为《英语文学：打开经典》一书出版，这将包裹在文化战争中的文学经典凸显出来推动了文学批评和文学理论的前沿。几乎同时，英国剑桥大学也对"英语文学"教学内容进行了探讨，1982年彼得·威尔逊编辑的《重读英国文学》是对哈佛同人的遥远的呼应，他们出于对英语文学教育所潜在危机的忧心强调重新考量文学经典的必要性；真正被视为美国文学经典"论争"的开始是在1984年，其标志性事件是威廉·本尼特（William Bennett）发表的《收复遗产：关于高等教育中的人文学科的报告》；1980年代后期，文学经典论争达到高潮，对文学经典、文化传统等问题研究的专著成为畅销书[1]，与之相关的学者社团纷纷组建[2]，从新的观念出发，高等院校的教学内

---

[1] 如佛克马和蚁布思合著的《文学研究与文化参与》、斯蒂文·托托西的《文学研究的合法化》等。

[2] 美国成立了"全国学者协会""为民主文化而战斗的教师"等学者社团。

容和课程设置产生了相应的调整①；进入1990年代以后，有关文学经典的讨论更趋于理性，研究者大多放弃了激进的辩论式的对立转而寻找新的理论视野或进行深入细致的思考。时至今日，关于文学经典的讨论余音犹存。

西方学界文学经典问题的讨论由来已久又历久弥新，最晚从阿诺德开始②，文学经典在作为文化传统和作为文学作品两个层面上获得了研究的注意。与此同时，文学批评在对文学经典的确认中获得了重要的位置，文学批评在阐释经典的过程中，不同的理论适用和概念建构既发展了新的批评模式也埋下了引发经典论争的种子；当代社会——文化转型和研究范式的转变为文学经典的讨论带来了更多需要深入思考的问题和可能的角度，但文学研究范式的转换不是以宣布另一种范式及其相关概念和问题的毁灭而确立自身的，前一种范式及其提出的问题依然需要解决。虽然有关文学经典的论争众说纷纭，但正如盖茨所言"文学经典，在不是非常宏大的意义上，是关于我们的共同文化的备忘录，在里面我们写下了我们想要记住的文本和标题，对于我们具有某种特殊的意义"③。作为一个重要的参考维度，西方的文学经典研究既启发了我们研究的思路，也加剧了国内关于文学经典问题的观点对立。

第三节 国内五四以来的文学经典论争

通过第一章的考察可以看出，在现代性文化的总体诉求中，西方

---

① 其中最有代表性的就是1988年的"斯坦福事件"。斯坦福大学在学生的压力下取消了由欧洲经典作家唱主角的"西方文化"课，代之以"文化—观念—价值"的新课程，将第三世界学者、少数种族人士及女性作者的作品纳入教学内容。这种做法引起了其他高校纷纷效仿，从新的文学经典理念出发修订高等院校教学内容和课程设置。

② 约翰·杰洛瑞在《文学经典——论论文学经典的建构》一书中，引用了弗朗西斯·马尔赫恩和克里斯·鲍迪克的研究指出"二十世纪文学批评试图解决的问题源于阿诺德"，他试图通过发挥对文学经典的"感受力"取代宗教信仰。

③ Henry Louis Gates Jr., *Loose Canons: Notes on the Culture Wars*, Oxford University Press Inc., 1992, p. 21.

主要国家的文学发展大多经历了一个现代文学"经典化"的时期,生成了代表新的时代精神并融合民族气韵的经典文学作品,在多元文化相互激荡和交融中留给世界丰富而经典的文本资源,然而,进入后现代文化的语境中,这样的经典序列也都受到了多元文化的威胁。反观中国的文学发展,在辉煌的古典时代"唐之诗、宋之词、元之曲,皆所谓一代之文学"①,它们以代表性的文学范式书写了"后世莫能继"的经典序列。进入现代社会以来,关于文学经典的讨论一直伴随着百年来的中国现代化进程。由于文学和文化的惯习伴随着社会内在缓慢转型,这种由社会转型所引发的文学"内在焦虑"一直到新文学生成时才逐渐凸显出来,并引起了作家、批评家和理论界的关注。这种"内在焦虑"一直扭结在异域文学经验与本土传统经验的双重参照和作用之下,围绕这种"焦虑"的话语交织复杂而隐秘。对于现代意义上的文学经典生成,人们一直保持着谨慎的渴望,对被命名为"经典"的作品也带着神圣的憧憬。由于中国近代以来社会的特殊境遇,社会—文化的不断断裂和转型屡次中断了现代意义上的文学经典建构过程,"近100多年来,现代中国在社会政治、经济、思想文化等方面发生剧烈变革。这种变革的重要征象之一就是大规模的'价值重估',出现'经典'(文学经典是其重要构成)在不同时期的大规模重评的现象"。荷兰学者佛克马针对中国文学经典研究的观察指出:"现代经典讨论或许可以说是开始于1919年,而在1949、1966和1978这些和政治路线的变化密切相关的年份里获得了新的动力。"② 因此,思考近40年来国内的文学经典论争问题有必要突破1980年代的界限,对20世纪不同时段的文学经典危机进行历史回溯将为研究提供更为清晰完整的历史线索。

---

① 王国维:《宋元戏曲史》,新世界出版社2012年版,第76页。
② 洪子诚:《中国当代的"文学经典"问题》,《中国比较文学》2003年第3期。

一　颠覆与重构中的中国现代文学经典

在漫长的前现代社会中，儒家思想被奉为"经典"并成为确立文学经典性的最根本标准，虽然在魏晋、晚明等时期，知识阶层有过"反叛"的努力，但最终没有从根本上颠覆儒家经典的正统地位，直到五四新文化运动，真正具有颠覆性的经典重估方才得以展开。文学革命在"启蒙与救亡"的主线下同时进行着对古典经典的颠覆和现代经典的建构：它将文学从儒家义理的"载道"之作和以文字训诂为正宗的束缚中解放出来，通过对旧有文学观念、文学语言、文体和内容表达的全面颠覆，彻底否定了古代文学经典的等级体系，确立了以白话文为正宗和"人的文学"为评价标准的新文学典范。同时，上海良友图书印刷公司印行的《中国新文学大系（1917—1927）》，以文选的形式初步确立和展示了新的文学经典的可能样态。但是，当我们站在当下反思这场新文学运动中的经典颠覆和重构时，不难发现其中的建构与问题并存。

一方面，在某种意义上，中西文学经典在现代社会文学经典化的起点上有着异质同构性：新文学通过效法西方文学经典开始了自己的经典化之路，一大批新文学作家在其作品中呈现出了精神意蕴、审美品格、新锐性、前卫性、原创性、多义性、超越性，但其作为一种审美和语言典范的品质还没有成熟。正如鲁迅先生1927年面对成为诺贝尔文学奖候选人的推荐时的清醒和自觉[①]，"与其说鲁迅先生为二十世纪的中国文学提供了经典作品，还不如说它仅提供了一个整体的经典

[①] 1927年，来自诺贝尔故乡的探测学家斯文海定到我国考察时，在上海了解了鲁迅的文学成就以及他在文坛上的巨大影响，于是与刘半农商量准备推荐鲁迅为诺贝尔文学奖候选人。刘半农托鲁迅的好友台静农去信征询鲁迅的意见。在9月25日的回信中，鲁迅写道："我感谢他的好意，为我，为中国。但我很抱歉，我不愿意如此。诺贝尔赏金，梁启超自然不配，我也不配，要拿这钱，还欠努力……倘因为黄色脸皮的人，格外优待从宽，反足以长中国人的虚荣心……结果将很坏。"可参考陈春生、彭未名《荆棘与花冠——诺贝尔文学奖百年回眸》，武汉出版社2000年版。

人格模式"①，新文学作家能够达到经典高度的作家寥若晨星，因此，有批评家断言"在世界文学的坐标系里，中国文学的二十世纪是没有经典的世纪"②。这种说法一方面有些残酷和刺耳，但同时又揭示出中国新文学一直以来的努力和方向，现代意义上的"经典之作"既是作家、批评家的自觉追求也是读者的真切期待。

另一方面，作为经典重估和建构的主要依据，启蒙、救亡和进化论等观念，以及以此为基础形成的新与旧、先进与落后的二元对立思维，以一种粗暴的方式介入了中国文学发展的自身轨迹。近代以来，主要源于革命意识形态的偏激批判话语遮蔽了中国古代文学经典的审美价值，最终走向对中国古代文学经典的非理性批判，将洗澡水和孩子一起泼掉，割断了中国文学系统的延续性和完整性，这成为此后文学经典论争的一个潜在问题，也成为现代文学经典被不断质疑的重要根源。

更为重要的是，新文学的经典重估作为"转型期的中国思想文化的内在变革冲动"的一种呈现，"是中国的现代性焦虑在思想文化上的直接表征"③，这种重要的表征方式对经典的重估，在现代中国的每一次变革中以不同的话语形式呈现。从新民主主义到社会主义国家的政治转型带来了文学经典的一次次颠覆和重构，文学经典作为政治意识形态的功能和阶级属性被极端强化。中华人民共和国以《新民主主义论》为纲领重新定义和确立了新民主主义文学的经典序列，重构了文学经典，并在《讲话》确立的新的标准下选定了《白毛女》《李有才板话》《暴风骤雨》等代表新政权的"红色经典"。作为中华人民共和国文化建设之一部分，文学经典拥有一整套包括中央政府主管、统一审核机构主导、确立"马恩列斯毛论文艺"为唯一指导性文学理论等在内的严密选定和传播机制，表现为"划定出版选题范围（如一些

---

① 张柠：《没有经典的时代》，《粤海风》1998 年第 1 期。
② 张柠：《没有经典的时代》，《粤海风》1998 年第 1 期。
③ 陈晓明：《经典焦虑与建构审美霸权》，《山花》2000 年第 9 期。

有导向性的丛书系列）、在主流报刊上掀起对某部作品或某个作家全国范围内的大讨论运动、并通过全国范围内自上而下的政治批判运动、学校教育、学术研究等方式使之固定为合法性知识"①。在西方文学经典论争中，学者、批评作为主要力量左右经典的确立过程，新中国成立之初，政治意识形态主导了整个文学和文化价值的重估工作，以"革命现实主义"为唯一筛选依据，文学经典的价值在被异化为政治斗争工具，由政治的一元话语建构的经典体系导致了文化的专制和审美的萎缩。同时，五四以来以现代性为指向的文学经典建构探索从外部被切断，代之而起的"红色经典"革命现实主义叙事成了中国特有的经典形态，其文化价值和影响尚待观察和重估。

中国在进入现代民族国家建构的过程中，长期处在一个双重脱序的尴尬状态：对处在现代社会转型中的中国而言，古老的帝国是一个再也回不去的迷梦，而西方的现代更是无法直接挪用的海市蜃楼。中国文学经典秩序的重新确立也处于这种双重失落的尴尬境地：它既不是西方现代文学经典的横向移植和挪用，也不是对中国古典文学经典的纵向复归与接续。在这种双重的失落中探求切合中国现代文化的独特道路文化生成的文学表达，成为中国现代文学自觉和成熟的使命和表征。伴随着20世纪前80年中国的政治—文化的频繁变革，中国文学经典也被多次重估，这使得中国文学（尤其是20世纪以来的白话文学）缺乏一个稳定而被广泛认同的文学经典体系和秩序。

二 新时期以来的文学经典研究

文学经典研究一直是学术界追踪的热点话题。根据考尔巴斯的考察，作为一种学术时尚，西方对经典的讨论从19世纪60年代就已经开始，②

---

① 苏琴琴：《流动中的文学经典——20世纪中国的四次文学经典危机回溯》，《暨南学报》（哲学社会科学版）2013年第4期。

② E. Dean Kolbas, *Critical Theory and the Literary Canon*, Westview Press, 2001, p. 1.

学术界对这一问题至今持续着"旧话重提"。在学术研究中，没有解决过或没有解决好的问题其实都永远是新问题——如果是一个真问题的话。"文学经典"就是这样一个问题。

围绕着"文学经典"问题展开的各种纷繁复杂的争论，参与者已远远溢出了文艺理论研究的边界，文学批评、古代文学、现代文学、当代文学、外国文学、文化研究、传播学等领域的学者从各自的研究领域出发发言，形成了丰富的话语资源和复杂的对话关系，新一代的研究者也在继续为这一话题的深入贡献自己的思想资源。从研究者目前掌握的材料看，学术界就此问题进行研究形成了以下一些较为集中的成果。

第一类是有代表性的论文集。

2007年北京大学出版社出版的由童庆炳、陶东风两位先生主编的《文学经典的建构、解构和重构》，是在2005年5月由首都师范大学文学院文艺学学科、北京师范大学文艺学研究中心和《文艺研究》杂志社联合主办的"文化研究语境中文学经典的建构与重构国际学术会议"提交的会议论文的基础上形成的。这本论文集收录了33篇论文，分为什么是经典，经典化、去经典化和再经典化，文化研究与文学经典，中国文学的经典化问题四个主题，集中展现了国内学者在不同的研究向度和研究范式中对文学经典问题的关注，有较高的理论价值。

此外，在2007年首都师范大学举办的"文学经典化问题：文学研究和人文学科制度"国际学术论坛讨论的基础上，2010年，由林精华等主编、人民文学出版社出版了《文学经典化问题研究》一书。这本论文集收录了来自俄罗斯、美国、日本和国内学者的27篇论文，对文学经典理论探讨、经典作家作品研究、文学经典的跨文化传播等三个主题进行了全面讨论，由于会议参与者主要是比较文学研究学者，所以，论文中有很多篇目涉及国外文学经典问题研究的理论、方法和成果，具有一定的借鉴意义。

第二类是在国内影响较大的西方研究专著。

1996年出版的《文学研究与文化参与》应该是对国内文学经典研究最具启发性的理论成果之一，这是佛克马、蚁布思在1993年北京大学演讲内容的基础上修改完成的。这本书的出版使"文学经典"问题第一次在理论研究层面集中呈现，并提供给西方学界关于这一问题可资借鉴的研究理论和方法，也引发了更多学者对中国文学经典问题的思考。

2005年，哈罗德·布鲁姆《西方正典：伟大作家和不朽作品》一书的中译本在大陆出版。但这本书对中国文学经典的影响远比这个时间要长久，因为早在1998年台湾就出版过该书的中译本，很多研究者在国内出版之前就已在研究中引用了书中的观点。不同于文化研究的立场，布鲁姆以坚定的经典捍卫者的身份在书中考察了以莎士比亚为中心的二十多位西方一流作家，在此基础上提出：经典作品都源于传统与原创的巧妙融合。布鲁姆对伟大作品的审美性和独创性的坚持，对国内文学经典研究倒向文化研究起到了一定的制衡和启发。

2011年，南京大学出版社出版了美国学者约翰·杰洛瑞《文化资本：论文学经典的建构》。杰洛瑞将布迪厄的社会学方法（场域和文化资本理论）带入文学经典建构的理论框架，他强调文学经典的论争不只是个社会集团的价值判断和话语表述，它首先以学校教育为中心展开的文化资本分配的问题，并重新审视了西方文学大纲的争论、人文学科的危机和多元文化主义争论等问题。文学经典作为一个和教育直接相关的问题启发了国内研究者思考文学经典问题的新思路。

此外，英国研究者弗兰克·克默德等的《愉悦与变革：经典的美学》将文学经典的分歧看作愉悦、变革和机遇的结合，在他看来，"经典的变化与文学批评的传统体制毫无关系"，它主要是建立在一种"阅读愉悦"基础上的判断，当社会文化等因素或人的品味变化时，"曾经有价值的作品不再给人愉悦，它们退到经典的边缘"，引起经典秩序的改变①。克默德的理论并不完备，但他的研究提供了文学经典研究中一个大多数学者忽视或放弃的视角，即对普通读者阅读的关注。

第三类是国内研究专著（包括博士学位论文）。

黄曼君的《新文学传统与经典阐释》（2005）一书是少有的对文学作品的经典化与文学经典理论研究相结合的成果，虽然全书是以多篇论文结集而成，但总体上贯穿了黄曼君在文学经典理论中所强调的"诗、思、史"的统一，他认为现代文学经典是对现代性历史进程的回应，以往对现代文学的阐释中往往强调了史的维度而忽略了对诗学维度的分析，这是造成人们对经典焦虑的根本原因；他还将"革命性"作为"现代性"的一个"题中应有之义"来建构现代文学经典阐释的理论体系；在对现代文学经典性的阐释中，黄曼君还将"诗学"理论贯穿到对作品的分析中，克服了具体作品经典化研究缺乏普遍理论建构能力的不足，在一定程度上以诗学的理论自觉和审美旨趣回应了关于现代文学经典的争议和质疑。

阎景娟的《文学经典论争在美国》（2010）是对西方文学经典的历史际遇和处境的关注中较早的一篇研究成果，该书以美国学术界在1980年代开始的文学经典论争为研究对象，在梳理经典论争的历史线索的基础上，探讨了美国文学经典在历史形成中的文化语境、制度背景以及意识形态影响，并尝试讨论了文学经典问题与政治文化、大学教育、机构制度之间的复杂关系。这一方面有助于国内文学经典研究者理论视野的拓展，另一方面在中西问题语境的比较中为我们对西方理论的理解和借用提供了丰富的背景。

李玉平所著《多元文化时代的文学经典理论》（2010）一书将文学经典问题置于多元文化的时代背景中进行考察，从文学经典的性质、生成、流变、拓宽、消解及其作用等几个方面对经典研究的现有理论

---

① ［英］弗兰克·克默德等：《愉悦与变革：经典的美学》，张广奎译，译林出版社2009年版，第12页。

进行整理和提升，并结合个案分析对文学经典问题进行多角度的审视。

文红霞的《新媒体时代的文学经典化》（2012）借用了布迪厄的场域理论，在大众传媒时代的文学场中建构了大众传媒与文学经典化的关系，并在此基础上分析了当代文学经典作品的"中国问题"和叙事策略。

王健的博士学位论文《"经典焦虑症"透视——"后文学"视野中的"经典问题"研究》（2010）是对以"文学经典"来评价当代文学持反对意见的研究。研究从各种代表着"经典焦虑症"的现象出发，主要通过对文学经典的生产机制和传播方式的转变以及社会文化阅读方式的转变分析，认为"在文学资源丰裕化的后文学时代，具有普遍意义的经典将不复存在，文学经典主义显然已经不再合时宜"。这篇研究观点清晰，材料丰富，但在论述中"经典危机"的结论主要是建立在"后文学"理论假设成立的基础上的，同时，研究者并没有能提出一个更具建设性的代替"经典主义"的文学评价体系。

此外，以周春霞《红色经典的文本张力与生产机制》（2008）、赵宏丽《中国古代文学经典的数字影视媒介化研究》（2013）为代表的"红色经典"研究，张红军《鲁迅文学经典与现代传媒的关系》（2011）、蔡颖华《沈从文文学经典化研究》（2011）、高艳芳《中国白蛇传经典的建构与阐释》（2014）等对作家作品的经典化过程的研究，王晶的《从文学经典到数码影像》（2010）、罗昔明《消费主义视域下经典的生成与延存》（2011）等所代表的对文学经典在消费时代的异质传播现象研究，施敏《思想教育与经典建构》（2012）对文学经典与中小学语文教育的关系研究，林宛莹《传统的再生：中国文学经典在马来西亚的伦理接受》（2014）进行的经典文本的跨文化研究等大量成果，几乎涵盖了文学经典研究的方方面面。

第四类是近四十年来在主要学术期刊上发表的涉及文学经典研究的论文。

1980年以来文学经典的论争过程和成果主要是以发表在期刊、报纸上的理论文章展开的，这些论文不仅是研究的基础，更是本书重要的研究对象和内容。近四十年来关于文学经典的研究论文散见于从《光明日报》《文艺报》《中华读书报》到各级各类地方性报纸，也大量发表在《文学评论》《文艺理论研究》《中国现代文学研究丛刊》《外国文学评论》等专业学术期刊上。中国知网提供的不完全统计数据显示，从1979年至今以"文学经典"为主题的研究论文超过4000篇，文学研究各个领域的很多专家学者就文学经典问题发表过论文[①]，这些研究既涉及如何确立文学经典的标准、文学经典与文学史的关系、如何理解文学经典重述现象以及文学经典生产机制转变等宏观理论研究，也包括对具体文学作品的经典化过程研究、经典性的分析和阐释等具体现象及问题的讨论。这些讨论的观点或互相补充不断完善，或彼此对立各执一端，形成了关于文学经典论争丰富而生动的话语资源。这些研究成果作为本书重要的研究对象将在各个章节进行具体分析。

丰富的研究成果显示了文学经典作为一个"带有巨大能量……放射性的、渗透性"的论题的重要性、丰富性和复杂性[②]。国内研究者从不同的立场和逻辑出发，就文学经典问题展开长期对话，取得了丰富的理论成果，也催生了许多理论生长点，但仍然有一些需要反思的问题。

其一，大量的研究没有深入"文学经典"论争在国内出现的契机并对置身其中的语境和话语发展逻辑进行问题的思考和分析，而是以

[①] 文艺理论研究领域有童庆炳、陶东风、南帆、欧阳友权、张荣翼等学者，中国现当代文学研究领域的钱理群、黄曼君、洪子诚、张福贵、程光炜、孟繁华、王晓明、吴义勤、杨剑龙、宋建华、刘勇、张柠等学者，外国文学和比较文学领域的刘象愚、王宁、刘俐俐、刘亚丁等以及古代文学领域王兆鹏、陈文忠、张新科等诸多学者都对文学经典问题进行过研究并形成了丰富多样的成果。

[②] 阎景娟：《文学经典论争在美国》，社会科学文献出版社2010年版，第2页。

西方对文学经典问题的研究成果和文化研究为理论坐标，从已有的理论立场或"成见"出发，以"不断抽象的思维方式"① 各抒己见，这样既无法形成真正深入的对话，也不利于对问题的澄清。

其二，缺乏对较长时段的文学经典研究系统的理论总结和分析，对同一问题的重复性研究制造了大量的理论泡沫；关于文学经典现象研究和个案研究较为丰富，但缺乏如西方文学经典研究中出现的《西方正典》《文化资本：文学经典的建构》等系统性、具有代表性的理论建构之作。

其三，以"综述"的方式展开的文学经典研究总结往往将不同时期的文学经典研究视作静态的经验事实的反映和单纯的理论知识话语生产，在进行学理性探究中纠结于话语争论的表象而缺乏"关系性"思考，言说主体自身的研究行动及其性情由来、经验生成等因素被忽略或隐匿了，论争的现象遮蔽了论争的原因，不同论争之间前后承继的关系被忽略。

三 媒介文化：新时期的新问题

1980年以来，随着中国社会政治文化转型和市场经济发展而来的文化断裂和变动从未停止过，这个过程也是各种意识形态、文化资本之间的角力和博弈，由于政治意识形态所赋权的权威性被不断消解，现代文学经典本就不多的精神文化内涵被抽空，如何重构现代文学经典的问题在不断翻新的社会文化语境和媒介文化的嬗变中遭遇困境和危机。

"在文化转型的社会背景下，由媒介及其象征系统所构成的媒介文化是当代社会重要的文化景观之一，以媒介及其表征系统为内涵的

---

① [德]马丁·海德格尔：《存在与时间》，陈嘉映等译，生活·读书·新知三联书店2006年版。

媒介文化已经成为人们生活的重要组成部分。"[1] 这样的判断不仅是因为大众传播媒介作为文化影像符号的生产者、复制者和传播者,已经入侵闲暇时间和私人空间,还在于它以新的方式悄然改变了我们的生活方式,刷新和建构我们的常识,指导并可能控制我们在精神和物质两个层面的生活世界。按照威廉斯对于文化的定义,媒介已经作为一种文化,成为我们整体生活方式的一部分,而且是重要的部分。当人们面对剧烈的文学观念变革去探寻其影响根源时必然会发现媒介文化的力量。我们可以通过对近代以来大众媒介发展与文学变革的简单考察,来分析日渐浓郁的媒介文化是如何成为一种变革性的力量影响和塑造人们对文学和文学经典的理解。

在 19 世纪的欧洲,铁质印刷机的发明、造纸术的进步、具有读写能力的人口的激增,这三种因素一起"终于导致了读者大众的快速发展和文学生产的快速发展。民谣歌本这类新兴的通俗文学、期刊、报纸、宗教和政治宣传小册子,以及十九世纪后期简装书的出现,都与印刷技术的发展有着直接的关系"[2]。文本通过机械性复制生产而得到迅速膨胀,以往代表着神圣权威的正典在大规模复制自身的同时失去了物质稀缺性和神圣的灵光。与此几乎同时兴起的是西方浪漫主义文学[3],尽管浪漫主义在欧洲各国的发生发展状况各有不同,但作家们共同把对自然的皈依、对个性价值的诉求、对独创性和想象力的颂扬等因素作为一种反权威、反传统的叛逆精神,这与神圣典籍因为大量复制而失落的稀有和神圣性奇妙地相关。正如德国浪漫主义作家施莱格尔所言:"每一首诗都本应……是教育的"[4],英国诗人华兹华斯也认为

---

[1] 鲍海波:《审美现代性视阈中的媒介文化及其审美属性》,《新闻大学》2009 年第 3 期。
[2] [英]珍妮特·沃尔芙:《艺术的社会生产》,董学文等译,华夏出版社 1990 年版,第 46 页。
[3] 韦勒克在《批评的概念》中写道:"如果我们坚持以'古典的与浪漫的'之间的对比为分水岭,我们就会得出在德国是 1801 年,在法国是 1810 年,在英国是 1811 年,在意大利是 1816 年等结论。"参见 [美] 韦勒克《批评的概念》,张金言译,中国美术学院出版社 1999 年版,第 146 页。
[4] [德] 本雅明:《经验与贫乏》,王炳钧等译,百花文艺出版社 1999 年版,第 122 页。

"每一个诗人都是教育者……人们要么把我看作教育者,要么就什么也不是"①,浪漫主义似乎在神圣经典的灵光消散时代开始用世俗的文学作品作为替代品发挥价值引导的教育作用。

虽然至迟17世纪西方已经出现了报纸,但直到1833年《太阳报》在报界掀起的"便士报"风潮才使报纸完成了大众化、通俗化的进化并逐步成为现代社会支配性的表征方式。"报纸在登陆话语场过程中,经历了一个由起初与文学和衷共济,为文学的存在提供殖民地,到逐渐侵吞传统上是由文学所垄断的表征空间,最终使自己成为社会的主要叙事话语的过程②。"在报纸成为大众媒介的过程中,西方的浪漫主义文学也发展到唯美主义。戈蒂叶在1835年发表的小说《莫班小姐》序言中提出了"为艺术而艺术"的口号,他认为艺术本身就是终点和目的,它和人生处于截然不同的关系之中。面对正疾驶在快车道上的报纸,作家攻击它扼杀了书籍,夺去了对文学的乐趣"只要那些卖打火机的商人稍微有点记忆力,报纸就能让他们像所有外省科学院的院士一样放肆地胡扯什么文学……"③。无独有偶,象征主义诗人马拉美也嘲讽式地写道"书来得太慢了……从现在开始,唯一可能的书就是报纸"④。报纸以其传播的迅疾内容的零碎摧毁了人们在经验获得中所

---

① [美]艾布拉姆斯:《镜与灯浪漫主义文论是批评传统》,郦稚牛等译,北京大学出版社1989年版,第533页。

② 朱国华:《文学与权力:文学合法性的批判性考察》,华东师范大学出版社2006年版。所谓"为文学的存在提供殖民地"是指报纸上连载着大量的小说等文学内容,并持续了相当长的一段时间。在中国"晚清的各类报纸都刊载一点小说以招徕读者;但真正影响小说发展的是报纸文艺副刊与专门文学杂志的出现。1900年《中国日报》辟副刊《鼓吹录》。以后,大部分报纸都腾出固定的版面设置文艺副刊"。(陈平原:《二十世纪中国小说史(第一卷)》,北京大学出版社1997年版,第80页。)而在西方十八世纪的报纸中"大部分登载的都是短篇小说,或是连载的长篇小说——例如,《鲁滨逊漂流记》就是这样在一份周三版的报纸《原版伦敦邮报》转载过"。(参见[英]伊恩·P.瓦特《小说的兴起》,高原、董红钧译,生活·读书·新知三联书店1992年版,第40页。)

③ 赵澧等主编:《唯美主义》,中国人民大学出版社1998年版,第60页。

④ Eric Mcluhan and Frank Zingrone (ed.), *Essential lMcLuhan*, House of Anansi PressLimit, 1995, p.60.

固有的丰富性、具体性、亲切性和神秘性，从作家的抱怨中我们可以读出文学从文化表征领域的中心被迫边缘化的尴尬与无奈。文学也调整了叙事策略以适应改变了的话语位置，"为艺术而艺术"等决绝的口号表明了文学对现存文化及各种体制的反叛性立场。文学作为一个"超然于政治、道德、经济等立场和利益，远离社会空间中心位置"的高度自治的"场"的形象被建构出来。

"从普遍发行的报纸在1880年代第一次在美国达到人口的一半以上以来的一个较短时期内，每一代人都被至少一种新兴的大众媒介形式所吸引并得到急剧的改变——本世纪初期的照相和无声电影，1920年代至1940年代的调幅无线广播和有声电影，1950年代至1960年代的电视机和调频广播，1970年代至1980年代的卫星和有线电视，和这十年中的互联网和消费者在线网络"①，这里可能还要加上2000年以来的4G（或者5G）手机。大众媒介中永动不居的影像带来了距离感的消失，审美沉思的任务被废止，取而代之的是大众传媒提供窥视欲望的感官刺激和幸福的幻象。借助影像，大众可以"不劳而获"或"不思而获"地取得审美愉悦，而无须穿透抽象的概念，调动自己的想象力、记忆、审美经验等赋予枯燥的能指代码以鲜活的生命填补文本中的空白的漫长过程。"进入工业化城市之后，语言不再是有机的、活跃而富有生命的，语言也可以成批地生产，就像机器一样，出现了工业化语言。因此那些写晦涩、艰深的诗的诗人，其实是在试图改变这种贬了值的语言，力图恢复语言早已失去的活力"②，在真实性、当下性、感官性竞争中不断受到排挤的文学被迫放弃自己的叙事传统，甚至通过对阅读的拒斥来保全自己的文化资本。"现代主

---

① ［美］罗杰·菲德勒：《媒介形态变化：认识新媒介》，明安香译，华夏出版社2000年版，第93页。
② ［美］杰姆逊：《后现代主义与文化理论》，唐小兵译，北京大学出版社1997年版，第176页。

义是关于焦虑的艺术,包含了各种剧烈的感情:焦虑、孤独、无法言语的绝望等等"①,这所有的情绪不只是属于作品的、作家的,也是属于文学的。在艺术媒介的变革中,文学首先失去了口传文化时代充当价值标准的神圣位地,继而失去了印刷文化时代传播思想、文明进行教化的权威。

　　以上论述并不能推导出:媒介不断发展必然带来文学的"气息奄奄、日薄西山"②。就本质而言,在媒介的发展中,文学真正失去的是作为意义和信息传播方式的"经典性",换言之,它不再具有一种普遍叙事或元叙事承担者的卡里斯玛权力,也不再是据守在表征领域里的传统型权力,或者能最全面、最细致、最完整、最贴合人类审美需求,最能传达时代精神和代表时代文化的话语媒介,但这并不必然意味着文学的消亡或终结。麦克卢汉将一种新媒介的诞生视为一种新的尺度的引入,新媒介的诞生并不意味着旧媒介的终结。"新媒介创造新环境,新环境作用于人的感知生活。不但如此,同样的新环境对原有的文学艺术形式也产生影响"③,这种影响不是以消亡或简单迎合的形式出现的,相反,"凡是真有艺术内核的艺术运动或发现,都会激怒公众"④,艺术家应该做的是站在旧环境的立场上"发明了一种手段,在生物遗传和技术创新所创造的环境之间架起一座桥梁。没有艺术家的发明,人就只能适应他创造的技术,而且成为技术的伺服机制"⑤。麦克卢汉的论述为我们思考媒介文化嬗变中的文学问题提供了另外的角度。在今天,技术一方面消弭了距离感,同时也加剧了

---

　　① [美]杰姆逊:《后现代主义与文化理论》,唐小兵译,北京大学出版社1997年版,第179页。
　　② 朱国华:《文学与权力:文学合法性的批判性考察》,华东师范大学出版社2006年版。
　　③ [加]埃里克·麦克卢汉、弗兰克·秦格龙编:《麦克卢汉精粹》,何道宽译,南京大学出版社2000年版,第532页。
　　④ [加]马歇尔·麦克卢汉:《麦克卢汉如是说:理解我》,何道宽译,中国人民大学出版社2006年版,第141页。
　　⑤ [加]埃里克·麦克卢汉:《麦克卢汉精粹》,何道宽译,南京大学出版社2000年版,第566页。

环境对人的控制，让人丧失了对自己的真实存在的感知。作为一种旧的媒介环境中具有代表性的艺术形式，文学在旧环境的经验基础之上理解和解释新环境，通过刺激感知来唤起我们的敏感度，它不仅是连接感知与环境的桥梁，更通过揭示环境来刺激感知，使我们感知到存在。这为被新媒介不断包裹围剿的文学（这里主要指布迪厄所说的"为了生产的文学生产"）提供了合法性依据。当然，文学并不全部表现为对大众媒介逻辑抵抗，作为顺应大众媒介的市场逻辑的文学形态——通俗文学臣服于大众媒介的市场逻辑，放弃了对文学膜拜价值的坚守，转而面向大众进行"大规模的文学生产"。与其他形式的大众传播相比，就连通俗文学也不再是大众最喜爱的表征方式，如豪塞尔所言："资产阶级下层和工人阶级除了他们的报纸之外几乎不读别的，并且，与电影观众、广播听众和电视观众的人数相比，读书的人数是可以忽略不计的。"① 由于大众文学不再具有作为文化资本的稀缺性，"它所拥有的符号权力在整个表征领域里就更加显得无足轻重了"。② 大众文学的兴起和发展客观上加剧了文学场中资本的争夺，它大胆攫取了精英文学中的"经典"之名，并以此作为自身艺术价值的"标签"，从而加剧了真正的文学艺术经典在媒介场中的传播和接受难度。对媒介文化的崛起及对文学的拓殖的分析，同样适用于对 20 世纪以来的中国文学经典的研究。

　　首先，中国的大众传媒时代姗姗来迟，并且在相当长的时间里，大众传播并未构成对文学的巨大挑战，③ 报纸的登陆并没有消解人们

---

　　① Hauser, A., & Northcott, K. J., *The Sociology of Art*, Americam Journal of Sociology, 1982（3）.

　　② 朱国华：《文学与权力：文学合法性的批判性考察》，华东师范大学出版社 2006 年版。

　　③ 曾虚白主编的《中国新闻史》（台湾：三民书局 1984 年版，第 352 页）一书中有一组数据可以说明这个问题：中国近现代销量最大的报纸之一《申报》，在 1918 年才发行 30000 份，1936 年以后，才逐渐稳定在十四五万份，这在当时已经是个奇迹。中国报业直到 1930 年代才走向了繁荣，全国报纸总数，民国 20 年只有 488 家，次年增至 867 家，到民国 24 年，达到 1763 家。

对文学阅读的热情,文学与大众媒介更多地表现为一种互补互利而非竞争关系①。"1901—1910年间,商务印书馆共出版图书865种2042册,其中文学类占220种639册;1911—1920年间商务印书馆出版图书2657种7087册,其中文学类占626种1755册。也就是说,在商务印书馆出版的书籍中,有四分之一是文学书……估计在整个出版业中,小说所占的比例约在四分之一左右"②。从这组数据看,现代出版业的发展客观上推动了中国现代小说的繁荣。

其次,如果说西方大众传播的迅猛发展,在客观上形成了一种外在于文学的压力,从而迫使文学开始通过建立一种"为艺术而艺术"的自治法则与其他文化形式划清界限,那么,20世纪中国文学在由传统向现代演进的过程中,由于所处社会现实的严峻性和紧迫性,它根本无法从容不迫地在变化了的语境中构建符合文学内在规则的结构要素。对启蒙与救亡的双重责任的历史担当成为文学全部的合法性依据,除此之外的其他"自足系统或文学飞地的话语实践"③都被挤压到文学场的边缘,从客观上延搁了对文学自律的现代性目标的广泛认同与实现。

从文化形态看,在较长的历史时段,我国广播、电视等大众传媒产业的发展相对缓慢,客观上导致了新文学在表征领域长期占据支配性地位。从文化功能看,文学负载了绝大多数的功能性叙事的表征功能,它的工具性成就了它的永恒性从而使其享有文字印刷时代的话语霸权。另外,作家利用文学写作,实现了由封建士大夫向现代自由知识分子的角色身份的转型,在这个过程中,他们被建构为社会批判者和民众代言人,拥有文学场所赋予的强大的符号资本。鉴于两种因素,文学在现代中国社会拥有绝对的话语权力,与此同时,文学也付出了

---

① 事实上,主要的报纸为了吸引读者增加销量,开设了文艺专栏,很多被称为作家的主要活动阵地;另外,用小说连载的形式保证稳定的读者群也能说明这两者之间的互补关系。
② 陈平原:《二十世纪中国小说史(第一卷)》,北京大学出版社1997年版,第88—89页。
③ 朱国华:《大众媒介时代的文学权力》,《浙江社会科学》2003年第4期。

沉重的代价：在呼应外部律令来约束自身获得超量的文化资本的同时，大量的文学创作压抑了艺术自律的美学冲动，部分牺牲了作品的艺术价值；也正是遵循同样的逻辑，在当代的历次政治运动中，中国现代文学及其作家要么被抽象为"民族魂"的符号，要么被打入无底深渊。"20世纪中国文学的意义并不在文学本身"[①]，这样判断道出了中国现代文学在获得权力资本同时的"美学失落"。

1980年以来，伴随着大众媒介向社会话语场各领域的深度渗透和拓殖，文学并没有获得一个相对稳定的自律性重建的空间，在政治、经济、社会文化的共同作用下，文学在1980年代重现短暂的辉煌之后，它在话语表征领域的特权逐渐消解——文学从权力中心退向文化并最终退守自身，但它留下的文学观念、文学资源和历史借鉴都需要我们在新的语境中进一步思考。

长期以来，中国社会基本上是一个"分化程度较低、分化速度缓慢、具较强同质性的社会"，这主要表现为社会的政治中心、意识形态中心和经济中心合一，国家与社会合为一体，资源和权力高度集中。在这种低分化的社会状态中，不存在具有自主性和独立性的专业化亚系统，所有的活动和价值实现都高度依附于政治场：这个从技术到艺术，从婚丧嫁娶到衣食住行都发挥支配性作用的"超级场"，它以一种捍卫正统排斥异端的形式运作着。文学艺术领域作为亚系统其自治功能极度萎缩，工具性的政治话语是唯一合法话语形式。改革开放后的社会大变革带来了社会政治—经济的分化，更多的场开始从"超级场"中裂变而出，获得一定程度的自律，但并不意味着绝对的自律性的实现。在分化的过程中，文学场一方面和政治场保持着密切的关系，这种关系的建立和保持更多的是通过一定的中介环节进行的——这里的"中介"主要是各种艺术机构及大众媒介。同时，文学场又受到了

---

① 张柠：《没有经典的时代》，《粤海风》1998年第1期。

来自分化后的经济场的压力和作用，政治指令的某些部分开始转向不完善的市场化的制约，出现了经济领域的游戏规则和商业价值对审美文化的渗透，这就逐渐开拓了文化工业或大众文化在中国当代文化格局中的领地。这是社会结构的横向分化，即分类。就分化之后的文学场内部而言，也发生着垂直分化，即分层。以此来透视中国当代文学场，不难发现一个由主导文化（官方文化、主流文化等）、精英文化和大众文化并置的结构，它们之间是一个不断"斗争、妥协、交易和实现"的过程。在1980年代，各方力量并未占据资本争斗的有利位置，其斗争也不是势均力敌的抢夺，而是受到整体性的政治经济和文化背景的制约。我们的研究正是建立在这种复杂关系之上的。

随着社会分化的加剧，关于文学经典问题的讨论已经远远超出古典艺术讨论的范畴：技术的进步和影响、大众传播媒介的广泛渗透、具有相当读写能力的大众阶层的出现、艺术生产方式和接收方式发生了质的转变等，显然已经不能在传统的理论话语和研究范式中展开和解决。因此，在对1980年以来文学经典论争的研究中，我们引入了媒介文化嬗变的维度，它对1980年以来的文学经典论争的影响或作用是基于以下六个方面进行的考虑。

第一，借助媒介文化嬗变的视野来审视文学经典的论争不是一种关系性研究，并不意味着在某种媒介文化中就有引起何种性质和方式的文学经典的讨论。关于文学经典的观点分歧并非媒介文化演变的结果，但是，随着1980年代以来的媒介场的扩张和大众媒介的跨越式发展，文学作为一种卡里斯马（charisma）的权力受到挑战和质疑，文学的经典性地位以及文学经典的地位作为一个值得讨论的问题在这一过程中凸显出来。

第二，媒介文化时代的文学批评不再是个人审美兴趣和品位的独语式表达，也不再是只言片语的感悟式言说，而变成一种在大众媒介中展现、通过媒介传播的具有完整的话语系统的公开表达，大众传媒成为文学批评的对话平台。进入媒介场的文学经典论争不再是书斋中的静思默想的成熟产物，而变成新闻化语言和即兴表达的舆论场，批评者的心态由此改变；本来具有特定针对性的、发生在特定领域内的文学批评在进入媒介场后，失去了原有的语境，必然引起更进一步的批评和争议。

第三，1980年以来的大众传媒的发展带来了文化的多元化，新的文化形态及其表征在寻求自身合法性的同时，从不同的角度挑战、蛀蚀和质疑着文学经典的文化霸权地位。新的话语权力主体的出现分化着精英学者的话语特权，使经典论争从学术场延伸到媒介场等更宏大的文化场域，强调社会和谐的主导话语、主强学术自治的文学研究话语和其他话语形态交织在一起，彼此混淆、代替又彼此推动、触发。媒介场纷繁的立场和话语在容纳、传播各种批判意见的同时，也为各种话语之间的交流、争论或形成共识创造了适宜的公共话语空间，成为推动文学经典论争持续进行的重要动力。

第四，媒介文化作为各种文化资本的斗争平台，并不是一个价值无涉的话语场域，它以自身的文化形态和组织原则影响、改变着经典论争各方的话语表达和力量对比。特别是1990年后逐渐形成的以大众文化为主要内容和特征的媒介文化向精英文学大举进犯，它将大众文化的逻辑引入文学场，破坏甚至颠覆文学场内部的规则，从外部直接介入文学经典的论争，打断了文学经典相对自治的建构过程，并重新建构了大众的阅读方式、审美趣味以及对经典的理解及使用方式，从某种意义上讲，媒介文化部分地收编了文学经典的文化资本，并将文学经典的论争吸纳为自身的一部分。

第五，大众传媒的发展加速了全球化的脚步，造成了外来文化对本土文化的影响，同时也带来了本土文化对自己民族身份或同一性的自觉反思，由此引发的文化焦虑、身份认同等现代性反思成为1980年代以来文学经典论争潜在的"焦虑性"因素。在经由现代大众传媒构筑的全球话语交往平台上，文学经典的建构和思考对于中国文学而言依然是首要的和必须要直面的问题，它关乎文学自觉、文化自觉及民族文化独创性的确立，关乎在世界文化格局及其秩序重建中民族身份认同和文化形象的书写。

如果认同当代"只有一种文化形态……，那就是媒介文化"① 的判断，那么，媒介文化就是文学经典的研究在当下必须面对的现实语境，文学研究和批评如何应对媒介文化的拓殖、确立文学经典在媒介文化中的合理位置并进行恰当的价值和文化定位，是当前和未来文学经典研究需要努力的方向。

---

① ［美］戴安娜·克兰:《文化生产:媒体与都市艺术》，赵国新译，译林出版社2001年版。

第二章 1980年代启蒙媒介文化影响下的现代文学经典建构

本章主要分析1980年代启蒙性媒介的精英文化特质，讨论报刊、图书等印刷媒介在1980年代文学活动中的重要作用，并在此基础上分析1980年代文学经典论争服务于经典建构的需要，以现代文学经典秩序的形成为集中表现，经历了重印、重评、重写三个阶段，初步完成了中国现代文学的经典形构。与此同时，当代文学也参加了经典文学的讨论，进行了当代文学经典书写的努力，这一方面巩固了正在重建中的现代文学经典秩序，同时，作为竞争者，当代文学活动尤其是先锋写作对现代文学经典秩序进行着持续的批判和销蚀。外国文学作品和理论的传播作为1980年代文学经典论争中的重要话语来源，域外经典序列的建构在拓展文学经典疆域的同时，参与销蚀着现代文学经典的话语特权。与此同时，潜滋暗长并渐成气候的通俗文学已成为挑战经典秩序的重要力量。在官方/民间/精英、古代/现代/当代、中国/西方等多组力量的对比与互动中，1980年代的文学经典论争初步重建了文学经典的地标，为当代文学和文化提供了继承和颠覆的传统。

第一节 文学经典论争：作为问题的凸显

1949年中国社会发生了历史性变革，社会文化的各个方面都进行了相应的重建，意识形态领域更是如此。在意识形态重建过程中，就实质而言，并未有意识地打破或是改变长久以来将一些文本奉为圣典并以此为政治意识形态赋权的观念，只是以马克思主义的新的"经典"文本代替了传统社会的"四书五经""三坟五典"。传统中国社会的文学经典大多被视作"毒草"并以"封建主义"之名拉下神坛，而中国近代以来形成的新的文学传统也以被斩断、被抛弃或变形的方式，被整合到无产阶级文学话语当中。历史地看，文化有着强大的生命力和附着力，以意识形态终结的文化会以其他形式保存或转向地下，并伺机遇而动——1980 年代就是这样一个"机遇"。在政治话语开始松动的情况下，各种文化传统纷纷主张其话语权力。它们以重新恢复和确立各自"经典"的方式，宣示其历史与成就，进而发挥对当下社会—文化的影响力。

一 "经典" 一词在研究中的使用

学术研究的实际展开常常和研究预想相去甚远，关于"经典"的论争在 1980 年代出现的语境既在情理之中，又多少有些出人意料：从研究资料看[1]，在中华人民共和国成立后较长的时间内，一系列以"经典"命名的研究主要发生在马克思主义理论领域，尤其是在 1960 年以后，随着意识形态控制的收紧，"经典"一词的使用甚至仅限于对马克思主义经典理论著作的讨论。在为数不多的涉及文学的研究中，其表述往往是"马克思主义经典作家"。可以说，从中华人民共和国成立到 1980 年代很长的一段时间内，"经典"一词几乎成为一个专有名词[2]；

---

[1] 这里的研究数据主要来源于知网搜罗的研究资料，受时间和资料获取的限制不可能阅读当代以来涉及"文学经典"问题的所有研究，但大量的可查询的资料足以呈现文学经典研究的语境、问题和方向。

[2] 在 1982 年之前的 100 篇包含"经典"为题的论文中，有超过 90 篇是讨论马克思主义经典著作的，其他少有的几篇论文涉及医学、儒学等问题。在数百篇以"经典"为主题词的论文中，马克思主义经典著作的讨论也超过了 90%。

"经典"一词逐渐在文学研究话语中复苏是新时期以后的事情：1983年，有研究者注意到朱自清先生编写于1942年的《经典常谈》一书①，书名中的"经典"包括群经、先秦诸子、几种史书、一些集部，也就是旧时之所谓"四部"。当时的"中学语文课本里选用的古代作品有很大一部分选自这些经典，如《诗经》《左传》《庄子》《孟子》《史记》等"②。这些论文和研究主要是倡导利用文学经典进行阅读培养和文化教育；1984年《当代文坛》第10期发表了《一个经典镜头的启示》一文，从研究者掌握的资料看，这是1980年代以来首次在讨论电影艺术时使用"经典"一语。此后，"经典"一词频繁出现在电影研究的语境中；1989年，《电视剧中经典作品的导演问题》一文又将"经典"一词引入电视研究，以此对电视作品的艺术价值进行定位和命名。

从推进研究的动力看，对文学经典问题的讨论在1980年代之前是缺乏内在的语境和外在的触媒引发的，关于文学经典的研究也乏善可陈，几百篇看似散乱的各种与"经典"有关的研究话语大多绕行"文学经典"的环岛，但是，如果稍加清理，就会在纷乱重叠的语境中发现其可玩味之处。

在1980年代早期与"经典"相关的论域中，首先其冲的是建国以后唯一的、权威性的话语——马克思主义经典研究。马克思主义经典原本是国家意识形态得以产生和确立的缘由，是其合法性的依据，它的经典性深深地植根于整个国家意识形态话语体系。国家意识形态一经确立，一方面它会赋予马克思主义经典无可挑战、不可动摇的地位，另一方面，通过对经典的合法性和绝对性权威的确立，达到不断

---

① 朱自清的《经典常谈》一书原名为《古典常谈》。这本书是根据杨振声的提议撰写的一本向青少年介绍中国古典文化精华的小册子。朱自清在1942年2月完成该书的初稿后，又听取了杨振声的建议，将书名改为《经典常谈》。

② 曲辰：《请读〈经典常谈〉》，《江苏教育》1983年第6期。

强化和固化意识形态教化的诉求。"文革"刚刚结束的一段时期，意识形态的发展方向尚未明晰，因此这种"经典"的研究还在延续；与此同时，在探求中国社会新的发展方向的过程中，马克思主义理论及文学经典依然是可供反思和借鉴的重要话语。

另一类以"经典"冠名的研究别样惹眼，它们出现在电影电视（尤其是电影）的相关研究中。电影，兼具了古典艺术的浪漫主义气质和大众文化的烟火气息，它所采用的影像叙事方式在某种意义上拆解了艺术接受和传播的门槛。其经典性主要植根于民间，来自观众的无功利性的欣赏和认可。同时，从艺术发展规律和学科发展规律看，相较于其他艺术形式，电影在中国已有百年历史，积淀了相当一批艺术成果，与文学的根深叶茂相比，它显得新鲜活泼但立足未稳，因此，电影艺术亟待建立自己的规范和准则，并据此在已有的艺术领域和话语空间中与其他艺术形式分庭抗争进而得到研究的认可。不论是出于艺术发展的需要、学科建构的要求还是理论形成的基础，都需要以"经典"成果的出现和命名作为其成熟的重要标志。所以，电影艺术及其研究在1980年代需要通过积极的经典话语建构确立其艺术价值和文化地位。

如果说这两个论域中有关"经典"的研究有其内在的合理性和驱动力——它们恰好处在社会天平的两端：在官方主流意识形态和民间大众艺术话语之间存在着一种微妙的平衡，那么，在1980年代之初，文学经典似乎没有多少言说和论争的余地。作为艺术叙事，文学及其相关问题的研究不可能与主流意识形态保持绝对的同步；作为一种古老而成熟的文字艺术，文学又不像电影那样亲近普通大众；而作为一个传统学科，文学研究也不具备为争取学科自治而爆发的强大的内在驱动力。

如果对文学进行简单的区分，我们往往说古今有别、中西差异。就"古今之别"而言，在1980年代的文学研究中：前现代或传统中国在几千年的文化建构和文学发展中确立了以儒家经典、唐诗宋词、明清小说等为代表的"古典",这些中国古代文学经典是中国文化孕育的文明,对大多数中国人而言几乎成为一种共识,很少有人能够挑战和否定它们作为经典的地位。大量的研究对其进行新的诠释、补充,进一步巩固了古代文学经典的地位,它们被高高供奉,引人追慕,其作为"经典"的性质是不证自明的。虽然在"文革"期间,古典文学经典的研究和传播被暂时搁置,但总体而言,中国古典文学已经形成一整套完整的话语体系,唐之诗、宋之词、元之曲、明清之小说已是公认的"一代之文学,后世莫能继之者"的"经典"。就文学研究的"今"而言,在中国现代社会转型中产生并不断生成的现当代文学,因其与国家意识形态话语错综复杂的勾连而讳莫如深。在新时期的意识形态话语刚刚松动的背景下,研究者在研究中往往不轻易使用"经典"一词①。就学科自身的发展而言,中华人民共和国成立之后的革命化书写中断了从新文学诞生之日起研究者和参与者不断进行的经典书写的传统,在新的变革面前,这两种话语都显得面目可疑,由此所确立的"经典"都面临着被重新审视的可能。因此,在"文革"结束之初的现当代文学研究中,对"经典"一词的使用显得谨慎乃至回避。而后,随着思想解放的不断深入,现代文学流派、作家组成、作品文本的丰富性和复杂性等恰恰造成了现代文学研究成为"文学经典"论争中最为热闹、立场最为对立和最具有颠覆性的领域。

从"中西差异"看,外国文学研究领域对"文学经典"研究的关注度明显高于中国文学研究②。这些以"文学经典"为名的研究,从来源看,不只包括苏联文学,还包括日本、法国、美国、英国等各国文艺作

---

① 在知网检索中以"文学经典"为关键词进行全文搜索时,1985年之前有55篇文章同时包含着文学和经典这两个关键词,其余涉及中国现代文学的仅3篇,涉及鲁迅、瞿秋白、冯雪峰;中国古代文学7篇,其中涉及《红楼梦》《诗经》《楚辞》等有限的几个篇目的讨论。这样的数量比例也直观地反映出了当时研究者的心态和策略。

② 在55篇研究中有超过40篇的文章从题目即可看出是研究外国文学的论文。

品；从内容上看，这些研究主要是对国外文学经典作品的介绍和评论；从时间的跨度看，很多国家的当代文学和作家作品都在介绍之列。随手翻阅1983年之前的《读书》《译林》《当代外国文学》《外国文学研究》《外国社会科学》等期刊，外国文学研究中"文学经典"面貌丰富多样、艺术表达不拘一格，这恰好和中国文学研究形成了强烈的反差。这种多元化的呈现对之后中国文学经典论争提供了丰富的话语资源。

二 作品"重印""重评"中渐次展开的文学经典研究

如上面的论述，现代文学与国家意识形态话语有着错综复杂的勾连，这一方面表现在中国现代文学的产生发展始终与民族国家的形成和建立息息相关，交织着复杂的话语资源和意识形态。在新的历史条件下，用怎样的理论来厘清历史、正确地认识、评价和对待不同的话语资源需要一个时期的沉淀；另一方面，中国现代文学研究在中华人民共和国成立后的相当一段时期内被建构成为主流意识形态的重要部分，成为文学——革命理论话语的重要样板，仅从今天我们所熟知的"鲁、郭、茅、巴、老、曹"排名的形成过程就可看到两者之间这种复杂的关系。① 进入二十世纪五六十年代以后，意识形态话语对文学研究的收编更加剧烈，被认可的现代文学"经典"的范围急剧减小，及至"文革"时期，几乎所有有影响的作家都被贬斥为"黑线人物"或者"封资修"，"只剩下鲁迅走在《金光大道》上"②。意识形态和文学研究在很长一段时期内的"共谋"，以各种会议、讲话、报告、文学史写作等多种方式制造了中国现代文学无坚不摧的经典名录，这种漫长的时间跨度和各种已有的文学史叙事构成了一道言说中国现代

---

① 程光炜在《"鲁郭茅巴老曹"之说是怎样产生的》一文中指出："通行的中国现代文学史教科书，将鲁迅、郭沫若、茅盾、巴金、老舍、曹禺尊为大师级的现代作家……可以看出中国共产党确立思想文化秩序的努力。"

② 钱理群：《我们所走过的道路——〈中国现代文学研究丛刊〉100期回顾》，《中国现代文学研究丛刊》2004年第4期。

文学经典问题时难以逾越的屏障。在1980年代意识形态松绑的过程中，曾经被其束缚得最严重的领域也成为反弹最强烈的一环。

很多文学经典问题的研究者注意到了1980年代中期以后在"重写文学史"的讨论过程中现代文学"经典"问题的凸显，甚至认为这是1980年代"文学经典"问题首次进入研究者的视野的集中呈现，但考察学科发展史，这个问题的出现应该更早。1970年代末期开始，一批中国现代文学研究的学者们就已经围绕文学经典的外围乃至核心问题作了大量研究，只是在命名中往往以作家作品研究的形式出现而不冠以"经典"之名。温儒敏教授在《从学科史回顾八十年代的现代文学研究》一文中，理析出了1970年代末和1980年代初现代文学研究的基本线索，他将看似短暂的十年研究划分为四个阶段。按照这种划分，"重写文学史"是处在第四个阶段[①]。

实际上，在中国现代文学"经典"作为一个命题被广泛讨论之前，基础性的研究已渐次展开。这首先表现在政治上为"文革"中被打倒的作家和研究者"平反""摘帽"，其中的大多数人参与了中国现代文学的书写和理论建构。这些作家、研究者重回"人民"的怀抱，获得了言说和被言说的可能，也为紧随其后的理论研讨和现代作家作品的"重读""重评"提供了可能。

从1977年开始，北京、兰州、厦门、杭州等地的高校相继组织了关于"两个口号"论争以及"三十年代文艺"等问题的讨论会；1978年10月，《文艺报》编辑部邀请了部分文艺工作者就这一已经引起思想、哲学战线强烈反响的、马克思主义基本理论的重大问题进行座谈，

---

① 这四个阶段分别是：第一阶段是1970年代末1980年代初的"拨乱反正"时期，现代文学学科因为贴近现实引起社会极大关注，因此迅速恢复了学科元气；第二阶段是1983年前后，试图重建现代文学学科并做了很多基础性的工作，主要表现为发掘被忽略的作家、填补研究空白和梳理思潮流派脉络；第三阶段是1980年代中期的"方法热"和"文化热"。现代文学学科进一步超越意识形态的制约；第四阶段是1980年代后期，对学科的分期、格局展开广泛讨论，提出了文学史研究整体，学科进入自觉调整的时期。

并且在《文艺报》头版以"坚持实践第一，发扬艺术民主"专栏形式，刊登了座谈会上的发言并配发编者按。茅盾提出了"作品之能否站得住，能否经受时间的考验，关键在于上面所说的反复的检验与反复的修改"① 的评价标准，巴金等论者提出要把"人民"作为检验文学作品的唯一标准。② 这些有关文学评价标准的讨论为文学经典的确立提供了理论支持。

与此同时，为适应高考制度的恢复和新的大学教育中文学史教学的需要，部分研究者展开了一系列基础性研究工作，主要包括：着手收集整理了现代作家的传记材料、编写现代作家辞典、编辑出版文学作品选等。1978年，北京语言学院编辑了《中国文学家辞典》（共四册），选录有现代作家2182人，几乎包括了所有五四以来各个阶段有过一定影响的作家（甚至仍有争议的作家）。此后，《中国现代文学创作选集》《中国当代文学研究资料》《中国现代文学史资料汇编》《中国现代作家作品研究资料丛书》《中国现代文学书刊资料丛书》等有关现代文学的史实资料和文选大量编辑出版，《中国新文学史料》等期刊纷纷创办。这些作家的选择和史料的收集过程为全面认识中国现代文学提供了充分的资料，也为文学经典的遴选划定了一个大致的范围，或者说，它实际上扩大了研究者的视野，使此后的研究能突破既定的排序和少数的几位"法定的"经典作家作品的束缚，在更大的范围内认识和勾画了现代文学的样貌，也大致划定了中国现代文学"经典"的遴选视野。

思想解放的理论探讨，作品、作家、文学运动等新的史料的发现和出版都为接下来进行的现代文学作品"重评"的开展做了充分的准

---

① 茅盾：《作家如何理解实践是检验真理的唯一标准》，《文艺报》1978年第5期。
② 巴金在《要有个艺术民主的局面》的发言中提出"对作品最有发言权的人就是读者，就是广大人民群众。任何作品都要经过广大群众的实践来检验的。一部作品的价值不是少数几个人点点头说两三句话就可以决定的"，"群众才是真正的英雄，文艺作品是为他们服务的"。李春光在《谈社会主义文化民主问题》一文中表示，"承认实践是检验真理的唯一标准……在文艺上，就要承认人民是文艺的主人"。详见《文艺报》1978年第5期。

备，现代文学以其与中国现实紧密的贴合性引起了极大的社会关注，现代文学研究也迅速恢复了学科元气。"1978年党的十一届三中全会以后，现代文学研究工作开始全面复苏。最初几年，主要是进行'拨乱反正'的工作，在理论上澄清了现代文学的根本性质问题。同时大力恢复实事求是的科学学风，对一大批作家作品进行了'再评价'——这些工作实际上具有某种'平反'的性质"[1]，作为历史亲历者和反思者，王瑶先生的这个总结应该符合当时研究的历史面貌。大规模的"重评"活动所涉及的作家包括周作人、沈从文、丁玲、胡风、路翎、萧军、废名、施蛰存、师陀、张爱玲等，而被彻底否定过的新月派、鸳鸯蝴蝶派、论语派等都有专门的论文对其进行"重评"或反思。与"重评"相伴随的是"名著重读""名作欣赏"等活动；同时，作家研究的专题会议大量召开、相关的专题性学会组织相继成立（当时集中成立了鲁迅学会、郭沫若研究会、茅盾研究会、丁玲研究会、瞿秋白研究会等）。

1982年以后，不只是在文学研究领域，在社会文化、艺术的各个方面，人们都不再满足于延续原有政治框架内的"小修小补"，转而在各自的领域内寻求突破的可能。在中国现代文学研究领域也出现了新的研究范式：研究者从单个的作家、作品"重评"转向了对作家、作品赖以产生的各种因素和历史关系做综合分析；研究者试图超越以往的简单化、一元化的政治性评判开始寻找文学自身发展的机理；各项研究努力复原现代文学多彩的面貌，并重现了许多作家曾经被遮蔽的特色和贡献。

三 "重写文学史"与现代文学经典的建构

1980年代中期，随着思想解放运动的推进，学术界的研究风气也

---

[1] 王瑶：《中国现代文学研究的现状与前景——在"现代文学研究创新座谈会"上的讲话》，《中国现代文学研究丛刊》1985年第4期。

更为自由,回归五四以及新启蒙主义一时成为许多研究者的追求,李泽厚先生关于"启蒙与救亡"双重变奏的观点在文学研究界产生了辐射性的影响。文学研究在"传统与现代的对抗"和"文明与愚昧的冲突"的坐标中,强烈地表达了启蒙主义的目的和现代化的意识形态。伴随这场"新启蒙"运动的展开,中国现代文学研究领域从1985年开始提出了"新文学研究整体观"和"20世纪文学"的观念,并继之以"重写文学史"的热潮。"20世纪中国文学""中国新文学整体观""重写文学史""把文学史还给文学"等话语构成了"文学现代化"的概念家族,并获得了学界普遍认同①。需要强调的是,"重写文学史"不是一种纯粹的、自足的、独立的学科活动,它有着来自学科内部和外部的话语网络和逻辑,"近十年中国现代文学的研究确实走到了这一步,有它自身的轨迹可循"。如果立足于学术和审美的视野,前面提到的,从1970年代末期开启的一系列的"重评"已经开始了"为文艺正名"的努力,此后"二十世纪中国文学"的提出将近百年中国文学置于现代化进程中加以理解,追踪启蒙的轨迹,为"重写"确立现代化维度;如果立足于社会文化的视野,可以说,"重写文学史"的话语从一开始就溢出了文学场域,超越了单纯的审美关怀而体现了知识分子的人文理想和社会关怀,以对现代文学的价值重估和叙事重构参与到了改革开放和文化转型的实践中。文学经典问题在此时也不只是作家座次和文学文本的价值问题,而是新时期思想解放运动和新的价值体系、文人理想建构的重要部分。

1980年代中期开始的这场声势浩大的"重写文学史"讨论"往深层次上说,就是一种新的经典标准的厘定"②,它是一个五四和启蒙神

---

① 旷新年:《视阈的转换:从"追求现代化"到"反思现代性"》,《西南民族大学学报》(人文社会科学版)2012年第1期。

② 刘忠:《"文学史"书写的漫长之旅——兼论文学经典的流动性》,《文艺研究》2011年第12期。

话化的经典建构过程。在打破以往单纯的，或主要是以政治需要来评价文学作品思想性的基础上，相关研究拓宽了"鲁、郭、茅、巴、老、曹"的经典"排行榜"，试图回归文学的本体，立足文学的审美价值，重新确立了文学作品以文学性、审美性入选文学史的主要标准，到1980年代末期，一大批论著和文学史的出版赋予并确定了以往被有意无意忽略的作家及其作品"文学史经典"的地位。樊骏先生曾对《中国现代文学丛刊》的研究论文进行统计，从中可以清楚地看到，这一时期研究"鲁、郭、茅、巴、老、曹"的文章数量从占作家作品研究的半数以上，缩减到不足四分之一，与此同时，关于沈从文、张爱玲、萧红、林语堂、周作人、冯至、穆旦等原被视为"非主流"作家的研究则急剧增长，甚至超过"主流"作家研究数量[①]。这不仅是"重写文学史"的结果，也是经典观念、经典标准的一次重新界定和影响的显现。它终结了在文学评价中政治一元（或影响独大）的标准，代之以更合乎文学本体的审美的、人性的、文化的标准；它也不同于古典的"经典"标准和观念，新的"文学经典"不再一旦获封就永享"经典"之名，而具有了文化、文学的现代性特征，它是在现代性的文化框架中被确认和阐释的，它包含了中国现代文化、文学、语言的现代性探索的方向和可能。"文学经典"作为一个问题在新时期文学研究中的首次出场，显示了其丰富的表达力、可能性和与之相关的交错复杂的话语体系。

　　客观地说，在1980年代并未出现一场真正意义上以"文学经典"命名或以此为论题的论争，这里讨论的论争和研究大多不是以"经典"之名，而是以作品欣赏、作品选、文学史书写等多种话语实践呈

---

① 相关数据可参见樊骏先生撰写的《中国现代文学研究丛刊》十年（1979—1989），载于《中国现代文学研究丛刊》1990年第2期；《〈丛刊〉：又一个十年（1989—1999）——兼及现代文学学科在此期间的若干变化》（上、下），分别载于《中国现代文学研究丛刊》2000年第2期、第4期。

现的。但从本质上看，建构中国现代文学经典的冲动存在于文学研究者的内心，也潜在于各种文学研究的话语之下，似乎大多数论争都不是关于经典的，而研究最终指向或关涉到文学经典问题，正如高手过招，不见刀光剑影，推杯换盏之间高下已辨。不论是历史的偶然还是研究者的"共谋"，中国现代文学经典以明修栈道暗度陈仓的方式在"悄然无息"的书写中被初步建构起来，并被它的建构者们载入文学史册。

重新审视1970年代末到1989年之前学术界与"文学经典"相关的研究，我们可以清晰地看到"文学经典"问题在当代中国语境中从"潜伏"到"亮剑"的呈现过程。1980年代"文学经典"的呈现有着不同于西方"文学经典"问题的语境，这些关于文学经典问题的讨论是思想解放运动在文学研究方面的后果之一，虽然它在"文化热"和"方法热"的簇拥下出现，但大多数研究者在西方文化涌入中国的时刻并没有失却自己的文化判断也没有放弃建立本民族文学、文化现代性坐标的努力，他们以确立新的"经典"标准、发现新的经典的形式，对中国文化、文学自身的现代性进行发掘，是对中国文学现代性"传统"的自我指认和确立过程。1980年代，国内关于文学经典问题的关注是学术界自发形成的，它不是受西方"文学经典"论争而"催生"的问题[①]（西方文学经典问题的讨论对国内研究的影响在1993年之后才开始逐渐发挥作用，它一方面启发了国内研究界关于文学经典问题的复杂性的认识，另一方面，遮蔽了国内学术界关于文学经典研究的独特语境，削弱了来自中国文学和文化发展自身的力量，影响了文学经典化的过程）。这些关于文学经典的讨论主要是中国文学研究

[①] 这里的"西方文学经典论争"是指出现在1960—1970年代，作为西方社会运动在学术领域的表现，"文学经典"开始受到质疑和挑战并引发了激烈的论争。这种质疑不是来自文学或审美，而主要来自自由主义多元化（liberal pluralism）的政治话语，其焦点集中在"经典形构"中的排除和包含。

和文化思潮的内在逻辑共同推动的结果，它作为问题的凸显、发展中的推动力和言说的理论话语主要来自"本土"，文学回归本体、回归审美是其诉求和方向。如果要进行类比的话，1980年代国内文学经典研究与20世纪上半叶西方文学经典的研究相近似：同样是精英知识分子占据了言说的主战场，对本民族的现代化叙事有着极大的热情和期待；同样的有着混乱之后对秩序的渴望、对历史和传统强烈的归属感。在近半个世纪的时间里，西方文学研究者在现代知识谱系中，以现代性的审美和价值标准遴选并建立了一个在当时被认为是经得起时间考验的、具有永恒价值的、远离政治利益的"文学经典"谱系，在这个过程中，艾略特、利维斯等研究者充当了文学经典的遴选者，现代学科体系的完善是其内在动力，而现代教育制度为其提供了传播场所和制度保障。不同的是，这个新的经典确立的过程，西方用了近50年的时间，保证了这些"经典"的传统久远和牢固，即使在1960年以后受到众多学者的诟病和冲击，在哥伦比亚大学等知名学府内至今依然保留着"大书"教育的传统。

在历史发展的过程中，偶然事件可能突如其来地改变它推进的方向。从1988年《上海文论》第4期开辟专栏"重写文学史"开始的关于文学经典和文学史写作的集中讨论到1989年第6期就宣告结束。在"重写文学史"的背景中出场的"文学经典"讨论尚未全面展开，"重写文学史"的实践"突然被个别论者气势汹汹地斥责为'资产阶级自由化'，一时之间颇有点'山雨欲来风满楼'的紧张气氛"①，"重写"的问题戛然而止，中国文学经典的现代讨论还未确立一种新的传统就随之隐退为水下的冰山。虽然在1990年代中期以后，文学经典问题卷土重来，但彼时的研究语境已发生了根本性的变化，各种西方社会的文化理论被译介到国内，国内学术界对文学经典的讨论已经

---

① 樊骏：《丛刊：又一个十年（1989—1999）——兼及现代文学学科在此期间的若干变化（上）》，《中国现代文学研究丛刊》2000年第2期。

没有了1980年代的自信和热情，眼花缭乱的术语使得文学经典问题的自发性和独特性消隐，而更多地成为对他者文化的跟随，消费文化、文化工业将文学裹挟其中，研究者很难保持淡定和疏离，少有人气定神闲地沉浸于"伟大的作家和不朽的作品"中的细读和阐释。然而，虽然只是短短的十年，但对文学经典的研究却是一种不可缺席的在场，它提出的问题在30多年后的今天仍未解决，它引发的思考是仍需重视和整理的思想资源。

在回顾和梳理1980年代的文学经典论争时，我们提到了许多观点和事件，需要指出的是，这些观点和事件不是孤立的文学现象，它是1980年代整个社会转型和现代化重建的重要组成部分，在论争过程中，文化精英利用现代媒介进行新启蒙，主导和代表了这一时期文学经典论争的方向。

第二节 启蒙媒介文化的形成与文学经典论争场域的重建

一 1980年代社会分化中的媒介转型

（一）国家—精英—民众互动结构的重建

从中华人民共和国成立到1950年代中后期，"一个相对独立、带有一定程度自治性的社会已不复存在"[①]。到改革开放前，在我国的总体性社会结构中，国家几乎垄断着全部重要资源，这里的资源不仅包括物质财富，也包括人们生存和发展的机会及信息资源，以这种垄断为基础，国家对几乎全部的社会生活实行着严格而全面的控制。同时，对任何独立于国家之外的社会力量，要么予以抑制，要么收编成为国家机构的一部分。总体而言，这是一种典型的强国家—弱社会的模式。

---

① 孙立平：《转型与断裂：改革以来中国社会结构的变迁》，清华大学出版社2004年版，第1页。

改革开放带来了国家与社会关系的根本性变化,"许多具体的改革措施实际上导致了国家与社会间的结构分化"①。这种关系的调整至少表现为以下三种情况。第一,控制范围的缩小。这明显地表现在人们的日常生活、文学艺术和科学研究等方面。在此期间,虽然也发生过或小或大的反复,但总的说来,在这些领域中,党和政府的直接控制和干预已经越来越少,自主性在明显增强;第二,在仍然保持控制的领域中,控制的力度在减弱,控制的方式由一种对实际过程的控制转变为一种比较原则性控制;第三,控制手段的规范化加强。这些由改革带来的国家社会关系的变化造成了自由空间的不断出现和扩大,而后者又成为导致国家和社会间结构进一步分化的重要前提。

改革开放对"中国社会变迁意义最重大,最引人关注之处就是结构的剧烈、持续、深刻的分化"②,中国社会"由总体性社会向分化性社会"转变。"结构分化"是指在发展过程中结构要素产生新的差异的过程,它有两种基本形式,一是社会异质性增加,即位置、群体、阶层、组织的类别增多;二是社会不平等程度的变化,即结构要素之间差距的拉大。社会分化作为社会变迁的主要形式之一,其对现代化的影响主要通过两种机制,即由异质性所体现的社会分工和专业化组织对生产效率的促进作用,以及角色多元化和职业等级差异对阶层多元化、社会流动和教育普及的引发及促进作用。这两者都有助于消除"先赋"特权,增加个人"自治"地位的比重。因此,许多社会学家将结构分化的形态作为观察和描述现代化过程的一个重要方面。

在社会结构分化的同时,构成社会结构的基本因子也在发生着变化。在社会学中,国家、民间统治精英、民众被视为分析社会结构中

---

① 孙立平:《转型与断裂:改革以来中国社会结构的变迁》,清华大学出版社2004年版,第2页。

② 孙立平:《转型与断裂:改革以来中国社会结构的变迁》,清华大学出版社2004年版,第4页。

的三个基本因子，由这三个因子所形成的相对稳定的互动关系是社会结构的基本构架之一。这种互动关系的演变是社会结构变迁的一个重要方面，并会对社会生活产生广泛而深刻的影响。其中，民众是处于三层结构最低层次的结构因子，被视为国家和民间统治精英抽取资源的共同对象，在大部分情况下，民众与民间统治精英间的互动关系是直接的，而与国家的互动关系则往往是间接的。在国家和民间统治精英力量都较弱的情况下，民众的作用会显得更为突出。在稀缺资源多元拥有的市场经济中，大部分稀缺资源广泛分布在民间，在此基础上形成的是一种复杂而多样的结构因子：土地的拥有者，大大小小、或完全或不完全的资本拥有者，知识与技能的拥有者，体力的拥有者，等等，也正是在这种情况下，社会的中间层，即民间统治精英才能得以形成。

晚清末年，由于近代工商业的发展，西方近代文明的传播及新式学堂的创办，特别是科举制本身的衰败及最后的废除，中国的主要民间精英士绅及地主集团受到沉重打击，过去曾有着高度同质性和内部整合的集团迅速分化，进而转化为近代工商业者、知识分子、新式军人，以及保留在乡村社会的土豪劣绅。这实际上意味着国家—民间统治精英—民众三层结构中一个至关重要的部分的分裂与解体。这次民间统治精英衰落与解体带来的直接结果就是帝制的结束，而其更深一层的影响则绵延相当之久：国家与社会的中介失去了原有的有效性；基层社会整合发生困难，在政治解体的同时伴随着社会解体；下层统治抬头，革命与造反频繁；激进主义成为文化意识形态中的主旋律，自由主义与保守主义一直处于弱势；更重要的是，在此后近一百年的时间里，中国一直缺乏能定型社会基本制度框架的力量，社会制度缺乏内在的稳定根据，最终结果是以整合危机表现出来的总体性危机的形成。在国共两党为解决总体性危机的角逐中，中国共产党取得了胜利并掌握了在大陆的政权，并在此基础上建立了一个作为对总体性危机反应的总体性社会。

随着经济体制改革的展开,稀缺资源的拥有和配置发生了一系列的变化,其中,最根本的变化是"一个新的中间层正在以相当快的速度形成,并在国家、民间统治精英以及民众间形成一种新的互动关系",即现代民间统治精英的出现。虽然在改革早期,一些至关重要的资源仍控制在国家手中,但也有相当一部分资源流入民间,这些民间拥有的多元非国家垄断资源,在"自由流动资源"和"自由活动空间"的基础上,一个相对独立的社会力量——中国民间统治精英的雏形正在形成。①

在改革前的总体性社会中,知识分子对国家有一种从物质到精神的依附性,但在市场改革的条件下,这种情况已有明显变化。一是与改革前相比,其独立性明显增强;二是对改革开放的热情支持。虽然在知识阶层内部对改革的态度也有明显差异,但总体来说,知识阶层是当时社会各阶层中对改革的支持最明确的一个阶层。他们一方面有着对改革可能会造成的自由的学术气氛的向往,另一方面,其知识背景以及对外部世界的了解使他们坚信只有改革才是中国的出路。他们对改革的支持态度,在很大程度上并不是以改革对自己切身物质利益可能造成的影响的判断为基础的(对市场改革的残酷性,特别是可能对知识阶层利益造成的负面影响,并没有清醒的估计)。随着中国民间统治精英的成长,国家、民间统治精英、民众之间的互动和对话关系得到了恢复性重建,新的社会力量的出现打破了原有的国家—民众关系模式,在社会生活中发挥着结构性作用。

(二)大众传媒的回归及角色的重新界定

从中华人民共和国成立到"文革"结束,在高度总体性社会中,大众传媒一直是一种高度意识形态化的国家机器,"报刊是阶级斗争

---

① 孙立平:《改革前后中国大陆国家、民间统治精英及民众间互动关系的演变》,《中国社会科学季刊(香港)》1994年第1期。

的工具"是统领当时的媒介理论和实践的核心论断①，而"政治家办报"的要求则使得媒介传播的主体和政治权力主体高度统一，这种理论和实践发展到"文革"，造成了种种"篡党夺权的政治阴谋、种种倒行逆施都是通过当时控制的传媒（主要是两报一刊）来展现"②。这一时期，"媒介"作为一个概念术语因为缺乏阶级的指向而被质疑和批判，直到1980年代末，国务院总理在政府工作报告中首次使用"新闻媒介"而不是"新闻工具"，这一概念的使用和理解才具有广泛的合法性。

伴随着1980年以来中国社会转型和社会发展加速，中国传媒业也从历史和逻辑两个方面充分展开，进入发展的关键时期。这一时期中国传媒改革的核心是对传媒功能的重新定位：通过新增媒介的培育和发展，在传媒行业的总体功能的改善上、社会角色扮演的丰富性上的增加，在媒介运行机制和传播资源配置方式上的市场化、产业化手段的引入方面实现了在稳定中求发展③，并逐渐完成了从组织传播到大众传播的转变。描述大众传媒在1980年代的转变有相当的难度，因为"这一系列波及广泛、影响深远的变化，这些变化或如惊涛骇浪，触目惊心，或如涓涓溪流，润物无声，从而使任何叙述都相形见绌"④。这里我们选择了一些节点，通过对节点的论述和分析来呈现这一时期媒介文化的总体性变化。

1978年，《光明日报》发表了特约通讯员文章《实践是检验真理的唯一标准》，这篇历史性文献和由此引发的真理标准问题大讨论成为拨乱反正和改革开放的理论先导，也成为传媒"推动改革开放进程的里程碑事件"⑤。这场大讨论从政治层面展开，但它带来的思想解放

---

① 李彬：《中国新闻社会史（1815—2005）》，上海交通大学出版社2007年版，第215页。
② 罗以澄、吕尚彬：《中国社会转型下的传媒环境与媒介发展》，武汉大学出版社2010年版，第1页。
③ 喻国明：《传媒发展：从"增量改革"到"语法改革"——小议中国媒介改革逻辑的转型》，《青年记者》2007年第6期。
④ 李彬：《中国新闻社会史（插图本，第二版）》，清华大学出版社2009年版，第447页。
⑤ 李彬：《中国新闻社会史（插图本，第二版）》，清华大学出版社2009年版，第249页。

历史进程"在整个80年代也渗透于各个领域……特别是文艺界、学术界和新闻界"①。1980年代,国内大众媒介仍然保持着党性原则,所有新闻媒体作为党和政府的喉舌须在政治上与党中央保持一致,在此前提下,新闻事业也开始部分恢复对真实性的坚持、群众性原则的使用和监督功能的发挥,改革开放后中国社会要发展进步的内在动力成为那个时代的最强音,所以,从思想路线上进行彻底的拨乱反正、正本清源就是要通过讨论帮助人们冲破头脑中多年形成的教条主义、个人迷信和"左倾"思想的束缚,打破了思想理论界的僵化沉闷状态。在真理标准问题的讨论中,《光明日报》《人民日报》《解放军报》等权威性党报活跃在思想解放的前沿,积极充当着知识分子的讨论、民间的声音和中央政策的信息会通渠道,它们"把党中央改革开放的总方针作为大背景,让实践检验真理,通过讲述具体事件阐发宏大理念,以俯视的视角和正义的气势,力排众议,推进改革的进程……传媒所以能够仍然运用这种报道方式实行引导,在于中国的主要传媒在粉碎'四人帮'之后迅速转变立场,顺应了人民的意愿,赢得了公众的信任"②。到了1978年12月6日,全国几乎所有的省、区、市党委都表态接受实践是检验真理的唯一标准的观点。与此同时,大众传媒在这一过程中也重新恢复和确立了实事求是的马克思主义思想路线,回归真实、及时、客观、公正的新闻理念,"恢复新闻传媒作为大众媒介的本来面目"③。1985年2月8日的中央书记处会议上,时任中共中央总书记的胡耀邦发言指出:"我们党的新闻事业……是党的喉舌……同时也是人民自己的喉舌……它还是党联系人民群众的一种纽带和桥梁……在党内外和国内外传递信息的一种工具④。"这种表述肯定了媒

---

① 李彬:《中国新闻社会史(插图本,第二版)》,清华大学出版社2009年版,第249页。
② 陈力丹:《传媒推动社会思想解放的上世纪80年代》,《今传媒》2009年第10期。
③ 罗以澄、吕尚彬:《中国社会转型下的传媒环境与传媒发展》,武汉大学出版社2010年版,第12页。
④ 胡耀邦:《关于党的新闻工作》,《新闻战线》1985年第2期。

介的"喉舌"作用，又将这种"喉舌"的使用主体从政党扩展到了政府及人民，明确了媒介作为信息传递工具的作用，在一定程度上表明了党的最高决策层对大众传播的功能已经有了认识的转变。

1979年3月，全国新闻工作座谈会提出新闻宣传工作的重心向社会主义经济建设转移的发展战略，以此为契机，1980年代的媒介改革拉开帷幕。此前，1978年末《人民日报》等8家新闻单位联合向财政部递交报告要求试行"事业单位，企业化管理"得到了财政部的批准，这实际上从政策层面开始承认传媒的市场属性；1979年1月23日，《文汇报》刊登第一条外商广告，成为中国当代媒介变迁中的标志性事件；1981年1月29日《中共中央关于当前报刊新闻广播宣传方针的决定》重申了要善于运用报刊开展批评推动工作，此后，媒介的舆论监督和批评功能得以制度化；1985年《洛阳日报》首家尝试自办发行……①以这些实践为契机，大众传媒在社会分化中逐渐获得了自身独立的功能和资源，它不再是与政治高度同质化的意识形态，随着社会文化的转型和党的工作重心的转移，媒体的主要任务也从服务阶级斗争转向传播和培育社会主义新文化，在主要传播主导文化的同时，也为其他话语留下了表达的空间。

二 启蒙媒介文化的形成

美国学者艾恺认为："特定的经济条件并不保证现代化的出现……人们必须要有一种特殊的机动力量，一种心理，愿意接受有利于现代化改造的各种价值和主义"②。刚刚从阶级斗争、文化专制、愚昧落后、极左思想肆虐横行的年代中走出来的中国人，又一次面临着转变思想观念的紧迫任务，历史向我们的民族和文化提出了启蒙的

---

① 胡耀邦：《关于党的新闻工作》，《新闻战线》1985年第2期。
② [美]艾恺：《世界范围内的反现代化思潮——论文化守成主义》，贵州人民出版社1991年版，第8页。

课题。

思想启蒙的途径无非两条：一条是通过政治的手段从上到下灌输，另一条是通过民间的力量自下而上渗透。在"文革"结束后的中国，由官方主持的拨乱反正实际上是自上而下进行的启蒙运动，其结果是推翻了"两个凡是"，重新确立了实事求是、一切从实际出发的思想路线，从而为改革开放奠定了思想基础。在官方主持的启蒙运动正式启动之前，民间的启蒙运动也已经自发展开。

在前一部分分析的国家—民众二元互动的社会结构中，国家直接面对民众，虽然从表面上看来，国家与民众间的互动经常而频繁，但两者之间缺少制度化的沟通渠道①，这主要表现为由上至下和由下至上两个沟通渠道的剧烈失衡：前者往往稳定而有效，后者则系统化和制度化程度很低。大众传媒作为现代社会主要的一种传播渠道和舆论工具，它传达党和国家的决策和思想，并力图用群众"喜闻乐见"的形式使这些决策和思想能"深入人心"，其信息内容往往整齐划一并多次重复。由于缺乏其他有效的信息来源，官方通过大众媒介传递的信息成为民众的主要选择，作为受众，民众充当着受教育者的角色，处于被引导、被领导、被武装的弱势地位，而其对信息的反映缺乏有效的反馈机制，从而造成了两层社会结构中国家对民众要求反应的迟钝性。另外，由于缺少精英阶层，民众对自身要求的表达的凝练性、明确化极为困难，即使是在大规模抗议中集中表达出来的要求，也明显缺少可处理性，因而距离政策决策的层次相差很远。正是源于此，在1980年代的社会变化中，文化精英作为一种社会力量，他们在改革开放后重回社会的互动结构，在自上而下和由下而上的沟通渠道中发挥着话语中介的重要作用。

曾经由于政治权力的遮蔽和否定而消逝的文化精英重新归来，他

---

① 孙立平：《转型与断裂：改革以来中国社会结构的变迁》，清华大学出版社2004年版。

们迫切要求在社会结构互动中发出自己的声音。这些文化精英在部分政治精英的支持下，试图打破原有的官方垄断文化资本、文化权力从属于政治权力的格局，强调知识分子的主体性地位以及文化的相对独立性。从主要的诉求方面看，进入新时期，知识精英和国家意识形态之间有着高度的一致性：他们共同具有对社会现状的改革要求和推动整体性社会进一步分化的期待。虽然在知识阶层内部对改革的态度有着明显差异，但就总体而言"知识阶层是当时社会各阶层中对改革的支持最明确的一个阶层"①，知识精英在思想解放、改革开放和启蒙的倡导过程中始终作为改革开放的意识形态和社会实践的组成部分，发挥着重要的推动者甚至风气的引领者的作用。知识精英对于改革开放的国家话语的高度认同也得到了来自国家意识形态的进一步回应，国家意识形态通过对知识价值的肯定、对知识分子的政策性恢复以及对知识精英话语的认同性使用等方式，鼓励了知识分子更深度地参与到社会互动过程中来。在这个不断认同和回应的过程中，精英知识分子和精英文化的统治地位终于在1980年代得到了确立，"整个思想解放就是一个精英化运动"②的表述就是对1980年以来这种文化资本重新分配的表达。

这里所说的"精英文化"主要是指以社会知识分子和文化人阶层为主体创造的、经由大众媒介传播和分享的文化，它具有引导社会价值、教化大众和文化扩散的功能。与直接参与社会经济生产活动的科技工作者不同，作为文化精英的人文知识分子参与社会转型和互动的方式往往是话语实践，其主要展开形式是以在报纸、刊物、书籍等大众纸质媒介中发表主要使用文字符号的言说来表达自己的立场，通过信息的交流和沟通影响受众的认知，进而达到作用于社会其他实践层面的目的。这些借助纸媒和文字符号的话语实践活动成为1980年代媒

---

① 孙立平：《转型与断裂：改革以来中国社会结构的变迁》，清华大学出版社2004年版。
② 陶东风：《新文学三十年：从精英化到去精英化的历程》，《语文建设》2009年第1期。

介文化的重要组成部分，它们大致具备如下的文化表征：

1. 以纸媒为主要传播媒介。1980年代是中华人民共和国出版业发展最为重要的历史阶段。随着国门的打开，各种现代西方文化思潮蜂拥而至，这极大地刺激了国人的求知欲望。顺应时代潮流，中国图书出版业逐渐驶上快车道：1985年全国总印数66亿册，为中华人民共和国成立后的最高水平；从1979年至1985年，全国期刊的种数每年递增19%左右，总印数每年递增12%左右；1980年代的文学类期刊也得到迅猛发展，每年文学艺术类期刊（以纯文学期刊为主）雄踞期刊业之首，约占全国期刊总体种数的1/8，印数则占全国期刊总印数的1/5。由于1960年以来的政治需要过于强化了小说的教化功能，它的愉悦功能遗失殆尽，因而，新时期以后的读者对小说的阅读欲望几近于疯狂，翻开1980年代的文学期刊，80%以上篇幅是小说。改革开放前的文学期刊以《人民文学》牵头、各省作家协会主办的地方文艺期刊助阵的格局被以"四大名旦"①为代表的大型文学期刊所取代；随着媒介技术和观念的发展，精英知识分子也开始尝试以印刷媒体之外的文化形态来进行文化传播和启蒙。例如，1988年6月，中央电视台开始播出6集电视系列片《河殇》，以黄河为主题，探讨中国文化的困境与出路。这是运用大众传媒讨论文化问题的大胆尝试，节目播出后立即在海内外引起轰动。通过纸媒的大量传播，知识精英阶层的文化讨论及其影响传播开去，在更广泛的社会范围中产生激荡和影响。

2. 以精英知识分子为启蒙主体。古往今来，我国的文化精英始终追求一种关注社会、度人济事的人文精神，他们希望通过其"观照"实现终极意义追寻，发挥对大众传播的引导、规范、教化的作用。进入近现代以后，中国社会长期处于外侮内乱的动荡之中，人

---

① 1980年代期刊的"四大名旦"是指：1978年8月创刊的《十月》（北京出版社），1979年初复刊的《收获》（上海作家协会），1979年5月创刊的《花城》（广东人民出版社）和1979年底创刊的《当代》（人民文学出版社）。

文知识分子进一步充当了引导社会大众的导师角色，精英文化在启蒙民众救亡图强的社会运动中发挥了重大作用。从1980年代起，中国的知识分子在现代化运动中，再次发出启蒙的话语，倡导旨在启蒙和引导社会大众、服务和贡献社会实践的精英文化传播。正如谢冕当年所言："我觉得，如今生活着的几代人都是幸运的。我们有幸站在两个重大时代的交点之上。历史给我们以机会和可能，进行范围广泛的全民反思。这种历史性的反思，以深刻的批判意识开启民族的灵智。作为这一时代的知识分子，我当然也无法（当然也不谋求）逃遁这一历史的使命。"① 这个时期的文化与文学笼罩在精英知识分子的批判——启蒙精神之中，诞生了一批以继承五四为己任、以鲁迅为榜样、以建立自由民主的社会与文化为使命的启蒙知识分子。他们有强烈的精英意识、启蒙情结和社会责任感、使命感，积极推进了1980年代的话语建构。这个精英化过程不是孤立发生的，它是当时中国"思想解放"运动的一部分。在一定意义上说，整个"思想解放"就是一个精英化的启蒙运动，不论是重回启蒙文学的传统还是倡导纯文学，属于精英知识分子的文化话语几乎垄断了文化的生产和传播。

3. 以主体性建构为主要价值引导。"文革"十年是一个抹杀个性的政治高压时代，人们所有的需求和活动都在"狠批私字一闪念"的过程中被异化。因而，1980年代追求人的解放、要求人的尊严、渴望人性的回归、思考人的自由成为从个体到社会的总体性需求，"'人啊，人'的呐喊遍及各个领域各个方面，一个造神造英雄来统治自己的时代过去了，回到'五四'时期的感伤憧憬迷惘叹息和欢乐"②。这一时期的精英文化表现出共同的价值认可，即充分肯定人的主体性、肯定人的地位和价值、尊重人的尊严和个性。1978年8月11日《文艺报》整版刊载了卢新华的短篇小说《伤痕》，它因正视了"文革"

---

① 冯牧等主编，谢冕著：《谢冕文学评论选》，湖南文艺出版社1986年版。
② 李泽厚：《中国现代思想史论》，安徽文艺出版社1999年版，第1080页。

给人们造成的精神创伤而引起轰动,"全国读者的眼泪足以流成一条河",而当天的《文汇报》加印至150万份;文学研究中的"人物性格二重组合论"等都是对主体精神和心灵苏生的张扬和支持;在学术研究中有被禁绝多年的尼采哲学、存在主义、弗洛伊德和马斯洛的需要层次理论等,同样因其对主体、对"人性"的关注而引起传播和被接受的热潮:甘阳在1984年翻译的《人论》销量高达24万册,一时洛阳纸贵;1980年《中国青年》杂志社发表了署名为潘晓的文章《人生路为什么越走越窄?》并引发了持续三年的"人生大讨论",也是在主体性反思和建构的价值引导下出现的媒介实践。

4. 以文化本体追寻为主要指向。"文化"是1980年代的关键词,到1985年前后形成的"文化热"则标志了对文化的关注成为整个社会普遍的文化现实。"文革"结束之后,人们痛感知识的缺失和匮乏,尤其是在农村蹉跎了大好时光的知识青年。正如有学者所言,"知青就是没有文化的人,所谓知识青年的意思就是不配叫知识分子,不过是认识几个字但没有什么文化的青年。我们那时都强烈感觉不但自己没有文化,整个中国都没有文化"①。正是基于社会精英文化意识的觉醒与对自觉的追寻,"文化"成为一种总体性社会风尚。当然,这里的文化不只是个体性的知识,它最终指向了中国现代文化的建构。如,1984年四川人民出版社出版的金观涛、刘青峰所著《在历史的表象背后》,书中阐述了"超稳定结构论",探讨中国封建社会长期延续的原因,为人们思考中国传统文化带来了巨大的启发,"在年轻大学生中几乎人手一册",并在1998年"被列入20年最有影响的20本书"②;1985年前后兴起的"寻根文学"思潮正表现了文化精英对民族文化重建的思考。

---

① 甘阳:《古今中西之争》,生活·读书·新知三联书店2006年版,第10页。
② 《新周刊》编辑部:《20年中国备忘录:20年来最有影响的20本书》,《新周刊》1998年第22期。

5. 以现代化为主要发展目标。从政策层面看,"四个现代化就是中国最大的政治"①,1979年邓小平在《社会主义也可以搞市场经济》中明确指出了现代化在1980年代整个政治格局中的重要地位。在思想文化领域,1980年代被认为是思想凸显、理想主义与启蒙精神高扬的时代,在对"文革"进行彻底否定的同时,知识界开始了以西方现代化为参照,对五四以来的意识形态进行反思。对照西方文化,许多知识分子提出中国之所以没有实现现代化主要是因为"中国文化传统有问题",中国要完成现代化事业就要接续五四以来创立的启蒙传统展开一场"新启蒙"。最具代表性的是出现在1980年代的几套导入西方文化和思想资源的丛书,其中包括了华夏出版社的"二十世纪文库"、人民出版社的"三个面向丛书"、上海人民出版社的"新学科丛书"、贵州人民出版社的"传统与变革丛书"、四川人民出版社的"走向未来丛书"等,这些丛书的出版给当时的社会观念和文化发展带来了巨大的冲击,到1985年前后的"文化:中国与世界"丛书的出版发行,将西方从古典到现代的人文主义思潮系统引入国门。这些思想资源使得知识精英在对中国与西方、传统与现代的思考中形成了文化的批判意识和怀疑精神。

在1980年代,中国思想界最有活力、影响最大的是"启蒙主义"思潮,知识分子要重新完成"启蒙"这一在中国被"救亡"所中断而尚未完成的工程。这一主导性思潮席卷了经济、政治、法律、文化等各个领域,也奠定了1980年代的历史基调。这寄寓了知识分子明确的、拒绝世俗的精英立场和理想主义精神,也流露出他们对于改造中国的乐观态度。"新启蒙"为整个国家的改革实践提供了意识形态的基础②,新启蒙思潮以现代化的想象和诉求为方向,对中国历史与现

---

① 邓小平:《社会主义也可以搞市场经济(1979年11月26日)》,《邓小平文选》(第二卷),人民出版社1993年版,第234页。
② 汪晖:《当代中国的思想状况与现代性问题》,《文艺争鸣》1998年第6期;收入罗岗、倪文尖《90年代思想文选》,广西人民出版社2000年版,第280页。

实的反思被置于封建主义/现代化、传统/现代等二分法中。知识分子为市场化提供理论依据、呼唤民主和完善法律制度、讨论主体性、表达"走向未来"的渴望等都是"在批判传统的社会主义和寻求作为目标的'改革'过程中"结为同盟的。在这个层面上，启蒙思想并不是作为一种与国家的目标相对立的思潮而存在，相反，知识分子的努力与当时国家的改革目标其实存在着部分的一致性。

1980年以来的社会转型及其引起的结构分化中媒介从政治斗争的战车上松绑，并在社会分化中逐渐获得了相对独立的功能和资源，媒介文化也完成了从媒介的意识形态化到意识形态的媒介化的转变。文化精英在1980年代社会分化中重新崛起获得的话语权，在国家—文化精英—民众的互动结构中发挥着重要作用，在自上而下的文化资源的重新分配中确立了精英知识分子和精英文化的统治地位。这种由精英主导的文化以纸媒为主要传播媒介，以主体性建构为主要价值引导，以文化本体追寻为主要指向，以实现社会启蒙为主要目标，成为1980年代媒介文化的主要文化表征，这也正是1980年代中国文学经典论争发生的重要背景和语境。

三　出版活动的复苏与文学话语场域的重建

1980年代文学活动面对的是被"文革"严重破坏后的荒芜，作协瘫痪、作家分散到社会各角落，在历次斗争中仅存的文学期刊也大多扮演着政治传声筒的角色。因此，"新时期文学建设的首要任务就是文学知识生产的恢复、文学秩序的重建及文学场域的生成"[1]。借助印刷媒介所开拓的精英文化传播空间，以"人民""主体"等为代表的文学话语取代了以"阶级斗争"为纲的政治表达，新的文学经典的选择和确立是对这种理论话语最有力的声援和肯定，用历史的力量确立

---

[1] 初清华：《新时期文学场域研究》，博士学位论文，苏州大学，2006年。

了新的文学话语权。

在上一部分的论述中，我们选择了几个历史性节点对1980年代的大众媒介历史、制度变迁及媒介文化的精英化取向进行了宏观的论述。具体到文学领域，我们需要回答这样的一些问题：1980年代的印刷媒介复苏的发生和基本状况如何？1980年代的大众媒介及其文化在文学场的重建过程中发挥了怎样的作用？以图书出版、文学期刊等为代表的印刷媒介是如何作用于文学场的？其影响程度和作用方式如何？面对这些问题，在这一部分的论述中，将以史实为线索论述印刷媒介的复苏参与和推动下的1980年代文学场的重建活动。

（一）"天安门诗歌"与文学活动的恢复

"四·五"运动中出现的"天安门诗歌"在政治意义上被视为1980年代文学活动的逻辑起点①。从1976年"四·五"事件发生、被定性为反革命事件，到1978年"天安门事件"平反，"天安门诗歌运动"还包括另外一个方面的内容：三个油印版本的《革命诗抄》、两个铅字本的《革命诗抄》和由人民文学出版社正式出版的《天安门诗抄》的搜集、整理、编辑、出版、发行的过程②。

"三个油印版本的《革命诗抄》"是指在1977年元月周总理逝世一周年纪念日时，在天安门前的临时板壁和东西长安街的墙头上，曾

---

① 1985年出版的何西来研究专著《新时期文学思潮论》中就提出"如果要追溯新时期文学潮流的源头，就一定要从'四·五'诗歌运动算起。正是在这里，才最清楚地表现出现实主义文学和历史变革的必要要求的内在联系"。（江苏文艺出版社1985年版，第8页。）这是一个目睹了、亲身经历过那个时代文学发展的见证者表达的感受和作出的判断。从1978年底到1980年间《文艺报》等文艺期刊上发表的很多评论文章和1985年出版的其他研究著作，如中国社会科学研究院文学研究所当代文学研究室编写的《新时期文学六年（1976.10—1982.9）》等也能得到证明。

② 对于"天安门诗歌"的成果《天安门诗抄》的整理出版过程，洪子诚先生在《中国当代文学史》中曾作如下颇有代表性的叙述：在此后的几个月里，写作、传抄、保存这些诗词的行为，受到追查，一些人为此受到迫害，被定罪、囚禁。1976年底，在江青等"四人帮"被逮捕、"文革"宣告结束之后，童怀周将他们搜集、保存的部分诗词誊录、张贴于天安门广场，并发出征集散失作品的倡议书。倡议得到广泛响应。在征集到的数以万计的诗词中，选出1500多篇，编成《天安门诗抄》于1978年12月出版。

出现的三种《革命诗抄》的油印本。一个版本是由北京第二外国语学院汉语教研室的十六位同志组成的"童怀周"编辑组编辑的,一个版本是由七机部502所编辑的,第三个版本是北京电视设备厂编辑的。尽管这些本子都只收录了一百多首诗词,但这都是"诗抄"的雏形和征集诗稿的广告,他们在各自的油印本的落款处还留下了编者姓名、地址和电话。

"两个铅字本《革命诗抄》"是在原有的三个油印本的基础上,由"童怀周"编辑组从1976年12月起开始编辑,童怀周以"课外阅读材料"的名义编辑印刷了第一个铅印本《革命诗抄》,赶在1977年清明节之前出版,其后,又出版了续集,在纪念周总理逝世两周年时,又出版了合订本《天安门革命诗文选》及续集,共收诗文800余篇,照片59幅;七机部502所编辑组和中国科学院自动化所联合编辑组,在1977年出版了《革命诗抄》的正编、续编,又赶在周总理逝世二周年之际,出版了合订本《革命诗抄》,共收诗文960余篇,照片67幅。除此之外,"童怀周"也曾在七机部211厂成立编辑组,出版过《敬爱的周总理永远活在我们心中》一书,收录诗文1370余篇,照片60幅;《世界文学》编辑部编辑出版过《心碑》诗文选集,不仅收录1976年清明的诗文,还收录1977年元月群众在纪念周总理逝世一周年时贴出或流传的诗文。

在《谈〈天安门诗抄〉的出版》中,对各种版本天安门诗歌流行情况的叙述也可得到证明:"书一出版,很快就传到城市、边疆,要求买书的和赞扬他们工作的信像雪片一样飞来。据童怀周及五〇二所统计,前后共收到来信一万余封,每天交来要求买书的介绍信有时竟达一尺之厚。书一再重印,仍然供不应求……致使许多地方只得流行手抄本,边疆某机关一干部来京买得一本,拿回去,先是传阅,后是传抄,之后便是集体读抄,一星期内,全机关几十名同志全部有了手抄本。这些诗,本来是由手抄稿变成铅印本,现在又由铅印本变成了手抄稿"①。可以说,"天安门诗歌"是这两年间普通人(包括文学爱好者们)文学生活的核心事件②。对《天安门诗抄》的出版,很多人认为"这是一件震撼文学史、诗歌史的大事,也是出版史上的奇迹"③。不论是奇迹还是宿命,文学与出版共同参与了这场"奇迹"的进程。这是一场政治运动,也可以说是一场由文学出版引发的"革命",作为"革命"的始作俑者,文学及出版以其在当时和此后的历史中所起到的重要作用共同被载入历史。在《艺术是属于人民的:谈天安门诗歌运动的历史意义》一文中戚方指出"在这场文艺运动中,人民是不是因为少了保姆,而摔了跟头呢?是不是因为没有人在一旁指手划脚,而迷失了方向呢?是不是因为没有人审查和把关,就产生了什么毒草呢"④?作者用推崇"人民"的话语来表达对旧有文艺审查体制的否定和质疑,表达了对出版自由的渴望和呼唤,也提示我们注意到出版传媒对文学艺术的调节作用。这个问题在本节后面的论述中还将重提。

之所以用这些篇幅描述这段历史,首先是源于这段历史的复杂和重要,其次是首次接触到这些数据和材料时带给研究者的震撼和感慨。重回历史现场,探究新时期文学场形成初期的各种线索时,我们不难发现:通过各种媒介传播的文学活动鲜活而顽强地进行着,在国家制度层面作出重大调整之前,就以其艺术的敏感和细腻表达着新的要求和方向。在论及1980年代文学场的重建时,很多

---

① 莫文征:《出版史上的奇迹——谈《天安门诗抄》的出版》,《出版工作》1979年第2期。
② 谢冕在《诗歌在战斗中前进——1976到1977年诗歌漫笔》中描述了人们对天安门诗歌的喜爱:"以《诗刊》编辑部举办的诗歌朗诵会为先声,全国迅速掀起诗歌朗诵的热潮,各行各业纷纷举行各种类型、专题的诗歌朗诵活动。在播送诗歌朗诵的收音机、电视机前,阖家老小,静听默想;在诗歌朗诵会场,台上台下,泪光莹莹;曾经被查抄的革命诗集陆续印行,每次总是供不应求,人们要得到它,为的是要保存那艰难日子里的一份珍贵纪念。"载于《诗刊》1978年第3期。
③ 中国出版工作者协会:《中国出版年鉴(1980)》,商务印书馆1980年版,第167页。
④ 戚方:《艺术是属于人民的:谈天安门诗歌运动的历史意义》,《文艺报》1979年第1期。

研究者认同这是一个自上而下的过程,并将其描述为"通过政治体制在文艺政策方面的调整、新的文艺政策的逐渐形成、文艺界全国性代表大会的召开、文艺界冤假错案等的'平反昭雪'、一度被停止的文艺期刊的重新恢复等等体制性的行为形成烘托出来的"①。这样的描述并不为错,但却忽略了:中国文学艺术工作者第四次代表大会是在1979年10月召开的②;虽然从1976年1月开始,《人民文学》等文学期刊陆续复刊,但十年浩劫带给的思想禁锢尚未破除,政治走向并不明朗,体制的转变没有启动,百废待兴的文艺界需要一种重建的契机;就组织机构的建设而论,在"文革"中受到破坏的作协和文联也经历了一个历时两年的艰难的过程才得以恢复。而在1978年全国文联正式恢复活动之前,广州、上海、安徽等三省的地方文联组织已经恢复了活动,这也表明"新时期文学最初知识生产秩序的重建,并不是首先以从中央到地方自上而下领导的形式开始的"③,各地方组织和期刊在文学生产秩序重建中发挥了重要作用。就其本质而言,1980年代文学场域的重建首先是以自下而上的方式、借由"天安门诗歌运动"引发的,是当时尚处江湖之远的知识分子借助文学期刊、文学出版等平台,以"人民"的名义为话语策略,重新确立创作自由、艺术自主的新的文学场秩序的过程。文学活动的复兴以及引发的社会运动在一定程度上松动了文学对主流意识形态的依附

---

① 吴秀明:《当代中国文学五十年》,浙江文艺出版社2004年版,第153页。
② 1979年10月中国文学艺术工作者第四次代表大会召开,邓小平同志到会致词,明确表示尊重文艺创作作为一种精神劳动的复杂性,"不要横加干涉",给文艺和政治的关系"松绑"。这次会议是新时期文学界具有里程碑意义的一次会议,会议讨论的结果在1980年被正式固定下来,中共中央正式用"文艺为人民服务""文艺为社会主义服务"取代以前的"文艺为工农兵服务""文艺为政治服务"的口号。
③ 就文艺政策而言,应该说,面对"文革"后百废待兴的社会局面,文学在最初并没得到党的过多青睐,相反可能是出于对"文革"中"阴谋文艺"所起到助纣为虐作用的反叛心理,有一种试图冷落文学的倾向。这一点,从下一节所谈到的作协、文联恢复的艰难过程,在"文革"结束近两年后才提出中可以看出;同时,1977年提出落实知识分子政策的科学大会的召开,也主要是致力于倡导发展自然科学。

关系，而文学的勃兴也为复苏后的出版事业的重建打开了话语窗户，报刊、出版借助文学的轰动效应和社会力量蓄势待发，而这必将推进文学自身的变革。

（二）报刊复苏中的文学场域重建

"文革"期间，我国的各种期刊几乎陷入了毁灭的境地，"在1968年和1969年地方只在名义上保留了三种期刊"①。如何重新组织作家、研究者开展文学创作和文学理论批评活动？文学期刊的复刊和大量创刊成为历史的选择。

"报纸好像秒针、刊物好像分针、书籍好像时针，都围绕着时代的轴心旋转前进"②，用时钟的比喻来说明报纸、期刊、书籍三种出版物的区别与联系颇为形象。与图书相比，期刊没有图书的积厚深广，但它的出版周期短，能在短时间内及时反映某一事件或某一学科的发展过程；它广收各位作者、各种类型的文章，呈现出各种内容兼容、资料聚集、观点荟萃的"杂"的特点；相比于报纸，期刊虽不能在第一时间迅速反应，但是有充足的时间对信息加以考量消化，所以比报纸的反应更加周详和深透。著名的报学家戈公振认为，"报纸以报告新闻为主，而杂志以揭载评论为主，且材料之选择，报纸之论说（article），对于时事表示临时的反映；杂志之论文（essay）则以研究对于时事的科学的解决，且杂志之能力，乃在问题自身之解决，是尤有卓识也"③。期刊作为印刷媒介的这些特性使它具有"解释社会及其各部分，预测发展趋势，并把零碎的事实联系起来，阐明新闻的意义"，"换言之，杂志是伟大的注释家"④。所以期刊往往作为镜子、历史的活的见证流传下来。就文学期刊而言，它在用文学的形式及时深刻地

---

① 初清华：《新时期文学场域研究》，博士学位论文，苏州大学，2006年。
② 俞润生：《实用编辑学概要》，天津人民出版社1987年版，第2页。
③ 戈公振：《中国报学史》，生活·读书·新知三联书店1955年版，第6页。
④ ［美］梅尔文·L. 德费勒等：《大众传播通论》，颜建军等译，华夏出版社1989年版，第150页。

反映现实、迅速传递文学信息、跟踪文学发展变化的历程方面具有特别的优势。

作为文化传播媒介的文学期刊深深地影响了20世纪中国的文化，"晚清以降中国文学或文化的发展，一项重要的推动力量，就是报纸杂志"①。就文学而言，"大众传媒在建构国民意识、制造时尚、影响思想潮流的同时，也在建造我们的'现代文学'"②。

在新文学发生、发展的过程中，期刊充当了文学作品的载体，提供作品得以公之于众的转化场；提供了新文学发生、发展、演变的场域，造成了"文坛"文学活动的"公共空间"；它们是作家活动的园地和成长的摇篮，中国现代文学史上著名作家如鲁迅、郭沫若、茅盾、郁达夫、巴金、老舍、沈从文、张爱玲等无不和文学期刊保持着密切的联系，甚至作家本身就从事着文学期刊的运营和编辑工作；它们是作家和读者之间的联络站，通过文学期刊的平台，中国现代文学影响到读者及社会的各个层面，进而参与了中国现代文化的建构。

中华人民共和国成立之后，党掌握了对包括文学期刊在内的出版事业的绝对领导权，党的方针、政策、意识形态的变化都直接决定了期刊的发展方向。与生产体制的高度集中化和"中央化"相适应，"这个时期……各种期刊间，构成一种等级的体制。各种文学杂志并不都是独立、平行的关系，而是构成等级。这些特征也就是有效地建立了思想、文学领域的秩序得以维护的体制上的保证"。③ 在这种期刊格局发展到"文革"时期，"文本的生产、发表、阅读、批评，就是一种'政治行为'"，全面"破除文学生产、文学文本的'独立性'和

---

① 陈平原：《文学的周边》，新世界出版社2004年版，第100页。
② 陈平原：《文学的周边》，新世界出版社2004年版，第103页。
③ 洪子诚：《问题与方法：中国当代文学史研究讲稿》，生活·读书·新知三联书店2002年版，第208页。

'自足性'，而将文学生产、传播、批评纳入国家政治运作轨道上"①，真正意义上的文学期刊已经消失殆尽。

1980年以来，在日益宽松的政治氛围中，文学期刊在新旧交替中开始复苏，它不断回归文学发展的正常轨道，在1980年代文学场重建中发挥了重要作用。但是由于文学期刊是当时文学传播的首要和主要渠道，对新中国成立后文学经典的形成发挥了巨大作用。大多数作品都是在期刊上发表后进入接受领域的，很多长篇也是在期刊上连载后再出单行本，或者先出单行本再连载，期刊不仅给予作品发表园地，而且对一些重大作品辟出专集、专栏给予讨论、争议，这种情况在当时非常普遍，一部重要作品面世后不止一家期刊，往往许多家期刊联合起来组织理论界、创作者进行深入探讨，在一段时间内集中地对某部作品进行分析、评价，在争议中促使符合主流意识形态要求的文学经典浮出，期刊的这些积极主动参与文学活动的行为，为经典的形成做出了巨大的贡献，是需要给予充分肯定的。"建国后的17年文学期刊对当代文学在那个时间段落里经典的形成所付出的热情和做出的努力是后来期刊无法企及的，在这一点上可以毫不夸张地说是期刊成就了建国17年的经典"②。

关于1980年代以来文学期刊的复刊和创刊情况及其发生的作用已有相当多的研究，③ 我们的论述将以这些研究为基础，重点分析文学期刊在文学场重建中的作用及其方式。

1. 新的话语空间的开拓。从1976年开始，一些主要期刊陆续恢复[如《人民文学》《诗刊》在1976年复刊，《世界文学》（1977.7）、《文

---

① 洪子诚：《1956：百花时代》，山东教育出版社2004年版。
② 李明德：《当代中国文化语境中的文学期刊研究》，博士学位论文，兰州大学，2006年。
③ 可供参考的相关研究有：李明德的博士学位论文《当代中国文化语境中的文学期刊》（兰州大学，2006年）；陈祖君论文《论作为文化传播媒介的1980年代文学期刊》；邵燕君的《倾斜的媒介场》以及初清华的《新时期文学场域研究》等相关章节。这些研究都用了大量的数据和事实力图还原新时期文学期刊的样貌。

学评论》（1978.2）、《钟山》（1978.3）、《十月》（1978.8）、《收获》（1979.1）]，除了《人民文学》等在"文革"前已经有一定社会影响的期刊外，在1978—1980年，由于政策一度将创办期刊的审批权限下放，以致新的期刊大量创刊出版，统计数据显示，这三年间，期刊种数平均每年分别比上一年递增48.1%、58.1%、49%左右[1]。根据《文艺报》编辑部对全国文艺期刊情况调查，到1981年，全国省、市、区级文艺期刊共634种，其中省级以上320种。需要强调的是，虽然这一时段的文学期刊发展主要得益于国家出版管理的放松，但它们的出现不是在国家领导下有计划有组织的行为，或者说不是意识形态有意为之，而带有很强的"自发"性。在"天安门诗歌运动"中，文学尤其是诗歌显示了它们在社会文化中的变革式力量，为1980年代文学在社会生活中的重要地位奠定了群众基础。正是源于此，在期刊创刊的大潮中，更多发表文学作品的刊物涌现出来，成为1980年代各种文学实践、探索广而告之的园地，也成为各种观点、意见、批评交流和碰撞的平台，有力地开拓了文学话语活动空间。这也表明：更多的力量正在进入1980年代文学领域，试图对其文学生产秩序的重建施加影响。

2. 组织推进文艺界"自主性"建设。各级文学期刊在1980年代文学场域秩序重建过程中提供了新的话语空间，通过丰富的话语实践，讨论和确立其文学场的"自主性"原则。一个相对独立的文学场的形成需要有其区别于其他场运作的"自主"原则，"文革"期间，正是因为政治场的运作原则的强行介入导致了文学自主性原则的失效，因此，在1980年代文学场重建过程中，"自主性"原则的重新确立是重中之重，而这些原则的确立和获得认可正是借助了文学期刊的力量。这一时期，很多重要的文学批评、理论问题都是由文学报刊首先发难

---

[1] 中国出版工作者协会编：《中国出版年鉴（1986）》，商务印书馆1986年版，第156页。

或者参与讨论扩大影响，进而引起全国范围的大讨论从而得以澄清和认可的①。"文学场竞争的中心焦点是文学合法性的垄断，尤其是权威话语权利的垄断，包括说谁被允许自称'作家'等，甚或说谁是作家和谁有权利说谁是作家；或者随便怎么说，就是生产者或产品的许可权的垄断②。"1980年代文学生产秩序的重建过程，就是一个争夺权威话语权力的过程。这一系列的讨论将文学场中原有的阶级斗争和革命话语逐渐转化为关于文学创作的题材、文艺真实性、文艺与政治的关系等文艺学话语，从而使文学观念和创作逐渐摆脱政治的附庸，开始探索文学自身的审美和艺术规律，建立艺术自律的原则。1980年7月26日《人民日报》发表社论《文艺为人民服务　为社会主义服务》，就是为结束"文学与政治"关系的论争，明确表明中央对文艺与政治关系的态度：不再提"文艺从属于政治"口号，而代之以"文艺为人民服务、为社会主义服务"的"二为"方向，是对文学界的一种肯定和妥协。能在有关文学的总体性问题上畅所欲言并得到认同，表明此时的文学工作者已经开始成为1980年代文学场域中一支相对独立的力量。

在1980年代，尤其是文学场重建初期，文学期刊除了以话语的方

---

① 由文学期刊引起和组织的讨论在这一时期很多，如1978年6月，《文汇报》"文艺评论"版开辟关于文艺作品题材多样化问题的专栏，用讨论的形式呼应《人民文学》提出的题材问题。半个月内共刊发评论及报道12篇；同年12月，《辽宁日报》首先开辟的"关于文艺真实性的讨论"专栏，以"伤痕文学""反思文学"的评价为议题，揭开了新时期"真实性"问题大讨论的序幕。此后，全国各文艺刊物纷纷发表讨论文章，"真实性"成为新时期文学重建过程中的一个重要命题；1979年3月，上海的《戏剧艺术》发表《工具论还是反映论——关于文艺与政治的关系》文章，首先对"工具论"发难，接着，《上海文学》发表评论员文章《为文艺正名——驳"文艺是阶级斗争的工具"说》，旗帜鲜明地对"文艺从属于政治"的权威观点进行批评，从而引发了对"文艺与政治"关系的全国性大讨论；而1979年4月15日《广州日报》发表的黄安思《向前看呵！文艺》及同年《河北文艺》第六期刊发的题为《歌颂与暴露》《"歌德"与"缺德"》两篇短论，它们在某种程度上为文学突破单纯"暴露"题材的局限，提供了一种新的可能。之外，1980年5月7日谢冕在《光明日报》上发表《在新的崛起面前》，1981年《诗刊》第3期发表孙绍振的《新美学原则在崛起》，1983年《当代文艺思潮》第1期发表徐敬亚的《崛起的诗群——评我国诗歌的现代倾向》等"三个崛起"的论文，推动诗坛展开"新的美学原则"问题的讨论。

② ［法］皮埃尔·布迪厄：《艺术的法则：文学场的生成和结构》，刘晖译，中央编译出版社2001年版，第271页。

式组织文学场的重建外，还切实发挥了文学活动的组织者的作用，这主要表现为：文学编辑通过约稿、组稿和区域联合活动①，有助于打破文学地域的限制，增强文学创作交流，推动文学观念的讨论和文学创作的更新；文学期刊编辑部通过举办读书会、座谈会、讨论会以及短期培训班等形式，把作家、评论家甚至是普通读者组织到一起，进行交流、沟通、对话，形成了文学活动的"公共空间"；各地文学期刊通过组织、承办各种文学评奖活动，也在一定程度上帮助文学创作者提升和积累了文化资本②。

文学期刊组织和推进了文学"自主性"的确立，有助于文学场疏离意识形态话语的干预来争取艺术自由，需要指出的是：文学期刊的活动虽然带有明显的"自发"性和一定的斗争性，相对于体制改革具有一定的超前性质，但总体而言，文学期刊的活动还是与拨乱反正和改革开放的政治走向保持着一致。在1980年4月，由中宣部组织召开的全国文学期刊编辑会议上，明确指出"在促进文学战线大好形势的过程中，文学期刊编辑工作起到了重要的作用"，会议最终的定位：编辑人员是无名英雄，他们为社会主义文学事业的发展作出了重要贡献，并且建议中央有关单位，制定必要的条例，以保障编辑应当享有的权益③。这一方面表明了文学期刊的活动获得了主流意识形态的认

---

① 1979—1980年文学期刊的联合活动达到一个高潮。如：1979年8月在长春市和吉林市举行了部分省市文艺期刊负责人座谈会；1980年3月在昆明举行的云南、宁夏、新疆、广西、贵州、青海、甘肃、西藏等省区和吉林延边朝鲜族自治州文艺期刊编辑工作会议；1980年4月，《广州文艺》《青春》《芳草》《西湖》等十四家市办文艺期刊座谈会在杭州举行；1980年7月，《春风》《芒种》等十七家市办文学期刊在长春市举行"小说编辑工作座谈会"；1980年10月，《花溪》和《滇池》编辑部在贵阳、昆明两地先后联合召开十七个市办文学期刊"诗歌座谈会"等。

② 继《人民文学》编辑部成功组织了全国优秀短篇小说评奖活动后，作为组织文学创作的有效方式，各种名目的评奖、征文被各级文学期刊普遍采用。根据《中国文学研究年鉴1983》中刊载的"全国省、市、自治区文学类评奖获奖作品篇目辑览"统计，1982年举办大型评奖活动45次，其中以文学报刊名称命名的奖项就有26次。

③ 吴繁：《提高质量，把文学期刊办得更好——记全国文学期刊编辑工作会议》，《文艺报》1980年第6期。

可，另一方面也显示出文学出版物对意识形态的依赖和妥协。

3. 促成文学场组织机构的恢复。截至1978年初，虽然《诗刊》《人民文学》等十余家刊物已经陆续复刊，但由于当时中共中央尚未明确新的文学体制的建构方向，对于是否恢复以文联、作协为主的文学管理体制还在犹疑之间。① 作协和文联作为全国性的文学活动组织结构并没有得到制度恢复。在当时弥漫全国的"拨乱反正"氛围中，"文革"中被分散到各行各业的文学工作者要重新组织起来的愿望十分强烈，有鉴于此，《人民文学》在1977年10月组织召开了"短篇小说创作座谈会"，这可以说是"文革"后文学界知名作家第一次全国性集会的意义，是这一愿望的首次公开表达。1977年12月28日，《人民文学》又组织了以"向文艺黑线专政论开火"为主题的"在京文学工作者座谈会"，则借助文艺界的力量再次强调了要求恢复文联、作协体制的热切愿望。在这次会议上，茅盾以作协主席的身份讲话、周扬首次亮相和发言、时任中宣部部长张平化带来华国锋给《人民文学》的题词。这次会议为文学界和中央政府搭建了沟通的桥梁，通过文化部领导参加文学讨论会议的形式，文艺界明确提出恢复全国文联、作协组织的要求并得到了支持，并由此启动了文学场组织结构的重建：1978年3月，中宣部批准成立恢复文联筹备组；5月，第三届中国文联全委会第三次扩大会议宣布中国文联、作协正式恢复工作。可以说，中央批准恢复全国文联、作协组织是重新赋予了其对文学活动和知识生产的组织领导权，这标志着1980年代文学场域的重建任务在形式上基本完成。文学期刊以举办座谈会为名召集文学工作者，是1980年代文学场域重建之初文艺界人士团结行动的主要策略。

---

① "被撤销了的中国文学艺术界联合会、中国民间文艺研究会、中国舞蹈艺术研究会、中国曲艺研究会、中国摄影艺术联谊会，都还没有恢复工作；'文革'前的许多知名文艺工作者还没有分配工作，有的还没有做出政治结论；所以应该说，'文革'结束后的新的文艺界，还没有真正形成。"表达了同样的看法。参见刘锡诚《在文坛边缘上——编辑手记》，河南大学出版社2004年版，第2页。

尽管如此，由于"政治"掌握最终决定权，它对于1980年代文学场域的重新生成与体制重建能够顺利进行仍有重要意义。在此期间，还没被组织起来的文学工作者不仅没有意识也没有力量反抗"政治"对文学的干预，相反，还要依靠政治的力量来重建文学场域，因此，在1980年代文学场域重建过程中，"政治"仍是一支举足轻重的力量。

4. 推动文学场从边缘向中央的位移。"文革"结束之后，中央提出了落实知识分子政策并于1978年3月18日召开了全国科学大会，这些政策都主要针对和倾向于科技工作者，致力于倡导发展自然科学。作为文学活动的主要组织机构，在"文革"中受到破坏的作协和文联经历了两年的艰难过程才得以恢复。所以，在百废待兴的社会局面中，文学在最初并未获得足够的重视，甚至"有一种试图冷落文学的倾向"[①]。可以说，相对于政治场、科学场的中心地位，此时的文学场在整个社会场域中处于边缘位置。在布迪厄的场域理论中，各个场之间的位置和关系并不是恒定的，它会随着场域中力量对比的变化而发生位移。如果我们注意到，从《班主任》的发表引起"洛阳纸贵"的社会反响开始，伤痕文学、反思文学、改革文学、朦胧诗等文学思潮一浪高过一浪，激荡着人们的思想和审美之堤，文学活动成为1980年代牵动人们情感、引发社会关注和讨论的核心事件。纷繁涌动的文学思潮表明了文学的繁荣景象，而这主要得益于文学期刊对思潮形成和发展的有力推动。

5. 从1980年代的几次文学思潮的行进过程来看，文学期刊不仅起到了推波助澜的作用，而且直接参与了文学思潮的整个过程。尽管不是所有的思潮都是直接由文学期刊发起，但是文学期刊的引导、帮助使得思潮能够壮大并形成一定的气候，可以说文学期刊是当时思潮能够延伸的主要阵地。作为当时传播文学的主要渠道，大型文学期刊

---

① 初清华：《新时期文学场域研究》，博士学位论文，苏州大学，2006年。

的发行量往往超过百万份①，具有广泛的影响面和强大的宣传作用，"通过对新闻事件日复一日的选择和发布，新闻媒体影响了社会图景的形成"。② 文学期刊为读者供了文学议题、促使公众关注并说服其对文学议题进行跟踪和思考，这些议题把文学的变化和整个社会的变革、把文学的进程和思想解放的进程扭结在一起，尤其是在思想解放、改革开放的最初阶段，政治和改革走向尚不明朗的"乍暖还寒"时节，文学期刊以作为媒体的政治敏感结合其作品的艺术敏感表达，成为1980年代社会文化变革的重要的"风向标"，这一时期的文学活动也不只是少数作家、评论家、研究者和编辑所关注的专业问题，而是成为牵动社会关注的重大社会生活内容。可以说，借助文学期刊的舆论推动，文学开始了从"边缘"向"中央"的位移。

正是文学期刊的复苏和传播活动的有效开展，在文学编辑和作家、评论者以及文学生产的管理者等多方面力量的共同努力下，具有相对独立性的文学界到1980年前后已基本建构起来。不同倾向、不同类型的文学期刊也为1980年代不同谱系文学知识话语的再生产提供了空间，这无疑促发了越来越多的作家和研究者投入探索求变的文学活动中，而出版业改革的进一步深化，对1980年代文学的活动带来了持续的影响。

（三）出版业变革与1980年代文学场调节机制的建立

在1979年10月底召开的第四次文代会上，邓小平首先明确了"在文艺创作、文艺批评领域的行政命令必须废止"，他肯定了文学活动作为精神生产的特殊性，"非常需要文艺家发挥个人的创造精神。写什么和怎样写，只能由文艺家在艺术实践中去探索和逐步求得解决"，并在此基础上提出了政治政党与文学事业的关系，"党对文艺工

---

① 据《收获》杂志副主编程永新介绍，1980年代初，这本老牌文学双月刊发行量曾高达100万份，这让当时的主编巴金颇为担忧，"满大街全是你的杂志，这是很可怕的。他说100万份太高，宁可少印一些"。

② ［美］麦斯威尔·麦考姆斯：《制造舆论：新闻媒介的议程设置作用》，顾晓方译，《国际新闻界》1997年第5期。

作的领导，不是发号施令，不是要求文学艺术从属于临时的、具体的、直接的政治任务，而是根据文学艺术的特征和发展规律，帮助文艺工作者获得条件来不断繁荣文学艺术事业"。① 文学场的自主性原则得到了部分肯定，文学创作和批评活动与政治的关系进一步松动，而党依然保留了对文学事业的领导权，但这种领导权通过什么渠道以何种方式落实在讲话中并没有明确。1980年以来，党对文学的领导不再以政治命令的方式直接进行干预，中央主要从政策上指引文学的发展方向，文学界日常工作的管理则主要由全国文联、作协来领导，同时，依靠改革和约束出版发行来调控文学实践和文学生产活动。在某种意义上，出版界的体制变迁和政策调整成为1980年代文学场运作的重要调节机制。

1. 从"党的文学"到"党的出版物"

《党的组织和党的出版物》一文是列宁于1905年完成的，当时正值俄国第一次资产阶级民主革命高潮时期，在国内最早的中译文是1926年12月6日发表在中国共产主义青年团的机关刊物《中国青年》第144期（第6卷第19号）上，当时的题目是《论党的出版物与文学》（一声译），而后瞿秋白重新翻译并定名为《党的组织和党的文学》；1942年5月14日，《解放日报》发表了博古翻译的《党的组织和党的文学》并配有"告读者"，正值延安文艺座谈会召开期间，它成为毛泽东《讲话》精神的有力支撑；此后，这篇文章的翻译被确定为"党的组织和党的文学"，被视为中共领导文学生产和文学活动的理论来源②。在1982年《红旗》第22期上，列宁的这篇文章以《党

---

① 邓小平：《在中国文学艺术工作者第四次代表大会上的祝辞》，《文艺报》1979年11月12日第2—5版。

② 参见英若诚《话剧必须朝"高、精、尖"发展》一文。作者指出"多年来我们是单纯地把文艺看成党的宣传手段的，这恐怕起源于列宁的《党的组织和党的文学》译文。由于翻译不得当，把'出版物'译成了'文学'，引起了一系列的误解。遗憾的是，这样一个影响深远的理论问题似乎并没有引起应有的重视，也没见大张旗鼓地宣传。错了就是错了。光就事论事是不够的，因为这个不得当的翻译文字，曾经成为我们文艺上多年来的指导思想"。载于《文艺报》1985年第3期。

的组织和党的出版物》为标题得以发表,同时,《红旗》还配发了中共中央编译局列宁斯大林著作编译室所作的《〈党的组织和党的出版物〉的中译文为什么需要修改?》的诠释性文章,这在新时期中国共产党的文艺政策重心调整过程中具有重要的意义。①

在1940年代的翻译中,用"文学"作为"出版物"的代名词,这既源于也加深了把文学活动视为政治革命宣传的重要手段的理解,而1980年代翻译的"更名"就是对这一错误的反思和修正。文中指出"列宁写于70多年前的这篇文章,字数不多,影响很大……所有的中译文……在某些关键地方始终不确切,引起了一些误解。如'党的文学'这一提法就容易使人误认为文学这一社会文化现象是党的附属物"②。应该看到,以"党的"来限定"出版物"反映了党仍然坚持文化领导权;以"党的出版物"代替"党的文学"则在一定程度上表明了在对文化领导权的控制中,文学不再被视为争夺文化领导权的斗争焦点,而是要加强党对整个出版事业的领导,因为"全部社会主义出版物都应当成为党的出版物。一切报纸、杂志、出版社等等都应当立即着手改组工作,以便造成这样的局面,即它们都能以这种或那种方式完全参加到这些或那些党组织"③。中央管理具体文艺问题的主要方式是通过制定政策规范文艺报刊书籍出版、要求党员作家的党性原则来取代以往对所有文学工作者强制性思想改造。正是从这个意义上说,1982年列宁《党的组织和党的出版物》中译文修改稿发表是1980

---

① 《红旗》杂志在当时被作为思想界具有指导性、权威性的评论刊物,因此发表在《红旗》上的《党的组织和党的出版物》新译文并配发相关文章,说明了该译文的重要政策性意义。胡乔木在1981年提出"为了努力在必要范围内逐步统一文艺界的思想认识,有必要使一种刊物成为代表中宣部、文联党组、文化部党组共同意见的喉舌,经常就文艺理论问题、文艺界的工作成就和出现的某些不良倾向发表科学性的、指导性的权威性的评论","这只有从办好《红旗》入手"。(《胡乔木书信集》,人民出版社2002年版,第353页。)

② 中共中央编译局列宁斯大林著作编译室:《〈党的组织和党的出版物〉的中译文为什么需要修改?》,《编创之友》1982年第4期。

③ 列宁:《党的组织和党的出版物》,《编创之友》1982年第4期。

年代文艺政策调整中一个具有标志性意义的事件。从"党的文学"到党的"出版物",表面上只是个别字词翻译的修改,实质意味着新时期党对文学管理方式的转变,即将文学视为社会主义精神文明建设的组成部分,由于承认作家具有创作自由,那么对文学党性原则的强调,就不能再沿用以往以直接约束作家作品为主的管理方式,而是选择了制约文学作品的发表、传播途径为主要策略。因此,1980年代的出版发行体制改革与文学场域中的知识形态有密切关联。

2. 出版业改革与文学场分化的可能

出版事业在1980年代经历了频繁的机制变动和管理改革:国家出版事业管理机构从最初的"国家出版事业管理局"到1982年机构改革时设立的"文化部出版事业管理局",再到1985年成立的"国家版权局"(而后改名为"国家出版局",它与"国家版权局"一个机构两个牌子,隶属文化部领导);1986年,"国家出版局"变为国务院直属机构;1987年成立中华人民共和国新闻出版署(与国家版权局为一个机构,两个牌子)。从这种频繁的机构调整中也可以看到出版业改革的复杂与困难,窥见市场化进程的缓慢蜕变。

出版业在改革中的总体趋向是市场化和专业化。就专业化而言,国务院从1980年起开展编辑业务职称评定工作,执行由国家出版事业管理局、国家人事局制定的《编辑干部业务职称暂行规定》的相关标准;1982年11月,文化部出版局在全国评定编辑业务职称工作座谈会上指出职称评定"是加强编辑队伍建设重要措施",其目标是"建设起一支革命化、年轻化、知识化、专业化"的编辑队伍;1986年3月出台的《出版专业人员职称试行条例》和相关实施意见明确了对"专业化"有直接影响的学历要求,而不再提"革命化"的政治标准。文学编辑的知识化、专业化,同时也对1980年代文学知识形态作出了规约,是文学场域中文学知识分子的精英写作能占据优势地位的重要保证;关于市场化的走向,很多相关研究都给出了详细的分析。总体而言，整个改革开放的趋势就是解放和发展生产力，打破计划与市场的对立关系，建立社会主义市场经济，在出版界也表现为在国家政策指引下，不断引入市场竞争的机制，遵循市场规律发展社会主义出版事业。以1984年12月29日国务院颁布的《国务院关于对期刊出版实行自负盈亏的通知》为例，该规定明确了所有期刊包括文学期刊从事业性质向经营性质转变，以此为分水岭，1984年前和1984年后文学期刊的经营模式产生了重大变革，期刊的生产性质和经营者身份开始打上市场化的烙印。在很长一段时期，文学期刊带有很强的"混合制"的体制特征，一方面为文学期刊扩大了呼吸空间，使其进入市场得到更大的延伸空间，另一方面，作为"体制框架下的体制传媒"和"市场中的商业化传媒"的混合体，期刊不仅要遵循商业的逻辑，还必须遵循政治权力的逻辑，就在这种摇摆与犹豫中艰难前行。期刊的市场化身份的引入成为此后文学场分化中的重要影响因素。

3. 自由稿酬制度与文学主体的身份变迁

新时期稿酬制度的变革始于1979年9月颁布的《新闻出版稿酬及补贴试行办法》；这个《办法》的主要内容在1980年4月由中宣部转发的国家出版局制定的《关于书籍稿酬的暂行规定》中被继承下来，在全国范围内参照执行。制定稿酬制度是一种尊重知识的表现，它的规范对于体现按劳分配的原则，保障著译者的正当权益和繁荣创作都起了积极的作用。但是随着出版事业的发展，原有的稿酬制度也存在明显的不足，如：标准偏低、分类过于笼统，按字数计酬的方式，不利于诗歌、散文等文学体裁的均衡发展，抽取个人所得税不尽合理，不利于调动广大知识分子的积极性等。在1982年关于专业作家体制改革的讨论中，很多作者都表达了稿酬制度改革的要求；到1984年，文化部转发了出版局《关于试行〈书籍稿酬试行规定〉的报告》，修订后的《书籍稿酬试行规定》将基本稿酬标准提高了一倍，实行两种印数稿酬标准，增加了对已故作者稿酬继承办法的规定等。新的稿费标准的调整为创作者的"创作自由"提供了物质保障，使创作者对组织机构的"工资"依赖性减弱，这也为后来自由撰稿人的出现带来契机。

以上对1980年代的文学期刊、印刷出版的主要历史节点及体制流变的考察展示了一个以印刷媒介为主要平台并借此展开的创作（研究）主体、文学实践、文学话语的聚力重建过程，随着文学主体的重新凝聚、文学组织机构的恢复、文学自主性原则的确立和广泛认可，1980年代的文学场在媒介场、政治场的作用下和斗争中实现了重建。

第三节 以出版为依托的现代文学经典建构

本章的第一节对1980年代以来围绕文学经典论争文学研究的各条线索和历史阶段进行了大致的梳理，并指出：1980年代以来国内关于文学经典问题的讨论是基于对中国问题的思考形成的，主要是由中国文学研究和文化思潮的内在逻辑共同推动的，它作为问题的凸显、发展中的推动力和言说的理论话语主要来自"本土"。还需注意的是，文学论争中的观点、事件并不是孤立的文学现象，在论争过程中，文化精英利用现代媒介进行新启蒙，主导和代表了这一时期文学经典论争的方向。换言之，1980年代，大众媒体作为一种主体深度参与并推动了文学论争的发生发展。我们的研究有必要在重回历史现场的研究中，揭示媒介活动在具体的文学经典论争中的存在及作用。

政治作为一个社会辐射力很强的文化装置、一个超级场域，它作用于中国现代社会的方方面面。就影响整个1980年代文学研究的原因来说，政治的作用不言自明，政治的转向决定了文学研究和发展的方向性调整，决定了在文学研究中占主导地位的话语形态，1980年代文学经典论争的出现是如此，其被搁置亦是如此。但无所不在的政治话语在揭示这种影响的同时也遮蔽了影响文学研究的其他社会活动和话语形态。所以，我们可以把政治的影响化约为一种理论话语、文学制度和观念来源，除此之外，在1980年代的文学场和文学论争中还有诸多其他活动及其影响，它们所起到的作用相比政治更加直接且更加本质——出版就是一种这样的存在。在一定的意义上，我们甚至可以说，1980年代的文学经典论争始于出版、兴于出版、终于出版。

在上一节中，出版活动在1980年代文学场重建中的作用已有了较为充分的论述，在1980年代的起点上，"天安门诗歌"等一系列出版和传播活动被视为转折点，报刊拓展了文学研究新的话语空间、推进了文艺界的重建和机构的恢复、促进了文学从边缘向中心的位移。具体到文学场内部文学经典建构初期的活动时，与各高校、研究机构、文学期刊组织的文学会议的讨论几乎同时出现的是三类重要的出版现象：第一类是面向历史的，以文学资料、文学史、文学作品选为主要形式的期刊和图书出版（具体包括：为适应高考制度的恢复和大学教育出版的各类重印、修订和"重写"的各种文学史教材；以文学研究机构或高校牵头搜罗、编辑或重印的各种新文学资料、文学选集、作家全集；以《中国新文学史料》为代表的以史料研究为主的期刊）；第二类是面向当下的文学创作、文学批评和文学理论的生产及出版，包括刊载1980年以来开展的文学研究、文学批评和文学创作成果的文学报刊（包括《人民文学》《文艺报》等全国性和影响较大的地方性文学期刊、以《中国现代文学研究丛刊》等为代表的作家作品研究为主的报刊和以《文学理论》等为代表的以文艺理论建设为主的期刊。这些刊物主要跟踪文坛的最新变化，发表新的文学作品、文学言论，组织文学讨论和文学批评）以及1980年以来创作的小说集、作品集的出版；第三类是外国文学、文化、理论的翻译和研究成果的出版，这包括期刊和图书出版两方面。实际上，在稍晚一些还有另一类不容忽视的出版现象，这里是指各级各类通俗期刊和通俗文学的出版，这个问题将在下一章节的论述中具体展开。

一 以史料挖掘重启文学经典研究

1980年代初的"拨乱反正"其实质就是对历史的重新解释、重新选择,在文学研究中的"拨乱反正"要求重回新文学产生的历史起点,重写被扭转的历史逻辑,重新分配和重组价值、情感、信仰范式、行动模式,"创造出分化并共存的利益间隔"①。相对于理论言说明显的主观性和建构性,"史料"似乎带有更强的客观真实性和雄辩的说服力。对"史料真实"的挖掘和还原正是文学"拨乱反正"的首要和重要的内容。

作为知识文化的组成,史料的价值在于被发现,更重要的是被传播、被认知和被使用。在现代文学研究领域,除了高校和科研机构自发的资料搜集和整理外,一本期刊也参与到了史料的挖掘、发现、建设和传播的过程之中,这就是1978年创刊的《新文学史料》(季刊)。《新文学史料》是五四新文化运动以来出版的第一种新文学史料的专业性学术刊物,今天《新文学史料》主要是作为现代文学研究者和爱好者的资料性读物使用,而在创刊之后的很长一段时间内,它却发挥了保留历史第一手资料、澄清历史真相的"权威性"作用②,被认为是"以一刊之力,承载起恢复文学记忆、沟通久已湮没的五四新文学光荣传统的重任,为中国文学走出幽闭、褊狭、僵硬之困局,走向丰饶、开放、鲜活的新境界作出贡献"③。这份刊物以1919—1949年为中心,以发表五四以来我国作家的回忆录、传记为主,同时刊登文学论争、文艺思潮、文艺团体、文学流派、文学刊物、作家作品等专题

---

① [法]雅克·朗西埃:《政治的边缘》,姜宇辉译,上海译文出版社2007年版,第16页。
② 根据《新文学史料》创刊编辑牛汉先生的回忆,这个期刊最初是由周扬等人提议创办,意在"抢救老作家的资料,请茅盾、冰心、叶圣陶、巴金等人写回忆录",收集"手头的书信、日记,以'左联'为主"。最初设想的杂志名称为"新文学资料"。萧乾认为"资料"仅供参考,提出改为"史料",认为这样更具权威性。由此"刊物的性质都变了"。
③ 郭娟:《〈新文学史料〉:30年过去,依然在这里》,《中国社会科学报》2010年1月12日第16版。

资料，刊登有关的调查、访问、研究、考证文章以及不易见到的材料和文物图片等，这些关于文学史上若干重大事件的回忆与辨析，关于作家、作品、社团、流派的种种回忆与考证，从不同的角度，既宏大又细腻地展现出五四以来中国文学丰富鲜活的历史图景。

作为一份容量巨大的连续出版物，《新文学史料》对文学研究的影响是深远的，但也是复杂的。这里，我们主要讨论《新文学史料》在重现文学经典的历史真实方面所做的客观贡献。

第一，作家的"在场"。期刊创办之时，新文学的亲历者大都健在，通过编辑各方努力组稿，茅盾、冰心、叶圣陶、丁玲、沈从文、萧军、赵清阁、端木蕻良、骆宾基、朱光潜、施蛰存、赵家璧、卞之琳等一大批新文学的亲历者纷纷出场，几乎都在《新文学史料》上发表了回忆录、传记、书信、日记、访谈、佚文、逸事等弥足珍贵的第一手史料，其中《我走过的道路》《从文自传》《胡风回忆录》等重要文献都首先发表在《新文学史料》上。这些新文学研究的第一手资料将在文坛上销声匿迹或在阅读中不为读者所知的作家、作品立体地呈现出来，现代文学的丰富性和多样性在鲜活的史料中得到了集中的展示，相比于"文革"中被不断一元化的认知而言，研究者和阅读者都面对这一个几乎"全新"的文学世界。与此同时，《新文学史料》"出场"在某种意义上成为作家复出或"平反"的一种方式。

第二，描绘真实而全面的文学图景。《新文学史料》创刊之时"左"的思潮影响犹在，但从创刊伊始，不论是编辑成员的组成或是对刊发史料的选择都表现出一种兼容并包的编辑方针。① 期刊的《发刊词》就表明了执行党的"百花齐放，百家争鸣"的方针，明确表达了"观点上不强求一律，作者可以按照自己认为正确的观点去回顾、

---

① 《新文学史料》创办之初，时任人民文学出版社总编辑的韦君宜亲自点将，调牛汉参与编辑。当时牛汉因胡风冤案牵连尚未彻底平反，但实际上已是编辑《新文学史料》的核心人物，并很快长期担任期刊的主编。

叙述、分析这个时期的一切文艺现象，自由地发表意见"的编辑方针。在1978年、1979年等早期的刊物上，不但刊有左翼作家的史料，还有自由派作家、鸳鸯蝴蝶派作家，甚至当时尚未平反作家的史料。以至于1981年，中宣部认为《史料》存在"介绍'左联'不够全面，党内有些机密不应公开、社会主义方向不明确"的问题，提出停办的可能，而后又改为整改，要求"加强左派人物的史料"①。在改革方向尚不明晰之时，《史料》敢于正视历史的黑暗时刻，以"毫不含糊"（牛汉语）的态度最大限度逼近历史真实，以史料为依据，用事实说话。在真实的"史料"面前，被革命话语建构起来的历史被否定，革命话语的根基被动摇，其本身就被逐渐消解，而代之以在"历史真实"基础上"最大限度地还原了中国新文学发生、发展的真实、动感的历史图景"②，进而形成新的文学认知。

第三，推动理性反思和建构。在组稿过程中，《新文学史料》（以下简称《史料》）收集到了大量的第一手资料，其中有很多是从未曝光的历史隐秘，也有涉及个人的秘闻逸事，还有纷繁复杂的个人恩怨和争斗，在大量的史料面前，《史料》坚持"公正、严谨的史学规范"，有所为有所不为，不故作惊人之语，不期待"耸人听闻的办刊效果"，切实致力于对"真实"的思考和理性的呈现，表现出了大众媒体的职业操守和价值选择。这有效地防止了将《史料》变成一种"爆料"，将对历史真实的追思演变为街头巷议的可能。作为一种具有"权威性"的历史见证，《史料》表现了精英知识分子借由大众传媒表达启蒙和现代化的诉求，参与和推动了1980年代的文学研究尤其是为此后的作家、作品"重评"和文学史"重写"提供了"史料真实"的

---

① 可参考牛汉自述，何启治、李晋西整理的《〈新文学史料〉的筹备及组稿活动》一文，发表于《出版史料》2007年第4期。
② 郭娟：《〈新文学史料〉：30年过去，依然在这里》，《中国社会科学报》2010年1月12日第16版。

基础。如果说文学研究主要是总结和创新，那么史料工作则是一种发掘和求真。没有丰富、完整的史料，研究工作就很难深入开展，而研究工作的推进也带动了对新的史料的需求和挖掘。同时，一个成熟的学科往往需要根深叶茂的史料基础，从而避免研究中出现"硬伤"为人诟病。

1980年代之初即展开的文学史料的挖掘、保护和整理工作也促使了现代文学研究迅速走向成熟。在这个过程中，除了人民文学出版社出版的《新文学史料》等期刊外，三类图书的出版也在现代文学"拨乱反正"正本清源的过程中发挥了巨大的作用。

第一类是影印本的文学作品、研究资料和文学期刊的出版。"文革"结束以后，随着出版、教育和研究事业的发展，对文学作品的需求量急剧增大：出版社要发掘选题，再版重印文学作品需要找底本，作家、研究者要写作需要找资料、找旧著；广大读者在新书品种极其缺乏的情况下，也希望从旧书店找到所需图书。为了在较短的时间内满足各方面的需求，以上海书店（原上海古旧书店）为代表的出版发行机构获得国家出版局的批准，影印复制古旧书刊。由于"文革"期间作家被迫害、作品被大量损毁，合法出版的作品也是被净化后的"洁本"，所以在1980年代的影印本中现代文学占据了相当的比例。

影印本的出版在特定的时期既是为了满足阅读的需要，也有试水的性质。以1979年为例，上海书店影印了《鲁迅先生纪念集》（鲁迅逝世一周年所编悼念文集）、胡适著《中国章回小说考证》和郁达夫的《郁达夫游记》。从这三本书的出版来看，关于鲁迅先生的研究是为意识形态所认可的，但在1980年代的历史语境下，如何继承和评价鲁迅仍是一个敏感的话题；胡适则是一位受争议被否定的人物，中华人民共和国成立之后，大陆从未出版过他的作品。首次出版的《中国章回小说考证》是与政治无涉的学术研究，带有明显的试探性质；郁达夫虽然是被日本人杀害的革命烈士，但他的《沉沦》等作品长期以来被视为颓废消极之作排斥在出版传播的主流之外。选择影印的《郁达夫游记》不同于早期的小说,其风格隽永、文风清晰。在这三本书出版之后,时任《人民日报》主编的姜德明在《大地》副刊撰文评价上海书店复印现代文学著作是"化一成万,功德无量"。其后,香港报纸发表评论文章,注意到影印本《中国章回小说考证》的出版,并由此说明,大陆意识形态领域开始"解冻"。媒体的解读也给当时的上海书店带来很大的思想压力①。客观地说,上海书店出版现代文学影印本在主观上并不一定有试探意识形态底线的企图,但从客观效果看,它有着很强的示范作用和宣传带动作用。到1981年,为给研究者提供"原始的、全面的、真实的资料""展开真正的研究"②,上海出版社策划了以"中国现代文学史参考资料"③为丛书名影印一批现代文学著作。选印的范围包括各社团、流派代表性作家的著作以及作家传记、作品评论、文学论争集等。为了保持历史的原貌,选本既有在文学史上有影响和有代表性的作家作品也有流传较为稀少的著作,既有进步的、革新的,也有所谓落后的、保守的,以"适当兼顾所谓'左、中、右'的关系"。到1985年,这套丛书出版了五十种,得到了出版界、文学研究界和评论界的广泛好评④。这套丛书影印出版前后历时10年,共计出版了160种在现代文学史上较有影响的小说、诗歌、散文、文学理论、作家传记、作品评论等单行本。无独有偶,人

---

① 俞子林:《艰难的历程——出版〈中国现代文学史参考资料〉的回忆》,《出版史料》2009年第1期。

② 俞子林:《艰难的历程——出版〈中国现代文学史参考资料〉的回忆》,《出版史料》2009年第1期。

③ 对于《中国现代文学史参考资料》这个名称,施蛰存指出,以"参考资料"命名是较为保守的政治考虑,这意味着这些书都只能作为"文学史"之外的"参考性"阅读,并对比古代文学,李白、杜甫等人的诗歌就"不算是古代文学参考资料"。

④ 1985年,上海书店与上海社会科学院文学研究所、《文学报》编辑部联合组织了一次座谈会,参加者有于伶、王元化、许杰、任钧、朱雯、罗洪、贾植芳、姜彬、赵家璧、丁景唐、刘金、胡从经等专家学者和上海市委宣传部、出版局等领导以及新闻界人士共计40余人。会议一致认为上海书店这项出版工程给教学研究提供了很大方便,可以使中青年一代直接接触现代文学作品,避免了以往以偏概全的毛病。施蛰存送来书面发言,对丛书的出版表示了充分的肯定。

民文学出版社也在同期出版了《中国现代文学作品原本选印》丛书。在经历了较长时期的极左路线后，这些书都是几十年来第一次与读者见面，为打破禁锢局面，为现代文学史研究提供第一手资料起到了一定的作用。此外，上海书店等出版机构还影印了很多文学报刊，这都为保存和提供现代文学第一手资料发挥了巨大的作用。

除了出版社的影印版外，一些高等院校和研究机构发起组织了多种资料汇编。如1978年由杭州大学和苏州大学发起并联合其他院校编辑的《中国当代文学研究资料》丛书（1981年，该丛书和中国社会科学院文学研究所协作被列为国家资助的重点科研项目）；1979年由中国社会科学院文学研究所现代文学研究室发起编辑的《中国现代文学史资料汇编》（包括《中国现代文学运动、论争、社团资料丛书》《中国现代作家作品研究资料丛书》和《中国现代文学书刊资料丛书》甲、乙、丙三种）等。

第二类是作家作品集和文学作品选集的出版。在影印重版的同时，为了满足各种不同层次的研究和阅读的需要，当时很多出版社还编辑出版了各类文学书系，如上海文艺出版社的《中国新文学大系》，中国文联出版公司的《中国新文艺大系》，重庆出版社的《中国解放区文学书系》和《中国抗日战争时期大后方文学书系》等。其中，1979年，五四运动六十年之际，中国社会科学院文学研究所现代文学组组织进行了中华人民共和国成立后现代文学一次大规模的"打捞"活动——编选十卷本的《中国现代文学创作选集》[①]，"比较系统地整理总结'五四'以来的新文学创作，并以事实驳斥'四人帮'对于中国

---

① 这套文学作品集是为了纪念1979年五四运动六十周年由中国社会科学院文学研究所现代文学组编选十卷本选集，分为短篇小说、散文、新诗、独幕剧四个部分，原计划在两年内由人民出版社出版。实际上，该文集第一卷《中国现代短篇小说选1918—1949》1980年正式出版，《中国现代散文选》1982年出版，《中国现代独幕话剧选》1984年出版，而1980年代初选编完成的《中国现代新诗选》未能及时出版，直到1996年10月才由北岳文艺出版社改名为《中国现代经典诗库》出版。

现代革命文学运动的诬蔑……力求反映中国现代文学创作的发展过程、基本面貌和主要成就……所选的作品，以革命的和具有进步倾向的为主，兼顾不同的流派、风格。在编选过程中，着重选择在中国现代文学史上发生过较大影响或有一定代表性的作品"。其中，在1978年已经定稿的短篇小说部分共选作家190余人，作品290余篇（这其中，有1/3的作品是1949年以后首次出版的）。此外，作家全集、文集的编辑和出版更是丰收，《茅盾文集》《臧克家文集》《朱自清全集》《艾青全集》《闻一多全集》《老舍文集》《郭沫若全集》《俞平伯全集》《冯至全集》《胡风全集》《戴望舒全集》等在短短几年内相继出版。这些作家作品选集或全集的出版除了具有一定的史料价值之外，还和影印本一样表达了编选者的一种态度。与现代文学约10万种出版物（数据来源于贾植芳主编的《中国现代文学总书目》所收书目）相比，被选出来重印的只是一个极小的数字，在选择的过程中，除了资料来源外，更重要的就是编者选什么、不选什么的编辑行为和出版社的出版行为背后所潜在的对文学和作品的经典性价值的权衡。

第三类是重印或修订版文学史的出版。国外研究者直观认为"社会主义国家喜欢写文学史，因为需要教科书"①，这样的判断至少用来说明中国1980年以来文学史写作的状况是相当中肯的。在"文革"结束之初，为适应教育体制变革及现代文学学科发展的需要，对文学史的需要被提上了历史日程。面对文学史的研究和教学，经历了"文革"之后的教师们大多为哪些作家可以被讲授而困惑，但是"还没有哪家有魄力自己来编一本"文学史。于是"1978年出现了若干高校联合编教材的热潮……联合若干力量一起来写，一时竟出现了'合纵'、'连横'或者东西南北、五湖四海的集合体，出现前所未有的热烈、繁忙的编写文学史的高潮"②。作为历史的亲历者，黄修己现实描述的

---

① [日]丸山昇等：《现代文学史研究漫谈》，《中国现代文学研究丛刊》1992年第4期。
② 黄修己：《中国新文学史编纂史》，北京大学出版社1995年版，第200页。

1980年代之初文学史写作状况反映了因为思想解放的有限性和时间局促，研究者和编写者都缺乏从容的研究心态和严谨治史的精神，大部分文学史是在"文革"前写就的①或是参照已有的文学史匆忙赶出来的，基本延续了"十七年"编纂文学史的思路，用新民主主义的理论框架来构建文学。这也使当时的文学史写作和出版不如文学史料和作品出版那样具有开拓性和建设性，在整体框架确定的情况下，这些文学史所做的工作主要是细节上的添加和修改，其主要作用是文学基本知识的教育和传播。还需要注意的是：1980年代初期的文学史写作主要不是源于学科发展的要求，而首先是应对"教学"的外在召唤，这就决定了教材类的文学史从体例和思路上都是一种和教育体制、政治结构相互适应的文学秩序的建构。就本质而言，大学不只是一般意义上的传授知识并提供文凭的教育机构，它还是掌握知识并进行知识生产、再生产和传播的权力中心。仅就文学教育而言，它既传播文学的基本知识、基础概念、基本规范，又承担着撰写、评论、组织和传播文学理论、文学史的生产，并完成有关作家、作品经典化的一整套完整的程序，这些塑造了文学教育的接受者对于文学的整体认知框架。在百废待兴之时，正是这样的文学史成为很多后来的文学研究者重要的知识积累，参与形塑了他们理解和评判文学的起点与走向。

史料作为文学和历史的存在，通过对过去的整理、排列、论述并纳入一定的历史观念和事实序列中时呈现出意义。1980年代之初的文学史编写重印只是开端，它远未完成现代文学史写作和现代文学经典建构的重任。

---

① 在1980年以前出版的文学史中，唐弢主编的三卷本《中国现代文学史》，田仲济、孙昌熙主编本和人民大学林志浩主编本都是采用的1961年文科教材会议之后撰写的文学史为底本，在新时期修改而成的。具体的修改过程及其内容可参考张伟栋等《八十年代文学的思想和学术问题》一文，发表于《海南师范大学学报》（社会科学版）2012年第4期。

二 以"重评"展开的文学经典讨论

从1977年展开的现代作家作品"重评"是新时期一次波及范围广、持续时间长、研究成果丰硕的研究活动，它与新文学史料的发掘、文学作品及研究资料的出版、文学史的重版重印既相互交织又各有偏重，共同推动了中国现代文学经典在1980年代的建构过程。葛兰西认为，一场社会政治革命必须伴随一场文化革命的到来，以此在对文学作品、哲学、美学、伦理学、政治学的重新架构中安置"人"。作品"重评"也因此成为1980年代普遍性的文化现象，作为这一时期文化语境的话语表征，"重评"既显示着特殊时期的暧昧与复杂，它的发生方式、话语操作、焦点选择等又成为1980年代文化场域敏感的风向标，传递出特殊文化语境中知识生产方式和文学历史书写的些微特征。

旨在恢复作品本来面貌、重新总结作品的思想和美学品格、重新确定作品的评价标准的"重评"活动主要是依托文学研究期刊展开的。我们从1980年以来两份重要的文学研究期刊的发刊词中就能窥一斑而知全豹。

首先考察的是在1978年1月复刊的《文学评论》发表的《致读者》：

......

我们深深感到，刊物的恢复出版，是党在新的历史时期交给我们的一项光荣而又艰巨的任务。我们决心努力把刊物办好。

坚决捍卫、积极贯彻毛主席提出的文艺的工农兵方向，是我们刊物长期的基本任务。我们一定要高举毛主席的伟大旗帜，努力实现华主席题词的伟大号召："坚持毛主席的革命文艺路线，贯彻执行百花齐放、百家争鸣的方针，为繁荣社会主义文艺创作而奋斗。"

揭批"四人帮"是抓纲治国各项任务中的第一位任务。文艺界是受到"四人帮"严重破坏的部门。所谓的十七年"黑线专政"论,最早就是在文艺这个方面提出来的,并且由此扩展到教育界、科技界和其他各个部门。《文学评论》当前时期的首要工作,就是要从理论上、从总结社会主义文艺的成就和经验上,深入批判"四人帮"在文艺方面所制造的种种谬论,特别是"文艺黑线专政"论。

《文学评论》除发表评论当代作家和作品的论文外,将发表研究和评论我国文学历史、我国古代作家与作品的论文以及有关这方面的资料,发表研究和总结"五四"以来我国革命文艺的成就和经验的论文以及有关资料。批判"四人帮"根本否定我国古代文学遗产和歪曲我国古代文学历史,根本否定"五四"以来特别是三十年代以来我国革命文学运动的种种谬论。

发展我国社会主义文学事业,不论是创作还是评论,都需要借鉴外国。《文学评论》也需要刊载研究外国文学的文章和这方面的资料,批判"四人帮"在这个方面所散布的种种谬论。

……

在学术问题上鼓励不同意见的发表,让学术辩论形成一种风气。①

这里引用了《致读者》的大段内容,主要是因为它清晰而全面地描绘了当时文艺研究(也是文学经典研究)的背景、状况、问题并提出了方向、原则、立场等多方面的问题。

首先,《致读者》呈现出明确的"政治"立场和态度,《文学评论》带有鲜明的意识形态色彩,它将复刊视为党交给的"一项光荣而又艰巨的任务",这里的"任务"是"坚决捍卫、积极贯彻毛主席提

---

① 《致读者》,《文学评论》1978年第1期。

出的文艺的工农兵方向"的政治任务,然后才是文学研究的任务;其次,《文学评论》选择了以揭批"四人帮"和反"文艺黑线专政"作为研究的逻辑起点和首要任务,这里所代表的不只是《文学评论》编辑部的意见,还在一定程度上反映了相当数量的文学研究者研究的逻辑起点:从重构文学—政治的关系入手;再次,就《文学评论》的研究偏向而言,"除发表评论当代作家和作品的论文外,将发表研究和评论我国文学历史、我国古代作家与作品的论文以及有关这方面的资料",充分说明了《文学评论》以作品的评论为主要内容,以"'五四'以来特别是三十年代以来我国革命文学运动"的"重评"为主要方式,这种表达既是一种编辑方针的传达也是对研究的期待和引导;最后,还能看出,《文学评论》的立足点是中国文学研究,对外国文学及理论则采取适度"借鉴"的态度。

相较而言,1979年4月创刊的《中国现代文学研究丛刊》(以下简称《丛刊》)在《致读者》中所表达的文学主张就更加简明而清晰:

> 本丛刊创办的目的,是为现代文学的研究提供阵地,以利交流研究成果,开展学术讨论,促进现代文学研究的发展,提高现代文学研究的学术水平。
>
> ……
>
> 研究我国现代文学,不仅可以弄清这个时期文学的历史面貌,总结发展规律,而且可以得出有益于社会主义文学繁荣的经验,作为文学为实现"四化"作出贡献的借鉴。
>
> 本丛刊以发表有关我国新民主主义革命时期文学的研究和评论文章为主,内容包括文学运动和斗争、文学思潮和流派以及作家作品的研究分析等几个方面。鉴于过去对现代文学的各种复杂成分注意很少,研究很不够,我们希望今后不仅要注意研究文学运动、文学斗争,还要注意研究文学思潮和创作流派;不仅要注

意有代表性的大作家的研究，还要注意其他作家的研究；不仅要研究无产阶级革命作家，还要研究民主主义作家，对于历来认为是反面的作家作品也要注意研究剖析；不仅要考察作品的思想内容，还要注意作品艺术形式、风格的研究。①

在这篇《致读者》中，王瑶先生首先为《丛刊》做出了清晰的定位：作为文学研究的阵地，开展学术讨论，促进学术研究，提高学术水平。这和《文学评论》相比，二者明显是采用了不同的理论话语和研究偏向，如果说，《评论》是以政治为首要任务，以政治—文学的关系的反思与重构为起点，那么，《丛刊》则是立足于文学研究，以"文学"为基本立场，围绕文学运动、文学斗争、文学思潮和创作流派立场展开。《丛刊》所表现出的"文学"标准和《评论》所强调的"政治"分别代表了"重评"中的两种不同的视野和取向。政治的和文学的双重视野既代表了现代文学研究中的不同方法主张，又显现出了主张背后不同的倾向。

《致读者》所释放的另一个重要信息是要引起"对现代文学的各种复杂成分"的关注，这表现在"不仅要注意有代表性的大作家的研究，还要注意其他作家的研究；不仅要研究无产阶级革命作家，还要研究民主主义作家，对于历来认为是反面的作家作品也要注意研究剖析；不仅要考察作品的思想内容，还要注意作品艺术形式、风格的研究"，这充分强调了重新发现并公正评价以往忽略或被遮蔽的部分的研究主张。尤其是"有代表性的大作家"的研究和"其他作家"的研究并置，甚至强调后者的重要性，这显示了当时的现代文学研究中，文学经典问题已经成为研究的潜在话语和中心。"重新评价"的倾向在这一时期的现代文学研究中表现得极为明显，如《丛刊》的创刊号

---

① 《致读者》，《中国现代文学研究丛刊》1979年第1期。

把胡适作为文学革命的开拓者来讨论①,在第 2、3 辑中又发表了对"充满矛盾而易招误解的作家"郁达夫和徐志摩研究的文章②。这类讨论在同时期的《新文学论丛》《文学评论》《文艺论丛》《新文学史料》等专业期刊和大学学报上大量出现。

文学作品"重评"实际上是新的文学场规范构建的一部分,它主要在两个向度上展开:一方面是配合"拨乱反正",对旧有的文学体制和规范的批判与否定,为整个社会的转轨提供舆论和思想的支持,因此,"很多属于平反昭雪、落实政策的性质,又无不带有着纠正'左'的错误的精神,处处表现出强烈的政治性",通过"重评"得出与之前的"盖棺定论"反差鲜明的新的结论,这其中也不乏大量以"重评"为手段做翻案文章的政治行为。"今天的文学是建立在这些过去的遗产之上的……但与此同时,在某种意义上可以说,对这些遗产的拒绝构成了今日文学的起点"③;在另一个方面,"重评"以其对"昨日"的拒绝,重构"今日文学的起点",参与了新的文学和意识形态的构建,介入了当代生活和社会结构,甚至一度因此成为"显学"。文学既是媒介承载的内容,又是 1980 年代中国思想文化最重要的"媒介",与当代的政治和日常生活有着千丝万缕的联系。意识形态和文学"重评"活动互相借重、互相推进,互为话语资本,彼此扭结,现代文学"重评"在打破陈规的同时,通过对新的经典性文本的发现和推崇,建立起新的规范性话语;还要注意的是,在具体的"重评"中,从新中国成立以来一直困扰文学研究的政治—文学的逻辑没有被反思、清理和终结,文学—政治的关系被转化为文学对"四人帮"的批判关系,因此,文学被主流政治赋予了意识形态的内涵,在一定程

---

① 耿云志:《胡适与五四文学革命运动》,《中国现代文学研究丛刊》1979 年第 1 期。
② 发表于第 2 辑的《一个充满矛盾而易招误解的作家》(朱靖华);发表于第 3 辑的有《论郁达夫的小说创作》(温儒敏)和《评徐志摩的诗》(陆耀东)等。
③ [日]竹内好:《近代的超克》,李冬木等译,生活·读书·新知三联书店 2005 年版,第 183 页。

度上，文学被置于复杂的政治文化前台和思想斗争旋涡的中心。新的政治意识形态以拨乱反正的胜利掩盖了这种弊端和危害，而当政治问题解决之后，文学自身的问题就会显露出来。①

文学批评之所以能在1980年代发挥重要作用，在很大程度上得益于文学、批评与社会、时代暗自形成的相互承诺，同时也得益于文学和批评与主流意识形态时松时紧的特殊关系。1980年代初期"是官方、作家与读者共度蜜月的时期"②，参与这种蜜月活动的显然还有批评家。文学批评通过对文学作品、现象、思潮的关注、解读和肯定释放并且放大了文学蕴含的潜在意义。同时，这种声音和意义也正是时代、社会乃至主流意识形态所需要的。因此，可以说这一时期的文学批评话语和时代话语存在着一种同构关系，而批评话语显然是时代主旋律的一个声部，是社会宏大叙事中的一个必然的组成部分。

一系列的重评，对既有的"革命"文学研究范式是一种"恢复"和"扩充"，这使得现代文学的形象越来越完整清晰：曾遭到批判的左翼作家（如艾青、冯雪峰、瞿秋白、丁玲等）、曾被视为"反动"的文学思潮（新月派、新感觉派、现代派诗歌）在重评中出现；对以往被认可的经典作家作品也有了新的认知，如对鲁迅的小说《彷徨》、散文集《野草》以及《故事新编》的肯定，并将其置于与《呐喊》《朝花夕拾》同等重要的地位，丁玲在延安的早期作品《在医院中》《我在霞村的时候》都获得了新的认可。在当时，这种重评以"还原历史事实""还历史以本来面目"为其合法性依据，而其整体的文学

---

① 如在郭志刚主编的《中国当代文学史初稿》中，编者指出浩然"总的来说，这并不能掩盖他那用时兴的理论概念去图解生活的、不可弥补的缺陷，因而在出版后，读者的反映是冷淡的。一九七四年，作者还赶写了适应江青一伙政治需要的中篇小说《西沙儿女》，其内容的空洞和艺术的贫乏，那就更不待说了。此外作者还在这个时期写了一些短篇小说和谈创作心得体会的文章，也都大多打上了四人帮思想影响的印痕。这说明，即使像浩然这样较有才能的作者，如果脱离了正确的思想和理论的指导，在艺术上也会陷入贫乏和陋弱的境地，这对一切从事文艺工作的人来说，都是一个沉痛的教训"。

② 刘心武、张颐武：《刘心武张颐武对录话：世纪末"的文化瞭望》，漓江出版社1996年版，第172页。

史图景也大致要恢复到以王瑶先生的《新文学史稿》为代表的"新民主主义"的"新文学"的历史描述，其衡量尺度相对于1950年代后期和"文革"期间的激进文学史要宽松得多。

三 以"重写文学史"确立的现代文学经典

关于"重写文学史"的讨论和实践已受到了许多研究者的关注，在涉及中国现代文学的观念形成、学科建设和文学史写作时，这是绕不过去的存在。在1980年代以现代文学为中心的文学经典建构活动中，"重写文学史"同样不仅必要而且不可或缺。在一定的意义上可以说，如果没有1980年代中期开始的大规模的文学史写作，那么1980年代的"文学经典论争"命题是否成立就需要再讨论。正是文学史的重写活动发出的正式邀约，使得从1976年以后开始的重印、重组、重评等一系列文学实践活动参与文学经典论争的"准备活动"显得"名正言顺"。

尽管"重写文学史"作为一个明确的口号是以1988年7月《上海文论》第4期陈思和、王晓明主持"重写文学史"专栏为起点，但在此之前，实际上已经有大量的研究和实践为"重写文学史"的出场作好铺垫。从新时期开始到"重写文学史"的发生，中国现代文学史的书写经历过至少两次实践和观念转变的预演：第一次是在前面提到的1978年开始的大量重印或修订文学史的活动，充分显示了来自文学教育、意识形态建构和文学学科建设的需要；第二次则是与"重写"有着更本质和直接联系的1985年在北京召开"中国现代文学研究创新座谈会"，黄子平、陈平原、钱理群等人提出"二十世纪中国文学"的概念①。这些与文

---

① 这一概念的提出被"重写"的发起者之一王晓明视为"重写文学史"活动的"序幕"。1985年，黄子平、陈平原、钱理群在《论"二十世纪中国文学"》一文中提出在世界文学的总体格局中构建"二十世纪中国文学"的概念，主张以"走向'世界文学'的中国文学，以'改造民族的灵魂'为主题的文学，以'悲凉'为基本核心的现代美感特征，以文学语言结构表现出来的艺术思维的现代化进程"等核心概念来统摄整个二十世纪中国文学。余岱宗在《文学经典的"筛选"与"危机"》一文中反思了这一概念，指出认知动机的改变会导致已有文学经典的重新评价（余岱宗：《文学经典："筛选"与"危机"》，《东南学术》2007年第1期）。

学史相关的研究活动都表明"重写"不是孤立的研究现象。"文学经典秩序……是在复杂的文化系统中进行的，在审定、确立的过程中，经过持续不断的冲突、争辩、调和，逐步形成作为这种审定的标准和依据，构成一个时期的文学（文化）的成规"①，新时期的重版、重评等活动是针对具体作家、作品发现和培育"珍珠"的经典性局部建设；文学史的叙述则是对"珍珠"的鉴别、挑选、权衡，并将这一系列的局部研究连缀成为一根珠链，它"包括一批作品篇目，包括这些作品的成就判断以及它们相互之间的联系"②，而连珠成链的则是被文学史链条的编撰者认可的隐藏在作品背后的某种"不断承传的价值规范"。

"经典本身意味着一种稳定的秩序，某些作品被合法化地接受，并奉为价值的尺度，在背后自然还有一套复杂的控制体系和权力关系。在社会思潮、文化秩序发生变动的时期，'经典'秩序本身也在改写中③。"文学史的重写是政治思潮变化的必然结果，是"坚持十一届三中全会路线的结果。试想一下，没有肯定实事求是的精神，怎么可能收集并出版如此规模的研究资料集？没有肯定思想解放路线，怎么可能冲破原来'左'的僵化教条的思想路线，在政治教科书式的文学史以外确立新的审美批评标准？怎么可能为那许多遭诬陷、遭迫害的作家作品恢复名誉和重新评价？"④ 这种认识就其历史根源而言具有一定合理性，但对文学研究而言，十一届三中全会是一个遥远的动因。尽管1980年代前期已经开始的现代文学研究中重新"发现"了沈从文、张爱玲等完全被革命范式的文学史抹去的作家和作品，但要将他们（如钱钟书、周作人、梁实秋等）纳入现代文学经

---

① 洪子诚：《中国当代文学史》，北京大学出版社1999年版。
② 南帆：《隐蔽的成规》，福建教育出版社1999年版，第13页。
③ 温儒敏：《中国现当代文学学科概要》，北京大学出版社2005年版，第128页。
④ 陶东风：《精英化——去精英化与文学经典建构机制的转换》，《文艺研究》2007年第12期。

典序列，在文学史的建构中给予他们与鲁、郭、茅、巴、老、曹式的位置（甚至更加重要），则并非对既有文学史的"扩充"可以完成。正是对这些作家的"发现"及引起的阅读和研究的关注，一种与"政治—文学"为研究范式的现代文学史相抗衡的从文学角度进行的现代文学史研究逐渐形成。与新的文学经典建构标准的形成以及新的文学史研究范式的形成密切相关的是，整个文学研究中对文学本体性的讨论，以及与之相关的"纯文学"观念的提出，文学研究"更加关注语言与形式自身的意义，更加关注人物的内心世界"。所以，"重写文学史"本质上是"以审美标准来重新评价过去的名家名作以及各种文学现象"，①淡化政治意识形态色彩，颠覆从现代文学诞生以来至今文学是从低到高的进化过程，而要用历史、美学的观念进行价值重估和确认。通过这种策略，"去经典化"和"再经典化"两个过程同时展开："去经典化"是对原先被民粹主义和政治实用主义思潮奉为经典的文学艺术——从中华人民共和国成立前的革命文学、左翼文学，到中华人民共和国成立后的"赵树理方向""红色经典""样板戏"进行重新评价，或彻底否定或大大降低其在文学史上的经典地位（被发起"重写文学史"的《上海文学》"揪"出来加以"降级处理"或者是政治色彩浓厚的作家，如茅盾②；或者是民粹主义倾向严重的作家，如赵树理），从而在1950—1960年代确立的、1970年代被极端化的、以左翼文学为主线的"革命"范式的文学史观念和书写体系被新的历史叙述范式所取代，新时期被重新发现和重评的以沈从文、张爱玲、周作人、钱锺书、梁实秋等为代表的曾被革命文学史剔除的作家重新构造出一个现代文学的"伟大的传统"。

---

① 陈思和：《关于"重写文学史"》，《文学评论家》1989年第2期。
② 蓝棣之重评茅盾的文章《一份高级形式的社会文件——重评〈子夜〉》对茅盾研究具有很大的冲击力和影响力，作者用"文学之伟大与否并不全然取决于文学标准，虽然我们必须记住是否成其为文学只能用文学标准加以判定"作为重评《子夜》的标准，认为"《子夜》读起来就像是一部高级形式的社会文件，因而是一次不足为训的文学尝试"。

对于"重写文学史"的发生，除了国内社会思潮以及文学研究本身的助推作用外，从知识来源上看，海外的文学理论和中国现代文学研究成果的传播和影响也不可忽略。"重写文学史"所倡导的"个人性"与"主观性"以及文学评价中的艺术审美标准都有着一个"连倡导者本人也未明确意识到的潜在参照，那就是西方的现代文学史，包括海外中国现代文学的研究"①。如李欧梵的《铁屋中的呐喊》对鲁迅内心"黑暗"的发现和阐释、美国汉学界对沈从文的重视影响了金介甫对沈从文的研究②，而张爱玲、钱锺书的"经典化"则与夏志清《中国现代小说史》的影响有着密切的关系，此外，香港学者司马长风的三卷本《中国新文学史》（上、中、下卷，香港昭明出版社1976年版），以诞生期、收获期、凋零期为新文学分期，表现出某种与进化观相悖反的"退化观"，对新月派、语丝派、孤岛文学等文学流派和现象做出详细分析，对周作人、凌叔华、萧乾、徐訏等作家的重视在很大程度上助推着新的经典序列构成了潜在影响。我们并不是否认"重写文学史"是中国文学研究的自身逻辑推动的，但作为一种重要的知识来源和话语支持，《中国新文学史》和《中国现代小说史》这两本由海外学者完成的现代文学史学著作的确在1980年代产生了"潜在"而巨大的影响。虽然这两本书在当时并未正式出版，其阅读的范围主要局限在文学研究的学术圈内，并且以被批判的方式"潜水"③，但对文学史的关注主要是发生在学术圈内部，所以其影响在小范围内集中而深远。司马长风的《中国新文学史》是建立在"文学自己是一客观价值，有一独立天地，她本身即是一神圣目的"的认知之上的，

---

① 张春田：《从"新启蒙"到"后革命"——重思"90年代"的中国现代文学研究》，《现代中文学刊》2010年第3期。

② 1980年朱光潜在《花城》发表了《从沈从文先生的人格看他的文艺风格》一文，他认为"目前全世界提到公认的中国新文学家，也只有沈从文和老舍"就是针对国外现代文学研究标准而言的。

③ 在1983—1984年的"清除精神污染"运动期间发表在《文艺情况》《文艺报》《鲁迅研究动态》等内部或公开刊物上的都有批判《中国现代小说史》的文章。

是以此"打碎一切政治枷锁，干干净净地以文学为基点写的新文学史"①。夏志清则坚持"全以作品的文学价值为原则"的批评标准，他反对将文学看作"历史的婢女""把文学纪录当作历史和时代精神纪录"的观念，并提出"我的'教条'也只是坚持每种批评标准都必须一视同仁地适用于一切时期、一切民族、一切意识形态的文学"，"文学史家必须独立审查、研究文学史料，在这基础上形成完全是自己的对某一时期的文学的看法"，以此从事"优美作品之发现和批审"的文学史建构②。

　　需要注意的是，夏志清的文学史观念背后的主要知识来源是"新批评"理论，尤其是英国批评家 F. R. 利维斯的《伟大的传统》对他有着深刻的影响③。与此同时，"新批评"的理论家韦勒克和沃伦合著的《文学理论》也是在1984年被作为文学理论的"圣经"译介到中国，"在国内学术界产生了很大的影响"④，一时间，新批评的主要文学观念，如"'外部研究'和'内部研究'的区分、注重内部研究和文学形式的重心转移、重视现代语言学方法的运用等观点和方法，在中国文学理论界接受者甚众"⑤。以《文学理论》为代表的理论作品提供了国内文学研究者"新批评"理论有关"纯文学"的系统化专业化的知识表述，《中国现代小说史》等则提供了运用"新批评"进行文学经典建构的文学史书写"典范"，可以说，海外文学研究的传播和影响应该被视为重要的因素，它在与国内文学研究的互动中推进了中国现代文学经典建构。

---

① 司马长风：《中国新文学史（上卷）》，香港：昭明出版社有限公司1975年版。
② 夏志清：《中国现代小说史》，刘绍铭等译，友联出版社1979年版。
③ 参见夏志清在1979年中译本序。其中提示的两点：一是《中国现代小说史》写作时期的冷战氛围以及冷战意识，其二则是"新批评"理论，尤其是《伟大的传统》对他本人的影响。
④ 《文学理论》的翻译者在2005年重印本前言中写道：1984年，《文学理论》首次由三联书店出版，当时连续印刷两次，共计7.8万册，"从那时至今的20年间，《文学理论》被许多高校的中文系用作教科书，还被教育部列入中文系学生阅读的100本推荐书目中"。参见刘象愚的《韦勒克与他的文学理论（代译序）》一文。
⑤ 李洁非等编：《寻找的时代——新潮批评选萃》，北京师范大学出版社1992年版，第129页。

中国现代文学史的书写不只是对文学经典作品的选择，它还被用作现代中国民族—国家想象和意识形态运作的一部分，并成为1980年代文学研究中的"显学"，在新启蒙文化思潮中扮演重要角色。正如阿诺德·克拉普特所言："经典一如所有的文化产物，从不是一种对被认为或据称是最好的作品的单纯选择；更确切地说，它是那些看上去能最好地传达与维系占主导地位的社会秩序的特定的语言产品的体制化"①，对过去的文学经典重新评价是为现存的批评观念寻找合法性依据。也正是因为此，现代文学经典建构也常常成为意识形态冲突的核心和首先冲击的场域，从而处于不断的变化和重构之中，成为经典论争的"必争之地"。

四 在"影响的焦虑"中被质疑的文学经典

1980年代的"文学热"除了表现在中国现代文学研究领域外，在社会文化中影响更为直接、影响面更大的，则是当代文学的创作（也包括对当代文学创作的研究），这一方面续写了新文学的传统和历史，一方面挑战着正在建构的经典和规范。如果说对现代文学的研究主要是对原有的"经典"序列进行外部拆解，或者另起炉灶建立新的理论话语和经典体系，那么这种拆解对中国当代文学带来的则是一种内部抽空和坍塌，以浩然等为代表的文学史常态经典变成了需要探讨的经典备选，"文革"主流文学彻底崩盘，不论是来自情感表达或文学场重建抑或政治文化的需要，都亟须新时期文学的继续生产和传播。

1980年代初期的文学创作和文学研究遵循着相似的历史逻辑，在社会文化转型形成的"断裂带"上，它在对"文革"极左政治的断裂和批判中建构自身的合法性，并在将"文革"他者化的过程中，努力思考和表达可能的未来。在现代文学研究努力重回历史、重评作品的

---

① 乐黛云、陈钰：《北美中国古典文学研究名家十年文选》，江苏人民出版社1997年版，第276页。

同时，当代文坛先后贡献了《班主任》《伤痕》《晚霞消失的时候》等伤痕和反思作品，在报刊登载、电台推介讨论、评奖肯定等大众舆论的推波助澜下，这一批作品不但成功地充当了控诉"四人帮"的文学样本完成了自己历史性的角色，还迅速积累了大量的文化资本并成为新时期文学第一批"经典之作"。1980年代早期的当代文学创作之所以能如此迅速被经典化，除了其本身的美学特质和读者的广泛认可外，理论界和评论的接受和及时的肯定是不可忽略的原因：这一时期的文学创作及现代文学研究的主流理论话语和逻辑一脉相承，正如胡乔木所言"我们现在的文艺和文化，像再生的凤凰一样，从根本上说，仍然是三十年代的文艺和文化运动的延续，我们的文化仍然是左翼的文化"①。1980年代早期的文学书写（如伤痕文学、反思文学、改革文学等）被顺理成章地纳入新文学传统，纳入启蒙的或左翼的历史脉络中被认知、定位和接受，它不但可以获得研究的认可，也能得到左翼文化范式下政治话语的认可和欢迎，在客观上迎合了主导性的政治文化对文学社会功能的设想和安排，从而成为1980年代第一批被认可的经典的文学形式。换个角度看，当代文学的创作也加入了现代文学经典建构的过程。在文学经典建构过程中，除了研究者、读者、批评家之外，当代作家的创作也具有很重要的作用。正是当代作家在多次写作中对前代经典的借鉴、对抗或超越才能形成一个较为稳定的经典的传统。当1980年代的文学主题被表述为"文明与愚昧的冲突"时，我们可以清楚地看到鲁迅开创的"国民性"批判传统在当代文学创作中赢得了再度响应。如高晓声塑造的"陈奂生"形象的出现，在小二黑、李双双、梁生宝等农民形象在当代文学史上长期占据舞台中央之后显示出特有的意义：陈奂生脸上的神情仍然与鲁迅笔下的阿Q、闰土、华老栓、祥林嫂等人物一脉相承。

---

① 胡乔木：《胡乔木文集（第三卷）》，人民出版社1993年版，第92页。

如果我们将 1980 年代的文学创作视为一种不断冲击禁区引发反思的"启蒙"文学，现代文学和新时期的当代文学多是在否定（或肯定）逻辑中推进并获得"经典"的声望。在与政治"同行"的拨乱反正的过程中，文学不断积累自身的文化资本并形成新的自治法则，这在现代文学研究中表现为文学作品的审美和自主性回归、文学史的重写重构、学科的分化和成熟。与此同时，当代文学不断生成的创作与社会政治结构的不同步日益显露，创作在"冲击"中屡屡受挫，由此焕发出来的社会参与热情逐渐耗散而表现出"向内转"的趋势。正如佛克马所言，经典不只是解决问题的一门工具，它还是一个提供"引发可能的问题"的发源地。应该看到，新时期的文学创作面临着和五四新文学完全不同的历史阶段、文化特征和社会风貌，用新文学建立的经典化标准来要求和规约新时期的文学创作，在早期使当代文学的写作被迅速"经典化"从而获得合法性言说发挥着解放性的作用，但同时也对不断出现的新的文学创作构成了一种压制和遮蔽。从传播的角度看，文学经典表现出一种超越历史、文化、地域的传播力，而在接受中表现出一种压倒性的影响力，经典意味着吸引更多受众的注意、意味着被记忆被引用被奉为圭臬，在经典被推高的同时在它的周围形成了一个由大量作品和评论组成的"沉默的螺旋"，这其中既有和经典相似系列的存在，也有大量伺机而动的"异见"持有者。

1980 年代初期，文学创作突破坚冰后，各种文学探索活动层出不穷。首先是朦胧诗，它从早期"地下文学"发展而来，登上主流文学刊物并激发了大众广泛的阅读兴趣并引起了社会巨大的理论反响，虽然在理论研究中各种贬抑评价从未消除，但并不影响它广为传颂并引起形式的探索，"怎么写"取代了"写什么"成为炙手可热的理论命题；在小说创作中，以"意识流"叙述为代表的各种现代主义引发争议，到了 1980 年代中后期，拉美的魔幻现实主义构成了现代主义的一个重要资源，马原、苏童、余华、格非、莫言等先锋小说作家在文本试验田中进行多样的形式探索，文学形式赢得了前所未有的尊重。这些当代文学创作活动大部分是五四新文学传统之外的一种文学叙事，无法有效地组织到新文学史的叙事中①，创作者更多直接取法于外来资源而非中国现代文学的既有"经典"，从某种意义上看，他们的存在在文学场内还构成了对新文学传统经典的僭越和话语权的抢夺。正如布鲁姆所言，新的作家和经典构成一种竞争关系，后者给前者带来一种持久的"影响的焦虑"。为了在竞争关系中脱颖而出，当代文学创作在借助其他质素的文化来另辟蹊径的同时，还对文学经典进行拆解和否定。要对这个问题有更为深入的了解，还需要借助1980年代的另一大众媒介景观进行分析。

五　西方文学经典与中国现代文学经典的竞争

作家马原在2013年出版了一本名为《阅读大师：细读经典》的著作，他选择了26位作家"为他们排出孰轻孰重孰优孰劣诸如排位座次"。从所选作家的年代看，所有的作家无一例外是十九世纪以后的作家，从作家的国别看，26位作家全部是外国小说家，包括美国、法国、英国、阿根廷、德国、捷克、日本等，在作为作家的马原"内心的文学脉络"中，几乎看不见中国作家和作品的存在。是否可以推论：马原并未意识到或不认为中国小说作家或作品对他内心文学脉络有相当的价值，或至少不如列出的国外作家作品那么具有"经典性"。在置于这本书第一篇的《愉快的读书人》中，马原根据记忆列出了"那些曾经影响了我的创作的作家和作品"（见表1）。

---

① 1980年代的很多文学创作都不是新文学传统的简单延续，如寻根文学将文学、民族文化与世界之间的关系纳入视野；到1990年代的现代性叙事中这个问题多次呈现，不断制造理论旋涡；在2000年以后的文学中，民族文化和世界文化的关系面临全球的市场体系不断完善，在商品跨越地域的全球流通之后，文化竞争接踵而至。这一问题的讨论可参见南帆《八十年代：话语场域与叙事的转换》，《文学评论》2011年第2期。

表1　　　　　　　作家马原列出的文学经典作家及作品

国籍	作品	作家	国籍	作品	作家
美国	《红字》	霍桑	法国	《梵蒂冈地窖》《伪币制造者》《田园交响乐》《窄门》	纪德
	《白鲸》	麦尔维尔			
	《小城畸人》	安德森			
	《美国的悲剧》	德莱赛		《局外人》《鼠疫》	加缪
	《永别了武器》《老人与海》《短篇小说选》	海明威			
				《九三年》《悲惨世界》《笑面人》	雨果
	《短篇小说选》	欧·亨利			
	《烟草路》	考德威尔		《欧也妮·葛朗台》《贝姨》	巴尔扎克
	《中短篇小说选》	福克纳			
	《上帝知道》	赫勒		《蝮蛇结》	莫里亚克
	《哈克·贝利芬历险记》《了不起的盖茨比》	马克·吐温		《包法利夫人》	福楼拜
				《巴马修道院》	斯汤达
	《夜色温柔》	菲兹杰拉德		《短篇小说选》	莫泊桑
	《中短篇小说选》	爱伦·坡	俄罗斯	《哈泽·穆拉特》《克莱采奏鸣曲》《战争与和平》《谢尔盖神父》《复活》	托尔斯泰
	《在蒂法尼进早餐》《冷血》	卡波特			
	《刽子手之歌》	梅勒			
	《短篇小说选》	辛格		《中短篇小说选》《卡拉玛佐夫兄弟》	陀斯妥耶夫斯基
	《九故事》	赛林格			
英国	《弃儿汤姆·琼斯的历史》	菲尔丁		《当代英雄》	莱蒙托夫
				《小说全集》	契诃夫
	《傲慢与偏见》	奥斯丁		《小说全集》	普希金
	《福尔摩斯探案集》	柯南道尔		《小说选》	高尔基
	《月亮宝石》《白衣女人》	柯林斯		《日瓦格医生》	帕斯捷尔纳克
				《阿尔巴特街的儿女》	雷巴科夫
	《寻欢作乐》《人性的枷锁》《刀锋》	毛姆	意大利	《十日谈》	薄伽丘
				《阿根廷蚂蚁》	卡尔维诺
	《丛林故事》《吉姆》	吉卜林	西班牙	《小癞子》	佚名
				《堂·吉诃德》	塞万提斯
	《问题的核心》《第三个人》	格林	阿根廷	《小说全集》	博尔赫斯

第二章　1980年代启蒙媒介文化影响下的现代文学经典建构

125

续表

国籍	作品	作家	国籍	作品	作家
英国	《全集》	阿加莎·克里斯蒂	墨西哥	《佩德罗·巴拉莫》	胡安·鲁尔弗
	《萨莉·鲍尔斯》	衣修伍德	捷克	《好兵帅克历险记》	哈谢克
瑞士	《小说选》	迪伦马特			
瑞典	《古斯泰·贝林的故事》《骑鹅旅行记》	拉格勒夫	奥地利	《城堡》《审判》《短篇小说选》	卡夫卡
	《斯德哥尔摩人》	约翰森			
德国	《布登勃洛克一家》	托马斯·曼	中国	《镜花缘》	李汝珍
				《聊斋志异》	蒲松龄
	《莱尼和他们》《丧失名誉的卡塔琳娜·布罗姆》	伯尔	印度	《沉船》	泰戈尔
			日本	《友情·爱与死》	武者小路实笃

资料来源：马原《愉快的读书人》，《阅读大师（全本）细读经典》，花城出版社2013年版。

作家马原列出的这份书单包括了来自16个国家的58位作者的作品（集）83部，正如马原自己所言，"英语作家会在其中占到很大比重"，其中近一半的作品是由英语写作，欧洲国家的现代作品超过90%，亚洲只提到了来自中国、印度、日本的四位作家的四部作品（集），被列入其中的中国作品仅两部古典创作：《镜花缘》和《聊斋志异》。对于这种现象，马原坦陈自己不清楚为什么"一直以来，有太多的英语小说家成为我一读再读的楷模"①。

法国文学社会学家罗贝尔·埃斯卡皮曾提示："必须看到文学无可争辩地是图书出版业的'生产'部门，而阅读则是图书出版业的'消费'部门。"② 这给文学研究提示了两个容易被忽略的环节：一是作为图书出版的文学生产，这决定了什么样的作品在市场上流通，其数量怎样；二是大众的阅读行为，它是文学发挥作用最直接的方式和过程。如果从生产和消费的关系出发，生产决定着消费，尤其是在生

---

① 马原：《阅读大师（全本）：细读经典》，花城出版社2013年版。
② ［法］罗贝尔·埃斯卡皮：《文学社会学》，于沛译，浙江人民出版社1987年版，第2页。

产不足或计划时代，生产对消费有着决定性的作用，就文学出版的生产而言，它明确规定了作为消费者的读者可以读到什么样的作品以及接触的频次；而消费也对文学生产有着引导作用，读者阅读的需求一旦被激发出来，就会要求相应的文学出版的适应。我们试着从文学出版和阅读的情况来考察马原的这份书单并试着回应他的"不清楚"。

新时期涌现出来的大多数作家都是1950年以后出生的，如马原出生于1953年，莫言出生于1956年，孙甘露出生于1959年等，他们1978年考入大学开始文学专业的学习时大多已年满20岁。正如马原所讲述的，他们的阅读开始于童年，也就是"文革"之前，早期的文学阅读成为最早的文学记忆和祭奠。与报纸、广播、电视、网络以及大众化杂志等大众媒介相比，图书是最重要、历史最悠久的文化传播媒介。它被视为人类进步的阶梯，是文化发展最集中的反映形式[1]。在以印刷媒介为主要传播形式的社会历史阶段，从一个时期的文学作品出版大致可以勾勒这一时段的文化来源、知识谱系和文学观念及审美偏向。因此，我们将考察1949—1966年新中国文学类图书出版的状况，通过四种类型的畅销书排行榜来部分呈现并分析当时可能的文学阅读和记忆来源。[2]

首先考察的是中国古典文学类书籍在"十七年"的出版状况（见表2）。从图书数量和发行总量看，古典文学书籍的出版在当时占据重要的地位；从文学类别看，诗、词、文、小说（主要是古典白话小说）都有相当的发行数量，其中古典四大名著尤为畅销；从表现形式看，除了作品外，还有作品改编的连环画、文选和文学评论等形式；除了表中列出的发行量在50万册以上的图书，《东周列国志》《聊斋

---

[1] 纲道隆等：《书籍编辑学概论》，辽宁教育出版社1995年版，第33—35页。
[2] 数据来源于《40年来我国部分出版社发行在50万册以上的图书目录》，根据研究的需要，这里只选择了中国古典文学、中国现代文学和外国文学的出版状况进行统计分析。需要说明的是，在"十七年"各种类型的文学出版中，革命文学图书是最畅销的文学版块，出版种数之多，传播之广，影响之大，无出其右。

志异选》等古典文学作品也有较大的发行量,描写爱情的《西厢记》也被频繁刊印,在"十七年"期间,各种校注本、改编本及研究有22种之多。这些发行量在50万册以上的畅销书籍广泛传播,发挥了将古典文学的阅读经验广布天下的作用。

表2　1949.10—1966.4出版的印刷超过50万册的中国古典文学图书

书名	出版年份	出版社	发行量(万册)
《三国演义(上、下)》	1953.11	人民文学出版社	646
《西游记(上、中、下)》	1954.6	人民文学出版社	379
《红楼梦》(1—4)	1957.10	人民文学出版社	284
《水浒》(70回本)(上、下册)	1952.10	人民文学出版社	267
《唐诗三百首详析》	1957.6	中华书局	198
《历代文选(上、下)》	1962—1963	中国青年出版社	141
《唐代三大诗人诗选》	1962.9	中国少年儿童出版社	121
《古文观止》	1959.9	中华书局	112
《古代白话短篇小说选》	1956.12	中国青年出版社	102
《古文文选》	1964.11	中国青年出版社	68
《诗词例话》	1962.9	中国青年出版社	66
《古代散文选(上、中、下)》	1962—1963	人民教育出版社	60
《唐宋词选》	1959.12	中国青年出版社	55
《三国演义(连环画)》	1957.9	上海人民美术出版社	50

资料来源:傅惠民《40年来我国部分出版社发行在50万册以上的图书目录(一)(二)》,《出版工作》1989年第10、11期。

其次,考察中国现代文学书籍的出版状况(见表3)。从时间上看,不同于古典文学经典在1960年代依然保持着一个比较大的出版数字,超过50万册的现代文学图书大都出版于1950年代,可以说在1955年之后,现代文学经典的出版数量急剧下滑;从出版史资料看,在1950年代,现代文学史上的进步作家(除鲁迅、巴金、赵树理外还包括茅盾、老舍、曹禺等)的作品都被翻印,并保持着较高的阅读需求,尤其是鲁迅的作品被广泛传播,《呐喊》、《彷徨》和《野草》堪称"十七年"前期的"超级畅销书",这一方面说明了意识形态的认可，另一方面也使鲁迅的作品有被广泛的阅读接受的可能；从出版数量上看，仅次于鲁迅的是巴金，其早期的作品《家》《春》《秋》发行量接近500万册，其普及程度可见一斑。除此之外，根据不完全统计，从中华人民共和国成立到1956年，共出版五四以来各流派作家作品集50余种，茅盾的《子夜》、老舍的《骆驼祥子》都被多次重版。这样巨大的发行数量保证了新文学在"十七年"曾被广泛地传播和阅读并撒播其文学影响的种子。但还要注意到的是，新文学作家被广泛接受只限于有限的作家和被主流意识形态认可的代表性作品，这也必然造成对新文学认知的盲点和偏颇。到1960年代——这个对1980年代登上文坛进行创作的作家而言的重要时期，新文学作品出版数量锐减，作品的传播和接受必然因此受到较大影响。

表3　　1949.10—1966.4出版的印刷超过50万册的中国现代文学图书

书名	作者	出版年份	出版社	发行量（万册）
《彷徨》	鲁迅	1951.9	人民文学出版社	326
《呐喊》	鲁迅	1952.2	人民文学出版社	333
《野草》	鲁迅	1952.6	人民文学出版社	248
《家》	巴金	1953.6	人民文学出版社	154
《春》	巴金	1955.2	人民文学出版社	150
《秋》	巴金	1955.2	中国青年出版社	146
《三里湾》	赵树理	1955.5	通俗读物出版社	55
《宝葫芦的秘密》	张天翼	1958.3	中国少年儿童出版社	60

资料来源：傅惠民《40年来我国部分出版社发行在50万册以上的图书目录（一）（二）》，《出版工作》1989年第10、11期。

"十七年"拥有较高发行量的还有外国文学译本（见表4，这里不包括社会主义国家苏联的文学译本）。其中发行量超过50万册的图书有13种，法国的小说有7种，超过半数（中国青年出版社发行的3种主要是针对青年儿童，带有较强的趣味性），美国、英国、意大利、德国作品各1种，俄国作品2种。从题材看，都是以小说或戏剧为题材的叙事类作品，从文学创作的时间看，除《希腊神话和传说》和《莎士比亚戏剧故事集》年代较早外，其他都是19世纪以后的创作。对照前面马原提供的书单，法国作家巴尔扎克、雨果都在其中，俄国作家托尔斯泰和美国作家马克·吐温也名列其中。从中华人民共和国成立以来文学和文化传播的状况我们大致可以推断，马原对这些作家的发现最早应该来源于从童年开始的阅读体验，而他对英文作品的偏爱则主要是在1978年进入大学学习及其以后的阅读积累；前者构成了作家早期文学经验的主要来源，而后者则是作家自觉学习和发现建构的文学知识体系。需要提及的是，在"十七年"以及"文革"期间，革命文学的出版是文学出版中数量最多、传播最广的，而马原的书单对此只字不提，是否可以理解为作为先锋作家的马原有意识地选择了回避革命文学及其影响。

表4　　1949.10—1966.4出版50万册以上的西方资本主义文学畅销书

书名	出版年份	出版社	作者及译者	累计印数（万册）
《欧也妮·葛朗台》	1954.11	人民文学出版社	巴尔扎克著，傅雷译	90
《高老头》	1954.11	人民文学出版社	巴尔扎克著，傅雷译	90
《汤姆·索亚历险记》	1955.8	人民文学出版社	马克·吐温著，张友松译	54
《勃兰特船长的儿女》	1956.8	中国青年出版社	儒勒·凡尔纳著，范希衡译	59
《莎士比亚戏剧故事集》	1956.9	中国青年出版社	莎士比亚著，萧乾译	80
《安娜·卡列尼娜》	1956.11	人民文学出版社	列夫·托尔斯泰著，周扬等译	110
《约翰·克里斯朵夫》	1957.1	人民文学出版社	罗曼·罗兰著，傅雷译	59
《木偶奇遇记》	1957.1	少年儿童出版社	科罗狄著，徐调孚译	114
《复活》	1957.2	人民文学出版社	列夫·托尔斯泰著，汝龙译	89
《神秘岛》	1957.5	中国青年出版社	儒勒·凡尔纳著，联星译	55
《悲惨世界》	1958.5	人民文学出版社	雨果著，李丹译	84
《希腊的神话和传说》	1958.12	人民文学出版社	斯威布著，楚图南译	75
《海底两万里》	1961.8	中国青年出版社	儒勒·凡尔纳著，曾觉之译	53

资料来源：傅惠民《40年来我国部分出版社发行在50万册以上的图书目录（一）（二）》，《出版工作》1989年第10、11期。

以上的分析以马原提供的一份"经典"书单为切入口，引入了1949—1966年的图书出版数据进行对比，我们可以清晰地看到图书出版与作家文学经典认知之间的影响关系。一方面，在"通往文学上的不朽的道路要经历畅销书这一关"①，考察这一时期发行量在50万册以上的文学类畅销图书可以看到在走向经典的路途中不同时期作品的可能，另一方面，"分析畅销书榜单的构成成分，如主题、文章长度、写作风格、内容诉求等信息，除了畅销书的类型可以反映一个社会的集体焦虑、关怀之外，还可以帮助我们窥探读者的知识水平，面对问题的态度"②，考察某一个时段出版量较大的图书的选题、内容，可以推测不同时期人们的知识水平、思维水准、精神高度。1949年以来的文学出版状况从总体上决定了生在红旗下长在新中国的一批作家（也应该包括评论家、研究者和普通大众）的文学知识来源，也决定了他们大多数人早期的阅读经验的形成和对"经典"的理解与接受视野。广泛出版的古典文学四大名著以及唐诗宋词赓续了中国传统文学的影响，在客观上增强了人们对"唐诗、宋词、明清小说"这种关于古代文学经典表述的认同；现代文学的出版数量虽大，但过于集中的作家选择和过于窄化的作品出版，并未形成持久、稳定、丰富的传播效果，不利于大众通过文学阅读形成对现代文学总体印象的形成和深入认识；外国文学作品（尤其是俄苏文学）在"十七年"广泛传播，继续丰富着大众对世界文学的理解，成为其文学阅读经验的重要组成部分。由此，我们可以勾勒出1949年后成长起来的一代或几代人早期的文学阅读图谱。

如果说文学经典主要是由作家创作、评论家发现、史学家确立的，那么它作为经典的价值实现和意义传承则主要是由大众广泛的阅读和

---

① ［美］戴安娜·克兰：《文化生产：媒体与都市艺术》，赵国新译，译林出版社2001年版，第77页。
② 王樵一：《畅销书反映社会心声与知识水平》，《出版参考》2010年1月下旬刊。

认可,"个别读者对一部作品的反映和评估对作品是否能长久流传并无决定性的影响,只有当作品的评估被纳入某一套社会文化再造的机制和阅读脉络里的时候,作品才具有长期存活的可能性。换言之,就典律的形成和文化产品的长期消费再造而言,作品在当代市场是否畅销或大众的反应并非决定性的因素;产品是否能被安置在某一套文学传统脉络里来阅读恐怕才是关键"[1]。正是每一代人的阅读传承使经典穿越时间和空间保持着常读常新的活力和魅力,并保持着对当代人和当代生活有着言说的可能。书籍的印刷出版在相当长的时期是文学经典传承的主要载体,它的数量、品种和质量在很大程度上勘定了一代人文学理解和想象的边界,也反映了一个时期的文学兴趣和期待。在一定意义上可以说,出版文化影响着甚至制约着人们对文学经典的认知。

"十七年"的文学出版构成了一代人的文学经验,1980年代的出版事业则拓宽了经历了"文革"之后整个社会的文化和理论视野,成为新的文学经典阅读和建构中重要的一环。在前面的章节中,对这个问题已经有过初步的探讨,这里则主要集中讨论1980年代文学出版尤其是外国文学译著的出版状况及其对中国现当代文学经典建构的影响。

根据《中国出版年鉴》的不完全统计,从1950年到1966年,国内共出版新书(不含重印和再版)共计23.6167万种。但"文革"时期开始实行图书出版传播禁锢政策,从1971年编印的《开放图书目录》看,获准传播的仅1万余种,其中向大多数人开放的只有2000余种,"从孔夫子到孙中山,从莎士比亚到托尔斯泰,统统成了囚犯"[2],甚至把"《鲁迅全集》和《红楼梦》《水浒》等古典名著封

---

[1] [美]约翰·杰洛瑞:《文化资本:文学经典的建构》,江宁康等译,南京大学出版社2011年版,第132页。

[2] 李洪林:《读书无禁区》,《读书》1979年第1期。

起来"①,从而导致严重的"书荒"。正是"文革"中意识形态对阅读的压制造成了1980年代普遍的自发性群体阅读的井喷式发展。1978年,在一大批文学图书重新出版后,人们争相抢购,即买即读。由于当时纸张严重不足,许多地方甚至中小学课本都短缺,所以,"大部分的一般图书只能按照需要量的20%—30%安排印数"②,这更助长了读者的抢书风潮。

1978年初,北京、上海的部分出版社少量重印了几种"文革"前出版的文艺图书。2月23日,北京市新华书店开始发行人民文学出版社重印的《家》《一千零一夜》《希腊神话和传说》与《哈姆雷特》4种书,引起了抢购风潮,不得不临时请警察、民兵维持秩序③。为应对读者阅读需求,1978年2月27日,国家出版局召开办公会议,决定重印一批中外文学作品,在"五一"前集中投放市场;3月初,13个省(直辖市)出版局和部分中央级出版社负责人开会,决定分工赶印中华人民共和国成立以来出版的35种中外文学作品,每种印40—50万册,实际共印刷1500万册,在投放市场后引起了巨大的轰动④。这

---

① 这是1971年7月全国出版工作座谈会期间,周恩来两次接见会议领导小组成员时的谈话,他指出:把《鲁迅全集》和《红楼梦》《水浒》等古典名著封起来,"一面说青年人没有书读,一面又不给他们书读",并提出"有些旧书可以重印,图书馆应该清理、开放"。可以作为旁证的是:1972年2月,美国总统尼克松来华访问,周恩来想送他一套《鲁迅全集》作为礼物,但人民文学出版社1956年至1958年先后出版的有注释的10卷本《鲁迅全集》当时被认为是"禁书"不能送给外宾(因为10卷本《鲁迅全集》的编辑出版工作首先由冯雪峰主持,他被划为右派开除党籍后,文化部党组书记、中国作家协会副主席周扬授意在注释中赋予自己的意图。"文革"开始后,周扬遭批判被打倒,10卷本《鲁迅全集》也被封存),只能寻找1938年6月上海复社出版的20卷本无注释的《鲁迅全集》,因年代久远,人民文学出版社仅有残旧的普通本。后经多方探寻,从鲁迅博物馆库存的纪念本中选出一套赠送。可参考刘果、石峰主编《新中国出版五十年纪事》,新华出版社1999年版,第13页。

② 易图强:《新中国畅销书历史嬗变及其与时代变迁关系研究(1949.10—1989.5)》,博士学位论文,湖南师范大学,2011年。

③ 方厚枢、魏玉山:《中国出版通史(9):中华人民共和国卷》,中国书籍出版社2008年版,第201页。

④ 这35种图书在1978年5月1日投放市场发行,得知消息的民众在4月30日夜就有近400人彻夜在北京王府井门市部门外排队等候,到5月1日8点半开门营业时,等候购书的读者已有四五千人。据不完全统计,5月1日至3日,北京市全市零售30多万册图书。在如此短时间内卖出如此多的文学书,在图书发行史上是空前的。

次集中重印的35种文学图书主要有三种类型：第一类是五四运动以来中国现当代文学作品，包括《家》《春》《秋》《子夜》《骆驼祥子》《郭沫若剧作选》《曹禺剧作选》《林海雪原》《红旗谱》《铁道游击队》《苦菜花》，共11种；第二类是中国古典文学类，包括《红楼梦》《儒林外史》《孽海花》《西厢记》《东周列国志》《古文观止》《唐诗选》《宋词选》共8种；第三类是外国文学作品，包括《基督山伯爵》《红与黑》《少年维特的烦恼》《悲惨世界》《九三年》《高老头》《安娜·卡列尼娜》《希腊神话和传说》《一千零一夜》《牛虻》《堂·吉诃德》《哈姆雷特》《神曲》《契科夫小说选》《莫泊桑短篇小说选》《易卜生戏剧四种》，共16种。以上的三类文学图书和我们在"十七年"时期列出的发行量在50万册以上的文学图书有相当一部分是重叠的，这些名著、经典历久弥新，具有较好的群众阅读基础，雅俗共赏，成为1980年代首先引发阅读井喷的领域，尤其是中国四大古典文学名著①，更是延续了它在"十七年"的影响力，成为国民阅读的首选。

梁启超曾言"今日之中国欲自强，第一策，当以译书为第一事"，这句话在1980年代成为很多编辑的工作原则②，他们积极开展外国文学和学术的翻译出版工作。为国人引入域外文化和思考，正如李建立所言"西方现代派的译介是新时期文学研究中的一个绕不开的话题"③。

---

① 根据康晓光、吴玉仑等所做的调查显示，"1978—1984年期间对个人影响最大的书"，《红楼梦》《西游记》和《三国演义》名列前三名，《水浒传》排在第五位。参见《中国人读书透视：1978—1998大众读书生活变迁调查》，广西教育出版1998年版，第47—48页。
② 生活·读书·新知三联书店1986年推出的《现代西方学术文库》"总序"就引用了梁公这句话，并认为"此语今日或仍未过时"。而1985年开始担任三联书店总经理的沈昌文在上任之初就决定首先翻译出版外国的老书，在他主持三联书店期间"一年里翻译的书达80%"。在翻译文学方面，上海译文出版社的"外国文艺丛书"，以当代文学作品为主，包括了纳博科夫、亨利·詹姆斯、卡尔维诺、马尔克斯、索尔仁尼琴以及荒诞派戏剧等；上海译文出版社和外国文学出版社联手推出的"二十世纪外国文学丛书"，以作家的单行本为主，如福克纳、马尔克斯、川端康成、毛姆等，此外，影响较大的还有"外国文学名著丛"，涵盖巴尔扎克、狄更斯等19世纪的古典作家名著。
③ 李建立：《1980年代"西方现代派"知识形态简论——以袁可嘉的译介为例》，《当代文坛》2010年第1期。

当时英汉词典的热销可以作为翻译热潮的一个旁证，仅1978年上海译文出版社出版的《新英汉词典》及1986年出版的增补本就共计售出了300余万册。

"中外文化的交流源远流长，其间对中国文化学术发展产生过剧烈影响的有三次高潮"，改革开放以来，"由于我国坚定地实行文化上的对外开放，西方的人文社会科学著作再次被大量翻译介绍。对西方各种思潮、流派、理论、方法的学习、借鉴，开阔了中国学人的思想和眼界，中国学术理论界形成了一个拨乱反正、实事求是的良好环境，极大地促进了中国人文社会科学的研究工作"[①]。就中国当代文学创作和研究而言，译介出版的西方文学作品成为一种重要的资源，它促生了中国先锋文学的写作，拓展了文学研究的视野，滋养了文学批评家的文学眼光；与此同时，围绕着西方文学译介展开的选择、定位、误读、批判等一系列文学研究和文学批评构成了新时期文学活动的重要内容。对新时期的大部分作家（尤其是先锋小说家）而言，在中国文学的传统中找不到可供其创作模仿的对象，他们面对的是拨乱反正否定了中国当代文学的经典性，而在早期的阅读经验中现代文学的经典作家又乏善可陈，中国古典文学经典无法完成自身的现代性蜕变，而早期外国文学图书的阅读经验和新时期大量的翻译文学的出版将外国文学的"典律送到他们面前"[②]。携带着对外国文学早期阅读的美好记忆，大批文学作家表示了对外国文学的认同和借鉴，并以此为其文学的原乡，他们熔铸"他山之石"来完成中国文学城堡的建构。在这个过程中，外国文学的翻译出版究其实质而言成为一个"归化过程，其间，异域文本被打上是本土特定群体易于理解的语言和文化价值的印记"[③]，经由学

---

① 张积玉：《当代人文社会科学发展趋势探析》，《复旦学报》（社会科学版）2009年第3期。
② 俞子林：《艰难的历程——出版〈中国现代文学史参考资料〉的回忆》，《出版史料》2009年第1期。
③ 许宝强、袁伟编：《翻译与语言的政治》，中央编译出版社2001年版，第359页。

院派研究的认可,"学院与出版业的联合"作为一种特别有效的方式在1980年代铸造了关于外国文学尤其是现代主义广泛的共识。被本土语言翻译(甚至改造)、出版的外国文学作品在社会思潮、文学阅读早期经验等因素的共同作用下被置于中国当代文坛的中心位置,它从中国文学之外的魅影一变而成为文学自身的典律和秩序,而中国文学自身的现代传统被悄悄挤压,在参与中国当代文学重建的过程中,外国文学经典绕过中国现代文学典律"与80年代先锋小说成功会师"①,这种劳伦斯·韦怒蒂所言的"典律的倒置"改变了中国当代文学的历史走向。

遵循相同的逻辑,在现代化和文化热中大量引入的西方人文社会科学书籍也为1980年代文学创作和批评氛围的形成带来了巨大的影响,这些理论译丛为1980年及其以后的文学引入了大量陌生的"知识"和话语,参与推动了历史—美学的文学话语对政治—革命话语的颠覆,但同时又冲击和取代了历史—美学话语在文学批评中的地位,占据了对文学、"对人和社会、历史关系的解释权"②。从以"阶级斗争为纲"的革命话语的终结转为"面向世界"的理论话语的历史视野中,在新中国诞生和成长起来的一大批文学研究者(包括当时正在大学学习的未来的文学研究者)迅速接受了后者的影响,在文学批评和研究的实践中,迅速将西方知识转化为中国知识。这种在西方理论影响下产生的文学批评的标准必然影响着批评者对何为经典的认知,这也成为当时和此后中国文学研究中经典话语重要的知识谱系。文学批评在各种新方法、新术语的冲击下,科学的批评、语言的批评不断出现在文坛上,虽然当时从外国引入新名词新术语造成的"概念爆炸"使人们难以接受,但是,批评界对新名词概念的创造性转化既开辟了

---

① 俞子林:《艰难的历程——出版〈中国现代文学史参考资料〉的回忆》,《出版史料》2009年第1期。

② 查建英等:《八十年代访谈录》,生活·读书·新知三联书店2006年版,第274页。

新的概念范畴体系，又改变了基本的批评思维模式，扭转了文学批评从属于政治或为圣贤立言的局面，促使"我国的文学批评与文学理论发生了一场重大的文体革命"①。先锋批评家通过各种方式阐释、评价使某些作家、作品有机会形成一定的社会影响力，这在一定程度上改变了1980年代文学经典的格局。

1980年代早期，文学经典论争的焦点是启蒙的现代性重建，斗争的对立面是文艺政策的左右摇摆、各种思想"清污"运动等政治一元化话语。随着思想解放运动的深入，现代性重建成为一种社会共识或社会舆论性的存在，论争几乎是"一边倒"的局面：启蒙的话语通过媒体的发声器几乎屏蔽了相反的主张和其他声音并主导了文学经典论争的方向。当人们普遍认为新文学是一种启蒙现代性文学具有经典意义时，论争第一回合已分出胜负。除革命话语外，在文学经典建构中与启蒙话语竞争的还有文学审美或"纯文学"观念。作为新文学早期一种非常重要的理论，"纯文学"有着理论的倡导者和创作的拥护者，我们可以列出以周作人、徐志摩、梁实秋、沈从文、张爱玲、汪曾祺等为代表的一个序列，他们提倡"为艺术而艺术"，为审美而艺术，建构自己的园地。在1980年代现代文学经典重建的过程中，这些作家的作品和艺术主张也被重新提及和认可，在否定"革命经典"确立"启蒙经典"的过程中，"纯文学经典"一直有其存在的空间。在"启蒙经典"得到确立的同时其解放性的话语力量已基本释放完成，文学研究中新的圈地运动和力量对比已基本确立，新的"经典"建构已基本完成。然而文学实践活动仍在继续，新的社会文化思潮不断出现，它们都主张相应的话语权并成为打破格局的新的革命性力量。

在现代文学经典内部本来就存在着很多裂隙，文学—启蒙与文学—审美的判断标准孰先孰后？文学—启蒙和文学—革命的话语孰优

---

① 周海波：《中国现代文学批评史论》，上海人民出版社2002年版，第427页。

孰劣？在静态的文学史书写中，具体研究者可以把相应的作家安放到相应的传统和经典序列中，各得其所，但是，在动态的文学研究的话语场中不同观念之间的抵牾难以避免，在文学史中"各得其所"的不同经典被放到同一个话语场中进行竞争。理性而言，文学和其他艺术形态一样无法用一个筐子装入所有的萝卜，它的多元性、多样性正是其魅力所在，但在具体的历史阶段，研究者之间不同的审美标准被好与坏或高与低的简单化标准加以判定，再加上大众媒体的参与，将各方力量裹挟其中。

参与话语权之争的不只是现代文学研究内部的不同观点，还有来自正在发生的当代文学写作的"影响的焦虑"和经典的争夺。当代文学在新时期之初被认为是与五四文学一脉相承的，它因为被认为是延续了启蒙现代性而迅速被传播、被认可甚至被命名、被经典，伤痕文学、反思文学等都是在同样的理论话语中确立了合法性地位。这种"经典"地位的取得实际上是对"文革"确立的当代文学经典的去经典化过程。在文学实践的不断发展中，新的写作不断出现，它们已经不能在"启蒙"的话语体系中获得充分的说明和价值认可，相反，启蒙的经典话语对新的创作而言成为一种"影响的焦虑"，新的文学实践需要新的理论话语资源作为其合法性以保证它在与前代文学经典的竞争中脱颖而出，并在文学场中占据相应的位置。如果说，在1980年代现代文学经典内部的裂隙主要表现为研究中的观点抵牾和对作品认可的出入，而在当代文学和现代文学之间这种潜在斗争被显现出来，"纯文学"等主张的提出就是与启蒙话语竞争对抗的理论存在。

第四节　文学经典的解构性话语力量的潜滋暗长

前面讨论的1980年代文学场的生成主要是通过不断疏离政治场域

和其他文化场域的水平分化来实现文学场的成型。与此同时，形成中的文学场内部也从一元逐渐走向多元产生了内部的垂直分化，逐步向着主导文化、精英文化和大众文化等文学观念、文化样态并置的复杂结构方向发展。在哈贝马斯看来，现代社会中认识—工具理性、道德—实践结构、审美—表现结构三元分立，现代审美在对追求"纯粹性"的追问中获得"自律"，现代主义艺术走上了一条与大众对立的精英文化路线，并渐入一种"小圈子里的艺术"。与此同时，"在现代文明的机械化生产过程中，个体的衰微导致了大众文化的出现，它取代了民间艺术和雅艺"①。从这个角度来观察1980年代的文学场，不难发现：1980年代文学场内部除了在前面提到的由主导文化（官方文化、主流文化等）、精英文化的对话、斗争、妥协之外，还有一种重要的文学现象就是以通俗文学为代表的大众文化在二者的夹缝中顽强成长。这一时期的通俗文学虽然受制于整体性的政治、经济和文化语境的制约，受到精英文化的文学批判、否定或无视，但它借助大众媒介的传播能量，以港台流行歌曲、通俗小说和电视剧等形态为先导，广泛渗透进入社会生活的各个领域，悄然改变着文学场内部的资本之争和文化格局，并在未来成为既有的文学秩序和文学经典的颠覆性力量。

一 "人民"话语中的大众

在精英话语重回社会政治文化并取得合法言说地位时，首先是重新恢复其作为"人民"的身份，而后借助被"人民"认可和有利于人民群众的话语策略，以人民群众利益代言者的身份实现了从"牛鬼蛇神"到文化精英的华丽转身。文学也由此从政治—文学的二元言说发展为政治—人民—文学的表达，借重"人民"的中介作用，拆解了文学与政治

---

① ［美］利奥·洛文塔尔：《文学、通俗文化和社会》，甘锋译，中国人民大学出版社2012年版，第55页。

之间过于密切而紧张的关系，为1980年代文学多元化发展提供了可能。

"人民"在中国现代历史上是一个复杂的词汇，它包括了"人"和"民"这两个概念："人"是象形文字，从侧面站立的人的形体化来。《释名》认为"人，仁也，仁生物也"；《说文》中定义"人，天地之性最贵者也"；《礼记·礼运》认为"人者，天地之心也，五行之端也，食味，别声，被色，而生者也"。这些解释虽有着表达的侧重，但都强调从人的生物特性出发，偏向于作为主体存在的"人"，既可指代个体，也可表示人类；"民"则是会意字（也有学者认为是指事字），《说文》认为"民，众萌也"，取蕃育也，上下众多意；《广雅》言"民，氓也"，又言"土著者曰民，外来者曰氓"。"民"主要是从其社会—政治属性出发，强调其群体性。"人民"这个概念因此至少有着两种不同的偏向：其一是作为生命存在的"人"，具体表现为各具特性的生命个体；其二是作为政治文化整体中的"民"，它表现了政治文化对"人"的总体性规约。在1949年以后的使用中，"人民"这一概念中作为"民"的所指被不断肯定、强化和放大，遮蔽了这一概念中"人"的不同的诉求，甚至压制和否定其存在。如果说1949—1976年是一个"民"不断被强调和放大并最终规约为政治化的年代，那么1976年以后，随着社会政治文化回归正常的发展轨迹，文学也更多地表达了对"人"性的呼唤和"人"的回归，主要体现为以"人"为主要表达对象的精英写作；"民"也从狭窄的政治框架中被解放出来成为群体性的大众，被革命文学的一元化文学所压制的多元化需求在1980年代通俗文艺的传播中得到了释放和满足。

二　通俗文化中的大众话语权

在1980年代的图书出版中，除了对各类文学经典的追捧外，还有一个非常集中的出版现象，即在1977—1979年与音乐相关的出版物的流行和畅销，伴随着歌声而至的是通俗文化在1980年代的回归。（见

表5）

表5　1980年代初期出版50万册以上的通俗歌曲和基础乐理图书

书名	出版时间（年）	发行量（万册）
《敬爱的周总理，我们永远怀念您》（歌曲集）	1977	191
《外国歌曲》（一、二册）	1979	184
《简谱乐理知识》	1979	110
《十月战歌》	1977	100
《1949—1979"声乐作品选"》（电影、歌剧选曲）	1979	97
《洪湖赤卫队》歌剧选曲	1977	70
《江姐》歌剧选曲	1978	70
《音乐知识》	1978	71
《大家唱》	1979	58

资料数据来源于傅惠民的《40年来我国部分出版社发行在50万册以上的图书目录（三）》一文，参见《出版工作》1989年第12期。

从数量上看，在不到三年的时间里，仅表5所列出的由人民音乐出版社出版的9种音乐（歌曲）书籍发行量就有近1000万册，考虑到当时因印刷纸张不足各种图书比例受限的历史状况，当时大众对这一类图书阅读的热情可见一斑。这些音乐（歌曲）类图书从歌唱周总理以表达一代人的政治认同和怀念开始，到中华人民共和国成立后有着广泛受众和长期影响的"红色经典"歌曲，再到为学唱歌曲、唱好歌曲所做的基础性乐理知识的准备，并很快转向了远离政治意识形态的电影插曲和外国歌曲，展现了一个从人民唱"同一首歌"到《银幕歌曲》"大家唱"的大众通俗文艺的演进路径。结合之前的分析，在1980年代之初，在文学领域率先打破"坚冰"的是《天安门诗歌选》的出版和传颂，并由此引发了诗歌热潮，"诗"带动了关于"人"的个性化、精英式的书写和表达，那么，"歌"则以其大众化的传播方式表达了"民"对文化多样性的需求和选择。通俗歌曲如潮水涌来：1980年李谷一为电视纪录片《三峡传说》配唱的插曲《乡恋》，因为采用气声唱法被指为"靡靡之音，亡国亡党"的"黄色歌曲"；1984

年，中央电视台举办首届"青年歌手电视大奖赛"，规定以后每两年举办一次，并从第二届开始设立通俗唱法，主流媒体的这一明确态度，对中国流行音乐的发展无疑起到了推动的作用；1980年代中期开始，港台流行歌曲风靡中国大陆深深地影响了一代听众；中国大陆音乐界刮起了一股强劲的"西北风"，《信天游》《我热恋的故乡》《黄土高坡》等，在原生态歌曲的基础上配以电声音乐，给听众/观众带来的是既熟悉又陌生的音乐感觉，很快就风靡大江南北。

  面向大众的通俗文艺出版图书几乎占到了文学类畅销书的一半。对从1976年到1982年的出版数据进行大致统计，其间印刷在100万册以上的图书共207种，其中文学类图书48种，其中包括古典侠义小说4种、人物传记8种、推理小说1种、武侠小说2种以及情爱小说、笑话、歇后语、家书各1种。1980年代侦探推理小说盛行，其中出现在马原的经典书单上的英国女作家阿加莎·克里斯蒂的作品在一年内出版了32种，印数达到820万册[①]。仅1980年代初，国内就有29家出版社租印了89种外国惊险推理小说，总印数超过2000万册[②]；古旧侠义和现代武侠小说也成为出版的热点：上海古籍出版社1980年重印了《三侠五义》，首印9.5万册，后加印90万册，在不到两年的时间内，《三侠五义》共发行了450万册。此外，《七侠五义》《小五义》《施公案》《彭公案》《济公传》等古典侠义小说的印数也达百万册之多；原创武侠小说开始出版并流传开来，梁羽生的《萍踪侠影》于1981年6月由花城出版社引进出版，累计发行117万册，1982年春风文艺出版社《白衣侠女》累计发行163万册；与武侠一起流行的还有言情小说，早期出版的有美国小说《飘》和张恨水的《啼笑因缘》等，之后，琼瑶、岑凯伦等创作的真假港台言情小说接踵而至，盛况空前。

  [①] 江苏人民出版社1979年出版了阿加莎·克里斯蒂的《尼罗河上的惨案》。同年12月，浙江人民出版社出版了她的《东方快车上的谋杀案》。
  [②] 郑士德：《中国图书发行史》，高等教育出版社2000年版，第93页。

在思想解放运动中"人"和"民"的概念获得了新的理解,思想解放就是人的解放,是人的本性的回归,既有对个性的张扬和肯定,也有对民众多元化情感和审美需求的满足,在"革命"、斗争之外,人民还需要生活、审美、娱乐的放松,在这一历史过程中,通俗文化和文学读物的出版作为一种人民群众"喜闻乐见"的艺术方式对人性的解放和满足发挥了不可替代的作用。考虑到这些文学作品在当时并不仅以文学图书的形式出版,还有各种改编的连环画,其传播范围和普及程度是相当惊人的。但需要注意的是,通俗文艺的传播主要是在民间悄然进行,虽然它在数量上和精英文学势均力敌,但从舆论影响和在文学场中的地位看,尚未占据话语斗争的有利位置,也没有被纳入主导文化的文学建设主体规划,而是作为潜在的文化形式和话语力量潜藏在民间,到1980年代中后期,这种力量迅速崛起,并逐渐形成对精英文化的夹击包围之势,正如陈平原先生所说:"近年中国通俗文化的崛起其实不值得大惊小怪,真正令人惊异的是精英文化面临此百年未有的大变局时的举止失措"①。

三 文学期刊的分流与启蒙话语的分化

瓦特在研究英国文学时指出:18世纪英国文学表现出一种在智者和缺乏教育者以及在纯文学与宗教训诲之间的妥协,"这种妥协在本世纪最著名的文学新事物中找到了较早的表现形式,这就是1709年《闲话报》和1711年《旁观者》的创立"②,文学期刊作为"本世纪最著名的文学新事物",主要是上层贵族僧侣阶级和中下层阶级之间妥协的结果,它的产生意味着文学评价中以中产阶级为代表的大众品味对上层精英品味的胜利。换言之,文学期刊是一种诞生于大众审美

---

① 陈刚:《大众文化与当代乌托邦》,作家出版社1996年版,第159页。
② [英]伊恩·P. 瓦特:《小说的兴起》,高原、董红钧译,生活·读书·新知三联书店1992年版。

并表达大众趣味的媒介。

在1980年代，文学期刊参与了文学场的重建，在社会主导文化的带动和引导下，文学期刊（主要是国家级和省级）主要代表了精英文化和主导文化的声音，之前讨论中提到的《人民文学》《上海文学》《收获》《十月》等都是这种文化选择的代表。与此同时，还有很多地方性期刊、小报处在主导文化控制比较薄弱之处。在期刊管理体制的等级结构中，地方级文学期刊处于最末端，这样的体制位置一方面决定了它所获得的出版资源和社会话语权力极为有限，无法得到精英文化依凭或借重，另一方面也使它疏离于意识形态建构的中心，因此，地方文学期刊放弃了与国家级、省级期刊的正面竞争，转而面向读者靠拢大众阅读趣味和需要，选择较通俗的内容和形式，甚至"为提高发行量专门刊登有爆炸力和刺激性"作品，在有限的政策空间内拓展发展的空间。1981年前后，在省级期刊发行量大幅缩水之时，许多地市级期刊却逆势上扬[①]，发展到1984年，地方期刊、小报"已有80%跨长江、过黄河，打入了广州、上海、天津乃至乡镇集市，占领了广阔的报刊市场"[②]，形成了"通俗文学热"，甚至极大地冲击了大型文学刊物的发行市场。

1980年代国家出版管理政策主要倾向于扶持省级以上刊物的出版发行，对地方性期刊小报则主要持管理、监督和整顿的态度。1983年10月《人民日报》发出清除"精神污染"的号召，刊登"通俗文学"的报刊成为治理整顿对象之一，如抚顺市群众艺术馆主办的《故事报》就受到了《文汇报》的点名批评。当时《故事报》出刊不足两年，但发行量猛增到260万份，在地方性出版物中很有代表

---

① "近二年，文艺小报由于具有周期短、价格低、内容丰富的特点，在全国越来越多。据初步估计，全国有三四百种。这些文艺小报，一般都是私人掏腰包，在读者中有相当大的影响。"王霄鹏：《不要把文艺小报作为赚钱的工具》，《文艺情况》1981年第6期。

② 王屏、绿雪：《广西"通俗文学热"调查记》，《文艺报》1985年第2期。

性。在清理整顿中,该报共刊载的204篇各种文章中,被认定为有明显错误和缺点的作品33篇,被认定为格调不高或艺术拙劣的作品120篇,超过70%的内容被否定,《故事报》因此被停业整顿并受到国家、辽宁省及其他省级报刊的批判；1985年,中国文联委托中国作协主办的《文艺报》《文艺情况》刊登文章,多次将"通俗文学"等同于地摊小报进行批评,国家也发挥管理职能对地方出版物采取压制或严管以阻止其传播影响的发展蔓延,如限制地方出版物"不应向全国发行"、认为"这些刊物只管赚钱,不解决很麻烦",或要求"出版局要审查他们的办刊条件"[1]。同时,发行系统也积极响应出版管理部门对地方出版物发行区域进行限制的政策,规定"地市一级的刊物可发行可不发行"[2]。在期刊"自负盈亏"的经济制度改革中,"省、自治区、直辖市以下的行署、市、县办的文艺期刊,一律不准用行政事业费给予补贴"[3]。可见,地市文学期刊在发展中受到了政策环境因素的多重制约[4]。

国家政策可以制裁和限制地方期刊的发展,却无法帮助国家级和省级期刊重新赢得众多读者的青睐,逆转通俗文学传播的潮流。1980年代中期以后,很多省级以上的期刊相继改头换面,由"纯"转为

---

[1] 《胡乔木传》编写组:《胡乔木谈新闻出版》,人民出版社1999年版,第543页。
[2] 《文艺情况》(内刊)1982年第6期。
[3] 中国出版工作者协会:《中国出版年鉴》,商务印书馆1985年版,第370页。
[4] 不同于国家出版管理部门对通俗文学的压制,新时期中央对群众文化的重视、对民间文学、古籍整理的提倡从客观上促进了通俗文学的发展。党中央批准召开的粉碎"四人帮"以来文化工作方面的第一个全国性会议就是群众文化工作经验交流会。1979年中国民间文艺研究会正式恢复活动,各省区的地方分会也逐步恢复和建立。全国性的科研机构,除原有的中国社会科学院文学研究所民间文学研究室,又新成立了中国社会科学院少数民族文学研究所暨云南分所。新时期民间文学也有自己的文学期刊阵地。最早进入新时期文学场域的是1974年复刊的《故事会》,1979年中国民间文艺研究会编辑的《民间文学》可算是民间文学期刊阵地里的正规军。到1981年,不少省、区、市都有了自己的民间文学刊物。"……我们热切地希望,一切宣传文化部门的领导、广大群众文化工作者、作家、艺术家、电影工作者,各级专业文艺团体以及出版、图书、博物等各条战线的同志们,都能够倾听农民的呼声,以满足他们的精神文化生活的需要为己任,共同努力,创造出更多的适合农村看的好书、好戏、好电影、好节目来,并不断地把它们输送到农村去。"见谭春发《为活跃农村文化生活大声呼吁!》,载《文艺报》1979年第9期。

"通俗",文学期刊"通俗化"自下而上、从边缘地区刊物到中心城市刊物蔓延开来。贵州的《苗岭》改名为《文娱世界》,安徽的《江淮文艺》改名为《通俗文学》,武汉的《芳草》、湖南省期刊《芙蓉》设置"通俗文学"栏目,一时间"在大潮裹胁下,泥沙俱下,鱼龙混杂,熙熙攘攘很是热闹了一阵子……领袖轶事、名人隐私……只要能取悦读者,什么东西都敢登"①。这种变化源于国家期刊出版政策的调整,同时也反映了社会文化潮流的变迁,读者不再满足于单纯庙堂之高的政治建构,也不再追随精英知识分子对宏大问题的讨论,而转向关注日常生活的现实。

以上的分析并不足以呈现1980年代通俗文学期刊发展的复杂背景和曲折历程,但却能看到政治体制/经营管理、意识形态/经济效益、精英话语/大众审美、文学的总体规划/局部发展现实等复杂的交织,结合论述的焦点我们至少可以总结以下两个问题。

其一,以地方期刊为代表的通俗文学的繁荣是多种力量推动的结果。意识形态对群众文艺的重视是通俗文艺发展"政治正确"的依据和来源;对民间文学和古代典籍的整理、出版为通俗文学的发展提供了"自古有之"的历史依据;精英话语的宽容或漠视以及日益专业化的写作与普通读者审美需求之间日益拉大的距离为通俗文学的发展提供了市场支持;自负盈亏的变革为通俗文学重获出版发行的青睐提供了制度保证。

其二,以地方期刊为代表的通俗文学的繁荣成为一种变革性的力量。毋庸多言,它推动了出版发行的变革;更重要的是,随着现代印刷媒介的广泛传播和大量出版对内容的需求,"群众文化"的主要内容从民间文学扩展到武侠、言情小说、法制文学、侦探推理等多种类型的"通俗文学",逐渐模糊了"民间文化"、"通俗文化"和"大众

---

① 高江波:《期刊求索录》,北京大学出版社1998年版,第134页。

文化"原本各有侧重的三个概念之间的界限，弥合了市民文学与农村文艺之间的鸿沟，为1990年以后大众文化的畅行拓宽了道路；此外，通俗文学的繁荣加剧了文学场的继续裂变和分化，无论是得到主导文化的支持或否定，不论是被精英文化宽容或漠视，通俗文学都毫无争议地发展壮大，成为一种文学场内不容忽视的事实性存在。新的文学力量的滋长是一种新的评价标准的引入，并会从内部滋生对其合理性的言说的需要，已有的以精英文学观念为主建构起来的文学经典序列将会面临通俗文学的挑战。

对1980年代的文学经典论争还有几点需要强调：第一，经典从来都不是自然形成的，也不是一成不变的，而是一个人为构建的、在现实文化中不断被传播、被理解、被阐释、被激活的存在；第二，现代文学之所以在经典重建中被重视和凸显，主要是源于它在当代文化建构中的重要作用，作为不同于西方的本土化的启蒙和现代化传统得到认可和重视，它体现了后发展国家在现代蜕变中经历的文化裂变及其反思。因而，在具体的研究中，文学作为审美的评价标准在实际的文学批评中往往被文化的标准所替代，在经典的重构过程中，缺乏对现代文学的语言表达、形式探索、文体变革等文学本体性问题进行系统深入的探讨；第三，现代文学经典的重构的过程中没有充分重视和实现与当代文学创作的互动，现代文学经典没有得到当代作家的充分确认和有效继承。第四，现代文学经典建构缺乏大范围的读者回应，早期阅读经验的缺乏和1980年代经典建构中宏大的理论话语都造成了与读者情感的隔膜，长时期单一意识形态的解释又造成了大众无法把握现代文学的丰富性和复杂性，中小学教科书功利主义的教育更造成了审美的疲劳和抵触，缺乏读者支持的文学经典很可能变形为华丽而空泛的书单。

由于1980年以来的中国社会处于矛盾重重的转型之中，中央与地方、传统与现代、农村与城市、资本主义与社会主义等差异与矛盾无处不在，充满变数。在十余年间，国家各个领域的活动在"实事求是"的标准之下随着实践的检验不断调整，1980年代的文学及研究也因此显得矛盾重重：一方面适应国家社会主义现代化建设的主流建构，一方面是知识分子精英意识的觉醒和启蒙的要求，此外，"江湖"中人对地方小报中具有休闲娱乐功效的民间通俗文学的热衷，1980年代的文学场因此成为一个充满各种类型知识话语斗争、妥协、扭结的历史空间。

"历史叙事……通过假定的因果律，运用真实系列事件与约定俗成的虚构结构之间的相似性提供多种解释，还成功地赋予过去系列事件以超越这种理解之上的意义。正是通过将一个系列事件间构成一个可理解的故事"[①]，1980年代文学经典论争就是这样一种叙事，就是这样一个故事。这个1980年代的故事主要发生在以期刊、书籍等为核心的印刷媒体，借助话语形态，官方、民间、精英相继登场，它们或服从或对抗，或合作或分流，演绎了彼此交织的故事情节。1980年代的诸种论争并没有从我们的文学生活中消失成为过往，它们早已隐姓埋名于各种文学知识、文学史研究和文学教育之中，成为无法绕过和摆脱的文学知识和批评经验。

---

① [美]海登·怀特：《后现代历史叙事学》，陈永国等译，中国社会科学出版社2003年版，第18页。

第三章　20世纪90年代媒介文化大众化语境中的文学经典论争

汪晖在《当代中国的思想状况与现代性问题》一文开篇写道："1989，一个历史性的界标。将近一个世纪的社会主义实践告一段落。两个世界变成了一个世界：一个全球化的资本主义世界。中国没有如同苏联、东欧社会主义国家那样瓦解，但这并没有妨碍中国社会在经济领域迅速地进入全球化的生产和贸易过程"[①]。这种转变的后果，在王晓明笔下呈现为一种震惊式的体验："八十年代中期，当现代文学研究界热气腾腾，人们普遍相信自己把准了文学和社会发展的正确方向的时候，恐怕谁也不会想到，十五年后，我们会遭遇这么一个错综复杂的现实吧……中国却从九十年代初开始新一轮'市场经济改革'，经济持续增长；'冷战'由此结束，资本主义经济乘时膨胀，'美国模式'似乎成了'现代化'的唯一典范，中国也开始加入WTO，日益深入地浸入全球经济之湖"[②]。

将这两段话放在我们对1990年代文学经典论争的研究之前，作为一种重要的语境和过渡。如果说1980年代"拨乱反正"的政治动力是当代中国社会、文化、文学告别极端化的"革命"动力，那么，到

[①]　汪晖：《当代中国的思想状况与现代性问题》，《天涯》1997年第5期。
[②]　王晓明：《现代文学研究的"当代性问题"》，人民文学出版社2004年版，第120页。

1990年代，市场代替了政治成为社会和文化转型的主要推动力。中国社会发展的历史转换为持续的经济运行和物质生产实践过程，社会文化不再主要作为国家意识形态合理化的表征，而反映了经济的发展和物质生活水平的迅速进步；如果说1980年代"以经济建设为中心"的提出，反映了国家战略中心的位移，并在此种意识形态话语下建构了作为生产和建设的主体，那么到1990年代，由于市场机制的确立，通过市场这只"看不见的手"，生产和建设的主体逐渐被消费性主体取代，在"顾客就是上帝"的商业化理念影响下，主体从造物者无声息地转换为消费者，消费创造了世界。从这一时期开始，传媒不仅是意识形态的国家机器，它还成为具有市场组织性质的双重主体，"一是通过媒介商品的生产与交换直接发挥生产剩余经济的作用；二是通过广告，在其他商品生产部门中间发挥创造剩余价值的作用"。[1] 随之改变的是文化传播格局：1980年代占主导地位的主流文化从强势的政治主导性文化转变为以群体整合、秩序安定、伦理和睦等为核心的社会主导文化，在传媒制度、体制和政策层面发挥着更为宏观的作用；精英文化也不再是话语权的把持者，大众文化在媒介文化生产和消费中发挥了越来越重要的作用，媒介的消费性质凸显，这些都成为1990年代文学经典问题产生和展开论争的新的语境。

第一节 市场化进程中的媒介文化转型

1990年代中国传媒领域变化之迅速、牵涉面之广泛、影响之深远都使得对这一时期的媒介现实进行全景式的勾勒或抽象的理论表达变得十分困难，但我们仍可以通过一些重要维度的考察建构1990年代中

---

[1] ［加拿大］文森特·莫斯可：《传播政治经济学》，胡正荣等译，华夏出版社2000年版，第102页。据马克思的劳动价值论的经济学，在前一种意义上说传媒生产剩余经济是合理的，传媒间接"创造剩余价值"的说法也许会有争议，但我们这里不讨论经济学问题，姑且置之不论。

国传媒文化的语境。

无论是来自对现实的感受还是民间、学界和官方话语的阐释,"市场"都是理解1990年代的中国的关键词。尽管从1980年开始,我国的经济形态定性从"计划经济"转为"有计划的商品经济","市场"被赋予了某种合法性,但由于意识形态调适的阶段性以及改革的策略性,"市场"只具有经济策略的合理性。进入1990年代,先有邓小平南方谈话带来的第二次"思想解放",而后召开的中共十四大,市场的合法性在中国特色的社会主义体制中得到真正确立。在1990年代媒介文化嬗变中,市场这只"无形的手"发挥了权力之掌的巨大作用。

江泽民在1992年10月召开的第十四次全国代表大会的报告中指出:"我国社会的主要矛盾已经不是阶级斗争,经济建设已经成为我们的中心任务。除非发生大规模的外敌入侵,无论在什么情况下都不能动摇这个中心。"[①] 这次大会实际上是在为1990年代勾画蓝图。1990年代无可避免地成为一个商业的年代,经济在社会实践中作为中心地位的确立,其利益和效率原则必然侵蚀着阶级斗争的非此即彼原则,政治意识形态合法性考察让位于经济实利的考量。1992年初,邓小平在南方谈话中指出:"要害是姓'资'还是姓'社'的问题。判断的标准,应该主要看是否有利于发展社会主义社会的生产力,是否有利于增强社会主义国家的综合国力,是否有利于提高人民的生活水平。"从此,中国社会改革开放的走向重新得以明确,三个"有利于"成为人们衡量一切工作是非得失的判断标准,"经济"日益取得意识形态性。

1990年代以产权的多元化和经济运作市场化为基本内容的经济体制改革直接促进了一个具有相对自主性的社会的形成,社会成为一个相对独立的提供资源和机会的源泉,相对独立的社会力量形成,民间

---

① 江泽民:《加快改革开放和现代化建设步伐 夺取有中国特色社会主义事业的更大胜利——在中国共产党第十四次全国代表大会上的报告》,《求是》1992年第11期。

社会组织化程度增强。在这样的背景下，中国新闻传媒业再次发生了历史性转型：传媒界不但传播信息，而且本身就是一个信息产业；1993年6月，中共中央国务院发布了《关于加速发展第三产业的规定》，正式将传媒业列入第三产业，"在社会主义市场经济条件下，新闻事业不但是精神上的力量，而且是一支强大的经济力量，进而形成了新闻事业具有双重属性的新观念，即新闻事业有形而上的上层建筑属性和形而下的信息产业属性"①。

一 媒介技术的普及与提升

关于历史和文化的创造主体曾有长期的争论。在西方世界启蒙运动之前，占据主导地位的是"上帝"创造历史的历史观；启蒙运动中则形成"人创造历史"以及把人个体化、阶级化的"群众史观"和"英雄史观"；进入20世纪后半期，无论东方或西方，唯物或是唯心的世界观之争明显弱化，而关于科学技术之于社会历史作用的认识日趋一致，甚至显现出了技术崇拜倾向。在当代，很多西方马克思主义者认可科学技术的发展可能消解而非加剧生产力和生产关系之间的矛盾，赫伯特·马尔库塞认为"技术始终是一种历史和社会的设计：一个社会和在这个社会中占统治地位的利益，总是要用技术来设计它企图借助人和物而要做的事情"，在当代资本主义社会，"统治的永久化和扩大化不仅借助工业，而且其本身就是工艺"②。就中国而言，从"四个现代化"中对"科学技术现代化"的强调，到"科学技术是第一生产力"的权威意识形态表达，再到"科教兴国"的发展和延续，科学技术以及其影响下的生产力水平成为社会主义合法性建构的重要

---

① 罗以澄、吕尚彬：《中国社会转型下的传媒环境与传媒发展》，武汉大学出版社2010年版，第15页。
② [德]赫伯特·马尔库塞：《单面人》，张传译，载《法兰克福学派论著选辑（上卷）》，商务印书馆1998年版，第488页。

内容。所以，研究首先选择了媒介技术作为1990年代媒介文化变迁的观测点，媒介技术的发展既可以被描述为市场化的结果，更为重要的是它还可以被视为市场化的诱因和基础，它本身就是市场化的重要组成部分。新的传播技术对大众传媒的不同风格、形式和手段提供了坚实的技术支撑，促进了传媒生产力的巨大解放，创造了对传媒文化新的消费需求，并成为1990年代中后期媒介产业化的前提和依据。

1990年代，随着国内交通的改善，卫星传输、电子照排和新印刷技术的运用，电信技术的发展及电话、电视的普及，媒介技术构建了新的社会文化和生活空间。以电视发展为例：1958年，国内出现了第一家无线电视台：北京电视台，但此后很长的一段时间，由于媒介体制和技术水平的限制，电视媒介的大众化在中国大陆一直未能实现。到1989年底，国内电视台发展到469个，全国电视机社会拥有量达到16593万台，这个数字是1978年的53.6倍，"中国城市电视机普及率已接近世界发达国家水平"①。但受到当时电视普及率和节目制作能力的限制，在整个1980年代，电视媒介的功能并未得以充分释放。1990年代以后，电视在中国迅速普及：由黑白而彩色，由小屏而大屏，由普通电视到数字电视。根据1993年"北京青年想什么"的综合调查显示，当时北京青年人中，通过电视、报刊、广播了解外在世界的分别占27.5%、25.7%和21.1%，这意味着通过大众媒介获取信息和认知的比例占到74.3%，远远超过通过人际交往的9.2%的比例（包括了社会交往6.4%，会议渠道1.8%，亲朋传递1%）。1997年全国电视观众抽样调查的数据显示：报纸、广播、电视已成为影响最大的三种传播媒介；国内电视行业也形成了中央—省—市（县）的发展格局，中央台和31个省（区、市）的广播电视节目实现了卫星传送，全国共有县

---

① 《中华人民共和国年鉴（1990）》，中华人民共和国年鉴社1991年版，第487页。

级广播电视台1269座、广播电台294座、卫星收转站188798座，广播人口覆盖率达90.35%，电视人口覆盖率则达到91.59%。甚至有人认为中国"电视发展是超前的，不但在总体上早已把俄罗斯等国家抛在后面，而且在某些方面也赶上、甚至超过了发达资本主义国家"①。

1990年代国内印刷媒介的技术也实现了跨越式发展：1990年，新华社建成了当时国内规模最大的多文字新闻处理系统，实现无纸编辑；1995年前后"国内多家新闻机构的新闻信息综合处理系统的建设……新闻信息电子化的第二次重大技术革命到来"②。为了更清晰地展现这一时期媒介技术的普及和提升，借助相应年度《中国统计年鉴》和《中华人民共和国年鉴》提供的资料，对1990—2000年的广播电视和出版业的数据进行整理。（见表6、表7）

表6　　　　　　1990—2000年全国广播电视状况统计

年份		1990	1995	1996	1997	1998	1999	2000
电台	座		980	1244	1363	298	299	296
	覆盖率（%）	74.7	78.8	84.2	86.2	88.3	90.4	92.1
电视台	座			880	923	347	352	429
	覆盖率（%）	79.4	84.5	86.2	87.6	89.0	91.6	93.4

数据来源：国家广播电视总局统计信息网，http://gdtj.chinasarft.gov.cn/index.aspx?ID=2435c168-d7dc-4947-87f9-f02943945300。

表7　　　　　　1990—1999年全国出版状况统计

年份			1990	1992	1993	1995	1997	1998	1999
图书	种类	种	80224	92148	96761	101381	120106	130613	141831
	印数	亿册（张）	56.4	63.4	59.3	63.2	73.1	72.4	73.2
报纸	种类	种	1442	1657	1788	2089	2149	2053	2038
	印数	亿（份）	211.3	257.9	263.8	263.3	287.6	300.4	318.4

---

① 林辰夫：《电视超前发展之利弊》，《电视研究》1994年第4期。
② 李鹏翔：《新闻信息电子技术的现状和发展》，《中国印刷物资商情》1997年第8期。

续表

	年份	1990	1992	1993	1995	1997	1998	1999
期刊	种类　种	5751	6486	7011	7583	7918	7999	8187
	印数　亿（册）	17.9	23.6	23.5	23.4	24.4	25.4	28.5

数据来源：中国出版工作者协会主编、商务印书馆出版的《中国出版年鉴》（1990、1992、1993、1995、1997、1998、1999各卷）。

传媒技术的普泛化应用和提升解放了媒介生产力，带来了影视节目的生产与传输循环加快，传播覆盖率迅速提高，大众对媒介的接受频次和时间持续增加，乃至变成一种日常习惯，电视不仅是作为传输媒介而是作为家庭生活的重要组成部分，参与到大众现实生活和文化活动之中；报纸杂志的发行总量加大，扩版、改版因为技术的突破成为可能，这必然加剧书报业竞争，将出版行业更深刻、彻底地卷入市场竞争。在更深层次上，新传媒技术改变了媒介文化的主导形态，"新传媒技术不仅决定性地改变了日常生活，而且改变了政治生活，社区生活和社会生活……新传媒技术是所有这些领域的决定性因素"，① 以电视为代表的视觉传输技术以其直观、动感、丰富吸引了大众的眼球，由书刊为表征的精英文化逐渐转向了以电视为表征的大众文化。

二　媒介功能拓展与分化

施拉姆从政治功能、经济功能和一般社会功能三个方面对大众传播媒介的功能进行过总结。大众传播的政治功能主要包括：监视、协调、社会遗产、法律和习俗的传递。经济功能表现在：发布和解释关于资源以及买和卖的机会的信息；参与制定经济政策；活跃和管理商场；开创经济行为等。社会功能包括：关于社会规范、作用等的信息；协调公众的了解和意愿，行使社会控制；向社会的新成员传递社会规

---

① ［美］J. 希利斯·米勒：《现代性、后现代性与新技术制度》，陈永国译，《文艺研究》2000年第5期。

范和作用的规定以及娱乐等方面。如果说在一体化的传媒体制中，媒介主要发挥了政治守望、社会规范和意识形态规约的作用，那么，在1990年代"核心—多中心"的传媒结构中，大众传播的政治、经济、社会功能得到了更全面的认可和体现。方汉奇教授认为，1990年开始，社会对大众媒介的认识"由过去的只看到报纸作为党和人民的喉舌的功能，发展为既看到它的喉舌功能，也看到它的传播信息、普及知识、文化娱乐和舆论监督等方面的功能"，对新闻价值的认识则"由过去重视新闻的政治价值发展到既要重视其政治价值，也重视它在经济、文化等方面的价值"[①]。一体化的传媒结构使政治和意识形态权力话语几乎成为媒介文化、社会功能的全部内容，一方面是传媒的喋喋不休，一方面是大众的失语，在这种媒介环境下，大众对传媒在政治敬畏的同时表现出情感的疏离，期待视野的消失与异见的潜隐极大地损害了传媒与大众之间的对话与交流关系，造成了媒介与日常生活的隔膜甚至对立，日常生活的价值和实在性在媒介中被忽视和遮蔽。随着媒介功能的拓展，媒介与日常生活的隔膜和对立被消解，媒介对日常生活的参与和影响关系得到重建，媒介甚至成为日常生活本身。

市场化环境中的传媒功能的变化还表现为媒介功能的分化，具体言之：核心媒体主要承担体现党和国家意志的意识形态权力话语的功能，如政治家办报、发挥舆论导向作用等话语都体现了这种控制机制；而作为"多中心"的各级媒体则在呼应核心媒体的意识形态话语的同时，更多地发挥了大众传媒在传播信息、文化娱乐等方面的功能。

三 媒介文化生产机制转变

"采用机械的媒介，尤其是电子媒介所成就的一件事，就是在世

---

① 蔡敏：《二十世纪九十年代中国传媒文化转型研究》，博士学位论文，四川大学，2003年。

界上参与建立了史无前例的宏大的知识产业"①。1993年发布的《中共中央国务院关于加快发展第三产业的决定》（以下简称《决定》）可以为这句话在中国境遇中做出最好的脚注，在《决定》中，"报业经营管理"被正式列入第三产业，"媒介的产业化、集团化问题，已经是一个实实在在的现实趋势"②。在《决定》发布之前，1992年12月山东举行的"全国新闻学术年会"上，时任中央宣传部常务副部长的徐惟诚就曾明确地将报纸定位为"信息产业"。他特别指出，随着商品社会分工细化和社会交往的扩大，人们对信息系统的需求更加迫切，读者看报不是为了看小说，而是要获取信息，获取国内外更多的政治、经济信息。徐惟诚所言及的新闻体制改革以不同于1980年代以启蒙话语为导向的政治主导性新闻话语，他所强调的是一种技术层面的操作策略，是立足于市场经济环境中主导文化或主流意识形态的文化战略和策略。把以新闻为主体的大众传播业定位为信息产业，表现了官方对传媒文化生产转型的现实的、开放性的态度和新思维。

　　1980年代以来的以媒介内容调整、形式变化和增量为主要特征的变化并不是真正意义上的媒介市场化。这一时期的媒介文化生产的增长主要是基于思想解放政策的恢复性扩张，而未触及传媒生产机制层面的改革问题。国家财政"金援"体制提供了传媒生存的基础但无法解决大众传媒发展和扩张的巨量资本需求，直到1992年前后，"国家花钱办报、花钱订报、只生不死、优劣全包"的旧的报业体制依然残存，三分之二的报纸仍在"吃皇粮"③。基于此，国家在政策层面上提出了"大趋势讲，报纸最终要推向市场"的改革方向，采取了"保证主体，逐步转向"的策略，从引入优胜劣汰的竞争机制入手，另外要逐步建立与报纸自身发展完善相适应的法规、政策，并鼓励报纸企业

---

① 郭庆光：《传播学教程》，中国人民大学出版社1999年版，第114页。
② 吴文虎：《新闻事业经营管理》，高等教育出版社1999年版，第222页。
③ 在全国1750余种报纸中只有500多种报纸自办发行。

化经营。这成为1990年代国内传媒业资源开发和资本扩张的基本思路。通过媒介经营进行市场化运作，媒体不但突破了依靠财政和发行收入生存的旧有模式而获得了更多的资本积累，更为重要的是，赢得了自主性的发展空间。到2000年前后，"随着中国报业集团化的起步，新闻出版署也已确定自2001年启动组建期刊集团的试点工作，选择舆论导向正确、经营管理经验丰富、办刊队伍素质较高、经济实力较强的期刊社，采取政策扶持和引导，实现以自我扩张为方式的高起点整合"①，此外，多家媒体集团宣告成立，媒介生产体制产业化调整取得了阶段性成果。虽然此时的媒介产业化程度还远不充分，但相较于1980年代已发生了根本性变化。

1990年代媒介文化生产的重要表现之一是媒介产品的商品化。传媒生产不只是意识形态的训诫，而且是用于受众购买和使用的媒介产品，媒介产品具有了商品属性和交换价值。更为重要的是，不同于一般物质产品，媒介商品不只用于消费，还用于生产：媒介通过大众对媒介产品的消费生产出收视率和发行量，并将其作为交换价值的重要组成部分附着在广告生产中出售给市场，换言之，"大众媒介不仅生产以符号性内容为主体的媒介产品，而且生产受众，并将其出售给广告商"。②1992年6月，假日酒店在《人民日报》（第8版）刊登整版广告"向11亿人民致意"。1993年1月25日，《文汇报》头版整版刊出了"西泠电器"广告，原来刊登各种重要政治活动的位置被19个字的商业广告"今年夏天最冷的热门新闻西泠冷气全面启动"代替，作为当代中国新闻界首次头版刊登广告，这条广告费价值100万的商业广告开启了中国报业的商业之门。从1993年的统计数据看，多家

---

① 张积玉：《中国期刊业发展趋势探析》，《陕西师范大学学报》（哲学社会科学版）2003年第4期。
② [加拿大]文森特·莫斯可：《传播政治经济学》，胡正荣等译，华夏出版社2000年版，第254页。

报纸的广告收入超过1亿元，其中《广州日报》和《羊城晚报》的广告收入分别达到2亿元和1.8亿元。1990年代初期，媒介资源短缺和巨大的广告市场需求形成强烈反差，这也成为媒介发展的重要契机。对广告效益的追求导致了中国报业的持续扩张，仅1993年全国就有100余份报纸创刊，由此引发的"近代以来中国新闻史上罕见的报业'周末版战'、'星期刊战'、'月末版战'……蔓延到广播、电视领域，酿成了'电波大战'、'荧屏大战'"①。广告收入取代发行收入和收视收入成为媒体资金的主要来源，获取广告利润是媒介资本积累的主要途径，由此观之，在媒介生产与消费的过程中包含了强大的市场权力。这种市场权力不同于政治权力那样具有政策支配权，但出于资本对利润最大化的追逐与广告传播效率与效能的内在要求，这种权力在媒介市场化生产体制中对媒介文化生产的内容和方式都有着极强的支配功能。换言之，谁赢得受众，谁就赢得广告，从而赢得市场和发展。传媒文化生产在一定程度上体现了资本与文化的合谋。

媒介生产机制转变的直接后果是"扩展了媒介商品化的空间，使商品化不仅包括媒介公司出版报纸、制作广播电视节目、制作电影等直接过程，而且把广告商或资本一般也包括进来"②，大众媒介不仅生产了规模数量的受众，而且生产被媒介按广告商和自己的意愿所建构的受众。换言之，如果大众传媒离开了大众，最终可能什么也不是，传媒市场的竞争在一定程度上就是对受众的竞争。因此，最大限度地满足受众对新闻、知识、信息和娱乐的需求成为媒介竞争的新的着眼点。随着1990年代媒介资源的市场化配置的实现，媒介资源短缺现象

---

① 明安香：《新闻大战还是媒介大战？——评社会主义市场经济中的新闻媒介资源配置》，《新闻界》1993年第6期。
② [加拿大] 文森特·莫斯可：《传播政治经济学》，胡正荣等译，华夏出版社2000年版，第144页。

基本消失，传媒生产相对过剩。在激烈的媒体竞争中，可谓"得受众者得天下"，"受众"这个来自"媒介产业自身的"① 概念代替了"人民""阶级"等被视为建构阶级主体和实行政治和文化领导的权力的话语，成为媒介的对象和争夺的目标。以受众为争夺对象的市场竞争，其正效应表现为提高媒介产品质量及生产效率，积极促进媒介内容和媒介技术的双重革新。而负效应则表现为对发行量和收视率的片面追求，导致内容迎合大众和低俗化。

1992年后，中国不可逆转地走上了市场化之路，市场战略实施的结果，使传媒成为消费主义意识形态的机器，成为全球化商业文化的重要传播方式，这对于促成媒介社会的产生是十分重要的。也正如前述西方学者所说，全球化的三个首要力量之一是在大众传播系统的意义上，传媒不仅传播而且还参与组织（有别于传统的政治鼓动与宣传），消费者大众、市场、传媒三位一体。国内大众传媒在1990年代创造了前所未有的"大众"，他们既消费也被消费。按约翰·费斯克的说法，大众被传媒生产出来卖给广告商，大众不再只由单一的政治力量建构和控制了。告别了1980年代精英主导，媒介文化走向了政治与市场的双重制约模式。

四　媒介文化的大众化转向

如果现实如马丁·沃克所言，"报纸反映了文学和艺术的生活，普通人民生活的方式，登广告者努力兜售的商品，这个国家儿童受教育的方式，该国信仰者崇拜的方式，它的实业和银行起作用的方式，它的罪犯的类型和警察的行为，它的法院的审判——这一切都反映在报纸上。一家报纸就是一个国家的文化的日记"②，那么，1990年代的

---

① ［加拿大］文森特·莫斯可：《传播政治经济学》，胡正荣等译，华夏出版社2000年版，第254页。
② ［英］马丁·沃克：《报纸的力量——世界十二家大报》，苏潼均、诠申译，新华出版社1987年版，第33页。

中国大陆"文化的日记"中一定挤满了商品信息、消费方式、流行时尚的印迹。随着商品经济的发展和生产力的解放，中国社会告别了以短缺为特征的经济状况转向了"后短缺时代"，即由于相对需求不足而出现了生产相对过剩。这样商品经济就势必超越商品的使用价值而向符号化方向发展，如西方思想家所言：为了把过剩的商品销售出去而出现了交换价值与使用价值的分离，形成"符号消费"。在此种语境中，离开媒介的商品和没有商品的媒介是同样不可想象的，除了报纸、杂志、广播电视、电影、书籍等通常意义上的媒介文化产品外，其他消费如旅游、汽车、时装、家居乃至餐饮、休闲等商品活动都产生了符号价值，具有媒介的色彩。

这一时期的媒介文化呈现出一个重要特征就是媒介的大众化的实现：即媒介走出了意识形态的一元格局，置身于国家经济社会发展和大众文化需求之中，并在促使自身向着生产主体转换的同时，建构了作为消费主体的大众。大众媒介不仅发现和认可了"大众"之所在，而且通过主动生产或"建构"了媒介文化发展所需要的大众。这正是大众文化繁荣的必要前提。如果说我们将1990年前的文化生产视为意识形态化的大众文化，那么1990年后就出现了消费性的大众文化。传媒借助符号化和象征意义的生产是以消费为表征的大众文化广为流布，媒介及其影响无处不在，成为社会文化的催化剂和放大器。

"大众"这一概念，在无产阶级革命中是以工农阶级为主体的劳动大众，它的内涵涉及了政治、阶级、经济、文化等各种标准，既是一种最广大的人民群众的团结，也是对各种"敌对"力量的排除；随着社会由阶级归类转向社会分层，"大众"开始了以"去阶级化"为特征的社会主体重构，成为作为生产者的大众。进入1990年代，由于建立市场经济体制的需要和实践，作为生产者的"大众"被不同利益和个体价值的寻求所分离，被社会和生活空间的流动性所离散，能够取代意识形态乌托邦并重新黏合"大众"的新意识形态在以消费为特征的大众社会逐渐形成，消费超越"革命"成为新的社会黏合剂。

就大众传媒的发展而言，1980年代大众传媒文化生产已有了不小的突破，在图书出版、文艺创作、流行音乐、电影电视等方面甚至形成了一定程度的繁荣。但就当时的媒介文化语境而言，革命话语和启蒙话语二元对立所产生的动力仍是推动媒介发展的主要因素。进入1990年代，以市场为主导的大众媒介生产在某种程度上取代了这种话语的对立成为推动媒介文化的主要动力。这一时期的大众文化是以市场经济为前提的，以大众传媒为生产机器，以满足大众的文化消费需要为目标，"以传媒与大众之间所造就的高度接近性、高度依赖性和可信任性关系为基础的文化"①。1990年代的中国传媒文化真正走上了大众化道路，传媒以信息传递、知识普及、情趣渲染以及影像符号等方式与大众文化扭结在一起，在相当的范围里，把众多文化改造、转换成一种大众文化，实现了传媒文化的广泛延伸。

改编经典是1990年代大众文化接受和使用经典的重要方式（由此引发的讨论将在后面的章节展开论述）。在大众文化生产中，电影、电视剧、通俗书刊往往以大众化的方式将文学艺术等经典改造成可以大量生产和出售的文化产品。如《三国演义》《水浒》《围城》《雷雨》《日出》等均被改编后以电视剧形式推出。为了吸引大众，改编常使有着年代感的经典"伤筋动骨"，各种经典成为被随意解读和改造的"文本"。尽管不尊重原创的做法招致了非议，但在消费文化的语境下，这些非议已无法左右经典的这种再生产和消费行为。周星驰的《大话西游》以对《西游记》"无厘头"的大话风格博得观众喜好，并成为另类经典甚至与"正典"各领风骚。改造经典是大众传媒对经典的消费行为，它也反映了大众文化对精英文化的"政变"。从1980年代对经典的"还原"到1990年代的改造与颠覆，这种变化也反映

---

① 蔡敏：《二十世纪九十年代中国传媒文化转型研究》，博士学位论文，四川大学，2003年。

了大众文化生产和消费的霸权。

1990年代人们生活在由大众媒介生产的大众文化的海洋中，它包围裹挟着其他文化和主体，提供快捷与方便的文化消费，同时也发挥着文化控制的作用。"大众文化对大众的操控是无所不在的。在现代社会，几乎没有什么人能够离开大众娱乐而存在，因此大众文化对人的操控无论在深度上还是在广度上都是其他统治形式所不可比拟的"①。出版商策划下的畅销书排行榜、夸张的广告、漏洞百出的肥皂剧、好莱坞模式的商业大片、"娱乐至死"的各类节目等都营造出一派大众文化生活图式。毫无疑问，我们正朝着或正生活在一个现代工业文明状态下的商业消费社会，大众社会及其文化形态的兴起和繁盛以无法逆转的态势主宰着人们的日常生活。

以市场为中介的社会运行必须有不断增长的消费欲望和消费行为，在这个过程中，大众传媒作为意义和符号的制造者与传播者，不断生产出符号的意义，因此成为社会文化生产中最主要的动员者和组织者。由于国家意识形态对大众传媒监控的放松，传媒因此获得了前所未有的自由和发展空间，原来被长期压抑的文化娱乐与消费功能开始释放出来。各种各样的商品也纷纷借助广告的完美修辞，不断赋予商品各种想象的和世俗的意义。传媒本身的趋利动机也使传媒"把关人"选择那些更能够赢得受众的文化文本。这样，各种文化和广告的文化文本依照市场逻辑和传媒逻辑呈现在不同形式的大众媒介中，大众传媒在新的历史语境下成为整合社会各种文化力量的存在。

孟繁华在《传媒与社会主义文化领导权》一文中指出，"现代传媒在中国的出现，是被现代化的追求唤出来的，它适应了社会政治动员的需要，国家民族的共同体认同……现代传媒推动或支配了中国思想文化的发展动向。那些与现代民族国家相关的观念和思想正是通过

---

① 陶东风：《大众文化教程》，广西师范大学出版社2008年版，第45页。

传媒得以播撒的。传媒这种新的权力不止是话语权力……在其传播过程中如果为民间所认同，它也就获得了'文化领导权'。传媒和文化领导权的关系是密切联系在一起的"①。传媒对于1990年代文化的塑形作用不仅表现为以其独特的优势把媒介及其文化不断植入社会文化肌体之中，还表现为在植入的同时，媒介文化还能对已有的社会文化因素施加一种整合性影响，并逐渐形成一种主动性、自觉性和持续深入性的文化整合力量。这首先表现为媒介技术发展带来的整合性力量。借重电视和网络的发展，大众媒介既能"使大批的人群能够观看少数对象"又"使少数人甚至一个人能够在瞬间看到一大群人"②。首先，大众媒介展示各种文化景观，使处在世界任何一个角落的人们，只要打开电视或者电脑，就能观看、认识和了解不同特质的文化；其次，大众媒介通过各种方式调节、控制和干预文化生产的过程，它不再单纯是传播工具而成为行使文化权利的一种权力架构；再次，文化媒介化。在大众媒介制造并传播各种社会文化的同时，它也推销和扩展了媒介本身，媒介因此成为文化活动必不可少的参与力量，原本以各种形态存在的社会文化内容、活动方式乃至文化生产都被纳入大众传播活动中，被制作、加工、传播和交流，从而被"媒介化"；最后，新的文化形态在大众媒介的持续使用和消费中不断被大量生产出来，媒介甚至垄断了文化生产的渠道，成为社会文化生产和传播的必经通道。到1990年代末，人们很难想象离开大众媒介来确立和传播自身的文化存在。媒介不仅仅是文化的容器和载体，它还决定着文化的内容、性质与变迁，媒介生产了文化，在很多情况下，甚至就是文化本身。在大众媒介构筑的世界里，阳春白雪的高雅文化与流行通俗的"下里巴人"并置，它们按照大众媒介的逻辑和性质被使用和改写，成为媒

---

① 孟繁华：《传媒与社会主义文化领导权》，《文艺报》2000年12月12日。
② [法] 米歇尔·福柯：《规训与惩罚》，杨远婴等译，生活·读书·新知三联书店1999年版，第243页。

文化的组成部分。这种文化的媒介化趋势在2000年以后全面展开。

本节通过传媒技术发展、结构转型、传媒文化生产机制的转变和大众文化新形态的出现对1990年代传媒文化转型作了分析和描述。现代传媒及其形成的传媒力量在1990年代的崛起是显在的历史事实。报纸、广播、电视以及网络组成的传媒"家族",垄断和传播着几乎全部的信息资讯、影视和娱乐资源。一方面,它几乎无处不在地填充日常生活,以视觉符号形式为人们提供"满足"和"欲望"对象,而另一方面作为"隐形之手",却在"不为人知"地改变并操控着人们的思维方式和生活想象甚至感知外部世界的方式。"传媒力量"的日益强大和它对社会生活全方位的渗入性,"迫使"人们不得不移身于传媒语境之中,而传媒在塑造世界的过程中正在生成"权力状态"。

还应指出的是:传媒文化转型既应被视为一个市场经济的实践过程,也是一个文化变迁的过程。作为政治、经济实践活动,中国传媒业的发展存在着东部与西部、城市与农村的繁荣与落后并存的现实,这也是后发达国家的一个特点。在信息社会和知识型社会的形成过程中先进技术的使用和落后的经济基础及相应的意识形态的并存是客观事实;另外,不同处境中人们的现实感受、思想情感、心理期待、价值观念,以及所关心的问题等也必然存在很大的差异,这都成为1990年代媒介文化建构中现代(乃至前现代)与后现代文化现象并存的原因。1990年代国内媒介文化的现代性建构主要体现为"发展主义"的宏大叙事:对国家政治、经济整体形象的传播、物质领域进步的彰显等构成了社会主义合法性的话语表达。现代文化以理性、民主、自由、平等等话语在大众传播中被张扬和阐释。这些共识性话语又蕴含了不同主体对现代性价值观的不同理解及话语权力运作:官方或主流话语在引领大众形成共识的同时,将现代性理论和实践中对立与冲突归置于"发展才是硬道理"的意识形态掌控之内;精英知识分子在学术领域对现代性进行深入的思考和辨析,但不再触动意识形态的稳定性根基；传媒文化的"后现代"现象也通过大众文化的文化民主、影像世界与欲望政治以及日常生活的审美化等诸方面体现出来，媒介不遗余力地传播消费社会的生活理念、生活方式和行为习惯，并为消费观念的普及消灭差异。后现代文化以文化民主、无价值、无深度、去分化以及消费主义等形式形成了对现代性的抵制或消解，在与精英知识分子对现代性的探求之间保持疏远和距离。如果说在1980年代出现的文学热、美学热、哲学热、历史反思热中精英知识分子还在一定程度上体现为知识、价值、真理、意义的评判者，到了1990年代，文学被迫通俗，哲学受人冷落，历史沦为戏说，知识分子变成了话语阐释者，"当新传媒技术将新闻、娱乐等扩展到整个社会生活，而且在这些领域既不需要导师也不需要思想的状态下，这似乎成了自然而然的结果"①。

第二节　文学研究转型与文学经典论争的学术语境

　　1980年代"文学经典"问题的出场主要是政治意识形态主导的"拨乱反正"和中国文学研究内在逻辑共同推动的，通过重评作品和重写文学史的活动开始了以启蒙和审美现代性为主要诉求的中国文学经典的重新建构，但这一建构的任务在1980年代并未最终完成。在1990年代初期的调整过后，这个重建的过程必然继续，但我们不能因此将1990年代文学经典论争单纯视为前一时期论争的延续。中国社会进程的持续快速推进、新的媒介文化的不断生产、学科发展中新的理论来源以及新的问题出现等都为1990年代文学经典的论争带来新的话语资源和理论背景。在本节中，我们将立足这一时段纷繁复杂的话语文本，以期从总体状况和主要论域两个方面重构1990年代文学经典论

---

① ［美］J. 希利斯·米勒、陈永国：《现代性、后现代性与新技术制度》，《文艺研究》2000年第5期。

争的完整图景。

一 "经典"作为研究话语使用的总体状况

在对过往的文学经典研究进行讨论中，我们首先强调的是重建和恢复不同时期文学经典论争的语境的复杂性和完整性，以避免因主观的臆断对连续性和处于关系之中的历史进行片段式的抽取，或套用理论对问题的简单化处理。但困难的是，我们无法还原或再造1990年代关于"经典"论争的语境，寻找和发现较为全面和复杂的话语并存空间成为研究必然面对的问题。因此，由当时的话语文本所构建的论争世界应该是回顾过去年代的必经之途。现代科技为此提供了便利：笔者在中国知网以1990年1月1日到1999年12月31日为时间限制、以篇名包含"经典"一词为检索词，对这一时间段知网上所收录的8568053个文本进行检索得到1714条对应项目，以此来建构观察和思考1990年代文学经典论争的"瞭望塔"。

在检索所得的篇名包含"经典"的1714个文本中：文学或文学研究文本有163个（其中，中国文学109个、世界文学40个、文艺理论14个）；另具有相关性的文本113个（包括：戏剧电影电视70个、出版43个）；具有简介相关性或可作为参考对比的文本77个（中等教育24个、高等教育12个、新闻传媒11个、汽车工业20个、旅游10个）。

对比1980年代文学经典话语使用的范畴，有几个显著的变化。

（一）"经典"一词的使用突破了政治性的束缚。不同于1980年代"经典"一词只能用于马克思主义权威意识形态指定的狭窄范围，1990年代文学经典几乎成为无论姓资姓社、不论古今中外皆可冠名使用的概念，它突破了政治意识形态压制下的谨小慎微，成为一个具有一般意义的形容词。

（二）经典话语使用的扩张。从数据上看，这种扩张主要表现在两个方面：一是在原有的领域中数量有了显著增加，特别是涉及戏剧电影电视艺术的话语和出版行业；另一表现是，使用"经典"一词的范畴和领域的扩大，人们显然已不再满足于用精品、精华之类的词语的表达力和吸引力而开始热衷于"经典"。于是一时之间唱片经典、红色经典、学术经典、散文经典、小说经典等铺天盖地而来。从表7的数据看：这一时期新增了音乐、舞蹈、旅游、汽车工业等领域。这一方面是研究话语不断活跃的结果，更重要的是，这些领域大都具有更为亲近大众文化的可能，"经典"这个从前神圣的慎用的概念被普泛化平庸化了。

（三）文学研究中"经典"由隐性话语变为显性话语。不同于1980年代的研究中总是小心避开"经典"而使用"名作"、"知名作家"、代表作品等词汇削弱话语的权威性，1990年代不论是文学话语还是艺术话语或生活话语中，人们对经典一词都表现出钟爱。在对1980年代文学经典问题进行论述时，很多时候我们不得不在相关问题的研究中寻找话语资源的蛛丝马迹，寻找言说背后潜在的文学经典的理论资源和知识谱系。到了1990年代，很多文学研究话语都旗帜鲜明地亮出了经典的大旗，之前隐藏于文学史写作、作家重评等活动中的对文学经典确立和认知的观念浮出地表，我们可以较为清晰地发现文学经典认知中对垒的山峰和溪流的罅隙。1980年代，"经典"作为标题仅出现在614个文本中（知网收录的同时的文本共计3937553个，不足万分之一点六），而文学研究文本仅26个（包括中国文学16个，世界文学6个，文艺理论4个。这里面绝大多数是马克思主义经典理论或作家研究），这个数字在1990年代增加到了163个（其中马克思主义理论或作家研究不足10个）。这种发生在文学研究中的经典热既是1980年代研究话语自身发展和域外理论影响的结果，也有着在20世纪行将结束时的总结性反省性话语表达。

这三点是基于数据的直观分析，它虽然没有文本逐个阅读和分析的深刻性，但有助于更宏观也更直观地勾勒1990年代文学经典论争置身的整体语境和话语状况。

二 文学经典论争主体的转变

1990年代中国社会迅速重启了全面市场化的进程,以比1980年代更为激进的姿态加入了全球市场竞争之中。这些变化造成的与1980年代迥异的思想文化环境成为知识分子新的身份和定位的来源。

其一,大部分人文知识分子放弃了1980年代直接介入现实的思想方式,转向于更为专业化的学术研究和知识生产。"与20世纪80年代相比,知识分子的心态和姿态再也没有优越可言……进入90年代之后,知识分子的自我期待已经降到了百年来的最低点,历史断裂造成的精神裂变使这一群体猝不及防"①。此前,知识分子以入世情怀与"舍我其谁"的启蒙姿态投入一种"集体"诉求之中,然而政治的变幻远不是书生可以掌控,当国家意志强势占据话语权力时,他们的家国情怀被悬置。知识分子经历了从激进政治到思想退场再到专注学术的过程,重新定位自己的社会角色,"他们不再以社会代言人的形象出现,不再居高临下地扮演启蒙者角色,抛弃思想者的痛苦而与主流意识形态达成和解,共同分享着经济时代带来的实惠与实利"②。1990年代初开始的关于学术史和学术规范的讨论具有丰富的象征意义③,知识分子强调应当将讨论建立在学术规范之上,以此表明在学术与思想、学术与政治区分和疏离的倾向。就学术发展自身而言,经过1980年代的累积,不同学科的内部各自有其学术谱系、理论术语和研究方式,不论是整体性地谈论古今中西文化还是跨越界限的对话都面临着现实的困难,中国当代知识分子的分化已经越来越突出。所谓"术业

---

① 孟繁华:《中国当代文学通论》,辽宁人民出版社2009年版,第319页。
② 汪晖:《小小十年——〈二十一世纪〉与〈学人〉》,《二十一世纪》2000年第10期。
③ 这场讨论最初以笔谈的形式发表在王守常、陈平原、汪晖主编的《学人》丛刊第一辑,江苏人民出版社1991年版,该讨论后来在《中国书评》(香港)延续下去。关于学术规范讨论的文章,可参考罗岗、倪文尖编《90年代思想文选》第一卷,广西人民出版社2000年版。

有专攻",提倡学术规范,在学术场域内部划定界限,"辨章学术、考镜源流"建构学术史,一种"为学术而学术"的知识生产趋势初步形成。来自知识分子的自律活动在实践中很快转化为大学中的专业化和学科化的组成部分,体制化的力量促成了学术规范理念的普遍化,最终成为知识生产中必须要遵守的学科规训。① 与学术专业化相伴随的是知识分子身份认同的转变,如陈思和在对知识分子"广场意识"的虚幻性反思的基础上提出了知识分子的"岗位意识",知识分子岗位首先是一种以知识技能为前提谋生的职业,其职责主要是"维系文化传统的精血"。这种身份认知与1980年代启蒙知识分子对世俗的绝对拒绝、对启蒙责任的崇高定位有了显著区别,他们逐渐蜕变为某一领域的专家、学者,从注重公共领域的批判转向专业领域。这种转变在客观上有利于1990年代文学知识界与纷繁的理论和观念翻新保持一定的距离,沉潜下来整理20世纪以来的各种话语资源和传统,加强文学研究场域自治和自主化建设,文学经典的全面建构和确立应该是其中重要的内容——重新审视新文学运动以来的多次文学经典颠覆和重建活动,从中沉淀和打捞合理的理论资源,形成一整套包含文学审美、现代中国文化走向、民族情感等因素在内的具有文化解释力和凝聚力的文学经典认知理论和经典体系。

其二,知识界的边缘化和内部分化。在1980年代,资本和市场在某种意义上被知识分子视为"自由"的源泉,虽然在后期有一些学者开始反思"现代化"问题②,但这并没有改变当时的主流认知,在对

---

① 这里主要指国家通过教育部等机构颁布的各种学术规范以及学科建设对学术研究的规范化要求,将学术规范政策化。

② 比如,刘小枫从基督教伦理角度提出中国现代社会中的价值和信仰的问题;汪晖反省了五四启蒙的目的与其"方式"之间的矛盾;甘阳也提出要有既对传统社会批判又对现代社会审视的态度。可参考:刘小枫《拯救与逍遥》,上海人民出版社1988年版;汪晖《预言与危机——中国现代历史中的"五四"启蒙运动》,《文学评论》1989年第3、4期;甘阳《中国当代文化意识》,三联书店香港有限公司1989年版,第3页;甘阳《自由的敌人:真善美统一说》,《读书》1989年第6期。

自由民主的期待中，市场作为"在水一方"的存在还有一层浪漫主义的想象色彩。到了1990年代，这个浪漫想象在猝不及防之间降临，中国社会真正全面而深入地遭遇资本—市场社会时，"转型所涉及的大规模制度变化，属于人类所能想象到的最复杂的经济和社会过程之列"①，一夜间降临的重商主义的社会现实使精英知识分子群体遇到了一个仿佛无下限的跌落。一方面是全面市场化带来的发展主义主导的价值取向，高扬欲望、崇拜物质、消费主义崛起；另一方面，"商品化的潮水几乎要将文学连根拔起"②，通俗文艺、流行文化与主流意识形态之间形成共谋关系，"人文学科面临危机，这不但威胁了人文学者在当前的处境，而且更深刻地威胁了这个国家和民族的未来前景"，知识分子"从来没有像今天这样感觉到金钱的巨大压力，也从来没有像今天这样意识到自身的无足轻重。此前那种先知先觉的悲壮情怀，在商品流通中变得一钱不值。于是，现代中国的堂吉诃德们，最可悲的结局很可能不只是因其离经叛道而遭受政治权威的处罚，而且因其'道德'、'理想'、'激情'而被市场所遗弃"③。在这种情况下，一场持续了近三年的"人文精神"的讨论广泛展开，这场反思和讨论涉及了对近代以来思想历史的重新梳理和对"现代文化"的检讨以及对当下文化的重新认识，将中国社会新的焦点和症候凸显出来，有利于促使知识分子面对当代中国社会真实状态。与此同时，这场讨论也使得知识界分歧表面化，经过"后学"、"民族主义"、"自由主义"与"新左派"等论争，知识界分化得更为彻底。知识界的边缘化使知识分子不再是对大众具有引导性的话语权威，在经典的言说中，他们已经不再是唯一的甚至不是最重要的权力因素，可以说，1990年代的文学经典论争在很大程度上是精英标准和大众标准的话语权之争，这种

---

① ［比］热若尔·罗兰：《转型与经济学》，张帆译，北京大学出版社2002年版，第6页。
② 王晓明等：《旷野上的废墟：文学与人文精神危机》，《上海文学》1993年第6期。
③ 陈平原：《近百年中国精英文化的失落》，《二十一世纪》1993年第6期。

争夺又因为市场因素和政治因素的介入,有时会趋于一致化。但总体趋势而言,精英话语对经典的解释和命名权力在不断削弱,这一方面造成了学术界对文学经典研究的更多关注以确保其文化领导性权威,另一方面也注定了1990年代的文学经典论争溢出文学场和学术场而卷入更广泛的大众媒介和大众话语之中。

其三,"后学"话语论争[1]。这一时期国内出现的"后学"话语呼应了国内市场化及其带来的急剧变化。"以19世纪西方殖民主义、帝国主义及其认识论体系为靶子的'后现代'"在理论的旅行中抵达中国,与"力图摆脱20世纪中国从'五四'到'文革'的噩梦的'后现代'"的社会语境被纳入同一个"后现代主义"的理论话语之中,这其中还夹杂着"以'新时期'人道主义和现代主义话语为'文化弑父'对象的"以及"矛头对准社会主义'官方话语'"和借西方后现代之风扬东方文化与"立志沿'全球化大趋势'顺流而下的'后现代国际主义'"[2]等具有不同理论指向的"后"话语。这些驳杂的研究路向将本来严肃的文化反思混同于后现代解构主义的理论狂欢,"后现代"被抽离了具体的历史文化语境成为一个"不及物"的能指符号,同时,"成为了对市场和意识形态的有力支持"[3]。很多国内学者认为现代性是西方化的过程,它是将中国放在他者和边缘的位置,用西方视点来审视中国问题的过程,带有明显的西方文化霸权,并因此宣告"现代性的终结",而迈进"后现代"的新时代,现代性的"洗澡水"和"孩子"一起被抛弃,而后现代的对反本质主义、多元文化的姿态冲击了学术界在某些基础问题上可能形成的共识。

---

[1] 关于"后学"的相关文化批评文章可参考汪晖、余国良编《90年代的"后学"论争》,香港中文大学出版社1998年版;此外罗岗、倪文尖编《90年代思想文选》第一卷中也收录了张旭东的《后现代主义与中国现代性》、陈晓明的《后现代:精英与大众的混战》、张颐武的《"现代性"的终结:一个无法回避的课题》等文章。
[2] 张旭东:《后现代主义与中国现代性》,《读书》1999年第12期。
[3] 张春田:《从"新启蒙"到"后革命"——重思"90年代"的中国现代文学研究》,《现代中文学刊》2010年第3期。

文学经典就其本质来说是一种对价值的认可和评判，并在此基础上建立一种差异机制，从而造成某些文本和文化资本的优先性。然而，后现代的"多元民主"实际上是对价值判断的放弃和差异的抹平，它对西方在经历了漫长的现代化和现代性的传统积累之后打破文化资本的垄断以实现文化的多元化繁荣具有合理性的意义。但中国社会在1990年代仍处于现代化建设和发展之中，文化的现代性主要是作为一个建设性力量，现代性作为价值标准仍有着很强的解释力。在此语境下，后现代主义威胁了中国现代文学与文化的存在之本，作为一种理论话语，对刚刚重建立足未稳的经典序列带来了巨大的解构性冲击。

1990年代知识分子身份认同、社会文化地位等方面的巨大改变，对文学研究产生了极大的影响。知识分子从对社会问题的介入中逐渐退身，投入学术研究的规范和专业化追求，因此出现了重新确立经典、史料研究、地域文学研究、报刊研究等研究热潮。此外，这一时期文学研究还呈现以下的重要变化：一是着重于文学的普及化（在中国现代文学学科发展中表现得尤为突出），一些在学术界有影响力的学者纷纷牵头主持编辑现代作家的全集、选集，中国文学的各种作品选；二是偏重专业基础的资料和研究，如汇集文学研究的资料，开展具体的地域、流派和文学思潮研究；三是学术评价标准的多元：不再只重视文学史中被专章论述的"主要作家"，而是注意发掘和研究文学史遗漏的作家作品从而"填补空白"；四是学术"客观"性的评价标准，在研究中能否节制主观性表达而进行客观论述成为标准，对材料的挖掘和引用空前重视，而像1980年代那种带有强烈社会关切的研究取向弱化。

三 不断重写的文学史中文学经典的变动

随着知识分子的身份认同和知识体系的改变，带给文学研究的冲击深刻地反映在了1990年代的文学史研究和书写之中。1988年"重写文学史"的讨论受到了社会政治事件的冲击但并未因此停止,进入1990年,仍有多篇论文就这一问题进行研究和讨论,发表在《文艺争鸣》1990年第3期的《关于"重写文学史"争鸣概述》一文就对1990年代学术界延续"重写文学史"讨论的理论成果进行了盘点①。虽然相较于1980年代"重写文学史"活动,1990年代文学史研究缺乏诸如"20世纪文学""重写文学史"等吸引理论关注的话语创造,也没有成为一场集中而迅猛的理论风暴,而是把对文学史的重新认识和书写沉淀作为一个持续性话题,其影响突破了现代文学史范围,对古代文学、当代文学的历史书写带来了新的启发。

第一,在文学史书写实践和理论建构两方面都取得了丰硕的成果。

理论探索方面主要表现在为文学史观的讨论和更新。人们往往用"重写文学史"来表达1980年以来的文学史研究,因为这种话语表达曾经深刻触动了学者内心深厚的期盼与悬望,激起过许多学者尤其是青年学人的参与热忱,但限于当时讨论的仓促结束、问题的复杂性和学术研究的整体环境,很多在"重写"中提出的问题其本身就很成问题,其理论主张的可操作性及排他性等问题也受到质疑。1990年代初学界研究中的"文学史观讨论"从话语表达看显得有些四平八稳,但它却对1980年代问题进行了更为深入的讨论。如1991年的《中国现代文学研究丛刊》就有多篇文学史观念的表达②,这些讨论中表达的文学史观念大都有着向文学本体回归的取向。学者普遍认可写文学史如果缺乏总体文学史观的建树,文学史写作就会趋于平面化、话语重

---

① 梁新俊:《关于"重写文学史"争鸣概述》,《文艺争鸣》1990年第3期。
② 《中国现代文学研究丛刊》的编辑在1991年精心设计了一份"文学史观"讨论的调查问卷,向有文学史操作经验的学者展开了以下七个方面的调查:1. 文学是什么?文学史研究的学科性质以及研究者的总体文学史观? 2. 文学史分期的原则?在文学史写作中如何处理文学内部因素和外部因素的关系? 3. 文学史研究的基本单位?文学史应怎样摆脱单纯的作家作品论的倾向? 4. 文学史结构中"史实"与"史论"的关系如何? 5. 文学史的门类及其与一般的文学史写法有何不同? 6. 文学史应提倡集体著述还是个人著述? 7. 对文学史研究以往的成绩、问题及前景的态度。这些讨论的部分文本刊登在该刊1991年第2、3期及其后的几期。

复或是失序的状态，没有鲜明独特的文学史观，研究者就没有足够的自信和依据去发现和分析那些有资格成为文学史关注的文学对象。文学史的学科性质、文学的断代分期、不同时段文学总体观、文学文本的评价标准、史实与史论等问题的思考是文学史写作的前提。在1990年代仅专论文学史构建的理论问题的理论专著就超过10部：如黄子平、钱理群、陈平原的《二十世纪中国文学三人谈》（1988），王钟陵的《文学史新方法论》（1993），陶东风的《文学史哲学》（1994），朱德发的《主体思维与文学史观》（1997），陈平原的《文学史的形成与建构》（1999），魏崇新的《观念的演进：20世纪中国文学史观》（2000），林继中的《文学史新视野》（2000），钱理群的《返观与重构：文学史的研究与写作》（2000），以及2000年初出版的戴燕的《文学史的权力》（2002）和洪子诚的《问题与方法：中国当代文学史研究讲稿》（2002）、陈国球的《文学史书写形态与文化政治》（2004）等。

在文学史观念演进中，1990年代最重要的变化就是"现代性"视角的提出及其发展。在1980年代以来文学史研究中，"现代性"一直是一个关节概念，但由于出发点和理论资源的不同，在研究中至少可以梳理出四种有代表性的文学史观：即"传统左翼文学史观、'启蒙主义'文学史观、'晚清现代性'文学史观、'新左派'的文学史观"①，它们彼此之间有着错综复杂的交叉和对抗关系。在1990年代出版的大多数现当代文学史几乎都持启蒙主义文学史观，其中颇具代表性的文本如《中国现代文学三十年》（钱理群等）、《中国当代文学史教程》（陈思和）或是被认为倾向于"中立"的《中国当代文学史》（洪子诚）都显示出明显的启蒙主义的文学史立场②。在关于当代文学史写作的通信中，洪子诚曾坦陈"对于启蒙主义的'信仰'和对

---

① 郑闯琦：《当代文学研究的四种文学史观和三条现代性线索》，《唐都学刊》2004年第3期。
② 李杨：《"好的文学"与"何种文学"、"谁的文学"》，《南方文坛》2003年第1期。

它在现实中的意义,我并不愿轻易放弃"①,但同时,他也表达出对1980年代启蒙现代性的质疑。②

1980年代的文学史观念中,启蒙主义文学史观随着思想解放运动的发展很快取代了左翼文学史观,成为正统和主流的文学史叙事,以启蒙现代性作为标准选定和阐释的文学经典通过1980年代以来的文学史写作被逐渐建构、传播和确立,至今仍然在学术界和普通大众中发挥着广泛的影响。然而,由于启蒙现代性的话语权威只持续了较短的历史时段,这种文学经典的认知还来不及形成一种建立在学者和读者的充分阅读、阐释和传播之上的具有社会共识性的传统,随着市场经济冲击的来临其遭遇了不断的文化冲刷和分化。

洪子诚的态度和立场对于1990年以后的大多数启蒙主义知识分子来说具有很大代表性。1990年代以来,随着文学生产活动的市场化,私人写作、欲望写作、消费主义文化等日益成为文化市场上的主流。此时,海外研究者李欧梵、王德威等对于晚清的鸳鸯蝴蝶派,1930年代上海文学"现代性"的解读连同张爱玲、钱锺书、沈从文等已经上升为经典的作家,他们的作品所包含的与前者类似的现代性资源,使以欲望、消费为主要特征的"日常生活叙事"成为一种与传统左翼文学史叙事、启蒙主义文学史叙事并立的文学史叙事。持启蒙主义文学史观的学者感受到了晚清现代性文学史观的巨大威胁,但是由于在理论上缺乏必要的准备和清晰的梳理没有形成有力的理论抵抗,启蒙主义的文学史观作为一种"可疑"的合法存在被本能地坚守。到1994年,汪晖发表的《韦伯与中国的现代性问题》在人文知识界包括文学研究界产生了广泛影响,他提出的"谁的现代性"问题提示了中国历史乃至文学可以有自己的"现代"标准;1996年《现代文学研究丛刊》发表了汪晖等人的一组文章,对"中国现代性"的命题进行了理

---

① 洪子诚等:《当代文学史写作及相关问题的通信》,《文学评论》2002年第3期。
② 洪子诚:《当代文学概说》,广西教育出版社2000年版,第53页。

论推进；1997年汪晖在《当代中国的思想状况与现代性问题》一文[①]中对1990年代中国社会状况及思想状况尤其是"新启蒙主义"问题提出了批评，认为晚清以降，中国思想界的一大特征是"反现代的现代性理论"，这被认为是新左派的"现代"观的正式出炉。"新左派"以韦伯的"目的—工具合理性"的现代化理论为基石，在"元话语"层面对世界的"现代性"理论和历史进行重新审视，颠覆了现代化作为唯一的现代性方案而还原了现代性的历史性，进而着力挖掘、论证"中国现代性方案"的合法性和优越性。新左派文学史叙事通过对20世纪以来的中国文学历史和现实的重新解读和阐释，企图还原被左翼和启蒙现代性的历史叙事颠覆的文学现实。对新的理论资源的借用使新左派文学史观呈现出比较开阔的理论视野，李杨、刘禾、孟悦、戴锦华、黄子平、韩毓海、旷新年、贺桂梅等学者借用新的理论资源对1980年代"重写文学史"的某些理论预设进行了批评，指出了启蒙主义文学史观的局限和偏颇，并进而提出了"重估左翼文学遗产"等新的命题，但由于其人文立场上的巨大偏颇，对革命文学持理想化而不是进行历史反思的态度使它对革命文学的言说脱离了具体的历史语境，"丧失了对中国问题的复杂脉络的理解和对世纪中国现代性内在困境的把握，陷入了某种大概念迷信"[②]。对此，董健等学者有一段意味深长的表达[③]：

> 我们认为，一些学者，尤其是一批青年学者，他们在远离了"十七年文学"和"文革文学"的历史文化语境后，单凭自己的

[①] 汪晖的《当代中国的思想状况与现代性问题》一文最早不是发表于1997年而是1994年，文章最初发表在韩国知识界的重要刊物《创作与批评》总第86期上，并引起研究界的关注，后由《天涯》1997年第5期发表了中文本，随即在国内外产生了广泛的影响和若干争论。
[②] 郑润良：《"反现代的现代性"：新左派文学史观萌发的语境及其问题》，《福建论坛》（人文社会科学版）2010年第4期。
[③] 董健、丁帆、王彬彬：《我们应该怎样重写中国当代文学史》，《江苏行政学院学报》2003年第1期。

主观臆想并借助某些外来理论来还原历史文化和文学语境，而这种"陌生感"给他们带来的所谓审美的新鲜和刺激，使他们在重新为中国当代文学史定位时，采用的是"否定之否定"的简单的逻辑推理。他们试图从历史虚无主义的泥潭中挣扎出来，以一种貌似公允的态度对"十七年文学"和"文革文学"进行一次终极的褒扬，这种褒扬首先是建立在对这一时期文学作品艺术的"重新发现"和重新肯定的基础上。尤为不可理解的是，他们竟然能够用西方后现代的艺术理论在反现代、反人性的"革命样板戏"中发现一种巨大的现代性元素，竟然也可以大肆宣扬"红色经典"的"革命性"主体内容。当然，对"十七年文学"和"文革文学"中种种复杂的生成因素，乃至"新时期文学"中的诸多值得深刻思考的文学现象，我们都应该作出合理的历史解释和评价。但我们认为，那种忽略了具体历史语境中强大的以封建专制主义文化意识为主体的特殊性，忽略了那时文学作品巨大的政治社会属性与人文精神被颠覆、现代化追求被阻断的历史内涵，而只把文本当作一个脱离了社会时空的、仅仅只有自然意义的单细胞来进行所谓审美解剖，这显然不是历史主义的客观审美态度。我们所担心的是这些离当时历史语境和人性化的历史要求甚远的误读，会在变形的"经典化"过程中造成新一轮的文学史真相的颠覆。这种颠覆将误导学生，在他们的精神生活中注入新的毒素。

如何认识文学现代性的复杂性是涉及中国近代社会以来文学的根本性问题，也是思考和解决文学经典建构的重要理论依据。对这个问题卡林内斯库认为，由于真正的现代化源于创造（包括解决现存问题的首创方式），它排斥模仿，因此，现代性也是创造性的，它只能是多元的、局部的、非模仿的，"在此意义上，现代性只是一个用来表达更新与革新相结合这种观念的词"①。因此，理论的思考能否有效地更新认知世界是文学史观念和文学经典研究的关键。

与1990年代文学史理论研究相呼应的是文学史书写实践的丰富和繁荣。一方面文学史观的更新带来了中国大陆地区中国文学史著作的出版量的快速增长。根据不完全统计，"1988年出版文学概论17种，文学史35种；1989年出版文学概论14种，文学史38种。进入90年代后，文学史的写作和出版热潮持续，1990年出版文学史31种，1991年37种，1992年35种"，②这足以显示1990年代文学史研究的繁荣。除整体的历史书写外，各种写法、各个角度和类型的文学史也不断涌现，主题史、文体史、门类史、思潮史以及题材史、地域文学史等众多的文学史专著共同代表了1990年代文学史研究的成绩；除此之外，受国外历史研究的影响，文学史写作的方法也更加多元。如《万历十五年》在历史书写中所采用的以1587年为支点来讲述历史兴衰的写作方法，启发了谢冕先生主编的《百年中国文学总系》丛书的诞生。丛书包括了：《1898：百年忧患》《1903：前夜的涌动》《1921：谁主沉浮》《1928：革命文学》《1942：走向民间》《1948：天玄地黄》《1956：百花时代》《1962：夹缝中的生存》《1967：狂乱的文学年代》《1978：激情岁月》《1985：延伸与转折》《1993：世纪末的喧哗》共12本著作，这套丛书以具体的年份为基点来讨论一段时期文学的主要特点，通过重要年份的选择和书写建构了20世纪中国文学的图谱。

第二，除了文学史理论和文学史写作外，文学史的重写活动也带动了其他周边研究的开展。这里主要指的是一些在学术界有影响力的学者纷纷牵头主持编辑出版了各时期作家（其中大部分是现当代作家）的全集、选集、各种文体的作品选以及以精品、名作（著）甚至

---

① [美]马泰·卡林内斯库：《现代性的五副面孔》，顾爱彬、李瑞华译，商务印书馆2002年版，第361页。

② 蒋寅：《近代"文学史学"研究述评》，《社会科学管理与评论》1999年第2期。

经典命名的文学选本。其中很大一部分文学选集的出版最初和最主要的目的是满足文学专业的学习和教学，作为文学史的补充或支撑而编选的，因此，不同的编选本背后都带有选家的文学史观念。这一点对于文学专业的读者而言会有基本的认知和辨别。如果说文学史的写作和出版的影响主要是对学术圈和大学中文专业的学习者而言，那么文学作品或文学选本出版的影响则远远溢出了这个范围：读者对文学作品的喜爱远大于文学史专著，已经市场化的出版社对受众购买的期待也远超出了学术划定的圈子。编辑理念对受众的预设与实际的群体之间存在着一定的差异，由此产生的误读或误解在 1990 年代多次引发了关于"经典"的质疑和论争。这个问题将在下面一节中展开详细的讨论。

第三，文学史写作中的问题。1990 年代"是文学史研究取得长足发展的黄金时段，在文学史观和文学史现象研究等方面都达到了空前的广度和深度，在文学通史、断代文学史、分体文学史、文学接受史、性别文学史等不同类型的文学史书写方面，都进行了有益的尝试，其成就确实不容小觑"[①]，与此同时，文学史写作中存在的问题也成为我们不断回顾和总结的重要资源，研究者指出的缺乏文学史理论建设、文学史越编越厚、文学史框架的僵化、后现代主义带来的拼贴以及由于"看重经济效益的生产目的，导致了文学史经济链的形成"[②] 等问题都严重影响了文学史的写作，进而干扰了对文学现象的把握和认知。

就文学史写作对文学经典问题有着较大影响的两个问题而言，一是文学史观念的多元化取代了一元化在丰富文学史认知的同时，消解了文学价值判断的力量，文学经典的"城头"随着不同的文学史观念

[①] 李继凯：《中国现代文学史理论品格的缺失现象》，《福建论坛》（人文社会科学版）2013 年第 4 期。

[②] 李继凯：《中国现代文学史理论品格的缺失现象》，《福建论坛》（人文社会科学版）2013 年第 4 期。

的争夺而"变幻大王旗",你未唱罢我已登场的众声喧哗代替了稳健的现代性文学经典的建构,多元化的标准造成了大众对20世纪以来的文学形象认知模糊。随着后学理论的来袭,文学经典本身都面临着被解构的危机。文学史的写作成为"一种钟摆式的文学史叙述惯性已经根深蒂固;要么审美,要么政治,要么自由主义,要么激进主义。二者的对立甚至将导致当代文学史的内在分裂"①。必须寻求更辩证、更具阐释效力的历史观与文学史观方能走出这种"翻烙饼"的尴尬与徒劳的理论跋涉,"那些令人兴奋的新的研究思路,似乎都没有持续地生长起来……蜕变的实践依然缺乏方向,仿佛一个人的意识已经急急地起身了,手脚却还犹豫不决地拖在后面"②;二是"半部文学史"的局面并没有从根本上得以改变。虽然1990年代的文学史理念已有了很大进步,但文学史的结构包容量较小,且阐释力量有限,这主要表现为大量的"非主流"作家无法整合到文学史结构之中,即使偶有写入也多是"补白"式的存在。以张恨水为例,在杨义的《中国现代小说史》、朱德发主编的《新编中国现代文学史》等论著中,张恨水都被列为单章叙述,但相对于文学史的整体框架而言,目前的文学史结构没有提供和展示他们存在的理由和依据,在其写入的文本中仍游离于整个文学史逻辑之外。此外,许多传统文类和作家无法容身于现有的文学史结构之中,如侦探小说、武侠小说、滑稽小说甚至现代以来的古体诗词等按照现有的文学史观念和结构都无法安排他们的存在,从而造成了许多文学史研究的"盲点"。文学史研究需要一种开放的动态的理念来观照,建立一种更开放、更科学、更完整、更深广同时也更具有阐释力的理论体系。正是在这个意义上,1990年代文学经典序列中出现了金庸等原本很难写入文学通史的作家,这种认定在一定程

---

① 南帆:《当代文学史写作:共时的结构》,《文学评论》2008年第2期。
② 王晓明:《现代文学研究的精魂:二十世纪中国文学史论·序言》,上海东方出版中心1997年版。

度上得到了学界的部分认可,这不仅是因为大众文化地位在 1990 年代发生了抬升,在很大程度上正是文学史研究者针对这种"半部文学史"现象的理论修正和探索。但就客观的文化影响而言,这种探索和修正在大众对经典的认知中带来的不完全是解放性的力量,在一定程度上,它模糊了通俗文学与精英文学不同的评价标准,造成了受众对经典的误解和对通俗性经典文本的盲从。

总体而言,一些富有个性的文学史著作的出版和文学史观念的推进,体现了文学史写作的科学规范,重写文学史的理想和意图在一定程度上得到了体现。这些理论成果由学术界发展到全社会,演绎为对大众对文学经典、文学教育的反思,它还推动了中小学语文课程设置及教学方法的改革,随着学界对文学史重新的认识和对经典的重新选定,中小学乃至大学语文课本也随之不断修订改写。这些都是文学史经典建构过程中重要的副产品。

四 文学批评的转型对现代文学经典的解构

1990 年代的文学批评从一开始就在不断的对比、质疑和反思中进行。在以 1980 年代文学批评盛况作为历史参照系的对照中,1990 年代的文学批评被认为缺乏思想解放性的力量、对文学现实的解释及文学方向的引领而"渎职、迷失、屈就",批评被"贵族化、奴隶化、虚弱化",并由此对 1990 年代的文学批评"言'危机'、说'困窘'、谈'病症'、话'弊端'、喊'消亡'"①,甚至有人断言"90 年代确实没有什么像样的文学批评活动,有的只是介入到一系列具有某种泡沫性质的文化事件和文化论争"②。作为一种置身于 1990 年代文学批评现场的话语表达,这些极端的表述更多的是一种从特定立场出发的

---

① 畅广元、李继凯等:《关于当前文学批评的对话》,《小说评论》1995 年第 2 期。
② 赵勇:《文化批评:为何存在和如何存在——兼论 80 年代以来文学批评的三次转型》,《当代文坛》1999 年第 2 期。

话语表达策略，它既有合理性的因素又需要在具体语境中理解和把握，因为面对同样的文学批评状况，另外一部分学者提出了几乎相反的评价："批评的多元化局面的出现，就有了许多绝不可忽视的……优秀的批评成果，它们为我们提供了丰富的资料和可贵的经验"①。21世纪以来，针对这一时期文学批评的研究中舍弃了优秀或失语的简单判断，选择了"转型"描述其整体状况。"转型"作为一种社会过程，会导致成败得失的复杂结果，这有助于我们更客观、全面地理解文学批评的现实。因此，这一部分的论述将从这一认知角度出发，选择1990年代文学批评转型中的几个重要问题来建构这一时期文学经典论争产生和展开的理论语境。

（一）转型中的文学批评：话语权力的分化

1980年代文学批评被认为"既存在一个与主流意识形态共度蜜月的时期，也存在着一个与主流意识形态商榷、对话乃至逐渐疏离的时期"②，不论何者都意味着文学批评和政治意识形态关系密切。进入1990年代，随着市场经济机制的启动这种或甜蜜或对抗的关系逐渐松散，受众不再聚焦于文化斗士的话语生产，文学写作也表现出了对主流意识形态的疏离，这造成了批评家拔剑四顾心茫然的失落之感。与此同时，意识形态淡出后形成的影响真空地带迅速被另一种无所不在的意象形态之网所覆盖，这张由新闻记者、电影电视导演、出版商、书商、广告商、普通编辑等主体共同编织的意识形态之网对文学活动的收编过程不再表现为政治意识形态对文学收编过程中的对垒与交锋反抗或挣扎，而显示出某些一拍即合的共谋性。1990年代的文学批评一方面是在意识形态中所占据的位置被边缘化，而同时在各种大众媒体中频繁出现。总体而言，1990年代的文学批评

---

① 畅广元、李继凯等：《关于当前文学批评的对话》，《小说评论》1995年第2期。
② 赵勇：《文化批评：为何存在和如何存在——兼论80年代以来文学批评的三次转型》，《当代文坛》1999年第2期。

所制造的热闹甚至喧哗随处可见，但若仔细辨析这些批评声音的来源，其热闹和喧哗大多是由大众传媒、编辑和记者所造成的，换言之，其主角是媒体而非批评家。批评家主体发出的声音被大众媒体或利用或淹没或遮蔽。就本质而言，大众媒介对文学批评的独立声音是两种向度的覆盖：对异质批评话语的遮蔽和对同质性声音的同化和忽略。因此看似繁荣的批评话语其实是同一种批评的声音：那就是来自大众媒体的批评。

可以说，文学批评在1990年代的"失语"首先不是批评家的不作为，而是文学批评曾经具有的艺术权威"灵韵"的消逝。大众媒介的话语活动将文学批评纳入和生活新闻、娱乐八卦、天气预报等同样的话语平台，这里没有了艺术高于生活、思想高于八卦的先在的价值预设，所有的文本都具有共同的信息化的特征，它们面对共同的市场和受众的评判；同时，文学批评家曾经担负的对所讨论的作家、作品进行价值判断的责任和特权也受到了挑战，文学批评家的批评话语和大众媒体的其他主体的话语生产没有根本性的差异，其价值和意义的高低是由受众以个人的趣味为主要标准来判定的；传统意义上的文学批评话语遵循专业化原则，文学批评家在拥有丰富的文学史知识、文学理论素养、持续的阅读经验基础之上展开批评活动，其对作品的判断不是基于个人的好恶，而是长时间的理论考量和作品权衡之后才得出的结论，其批评活动也不是兴之所至偶尔为之，而是与文学批评场中专业批评话语的持续性对话。大众媒体中的文学批评活动受制于市场化原则和新闻价值观而非单一的文学专业性法则，原有的连续性、专业性的批评被媒体新闻化、事件化、碎片化了。就文学经典问题的讨论而言，这种事件化、碎片化的呈现引起了人们对文学经典认知的混乱和对文学批评的质疑，因为缺乏对批评话语产生的理论的基本认知，受众看到的只是由"文学批评"提供的各种相互抵牾的经典名目，如果再考虑到媒体服从于商业理念对经典的滥用和以"经典"为噱头不断制造的各种各样的"媒体经典",那么,1990年代文学经典就成了制造混乱的重灾区,也成了批评话语失语的重要方面。此外,受众以个人趣味为中心的价值判断所产生的"受众经典"也对文学批评经典构成了极大的挑战。这些关于文学经典的认知和讨论都反映在1990年代的媒介文化之中,在大众传媒的交互作用下,它们反向作用于文学批评家,影响着他们对文学经典问题的再思考。

(二)文学批评:从立法到阐释

随着信息获得渠道的多样和便捷,普通大众对人文知识分子不再像1980年代那样深信不疑,人文知识分子不再是"振臂一呼就应者云集"的精神导师而是作为生产者和消费者获得主体地位。如果真的如雷蒙·阿隆所言"就知识分子而言,迫害比漠视更好受",那么不幸的是1990年代的人文知识分子所遭受的正是比迫害更为尴尬的被"漠视"。"经济"这种更易理解、更加直接也更好衡量的标准取代了原本主要由人文知识分子书写的价值体系,成为社会生活领域主要的"立法者",而包括批评家在内的知识分子群体则需要在身份认知上发生重大调整。从《立法者与阐释者:论现代性、后现代性与知识分子》一书中,知识分子的角色被齐格蒙·鲍曼区分为"立法者"和"阐释者"两种类型,"立法者角色由对权威性话语的建构活动构成,这种权威性话语对争执不下的意见纠纷做出仲裁与抉择,并最终决定哪些意见是正确的和应该被遵守的",而作为阐释者的知识分子角色"由形成解释性话语的活动构成,这些解释性话语由某种共同性传统为基础,它的目的就是让形成于此一共同体传统之中的话语,能够被形成于彼一共同体传统之中的知识系统所理解"[①]。以此来观1990年代的中国:多元理论的引入以及社会文化多元化发展状况都使得原本建立在科学、理性、社会进步之上的一元性话语及意识形态变得岌岌可危,

---

① [英]齐格蒙·鲍曼:《立法者与阐释者:论现代性、后现代性与知识分子》,洪涛译,上海人民出版社2000年版,第5页。

在多样化的思想与行动之中，理解开始变得困难，在价值观念紊乱且热衷于价值中立的时代，从"立法者"到"阐释者"成为当时知识分子的某种选择。当然，1990年代的中国并不是一个完全意义上的后现代国家，在各种后现代表象世界之下还有许多现代的甚至前现代等更为本质性的社会存在，这种社会存在的差异与其他外部原因共同造成了批评家主体的分化。

（三）批评家主体构成的分化

大致说来，1990年代的批评家队伍主要仍由三个方面的力量构成：学院派批评家、职业批评家①、文学编辑与作家。就总体结构而言这和1980年代的文学批评家队伍没有太大差异，但其内部有了质的区别。

一是学院派批评家的新旧交替。这主要是指学院派和职业批评家群体内部很多批评家因各种各样的原因"告别"或"暂别"文学批评，与此同时，新一批青年批评家逐渐崛起②。这不只是单纯的知识界的新旧交替，还有对知识分子身份的重新思考，这种新旧交替带来了新的批评资源和理论立场。

二是以作家、编辑等为主体的批评实践对1990年代批评带来巨大冲击。王蒙、王朔、刘恪、马原、韩东、朱文等作家介入文学批评活动，带来了话语活跃和"事件频发"。以王蒙为例，他对新生代作家（尤其是新生代女作家）的推介与批评、对人文精神大讨论的引发和参与以及"二王"之争成为引人注目的"批评事件"；而王朔对金庸和通俗文化的批评，对老舍、鲁迅的"酷评"等所表现出来的话语影响力也是学院和职业批评家难以理解和难以企及的；此

---

① 学院派批评家在本书中主要是指在大学或研究机构从事文学教学与研究的学者，也包括大量的文学博士和硕士研究生。职业批评家主要指作协系统的专职批评家，如中国作协和各省市作协"创研室"的批评家。

② 这里主要指以陈晓明、洪治纲、何向阳、谢有顺、郜元宝、张新颖、施战军等为代表的青年批评家的集体登场。

外，韩东、朱文等作家制造的"断裂"事件对作家和批评家进行了猛烈的话语攻击。

三是文学编辑策划的"文学话题"介入文学批评。文学编辑的趣味、修养、能力都可能影响到作品的生杀去留，在中国现代文学以来的传统中，文学编辑这位批评家发挥着重要的作用，1990年代文学编辑更多参与到了文学批评话语实践中①，带来了"话题式批评"的大行其道，"几乎每一份文学期刊都有自己引为得意的'文学话题'。所谓'人文精神'讨论、'私人化写作'、'女性写作'、'重构现实主义'、'跨文体写作'、'新生代写作'、'七十年代人'、'后先锋'等等，都是在九十年代一度搞得文坛风生水起的'批评话题'"②。这些话题的出现和讨论的成形，文学编辑要居首功。作为这些话题的策划者，文学编辑有着对当下文学现实的敏锐嗅觉和判断，因此这些话题具有较强的现实性又有相当的学术前沿性，其理论价值和实践意义得到了批评界的认可，确实有助于对文学领域那些重大的现实或理论问题进行集中探讨，引人关注的问题得到了某种程度的解决或澄清，这些给作家、批评家文学以及文学期刊带来了"热点"效应。另外，在"话题式批评"一哄而上的"集体喧哗"中，也造成了个人化的批评话语和对其他成为"话题"的真"问题"的遮蔽。"热点"代替了"问题"，"声名"代替了批评的"声音"，过程取代了结果。而具体到这种变化对文学经典论争的影响将在后面的章节继续展开论述。

（四）文学批评中启蒙性话语资源的分化

在1980年代文学问题的讨论中，知识分子对五四启蒙任务的尚未

---

① 如《当代作家评论》的林建法、《小说评论》的李星、《南方文坛》的张燕玲、《文艺争鸣》的郭铁成、《文艺评论》的韦健玮等评论家型的主编在90年代的文学批评颇有建树；《大家》杂志的李巍、《山花》的何锐、《作家》的宗仁发、《钟山》的徐兆淮以及《作家报》的魏绪玉德国所发起的"联网四重奏"对90年代新生代文学的繁荣起了直接推动作用。

② 吴义勤：《在怀疑与诘难中前行——20世纪90年代中国文学批评的反思》，《山东文学》2003年第6期。

完成性有着普遍的共识,在中国现代思想史研究、现代文学研究和鲁迅研究等领域,均因提出五四的启蒙任务被中断,"反封建主题并未延续下来……启蒙至今不失去它的意义"①。李泽厚的"救亡压倒启蒙"论之所以能在当时产生巨大的话语影响,正是基于这种共识的形成。1986年,李泽厚在《走向未来》创刊号上发表了《启蒙与救亡的双重变奏》,他认为五四时期知识界提出的"摧毁传统"和"改造国民性"等启蒙思想因为民族救亡而中止,而作为启蒙主体的知识分子也在革命战争中为革命所征服,这种情形一直延续到中华人民共和国成立后,"特别是从五十年代中后期到'文化大革命',封建主义越来越凶猛地假借着社会主义的名义来大反资本主义,高扬虚伪的道德旗帜,大讲牺牲精神,宣称'个人主义乃万恶之源',要求'斗私批修'作舜尧,这便终于把中国意识推到封建传统全面复活的绝境"②。到1990年代,李泽厚仍坚持"启蒙工作基本上没有做……社会的经济结构和人的文化心理结构没有受到过资本主义的民主主义和个人主义的冲击,封建主义仍然顽固地存在于人们的思想、观念意识和无意识的深层"③。因此,1980年代文学和文学批评"拨乱反正"的"正"不是1950年代的文学传统,而是五四文学传统,这种新启蒙主义的话语赋予了1980年代文学批评颠覆性的话语力量。新启蒙主义将五四视作"一个丰富的、高扬启蒙精神的,但又被迫中断而迫切需要接续的历史源头",④突出强调其"反封建"意义和"现代性"的价值诉求。这一时期的文学批评以反封建、国民性批判、思想解放、现代化等表达实现了对五四启蒙资源的策略性接续,文学批评在"走向世界的渴望"中,以"反封建"为起点,在"文明和愚昧的冲突"中进行"民

---

① 朱水涌:《五四与新时期:一个百年文学的不解纠葛》,《文艺理论研究》1999年第4期。
② 李泽厚:《启蒙与救亡的双重变奏》,《走向未来》1986年创刊号。
③ 李泽厚:《走自己的路》,风云时代出版公司1990年版,第288页。
④ 贺桂梅:《80—90年代对"五四"的重构》,《中国现代文学研究丛刊》1999年第4期。

族灵魂的发现重铸"①。通过这种新启蒙的文学批评，中国现代文学史上的诸多作家、作品被重读重评并因此重新获得了作为启蒙文学的经典性地位。

任何传统都不可能具有绝对的同质性，启蒙的传统也是如此。从1980年代中期以后，有研究者提出"走出五四"，进而在1990年代"反思现代性"浪潮中，五四成了一个需要进行反思的现代性和文化殖民的传统。②正如许纪霖所指出的："二十年来思想界所有的分化和组合，几乎都可以从新启蒙运动中找到基本的脉络"，③ 然而，1990年代以来思想界的分化则意味着启蒙知识分子阵营的瓦解。其表征之一便是1990年代大规模的反思"现代性"思潮。"进入90年代以来，人们正在目睹着文化潮流的一个明显变化，其集中表现为对80年代以来的学术思想的整体性质疑。如今，这一学术上的对峙状态，正日益演变为启蒙文化与传统文化之间的较量"，④ 一时之间，"几乎所有的人文场地都可以找到与80年代悖论性的话语"⑤，更"令人感到惊讶的是，在九十年代的消费文化的氛围中，对启蒙的指责已无须像过去那样郑重其事，启蒙的目标与原则于不经意间便遭受到无情的嘲笑，启蒙的光辉无可挽回地暗淡了。此时，曾经以启蒙精英自居的知识分子在毫无思想准备的情况下，也只能无奈地走向边缘。难怪有人惊呼市场文化时代的来临，已使百年中国的启蒙之音成为绝响"⑥。以反封

---

① 赵黎波：《新时期文学批评的启蒙话语研究》，博士学位论文，复旦大学，2007年。
② 王晓明在《一份杂志和一个"社团"——重识"五·四"文学传统》里详尽地对五四传统作出了阐释，他认为五四文学并不仅仅是"崇尚个性"，而且五四时代的基本规范"那种轻视文学自身特点和价值的观念，那种文学应该有主流和中心的观念，那种文学进程是可以设计和制造的观念，那种集体的文学目标高于个人的文学梦想的观念……等，也是五四传统的一部分，并且在40—70年代文学中发挥到了极致"。
③ 许纪霖：《启蒙的命运——二十年来的中国思想界》，《二十一世纪》1998年第12期。
④ 冯奇：《现代性的沉重脚步——启蒙与反启蒙运动在中国》，《鲁迅研究月刊》1998年第9期。
⑤ 毛崇杰：《"启蒙"与"批判的理性"——怎样反思20年文艺思潮》，《文论报》1998年第6期。
⑥ 冯奇：《现代性的沉重脚步——启蒙与反启蒙运动在中国》，《鲁迅研究月刊》1998年第9期。

建为核心的国民性批判话语、以"人的现代化"为核心的人道主义和主体性问题、以"民族文化的现代化"为主旨的文化讨论问题，这些1980年代启蒙知识分子接续五四先驱而关注的核心问题，在新的语境和不断涌来的文化民族主义和后现代主义理论的面前成为"明日黄花"，其存在的合法性受到了质疑。

1990年代以来新时期文学批评中出现的反思启蒙话语可大致分为以下三种来源。

一是文化保守主义对启蒙的激进姿态和"西化"倾向的批判。新儒家的兴起和作为一种学术倾向的国学研究，形成了一股不可小觑的文化保守主义思潮，到1990年代更是形成了复兴中国文化的"新国学"运动，"它们注重以儒家为核心的传统文化对中国现代化的积极作用，发掘传统文化的现代性因素，这种倾向对20世纪以来以批判国民性和传统文化改造的启蒙工程来说是一种逆转"①。这种文化保守主义在文学批评中主要体现在一种迥异于1980年代的研究思路：与后者致力于"民族文化的现代化"并以"走向世界的文学"为文学现代化的目标不同，前者企图超越中/西、新/旧、传统/现代的二元对立思维，重新审视传统文化对当代文化的影响。② 保守主义分化了1990年代文学批评的启蒙话语，虽然这种分化并不具有颠覆性的话语力量，但就文学经典的认知而言，这种批评话语带来的1990年代国学经典的重读热和讨论热与现代文学经典在大众认知中的失序状态形成鲜明的对比，对"往日重来"的沉浸加深了人们对现当代文学经典的质疑。

二是西方以解构启蒙"宏大叙事"为己任的后现代主义迅速成为批评界重要的理论资源。后现代理论被运用于阐释先锋文学和新写实

---

① 赵黎波：《新时期文学批评的启蒙话语研究》，博士学位论文，复旦大学，2007年。
② 由此产生的批评成果主要有胡河清的《灵地的缅想》、张卫中的《新时期小说的流变与中国传统文化》、樊星的《在中西文化的交汇点上》。

文学等问题时具有很强的理论解释力和适用性，在将文学从政治和单一意识形态话语霸权中解放出来的过程中有积极性作用，但面对大众传媒和大众文化的崛起，"部分批评家迅速与大众文化联姻……丧失了后现代式的批判否定精神……后现代的颠覆性和批判，如今同中国市民趣味相融合，而成为一种贫乏生活的时髦点缀"①。

三是"新左派"思潮。在文学史写作的相关论述中我们讨论了"新左派"思潮的影响及弊端，具体到文学批评中，许多批评者认为"新启蒙主义"思想笼罩着1980年代的主流文学批评，并构成了一种霸权话语，对其他文学批评话语构成了压抑。一些批评者运用福柯的话语理论对这种压抑和排斥机制进行揭示，致力于对文学批评元叙事话语的"救亡压倒启蒙"理论加以批判，这种批判有力地构成了对1980年代启蒙话语主流地位的颠覆。对于当下文学写作，"新左派"批评者对那些漠视社会现实问题，沉浸在所谓"纯文学"探索中的创作倾向甚为不满，而"底层写作"、"文学第三世界"、"无产阶级与文化领导权问题"、"左翼文学传统的挖掘"、对"文革文学"及"十七年文学"的重新评价等命题在批评中得到关注和重申。

在商业物质主义价值观的包围中，文学批评中的启蒙话语面临着社会环境和文化语境的转场并逐渐丧失了全面阐述与批判的敏感和力度，整个知识界开始了自我反省与学理审思："新儒学"在中国大陆的风行、激进者的学术转向、启蒙者的"告别革命"；另外，这种启蒙话语的困境还与文学及其文学批评本身的边缘性困境相关。这种两重困境的叠加使得启蒙文学批评话语的存在空间极度压缩。1980年代以启蒙标准建立起来的文学经典的认知体系经受着多次和多重的否定。

---

① 王岳川：《九十年代中国的"后现代主义"批评》，《作家》1995年第8期。

五 激活国内文学经典研究的西方理论话语

1980年代文学研究中普遍对"经典"一词的使用显得谨慎而节制,这一方面是因为意识形态话语管控,既造成了学者在理论言说中科学谨慎的心态,避免定性太高,说得太满,也因为"经典"一词具有了意识形态权威之意而客观回避;另一方面,虽然在理论实践中,精英知识分子通过重评、重写等活动不断改变着经典的地标,但因为当时知识界尚且没有关于文学经典理论的自觉或完整的建设,因此人们往往选择精品、名作等标准不够清晰的词汇代替"经典"的话语位置,"经典"作为一种标准和体系的巨大话语力量还没有真正得到解放和释放。换言之,中国文学研究中关于文学经典的话语需要一个通道来发现和释放其能量。

国内目前绝大多数研究者都认为,国内关于文学经典问题的讨论始于1993年,这是因为在这一年荷兰学者佛克马教授在北京大学做了题为《文学研究与文化参与》的学术演讲,将西方关于"文学经典"问题的论争引介给中国学者,并就文化研究语境下的文学研究尤其是文学经典研究发表了自己的观点。1996年6月,北京大学出版社出版了与讲座同名的专著①。如果说讲座的冲击力是直接的,但接受人群毕竟是少数,而著作的出版使"文学经典"问题第一次在理论研究层面集中呈现,并提供了西方学界就这一问题可资借鉴的研究和方法,也引出了中国文学经典的相关问题。新的理论和新的视点引起了国内学术界关于文学经典问题的关注和热情。虽然并不赞同是佛克马开启了当代中国关于文学经典研究的观点,但必须承认的是佛克马的理论为1990年代重启"文学经典"的讨论带来了新的视角和

---

① 这里所指的是俞国强翻译的 D. 佛克马、E. 蚁布思合著的《文学研究与文化参与》一书。

理论的冲击①。

佛克马的文学经典理论之所以能被广泛接受和迅速传播，除得益于出版业的便利之外，还有两个十分重要的原因，也对很多理论移植和影响有启发作用。

首先源于佛克马特殊的中国情怀和经历。佛克马从1952年开始学习汉语，他在莱顿大学汉学系修读中国现当代文学专业，开始接触鲁迅、老舍、茅盾、胡适、赵树理、杨沫等作家的作品；1963年，佛克马在美国加利福尼亚伯克利大学与夏志清（C. T. Hsia）、陈尚惠（S. H. Chen）等结下了深厚的友谊，并完成了博士学位论文《1956—1960年中国文学律条和苏联影响》（Literary Doctrine in China and Soviet Influence 1956—1960, 1963），这是第一部研究"百花齐放"时期及之后中国文学理论和文学批评的汉学专著②；1966年4月佛克马又以使馆秘书的身份被派往荷兰驻北京代办处，同时继续中国文学的学习和研究；1968年，佛克马辞去荷兰外交部的工作，接受了荷兰乌得勒支大学比较文学副教授一职，全身心地投入学术研究当中。在回国后，佛克马完成了《来自北京的报告：一位西方外交官对文化大革命的观察》（Report from Peking: Observations of a Western Diplomat on the Cultural Revolution）；1980年，佛克马以学者身份重访中国，陆续前往北京大学、复旦大学、南京大学、中山大学、香港中文大学等知名学府进行学术访问，回国后整理出版了《中国日记》，此外，佛克马以

---

① 在期刊网中以"文学经典"为关键词，在"1990—2000"时间范围内进行搜索，共有符合条件的搜索31条，巧合的是，所有的研究都是1996年之后的。其中，1996年1篇；1997年4篇；1998年5篇；1999年6篇；2000年14篇。这样的数据虽无法准确地呈现问题的全貌，但至少可以部分说明"文学经典"问题的研究在20世纪90年代的部分样态。还可以作为旁证的是：1996年以来，在论文参考文献中直接标明引用《文学研究与文化参与》一书的就超过了650个文本；在文中借用佛克马关于文学经典的相关论述有1700多个文本。由此也可以见到其理论对中国文学经典研究的重要影响。

② 在这本书完成的45年后，北京大学出版社于2011年出版了该书的中译本《中国文学与苏联影响（1956—1960）》。

自己中国的文化想象创作了中篇小说《马尔科的使命》[①];从1973年起到1984年,佛克马和许理和合编了《中国文库》丛书,大量翻译出版了中国文学和研究著作;1993年在北京大学演讲之时,佛克马和中国文学研究结缘已超过40年时间,中国文学和文化一直存在于他的文学经验和视野中(到佛克马病逝前两天出版的最后一部作品《完美的世界:中西乌托邦小说》,仍然是他对中国文学的思考和研究)。这些都使得佛马克的理论不是建立在单纯的西方话语或荷兰文学经验的基础之上,而是建立在对中国文学尤其是中国现当代文学的土壤之中,因此,他的理论对思考和解决中国问题有特别的借鉴意义和较强的理论适用。此外,佛克马的理论著作在国内学术界有较长的传播历史,他与蚁布思合著的《二十世纪文艺理论》"自1977年初版以来,一版再版,并已译成了多种文字,深受欢迎"[②]。

其次是《文学研究与文化参与》一书提供的关于文学经典研究的理论框架和理论视野。在该书的第三章集中讨论了文学经典的有关理论问题,包括什么是经典、西方和现代中国经典构成的历史发展、经典的构成和文学地位以及文学批评和文学教育对文学经典构成的干预和影响等问题;在第二、四两章的论述中也提及了文学阐释和文学史对文学经典的影响。除此之外,《文学研究与文化参与》一书还涉及了文化身份、文学阅读及社会分层等问题,佛克马运用了现代主义和后现代主义、文化交往、经验主义研究和文化传播等重要理论问题,提出要用科学的方法研究文学现象和文化问题,用动态的眼光审视作为一种文化参与形式的文学生产和接受,这些都和文学经典问题相互映照彼此联系,可以说,这个理论文本提供给当时国内文学研究者一个较为完整的全新的关于文学经典的理论构架。佛克马在书中提出的观点,如"一种新的阐释通常是为某个群体保存一个经典化文本的一

---

① 这篇小说的中译本登载在《当代外国文学》2001年第1期。
② 王宁:《佛克马、伊布斯的〈二十世纪文艺理论〉》,《文艺研究》1986年第4期。

种努力"①,"在中国,现代经典讨论或许可以说是开始于 1919 年,而在 1949、1966 和 1978 这些和政治路线的变化密切相关的年份里获得了新的动力"②,"不能满足社会和个人需要的经典一方和迎合了这些需要的非经典性文本一方之间的鸿沟从长远来看将不可避免地导致对经典的变革和调整,以达到把那些讨论相关主题的文本包容到新的经典中去的目的。从这一观点来看,经典的功能之一就是提供解决问题的模式"③等理论观点被国内学者广泛接受。它们一方面具有较为宽广的学术视野,提供了西方文学经典论争的话语资源和理论背景;同时,佛克马提示了国内学者注意到中国文学经典秩序的几次大的变动,并从文化的差异性和多元性的角度为"文学经典"问题在 1990 年代的出场做好了理论热身和话语准备。被社会运动搁浅的"文学经典"问题已经呼之欲出。

需要指出的是,佛克马关于文学经典概念的辨析、文学史、文学教育、文学阅读与文学建构的关系、文化身份、文化相对主义等问题的表述,杂糅了文学的审美研究、文化研究、多元文化主义等多重理论资源,国内学界在理论习语过程中往往忽略了具体理论话语的"地点、时间和社会认可性",忽略了"包括后现代主义在内的任何文学思潮都有着自己的地理学的、年代学的以及社会学方面的局限。它起源于北美洲的文学批评"④,对理论资源缺乏沉淀和辨析的过程,往往各取所需投身到话语场域中进行理论实践和批判,一方面有用理论建构现实的弊端,另一方面对理论片面化地使用也为话语实践中的误读

---

① [荷] D. 佛克马、E. 蚁布思:《文学研究与文化参与》,俞国强译,北京大学出版社 1996 年版,第 25 页。
② [荷] D. 佛克马、E. 蚁布思:《文学研究与文化参与》,俞国强译,北京大学出版社 1996 年版,第 37 页。
③ [荷] D. 佛克马、E. 蚁布思:《文学研究与文化参与》,俞国强译,北京大学出版社 1996 年版,第 49 页。
④ [荷] D. 佛克马、伯顿斯编:《走向后现代主义》,王宁等译,北京大学出版社 1991 年版,第 1—2 页。

和争论埋下了引线。

另一位影响 1990 年代中国文学经典研究的国外学者是美国批评家布鲁姆，这里首先要说的不是其在 1994 年完成的《西方正典》，这本对国内文学经典研究有重要影响的学术著作在 2000 年以后发挥了更为重要的作用。对 1990 年代文学经典研究影响深远的是布鲁姆的《影响的焦虑》。这本书的中译本被收入三联书店出版的《学术文库》（1989），"销得也很快，甚至连作者的样书都卖光了"①。早在 1984 年，刘象愚就在《所谓"抒情诗"是否一定是个人性的》一文中引用过英文原版中的观点来说明文学批评的误读现象；1986 年由伍晓明翻译的特里·伊格尔顿《西方二十世纪文学理论》一书中，伊格尔顿探察和分析了布鲁姆提出这一诗学理论的深层动因，他认为布鲁姆"是从俄狄浦斯情结的角度重写文学史"，其文学理论代表着一种向新教浪漫主义传统回归的理想和冲动，即在与解构主义的对抗、斗争之中，重建"浪漫主义的人本主义"②；在 1988 年的《读书》杂志上，赵一凡在《耶鲁批评家及其学术天地》一文中特别介绍了作为解构主义批评家的布鲁姆，他认为布鲁姆和耶鲁的其他批评家接受了德里达解构主义理论的影响，在思想体系上有着家族的相似性，同时也提到了《影响的焦虑》一书；1990 年，严峰、丁宁、王长俊等一批学者在文学研究中开始介绍和使用布鲁姆的"误读"理论③，并逐渐形成一种被广泛认可和使用的文学批评理论④。在 1990 年代，学界对布鲁姆的认识已产生

---

① 可参考何非《图书市场随笔》，《中国出版》1991 年第 6 期。

② 曾洪伟：《近三十年哈罗德·布鲁姆及其诗学在中国的译介》，《世界文学评论》2012 年第 1 期。

③ 1990 年介绍和使用布鲁姆误读理论的论文主要有：王长俊：《走出"误读"的误区——诗歌释义学研究之一》，《南京师大学报》（社会科学版）1990 年第 2 期；丁宁：《文本意义接受论（下）》，《文艺争鸣》1990 年第 3 期；严锋：《刘索拉与海勒：模仿的本质》，《小说评论》1990 年第 2 期；余石屹：《"误读"的意义》，《读书》1990 年第 3 期。

④ 根据知网提供的不完全数据，1990—1999 年使用误读理论的论文超过 300 篇；2000 年以后，每年平均的使用次数超过 200 频次；2010—2013 年这四年中，每年的引用次数超过 600 次。由此可见《影响的焦虑》对中国文学研究的深远影响。

了很大的分歧：他被一些学者认为是"在与解构主义的对抗、斗争中……的人本主义"，而另一些学者则认为他的理论"十分鲜明地体现出某种解构主义的意向和色彩"，将布鲁姆的"误读论"视为对解构阅读的继承和发展①。就这两种观点而言，他们都有着片面的正确性，但在中国理论的话语场中，布鲁姆的理论资源并没有得到清楚的阐释和分析，或许可以称之为误读"误读"。

布鲁姆1973年出版的《影响的焦虑》一书是其文学批评理论的代表性著作，"自从该书出版以后，不论讨论影响理论还是讨论传统，人们几乎再不可能不提布鲁姆的名字"②。在此之前，西方文学批评基本上以马修·阿诺德创建的人文主义传统观或经典观为指导，这种观念认为传统主要发挥着文化和社会聚合的作用，当代的作品是对传统的继承和补充。而在《影响的焦虑》一书中，布鲁姆对传统及其影响进行了大幅修正，他通过文学批评把文学史变成了"战场"，在这里每一个后来的作家都与他的前辈展开一场俄狄浦斯式的斗争。因为传统总在一种有限的、排他的空间里运作，因此，作家必须通过创造非连续性的斗争从过去获取对其后的文学创作产生影响的自由，非连续性就是自由。对布鲁姆的理论稍作延伸或转换，我们可以说，传统就是由经典组成的连续性的序列，对抗传统的斗争实际上就是对抗经典的斗争。布鲁姆认为那些拙劣的诗人继承经典并将其理想化，但无法产生其自身的影响，反而很快被人遗忘，换言之，要想成为杰出的诗人就必然在反抗经典的同时使自身成为新的经典。这种反抗在布鲁姆的理论中往往用"误读"行为实现对经典的持续性的抵抗（或称为"再度转义"）。布鲁姆不仅把"误读"的权力赋予了作家，还赋予了批评家，作为一种修辞，诗人或是批评家都随着创造误解的独特行为转来转去，因而诗歌传统的景观和批评的景观无法区分，因此，"误

---

① 参见朱立元《当代西方文艺理论》，华东师范大学出版社1997年版。
② 艾洁：《哈罗德·布鲁姆文学批评理论研究》，博士学位论文，山东大学，2011年。

读"决定了一种永无止境的对文本的权力意志。

作为一个承受着"影响的焦虑"并通过不断"误读"形成自己体系的理论家，布鲁姆的文学理论多元杂糅的复杂程度并不亚于佛克马，仅在"影响四部曲"① 中使用的理论资源就数不胜数②。因此，我们有必要厘清其理论的主要来源，如下。其一，是对弗莱的幻想和想象理论及新批评研究方法的继承。当新批评在美国式微之时，布鲁姆并不热衷于转向文学的社会、历史、文化、政治等外部研究。在他看来，文学的外部研究将外在的单一的理论视角应用到文学中，这是对文学自身丰富内容蕴藉的缩减（reduction）。20世纪"要说新批评家，尤其是耶鲁新批评家是布鲁姆的批评焦虑的主要来源……可以观察到的、提出纲领的父亲毕竟是诺斯罗普·弗莱"③。在《想象的群体》的再版前言中，布鲁姆坦陈了弗莱的幻想与想象以及罗曼司理论不仅影响了他对布莱克的研究，而且他的浪漫主义诗歌研究借鉴了弗莱的理论④。1960年代以后新批评的主要观念虽然在西方理论研究中不再受到欢迎和认可，但是其影响并没有完全消失，它的一些方法如"细读法"沉淀为美国文学批评的一种无意识。此外，新批评的文学观念如强调文学内部研究的形式主义观念也得到了继承与发扬，弗莱的"神话原型批评"就是这种继承的结果⑤，这构成了哈罗德·布鲁姆理论形成和

---

① 布鲁姆在1970年代完成的影响理论四部曲，包括：《影响的焦虑》《比较文学影响论——误读图示》《诗歌与压抑》和《卡巴拉与批评》。

② 在这本书中被布鲁姆提及的理论资源包括弗洛伊德、尼采、费伦茨（Ferenci）、皮尔斯、安格斯·弗莱彻（Angus Fletcher）、肯尼斯·博克（Kenneth Burke）、维科（Vico）、卢克莱修、卢里亚（Luria）、索伦（Scholem）、尤纳斯（Hans Jonas）、德里达、德曼、希利斯·米勒、哈特曼、佩特（Walter Pater）、奥斯卡·王尔德等。

③ Frank Lentricchia, *After the New Criticism*, Chicago: The University of Chicago Press, 1980, p. 320.

④ Harold Bloom, *Shelley's Mythmaking*, New Haven: Yale University Press, 1959, p. 2.

⑤ 对此，伊格尔顿指出"一方面它要保持新批评的形式主义癖好，紧紧盯住作为美学对象而非社会实践的文学，另一方面又要由这一切中创造出某种更系统、更'科学'的理论。1957年，在《批评的解剖》一书中，加拿大人诺斯罗普·弗莱有力地'总合'了全部文学类型，从而满足了上述要求"。参见［英］伊格尔顿《二十世纪西方文艺理论》，伍晓明译，陕西师范大学出版社1987年版，第100页。

发展的重要资源；其二，德里达解构主义的方法。作为耶鲁解构主义学派的重要一员，德里达、德曼等人的理论主张对布鲁姆必然有极大的影响，其理论不可避免地表现出解构主义的倾向。在《影响的焦虑》中，布鲁姆认为"一首诗的意义只能是一首诗，不过是另一首诗——一首并非其本身的诗。且这首诗也不是完全任意选出的诗，它必须是出自一位不容置疑的前驱之手的任何一首核心诗，哪怕这位新人从来没有读过这首'核心诗'。在这里，考证研究是完全派不上用场的"①。可见他认可解构理论将作品看作文本，它并非从自身产生意义，而是指向另外的文本；其三，贯穿布鲁姆诗学始终的另一个最重要理论来源于弗洛伊德和尼采。布鲁姆明确指认了这种影响关系，在《影响的焦虑》中他明确表示"本书提出的关于影响的理论所受到的主要影响乃是尼采和弗洛伊德"。在布鲁姆看来，弗洛伊德对防卫机制及其矛盾功能的研究为他的理论中"制约诗人之间内部关系的'修正比'提供了最为清晰明了的可类比物"②；而尼采所著的《道德的谱系》则是他所接触的研究中对美学中的修正派和禁欲派思潮阐发得最深刻的一个。借鉴尼采对人的强弱之分，布鲁姆把诗人分为"强者诗人"和"弱者诗人"两类：强者诗人如俄狄浦斯一样杀死父辈诗人以此获得诗歌中的想象空间，这种行为被布鲁姆视为诗人运用强力意志的过程从而完全超越传统善恶道德判断。

1990年代国内对布鲁姆的著作翻译成果数量十分有限，就其最为核心的"影响四部曲"而言，只有《影响的焦虑》在国内出版③，国内学界无法全面、系统、深入地审视其理论，而基于此得出的研究结论和理论适用也显得不够令人信服。虽然存在认识上的弊端，但《影

---

① ［美］哈罗德·布鲁姆：《影响的焦虑》，徐文博译，江苏教育出版社2005年版，第71页。
② ［美］哈罗德·布鲁姆：《影响的焦虑》，徐文博译，江苏教育出版社2005年版，第8页。
③ 四部曲中的第二部《比较文学影响论——误读图示》由朱立元、陈克明翻译，但该书当时在台湾地区发行，在大陆少有传播。

响的焦虑》在学术界的影响却是不容忽视的，它为理解中国文学经典提供了新的理论维度，为当代文学经典在传统中诞生带来了理论的支持，它的解构主义倾向、"误读"和意义反转等都为中国文学经典的互文研究和生产带来了启发，对1990年代乃至21世纪以后很多文学现象和经典论争提供了具有解释力的理论支持。

当然，影响1990年代文学经典论争的西方理论远不止于以上所分析的两本作品、两位学者。事实上从1980年代开始西方经典学术著作的翻译出版带给国内理论界的知识更新和话语轰炸从未停止过，中国理论研究从20世纪以来对西方各种理论话语的习语，现代主义和后现代主义的各种理论体系都有继承和使用，这些构成了国内文学经典研究重要的话语环境，启发和推动了这一问题的研究和深入。但佛克马的《文学研究与文化参与》、布鲁姆的《影响的焦虑》在1990年代发挥了更大的整体性理论带动作用，启发了国内学者从把文学经典问题的研究放入其他文学研究之中到把其他文学问题的研究纳入文学经典的理论视域的转变，文学经典由此成为一个具有较大话语容量和理论内涵的认识体系，1990年代的很多文学问题都通过或借助于文学经典的知识体系得到理解和解决。

第三节 "百年文学经典"建构中的文学经典论争

一个世纪可能是一个人的一生，作为一生，它或许平静如水也可能跌宕起伏。但20世纪，对于中国社会而言却太为沉重、太过复杂，一个世纪积累的经验和教训需要经过更为漫长的历史来沉淀和反思。人类历史的悠长与个体生命的短促有着强烈的反差，人的一生能经历几个世纪？站在两个世纪的交界处，人与时间的对象性关系突出呈现，时间于是失去了自生自灭浑然一体的自在，而具有了次序、价值、情感和意义。人们迫不及待地开始了以时间为主要维度的建构、反思和总结，在只争朝夕的急迫中想要更多地留住20世纪。1990年代作为20世纪的最后一段历程因而具有了浓郁的世纪末反思情怀。每一种反思活动都有着两个向度：建立于历史向度之上的反思必将指向未来。因此，不论是对收获的肯定性表达，或是对教训的批判性反思，究其实质而言，都是一种建构性活动，甚至全盘否定式的总结也是一种建立在否定性标准之上的建设，其中暗含着一种关切和期待。

正是基于这种对反思活动的理解，在这一节中，选择了在1990年代具有相当影响力和代表性的三次与文学经典相关的论争，看似观点悖谬的三次论争被放置在了"文学经典建构"的标题之下。不论是基于不同的立场发出"谁的经典"的质疑，还是彻底否认20世纪的文学经典的存在，他们都代表了精英在1990年代对文学经典的理解和为文学经典建构所做的努力。

一　选本引发的经典论争

文学在社会生活尤其是政治中曾经长期扮演极为重要的角色，对文学经典的确认或重估总是和一套合法化的知识话语（包括政治意识形态话语）紧密相关，表达着明确和统一的意识形态诉求。而1990年代"百年文学经典"的建构却发生在文学失去轰动效应之后的市场经济语境中，"经典重估"不再具有绝对一致的意识形态诉求，更带有学者或选家阅读经验个人化呈现的倾向。因此，不论是1994年的《20世纪中国文学大师文库》还是1996年的《百年中国文学经典》和《中国百年文学经典文库》，尽管编选者不乏颇负名望的专家学者，但因为不同的"学术标准"，以建构"经典"的一致性认同为目标的一系列出版活动，反而每一石都激起了千层浪，引发学界内外关于文学经典的聚讼之声不断，带来了一场众声喧哗的经典重估。我们需要重新审视这些论争以此来透彻地认知其对中国文学经典问题讨论和理论发展的意义。

"谁是经典"的提问方式类似于电视娱乐节目中"西方古典主义音乐的代表人物有以下哪些？A 德彪西 B 巴赫 C 贝多芬 D 莫扎特"的常识问答。回答这类问题的方式是"C 和 D"这样的标准答案。关键不在于"谁是经典"的问题是否具有这样的标准性答案，而是问题的提问方式，其中包含着对文学经典阅读的期待和渴望。可以说，在专制文化政策之下，"谁是经典"不是一个表示发问的疑问句（谁是经典？），而是一个具有绝对权威的肯定句（某某是经典）。而大众媒介时代，"谁是经典"则是一种基于可选对象膨胀而来的选择困难所期待获得"一旦拥有别无他求"的价值保证的提问（谁是经典？），由此得到的答案（如果可以有答案）则是一种被认为具有审美和思想双重质量保证的作家作品书目。在这个意义上，"谁是经典"从陈述句到疑问句的转移显示了文化一元性的消解和文化资源的富足。

事实上，"谁是经典？"已经成为一个很难给出答案的提问。每一种"文学经典"的表达背后都有着关于文化、价值等问题的复杂预设，关于文学经典的论争往往不是针对"谁是或者不是"经典，而是针对其背后的"预设"的合理性和合法性的裁定。对这些引而不发的预设，一种更具有揭示性的提问是：谁的经典？这是一个指向文学经典形成过程的提问，它揭示了文学经典不是自然而生或天赋神权，而是由社会政治/文化结构中特定主体基于一定的文化/政治身份、价值标准、审美经验、知识经验等建构出来的，因此，任何一种以书目形式出现的"文学经典"都不再具有绝对的普世性价值，人们因此可以向经典发难和挑战，并提供新的文学经典。1990年代文学经典论争的走向大致遵循了从"谁是经典"到"谁的经典"的变化。

上一节关于文学史写作的论述中提到"除了文学史理论和文学史写作外，文学史的重写活动也带动了其他周边研究的开展。这里主要指的是一些在学术界有影响力的学者纷纷牵头主持编辑出版了各时期作家（其中大部分是现当代作家）的全集、选集、各种文体的作品选以及以精品、名作（著）甚至经典命名的文学选本"。理论上讲，文学选集是编者根据一定的标准选择相应的作品编辑而成的文学作品集，它的形成主要依靠编选者独到的眼光和宽广的涉猎，在海量作品中披沙拣金。这种活动在中国文学发展中有着久远的历史，如《四库全书·提要》中有云"文籍日兴，散无统纪，于是总集作焉。一则网罗放佚，使零章残什并有所归；一则删汰繁芜，使莠稗咸除，菁华毕出。是故文章之衡鉴，著作之渊薮矣"①。网罗放佚，意在求全；删汰繁芜即芟除重复，意在去伪存真。可见在现代印刷媒介广泛使用之前，文集的选编是为了搜罗整理、保存有价值的作品并还原作品"正版"原貌；文学选集是历代文学经典遴选的重要过程和方式，有时甚至就是文学经典生成过程的一部分，"文学选集的保存与选择功能为文学经典的生成提供了坚实的文本基础；文学选集的民族认同功能与文学经典之巩固和加强民族意识互为表里；文学选集持续地保存—评价—再保存的更迭过程推动着文学经典不断修正和重构"②。在中国文学史上，《诗经》《全唐诗》《全宋词》等都是造就和保存经典的范例。只有那些在岁月流转中被保留下来的文学作品才有参与遴选的可能。文学选本与文学史相辅相成，为文学经典进入文化脉络各尽其责；此外，"选本批评被誉为一种非常重要的批评形式"③，文学选集代表着编选者的审美和价值评价，表达着编者对文学的期待，通过读者的阅读，这种"选本批评"以让人不易察觉的方式发挥着为文学"立法"的作用。

1990年代各类冠以"经典"、"精品"或"大师"字样的20世纪文学选本可谓汗牛充栋，这些作品的不断再版，成为20世纪中国文学

---

① （清）永瑢等撰：《四库全书总目》（卷一八六），中华书局2003年版，第1692页。
② 李玉平：《文学选集与文学经典的生成》，《文艺评论》2010年第3期。
③ 张伯伟：《中国古代文学批评方法研究》，中华书局2002年版，第277页。

经典化工程的重要环节。选本的多样化一方面可被视为文学学科发展推进的结果，另一方面，由于对图书的编辑出版具有更直接决定作用的不是学术而是市场，根据市场经济的原则，图书出版为更好地迎合大众对图书的价值期待，借用"经典"之名，赋予图书出版物附加值，并借此在与其他商品的竞争中获得优先权。如果再考虑到1990年代特殊的时间位置，对过去百年的反思和总结，对文学经典的渴望和集结就必然变成一种潮流。这三方面的原因共同带来了文学作品选（集）出版的热潮，而这三个不同的因素也成为文学作品选引发讨论和质疑的重要原因。这种以文学选本为文学立法的活动在1990年代引发了多次论争。

二 "文学大师" 之争

谁是大师？大师排列顺序如何？《20世纪中国文学大师文库》（以下简称《文库》）的出版引发了1990年代关于文学大师"座次"问题的轩然大波。1994年10月海南出版社出版了王一川、张同道等主编的《20世纪中国文学大师文库》。《文库》分为小说、诗歌、散文和戏剧四种，每种文类分上、下两卷，共八卷。为论述的直观方便，列出主要名目如下：

一、小说部分

1. 鲁迅：《阿Q正传》《在酒楼上》《铸剑》
2. 沈从文：《边城》《月下小景》
3. 巴金：《憩园》
4. 金庸：《射雕英雄传》（第二回和第二十九回后部分）
5. 老舍：《我这一辈子》《断魂枪》
6. 郁达夫：《沉沦》《迟桂花》
7. 王蒙：《蝴蝶》《来劲》

8. 张爱玲：《金锁记》

9. 贾平凹：《古堡》

二、诗歌部分

1. 穆旦：《诗八首》

2. 北岛：《回答》

3. 冯至：《十四行集》

4. 徐志摩：《再别康桥》

5. 戴望舒：《雨巷》

6. 艾青：《透明的夜》

7. 闻一多：《忆菊》

8. 郭沫若：《凤凰涅槃》

9. 纪弦：《你的名字》

10. 舒婷：《致大海》

11. 海子：《亚洲铜》

12. 何其芳：《预言》

三、散文部分

1. 鲁迅：《再论雷峰塔的倒掉》

2. 梁实秋：《骂人的艺术》

3. 周作人：《初恋》

4. 朱自清：《匆匆》

5. 郁达夫：《北国的微音》

6. 贾平凹：《月迹》

7. 毛泽东：《反对自由主义》

8. 林语堂：《祝土匪》

9. 三毛：《蓦然回首》

10. 丰子恺：《渐》

11. 冰心：《往事（之二）》

12. 许地山：《蛇》

13. 李敖：《独白下的传统》

14. 余秋雨：《阳关雪》

15. 王蒙：《爱国主义的内容》

四、戏剧部分

1. 曹禺：《雷雨》

2. 田汉：《获虎之夜》《古潭的声音》

3. 夏衍：《上海屋檐下》

4. 郭沫若：《虎符》

5. 老舍：《茶馆》

6. 姚苇：《红鼻子》

7. 朱晓平：《桑树坪纪事》

8. 杨利民：《大荒野》

9. 李龙云：《洒满月光的荒原》

《文库》的出版在当时被视作"为20世纪文学大师重定座次"[①]。"重定座次"的表达颇有些江湖侠义之感，按序排列的作家名录颇相似于《水浒传》第71回"忠义堂石碣受天文，梁山泊英雄排座次"的描述。梁山好汉寻天火、显石碣、辨天书而得一百单八将的排序，据此，原本主要以江湖义气聚集起来的一百余人被纳入一个有等级、有秩序的组织结构。在武侠小说的江湖中，争老大谁当、定长幼之序是最容易引起刀光剑影厮杀混战的事件，当这种情况发生在20世纪中国文学江湖之中时，必然引起不见刀光的话语之战。从1994年开始，由《文库》引发的话语之战在《中国青年报》《文艺报》《文学自由谈》《文艺理论与批评》等报刊上广泛展开。重新审视《文库》的出

---

① 如1994年11月8日《北京图书信息报》（第208期）头条消息就是《二十世纪中国文学大师文库》出版，其副标题是"为20世纪中国文学大师重定座次"。

版和由此引发的论争，这二者既有着互为因果的关系也存在着巨大的错位。因此，这里选择从作为媒介商品的《文库》和作为学术研究的《文库》两个层面展开分析。

首先从媒介商品的层面来看《文库》。

从现有的资料看，《文库》从选题策划、文字编选到出版发行都不是教科书式的四平八稳确保无误的操作，它从一开始就有着明显的话题性和出版策划的痕迹。1994年3月19日，《北京青年报》登载了一篇由《文库》主编王一川提供的"座次"目录（前文所列的就是这份目录），这份目录一经推出就引发了相关媒体的注意；1994年8月25日，《20世纪中国文学大师文库》"不列茅盾，反列金庸"被《中国青年报》作为新闻报道刊出；1998年10月9日，《中国妇女报》头版刊发了题为《中国文学大师重排座次新派老派学者连起争端》的文稿，并以"毛泽东是散文大家，茅盾名落孙山，金庸居大师之列，钱钟书未能入选"为导语刊发了《文库》即将出版的新闻。《中国青年报》《北京青年报》等就其媒介属性而言都属新闻媒体而非学术出版物，因此，《文库》的相关报道一方面是面向大众而非主要面向学术界的，另一方面，报道所看重和突出的是《文库》出版作为事件的"新闻价值"而非其学术判断。《文库》的新闻价值主要在于"20世纪文学大师文库"的书名及它所提供的"大师座次表"。"20世纪文学大师文库"是一个注定会引起广泛注意的表达："20世纪"本身就是1990年代的"热词"，"大师"既是商品品质的保证又是阅读者品位的象征，"文库"突出其容量之大，满足了阅读者坐拥所有文学精品的心理，这些保证了《文库》能引起市场的高度关注；《文库》提供的"大师座次表"则将这种关注的可能变成关注的热点和焦点。作为一个极具话题性的存在，这份"大师座次表"必然是一个树大招风的"靶子"。仅就"小说大师座次表"来看，不论是作为武侠小说作家金庸被安排在鲁迅、沈从文、巴金之后荣登"大师"榜单,还是"一向被视为仅次于鲁迅的第二号人物"茅盾的"出局"①,或者老舍被排在了沈从文之后等,几乎每一位入选的(或没有入选的)作家都可以成为批评的靶子。由于当时图书从出版到抵达全国各地使读者展开阅读有一个较长的时间差,所以,很多关注并参与到关于《文库》讨论中的人在并未读到《文库》之前就已对相关问题发表了自己的观点。可以说,从1994年开始持续到1996年基本结束的关于《文库》的讨论并非针对《文库》的文学文本选择得失的探讨,而主要是甚至仅仅是针对它提供的"大师排行榜"所展开的关于上榜、落榜、排名先后等外在于文学问题的讨论②。各种论争的话语如同《文库》的广告,这些都使它"犹抱琵琶半遮面"之时就已经爆得大名,一些电台、电视台及数十家新闻单位相继发表了评论文章。在出版之前,《文库》已经获得了巨大的潜在读者群体,成为市场流通中的主要卖点和噱头③。

从出版后的《文库》看,在各卷的封面上,编选者(或出版者)清晰标注的"重重迷雾遮挡了文学的真实面目,在世纪的尽头,我们以纯文学的标准重新审视百年风云,洞穿历史真相,力排众议重论大师,再定座次,为21世纪中国文学提供一个纯洁的榜样"表明了编选者的动机和野心。穿越迷雾、洞穿历史、力排众议、重排大师、建构经典、流传典范——这一组话语意味着一项具有极强的冒险精神、极大的理论和实践难度、极其久远的影响力的极为重要和神圣的工作。这种表达方式不是学术探讨而是广告宣传,不求严谨客观但求与众不同引起购买和阅读的渴望。

---

① 王一川:《我选二十世纪中国小说大师》,《文学自由谈》1994年第4期。
② 王希华:《也说金庸"登堂"》,《文学自由谈》1995年第1期。
③ 茅盾的儿子韦韬通过一位女作家得知《文库》排名一事。这位女作家告诉他,一家书店门口的广告牌上公然写着"'茅盾'与十大作家无缘"。书店老板直言这是出版商的一种营销手段,由此可以产生轰动效应。因此有学者引用鲁迅说的"既以自衒,又以卖钱"来指出这种做法的可悲性。参见陈天助《这倒是值得悲哀的》,《读书》1996年第10期。

此外，在这场持续了近两年时间的讨论中，除了早期发表于报纸媒体上的"新闻"和一篇王一川发表在《文学自由谈》1994年第4期的《我选二十世纪中国小说大师》的文章外，再也听不到话题的始作俑者的声音。对于来自学术界和大众读者的各种质疑、商榷，不论是作为主编的王一川还是张同道，都既不解释也不争论。在这一过程中，他们似乎并不准备展开学术对话，而更像是传播议程的设置者，确定目的、选择话题、引发讨论并达到大众传播预期的效果。这里并不是要猜忌编选者的别有用心，而是客观地指出，《文库》作为图书的出版发行深谙大众媒体在市场化运作中的各种规律。作为现代出版物，《文库》不仅仅是（首先不是）作为学术研究的严谨的理论文本，而是必然要进入市场竞争的商品，其内容体例只是商品的一部分属性，决定商品价值的还有营销策略、市场需求等许多外在的因素[①]。由于无法得知《文库》出版后的发行情况，因此无法判定其作为媒介产品所取得的市场收益。但《文库》从选题到传播的整个过程，符合现代出版业的营销和出版市场化的规律；就其传播效果而言，至少在熟知度上实现了传播效果的最大化，这不仅表现在当时学术界和普通读者的强烈关注，而且直到今天，人们在讨论金庸、茅盾、张爱玲等作品的经典化问题时，还会不断提及这本《文库》的"大师"及排名。在1990年代出版市场化的媒介语境中，类似的学术研究性作品以典型的市场化运作的方式远非只此一例。

其次看作为学术研究的《文库》。不论策划者和编选者的定位如何，当时的大部分读者都是将《文库》视为严肃的文学出版物而非单纯的媒介商品。

查看当年介绍和讨论《文库》的文章，不论作者是研究者还是普通读者，其中绝大部分都提到了一个信息，那就是编选者王一川的学

---

① 当时就有研究者指出"'大师文库'的编辑及消息的发布，也不无商业包装及宣传方面的考虑"，可参见王希华《也说金庸"登堂"》，《文学自由谈》1995年第1期。

术背景和身份，如"今年三十五岁的王一川是文学博士，曾赴英国牛津大学作博士后研究，现为北京师范大学中文系教授"①。这既可能是作为商品包装的商业噱头，但也的确是编者的真实身份。就本质而言，不论是"文学博士"、"牛津大学"、"博士后"还是"北京师范大学中文系教授"，都强调的是编者在专业学术领域的经历和造诣以及达到的认可度，直接指向是文本编选的权威性和学者的跨文化的视野与眼光。在《我选二十世纪中国小说大师》的文章中，王一川强调了《文库》编选作为严肃的学术活动的性质。作者将立足点定位在思考"近百年中国小说该怎样评价打破"的重大学术问题，以严格的"审美标准为本世纪中国小说、诗歌、散文和戏剧的大师级人物重排座次"。为了保证"大师"的水准，使读者在读完《文库》后"对20世纪中国小说水平的种种怀疑或许可以释然"，编者提出了"文本应当至少具备如下四种品质"：一要在语言运用上做出与众不同的独特贡献；二要在文体创造上做出卓越建树；三要表现深广而独特的精神蕴含；四要提供形而上意味的独特建构。这样的"大师"标准不可谓不严格，乃至编者披沙拣金上下求索，在100年的文学历史中只选出了不足十人够得上被称为小说"一流大师"。应该说，《文库》所表达的编者对20世纪文学的认识是建立在1980年代以来的学术讨论的基础之上，不论是回归文学的本体性、对文学审美属性的强调、对语言及文体的关注，还是对茅盾小说写作中"主题先行"的质疑，都是当时文学研究的关键性问题，因此可将其视为"重写文学史"影响下的学术生产②。但作为学术研究，"大师排名"还更多地吸收了研究的新成果，反映出了1990年代文学研究面临的新问题，这也是《文库》引发学术界广泛讨论的原因。在论争中最为集中的问题是茅盾的落选和金庸的上榜，前者反映了文学研究中的意识形态的"偏见"，而后者

---

① 《文事近录》，《读书》1994年第11期。
② "大师文库"虽说不是文学史著作，但却是"重写"的一种探索性的实践。

则反映了 1990 年代通俗文学的"傲慢"。

这里所谓的"意识形态偏见"主要是指将文学视作政治意识形态的附庸和完全否认文学与政治的关系禁止政治"染指"文学的两种倾向。在解释茅盾落选的原因时，编者认为，之前文学史中茅盾"高位的获得很大程度上依赖于学术偏见：似乎'现实主义'、'史诗式'作品就高于其他"[①]。按照编者所提供的去政治化的评价标准，茅盾则因为其小说"概念痕迹过重"、"主题先行"、缺乏小说味而不足以被称为"大师"。《文库》将"原来'公认''鲁、郭、茅、巴、老、曹'中位居第三的茅盾"[②] 排除在"大师"行列之外彻底否定了其作品的经典性，对此，当时一批学者表现了"对这种编法感到极大的愤慨"[③]：1995—1996 年在《文艺理论与批评》上集中发表的丁尔纲的《闻茅盾被〈大师文库〉除"名"有感》、渝生的《有幸于茅盾被除名》、柳林的《投石问路者戒》、黄泽佩的《论茅盾的小说创作并非主题先行》、林焕平的《关于文坛重排座次的问题》等文章都对《文库》的排名表示了质疑并历数茅盾作为"大师"的经典性。客观而论，"主题先行"是一种文学创作和构思方法，如果仅以此为理由来表达"对茅盾的喜欢或不喜欢，那是个人的阅读兴趣行为，有个人自由，但如若是研究谁是不是大师，就是进入了文学史的话语领域，那么即使仍有'个人'性质，也应注意其'科学性'"[④]。1996 年是茅盾诞辰 100 周年，这一年主要的研究和出版物都有关于茅盾文学研究的总结性文章，学者们对茅盾的小说艺术、文学批评、文学思想和贡献进行了全面的总结和批评，其中有不少研究都是针对《文库》排除茅盾的做法的批评。吴福辉明确指出"我认为 20 世纪小说大师的称号，茅盾

---

① 王一川：《我选二十世纪中国小说大师》，《文学自由谈》1994 年第 4 期。
② 曾子师：《"大师"膨胀之忧》，《学理论》1995 年第 8 期。
③ 渝生：《有幸于茅盾被除名》，《文艺理论与批评》1996 年第 2 期。
④ 吴福辉：《进入"历史"的茅盾》，《博览群书》1996 年第 9 期。

是担当得起的",他列举了茅盾小说创作方法对现当代作家的广泛影响,认为在吴组缃、蒋子龙、周克芹、路遥、刘震云等的创作中"茅盾的文学还活泼泼地存留着"。此外,吴文中批评《文库》"重排大师"的做法"不能不说是利用富有商业色彩的出版行为对文学史的一次'渗入'"①。但同时,吴福辉也指出了茅盾被排除在"大师"之外背后的"严酷的事实:一代一代阅读《子夜》的青年,比过去少了,兴趣没有那样浓了。大学里做茅盾论文的研究生寥若晨星"。这说明,对茅盾文学经典性的质疑不仅是因为学术研究中意识形态偏见造成的,更重要的是"当茅盾越来越进入'时间隧道'的时候,今日的'当代青年视点'"②的转移和阅读的减少是其经典性遭受质疑的历史语境。

同样被学术界认为"主题先行"的《平凡的世界》却在当代以来的多次评选中被读者奉为经典,这和学术界的研究形成了巨大的反差。还应该看到,被排除在外的并不只有茅盾,以他的小说为代表的"现实主义""史诗性"叙事被否定和排斥,这种做法脱离了文学作品和研究特定的历史性,应该说,在1990年代,茅盾所代表的现实主义创作方法仍然有其存在的市场和理由,其合理性没有被完全变化的现实耗散和消解,对当代文学创作和文学批评持续发挥影响。在压制政治意识形态排除茅盾的同时,《文库》继承了1980年以来以文学主体性和审美性等为主导的价值取向,沈从文、张爱玲、贾平凹以及诗歌"大师"排名第一的穆旦等都是这方面的集中体现。

文学经典建构对"通俗文学的傲慢"主要是针对1980年代以来潜滋暗长的通俗文学。借助大众媒介之便,通俗文学已发展为足以和精英文学分庭抗争的文学形态,通俗文学以占据大众传播和文化市场的强势姿态同时主张其在学术研究中的话语权力,不断改变学术场域中雅俗的地标。在《文库》中对这一点体现得最直接、最充分的就是

---

① 吴福辉:《进入"历史"的茅盾》,《博览群书》1996年第9期。
② 吴福辉:《进入"历史"的茅盾》,《博览群书》1996年第9期。

"按新标准把金庸列入高位"。作为编选者,王一川也充分认识到这种"离经叛道"的排位"对重雅轻俗的学术偏见构成挑战",必然招致"一位通俗武侠小说家,怎么可能有资格'混迹'于如此严肃而高雅的文学大师行列中"的质疑。对此,编选者认为"能把通俗武侠写得如此充满'文化'意味,既俗且雅,使俗人在激荡中提升,又令雅者不仅不觉掉价而且也被深深熏染,并津津乐道,金庸不能不说是前无古人的第一家"①。换言之,金庸武侠小说超越了文学雅与俗的界限达到了雅俗共赏的审美意境。

在同一时期,王一川和罗钢、蒋原伦关于《梁凤仪·雅俗及其他》的对谈中,透露了编者关于文学雅俗区分的另一种倾向:编者认同于在一个趣味和价值越来越多元的情形下"雅俗共赏的神话就难以维持","通俗小说的功能往往在于它能很好地充当大众欲望的调节阀……既开放又关闭了大众的欲望","通俗的类型小说可以模仿……这类小说编织程序可以输入电脑,批量生产"并以此带来成功。对于通俗小说在当时受到市场和评论的热捧,编者认为如果"吃这碗饭的文艺研究者、教授、批评家也这样,情况就不妙了",并举出在英国的亲身体验:"那里商场是商场,学院是学院,规规矩矩,泾渭分明",对比国内则是"一切界限都模糊了,雅俗不分,经商和做学问不分",并指出问题的症结"恐怕还是评论界对目前雅俗文学的分流还缺乏分析范畴和批评话语所致",进而提出了"确立规范、区分雅俗、重订'游戏'规则"的解决之途。② 可以清楚地看到,这篇对谈文章中呈现的雅、俗文学的批评标准和区分原则以及对通俗文学发展状况的基本判断都不同于《文库》所表现出来的倾向:前者是强调雅俗文学之间本质性的区别,提倡学术批评标准对二者的严格区分;后者则是将作为通俗文学作家的金庸和大量的"雅文学"作家以"既俗

---

① 王一川:《我选二十世纪中国小说大师》,《文学自由谈》1994年第4期。
② 罗钢、王一川、蒋原伦:《梁鳳儀·雅俗及其他》,《文艺争鸣》1993年第4期。

且雅"的标准不再区分地混入同一份"大师座次表"当中,完全消解了二者的区别。况且单就通俗小说而言,张恨水等人创作的"雅俗共赏"的通俗小说其影响面之大、时间跨度之长绝不亚于金庸。所以,从客观影响而言,这种混同雅俗的方式并不利于形成和传播对20世纪文学真实状况的认知,它并未如编者所言呈现了"纯洁的"小说面貌,反而会加深读者对这段文学更大的误解和偏见。

作为商品和研究物的双重属性,《文库》本身就呈现出了矛盾和悖论。比如,在《文库》推介中,各种报道都强调了它的"纯洁性"和"繁富性",其实这二者本身就是一对矛盾体:"纯洁性"主要是要说明其学术标准的非政治化的倾向,"繁富性"则是为了满足读者阅读多样化的口味和需求。《文库》因此表现为一种调和与平衡的产物:调和研究和阅读的不同趣味,平衡作家性别、年代、影响等各方面因素。"主事人的选择也未必尽是商业眼光。或许他是要搞一点平衡,在大胆进行商业开拓的同时,也要跟传统套路接上茬口"①,这影响了其作为学术研究的严肃性动摇了其"标准"的权威性,也因为将不同语境中的文学研究成果同时呈现在一套文本中造成了读者在阅读接受中对20世纪文学认知标准的混乱和面目的含混不清。但不论是从主观定位还是客观效果而言,《文库》的出版都是一种对1980年代重写文学史的回应和继续,它引起了人们对20世纪文学的普遍关注和讨论,成为世纪末中国文学经典建构中的重要一环。

与石碣天书所提供的一百单八将的排名相比,《文库》所提供的20世纪文学大师的排名没有石碣天书所赋予的"神圣天命"权威,宋江所谓"上天显应,合当聚义。今已数足,上苍分定位数,为大小二等。天罡、地煞星辰,都已分定次序,众头领各守其位,各休争执,不可逆了天言",借助"上天""上苍"这种神圣不可知又不

---

① 李庆西:《作家的排座次》,《文艺评论》1995年第1期。

可挑战、外在于也远高于个体权威的发言确立的次序具有天然的不可抗逆的合法性。而个人选编的"大师"及"座次"首先缺乏的就是这种权威性和合法性，既然可以有学者以"淡化意识形态，突出审美标准"为标准颠覆"鲁郭茅巴老曹"的排名进行文学经典的新界定，那么其他学者就可以用新的标准和名义颠覆前者的重排。其实关于"谁是大师"的排名之争就逐渐转向为"谁的大师"的标准之争，在国家、政治等一元化话语权力量逐渐让渡了对文学大部分的解释权时，原本主要由这些外在力量引导和决定的经典权威就必然面临合法性的质疑。在新的话语力量介入文学批评中时，必然会有相应经典建构活动，以此来表现新的话语的解释力和适用性。多元话语分裂了相对整一的经典体系，不断入场的新的话语必然持续引发关于经典的讨论并可能产生经典认知的危机。正如《文库》编辑所言"大师座次不会是永恒如一的，还可以有其他排法，见仁见智。即便是依我们的标准，再过几年，即等到下世纪来重排，由于当前小说家的成就会显示得更清晰，因而排法可能会有新变化"①，这种"重排"的变化随后就呈现出来，但不是在"下世纪"，而是在由《文库》引发的论争尚未完全平息的1996年。

三 "百年文学经典"之争

"重排大师"的争议还未平息，1996年10月，谢冕和孟繁华教授主编的《中国百年文学经典文库》（共10卷）由海天出版社出版，1996年12月，谢冕和钱理群主编的《百年中国文学经典》（共8卷）由北京大学出版社出版，又引发了新一波更为激烈的争论。《人民日报》《文艺报》《光明日报》《作家报》《文学自由谈》《创作评谭》等刊物纷纷发表讨论文章，童庆炳、杜书瀛、朱立元、陶东风、王宁、陈思

---

① 王一川：《我选二十世纪中国小说大师》，《文学自由谈》1994年第4期。

和、温儒敏、黄曼君、南帆等知名专家学者就相关问题发言，其影响甚至超越文学界，一些电视台和多家新闻报纸也对此进行了报道，俨然成为一个"经典事件"。

由谢冕和孟繁华主编的《中国百年文学经典文库》（以下简称《经典文库》）分为中篇小说4卷、短篇小说2卷、散文2卷、戏剧1卷、诗歌1卷，共10卷，450万字，它被认定为"迄今为止国内第一部将20世纪中国文学作为一个整体把握的集百年中国文学经典之作于一体的大型丛书，堪称填补空白的佳构"，所谓"煌煌十卷在手，20世纪这一百年的中国文学精华尽收眼底"。与《经典文库》同时面世的还有谢冕主编的文学史丛书《中国百年文学》（12卷），二者相互呼应，《中国百年文学》中"所论述的主要作品，概出于本《文库》，因此本《文库》系从作品的角度勾画出百年中国文学成就的轮廓"[①]；而12月出版的由谢冕和钱理群主编的《百年中国文学经典》（以下简称《百年经典》）在编选体例上以时间为主线分为八卷，每卷之内又按照文体类型挑选和排列文学文本。

这两套在选题和范围上高度吻合的文选几乎在相同的时间出版，都由谢冕担任第一主编，内容差异甚大，这成为人们对"百年文学经典"质疑的出发点。由此展开的讨论，首先集中在质疑两套"经典"的篇目选择是否合理、编辑原则和动机是否纯正、编选者是否权威等紧贴选本的问题；在讨论的深入中，研究者将注意力转向了什么是经典、经典是如何产生的、经典的评价规范及其价值等理论层面的探讨。这里研究的重点不是辨析论争双方孰是孰非，而是强调这场延续了"大师之争"的"选本之争"并不是孤立、简单、偶然的突发文学事件，它是从1980年代文学的"重评""重估"、文学史的"重写"开始积累的"文学经典"的理论问题和话语力量的总爆发，也为2000

[①] 谢冕、孟繁华主编：《中国百年文学经典文库》，海天出版社1996年版。

年以后展开的文学经典的理论建构准备了充分的话语实践的经验和教训。从这个意义上看,这场经典之争将学术界1980年代以来对文学史生产及文学经典生产实践及意义的思考理论化,因此具有重要的认识意义。

1. 在选本之争中,"文学经典"提供了不同于文学史重写的一种对问题的解决思路。"重写文学史"主要是一种整体性解决思路,通过尝试不同的原则和方法对现代文学以来的主要文学现象和文学作品进行定位、筛选、评价。从重写的文学史看,写作中很容易陷入越写越多、越写越厚或是非此即彼的"翻烙饼"状态。而以文学选本的形式进行文学经典的重构则为形成和继承百年文学的传统提供了分层建构的思路:对20世纪纷繁的文学现象和大多数文本存而不论,通过遴选经典或重排大师,去芜存精,用"经典"文本的形式确立20世纪文学的高度,并以此传统作为面向未来的文学写作的基础和标准。所谓"桃李不言,下自成蹊",《经典文库》和《百年经典》都是以文学本身而不是以史论的形式呈现(或部分呈现)了20世纪文学的"高度"。

2. 选本之争显现了社会共识的破裂、理论分化的加剧和批评尺度的多元,以及由此带来的对"文学经典"评价标准的认知裂隙。文学经典不单纯是一个文学理论问题,必读的经典书目构成了一种制度化的文学知识体系,甚至是国家民族典章制度的一部分,一份经典书目在历史和当下都支配着人们关于文学观念共识的形成。在前面的章节中,我们已经分析了1990年代知识分子及文学批评的分化,在文化多元化、文学逐渐边缘化、文学的意识形态功能削弱的情况下,"从政府决策到大众生活中普遍的务实取向和世俗化势头极大地消解了在百年中国一直占中心地位的理想主义、英雄主义、精神至上的价值观念",共鸣让位于无名状态,个体认知取代共识。学术界各种新学、后学和批评尺度的多元化加剧了这种分化。因此,不论是在学者还是普通读者中，对于文学经典的内容及标准的认知产生了较大的裂隙：在学术研究领域，"对经典中某些作品有着同样偏爱的人正在锐减，已经有迹象表明他们在成为四处逢敌的少数派"（迈克尔·泰纳）。由于持有不同的理论立场和方法，对"什么是经典"都已产生了认识的分裂，而由此判断的"经典是什么"就更莫衷一是。虽然多元文化消解了文学经典的部分价值，但普通读者对"文学经典"依然持有一种膜拜的心态。如果说学术场域中的话语裂隙通过对彼此背后理论的理解尚可彼此沟通，那么在学界和普通读者之间关于文学经典的认知是难以弥合的鸿沟。面对"著名学者们"不断翻新的"经典"，大众很难在较短的时间内理解这些现象背后的理论依据和话语指向，他们由最初对学者的质疑转向了对文学经典本身的质疑，"百年经典"的无数版本最终导致"百年经典"之经典性因滥用而被耗尽，造成了文学经典建构文化价值秩序的典范作用和教化功能被极大削弱。或许，正如作家公刘所言，真正意义上的经典是一种规范而不是加冕的桂冠，往往需要时间的检验和裁判，我们应该"且慢经典"。

无论是对社会文化还是学术研究，多元共生是一种正常的状态，但多元不是无序，宽容不是放纵，相对主义不是丧失立场，在这个意义上，针对经典的质疑和批评，就体现出了"对阐释经典的合理性与有限性的辩证关系的清晰认识"①。《文库》《百年经典》《经典文库》之所以引发争议，其直接原因就在于经典标准的游离与模糊，在很大程度上消解了经典确立的科学性与严肃性。这些选本有的无法将统一的标准贯彻始终，有的在文学审美、文化、政治、历史等维度上既想顾此又要顾彼，反而可能陷入一种全面的平庸。在多元化的语境中，更需要的是批评家敢于亮明和坚持自己的立场，提供对经典"片面而

---

① 张国功：《语境与意义：关于百年中国文学经典的争论》，《创作评谭》1998 年第 3 期。

深刻"的阐释。

3. 选本之争反映出了对"经典"作为稀缺性话语资源的争夺和分割。选本论争中对编选者的质疑引出了谁来选经典的讨论，因此提出了学者选经典、读者选经典、作家选经典和市场选经典等不同的观点。之所以会引起如此之多的讨论和关注，其症结还在于：不论对文学经典的标准、组成有多少理解的偏差，但在"经典"意味着一种稀缺性资源这一点上各方都有共识。所以，占有了经典的构建的权力就意味着对文化稀缺性资源的占用和其作为文化资本的权力的使用。1990年代介入经典之争的主要力量除了各方学者之外，还有普通读者、作家、大众媒介、商业运作等因素相互制衡，它们共同参与到文学经典的重估之中，遴选经典的权力不再是政治意识形态或学术形态的独占或垄断，文学经典序列可以通过读者评选、作家推荐或作为文化生产和消费获得认可。尤其是在作为文化产品纳入生产和消费过程中时，"经典"二字连同学者的权威都成为商品的卖点，"文学经典"在这种语境中蜕变为一个脱离经典性内涵的空泛口号。

4. 选本之争中的文化焦虑与经典建构。在一定意义上，1990年代的文学经典之争绝非偶然，它表征着20世纪末学术界普遍的文化焦虑。如何看待和总结过去很大程度上决定了如何面对当下和未来，20世纪末学术界的反思不是对短期内学术发展的优劣谈，而是如何评价百年来中国的历史、文化，如何建构既不同于西方也不同于古典的中国现代文化与文学传统，如何理解中国的现代化和现代性，如何看待未来的发展方向，等等。这些都不仅仅是文学问题，也是整个知识界的一种自觉追求和思想趋势。经典的论争不是否认文学经典的理论价值和经典作品的意义，而是一种弥合文坛各种力量的努力。钱理群在《百年中国文学经典·序言》中指出：经典编选的意义在于"为了以此作为进一步普及的基础，也是为新的文学变革提供一个起点式的参照。同时我们也想为正在进行的对本世纪文学的反思，包括文学史的写作和教材编写,提供一些基础性的事实材料"。编选经典是在对作品的发现、强调、排名中进行的一种经典阐释,它是"某个群体保存一个经典话文本的一种努力",通过"一成不变的文本和不断变化着的评论之间的结合"来"保障一个文本在后继的历史环境中的可得性"①。在不同的经典编选中,一些文本得到了持续性的讨论并因此经历历史的淘洗而成为国家或民族的经典。

无论1990年代文学经典论争如何激烈,其目的并非否定或消解经典,而主要是基于文学经典的建构立场上的不同观点之间的辩论,文学经典选本都是以对文学经典地位的合法性与合理性的确认为前提的,通过建构或重构文学史作品的名单以及重排大师的座次来形成和传播对20世纪文学经典的特定理解,并通过文学教育进而影响、改变人们对既有的文学经典的理解和认知,形成"伟大的传统"。但由于当时文学经典的建构已不再是整一的垄断性的学术治理,复调的文学经典乐章传达出了驳杂的文学声音,彼此之间的抵牾必然引起持久的论争,从而成为对经典的消解性力量。

第四节　媒介文化大众化对文学经典的冲击

随着大众传媒的崛起,尤其是电视的普及以及后期因特网的发展,媒体对人的包围几乎合拢,大众媒介对文化的影响具有文化生态学的意义。在1980年代潜滋暗长的大众文化基因随着1990年代大众媒介的技术扩张和市场扩张发展而成燎原之势,媒介文化大众化、视觉化和消费化的转向,迅速瓦解和取代了1980年代精英化、启蒙性的媒介文化成为1990年代媒介文化的主要特征。这些新的媒介文化特征直接决定了1990年代文化产品的生产和消费,带来了文学面貌和场域力量

---

① 谢冕、钱理群:《百年中国文学经典》,北京大学出版社1996年版。

的改变。新的媒介文化的生成不需要借助启蒙或精英作为合法性依据，它们根植于市场和媒介自身发展的逻辑之中，甚至不断扩张成为包裹和颠覆精英文化的解构性力量，对这一时期文学经典建构的努力带来极大的冲击。

一　大众文化对文学经典建构的冲击：以金庸小说经典化为例

1990年代大众文化的崛起有着极为丰富的表现形式，这里选择了金庸小说经典化的个案来分析大众文化对精英话语经典建构的冲击。在讨论1990年代金庸在中国大陆的经典化问题之前，需要考虑到关于金庸及其武侠小说两个方面的现实：首先是金庸文化身份的多重性。金庸不仅是在海内外有着广泛读者群体的武侠小说创作者，他更是一位报人，此外，金庸还是中国历史上"以文致富"第一人以及一位积极的政治活动家。① 其次，要考虑到金庸武侠小说阅读和研究在中国大陆之外的经验。在进入大陆读者阅读视野之前，金庸的武侠小说早已在中国香港和台湾等地区广泛传播，甚至形成"金学"②。与此同

---

① 金庸在香港有"文坛至尊"之称，在中国文坛乃至华人世界，他的武侠小说拥有最多的读者，有"哪里有华人，哪里就有金庸武侠小说"之说；金庸的社评有"香港第一健笔"之誉，曾经成为美国、中国等政治要人的"信息快餐"；金庸先后创办了《明报》、《明报月刊》、《武侠与历史》杂志、《明报周刊》、《明报晚报》、《财经日报》和《华人夜报》等，形成一个颇具规模的报业集团。其中，《明报》雄居香港大报、名报之列；在香港《资本》杂志1991年评选出的一百九十八位"90年代香港华人亿万富豪榜"中，金庸以12亿港元资产名列第64位；除了早期参与政治活动外，金庸在香港、大陆、台湾的政治交往中频繁发挥作用。以与大陆政治交往为例：1981年金庸应邓小平邀请赴大陆访问，并在人民大会堂会见中共主要领导人邓小平，进行长谈。这为金庸在香港回归中所扮演的政治角色与地位埋下伏笔。1984年10月16日，金庸再次应邀赴大陆访问，并于19日会见当时任中共中央总书记的胡耀邦，进行长谈；1985年6月，中华人民共和国香港特别行政区基本法起草委员会宣告成立，金庸应中央政府之邀出任草委。1986年4月，金庸又被任命为"政治体制"小组港方负责人。

② 1980年代，金庸及其武侠小说研究在香港被升格为"金学"。1980年，香港科幻小说作家倪匡以《我看金庸小说》为"金学"揭开了序幕。由倪匡领衔、沈登恩主编、台湾远景出版公司出版了"金学研究丛书"，倪匡就接连出版了《再看金庸小说》（1981）、《三看金庸小说》（1982）、《四看金庸小说》（1983）、《五看金庸小说》（1984）。随后，武侠小说作家薛国兴、舒国治、苏登基、温瑞安等也纷纷加入。在他们的带动下，"金庸研究丛书"共出版了20多种。

时，金庸的武侠小说在海外华人世界和海外华文研究中得到了相当的重视①。这些都是金庸的武侠小说在1990年代中国大陆的"经典化"引发的论争的重要背景。

1980年代初期，国内开始逐渐引入港台书籍，但"那时国家对港台书籍占刊物的出版份额也做了限定，上面的人总是说：'要少印，要少印。'我们那时印多了，就有人向宣传部告状，说我方向不坚定，思想不健康"②。到1980年代中期政策慢慢放宽，授权花城出版社等6家出版社出版港台文学作品。可见，港台通俗小说在1980年代的热潮不是由于出版策划市场运作带来的消费热，而是由于大众逐渐失去了对宏大叙事关注的动力，当代文学的各种书写也因为在艺术之途上的探索逐渐疏远了普通大众从而丧失了1980年代早期的影响力，来自港台地区的流行歌曲以及言情、武侠小说取代了这些作品，在一定程度上以其轻松、娱乐远离政治而贴近个体情感的特性缓解了人们紧张而焦灼的情绪。金庸的武侠小说就是在这样的文化境遇中进入大陆并迅速成为民间读者最为痴迷的小说。

金庸武侠小说以合法渠道正式进入大陆是在1981年邓小平接见金庸以后。1981年7月18日上午，邓小平以中共中央副主席的身份会见中国香港《明报》社的创办人和社长查良镛，金庸成为"进入改革开放新的历史时期以后，邓小平在人民大会堂正式单独会见的第一位香港同胞"③。"和邓小平见面以后，金庸的书在大陆也发了'准生

---

① 早在1950年代末，当时的旅美台湾著名学者陈世骧、在哈佛大学攻读博士学位的香港著名学者余英时，以台湾大学教授身份到美国西雅图作交换研究的夏济安等，都对香港金庸小说与武侠小说给予了极高的评价。陈世骧认为："有些武侠小说，文字、结构、布局、描写技巧，几年来都有很大的进步，可与大仲马、小仲马的佳作相比而无逊色。旧形式中有新技巧，把民族故事借用西洋杰出小说的处理手法写出来，是了不得的成就。"余英时认为金庸武侠小说"为千万读者争赞，笔融有千军万马之力"。夏济安在认同陈世骧"武侠杰出之作，可与大、小仲马佳作并列"的说法的同时，还请人每日从香港航寄载有金庸武侠小说的《明报》到美国。

② 马青等：《几度"琼瑶红"》，《南方人物周刊》2007年第21期。

③ 吴跃农：《邓小平与金庸共议祖国统一》，《两岸关系》2004年第8期。

证'——在内地正式出版"①，可以说，金庸的作品首先是以政治特赦的形式获得话语权②，由于政治高层的允许，金庸小说代表一种文化潮流进入中国大陆。风行大陆的金庸作品主要是创作于20世纪50—70年代的15部武侠小说，这些作品首先连载于报刊，后编辑成书风靡于中国香港台湾及东南亚地区。从1980年代进入大陆到1990年代，金庸的武侠小说经历了从地下盗版到公开发行、从民间阅读到学院研究、从被无视贬低到捧为经典的认知和评价变化。以下我们将通过1990年代围绕金庸武侠小说发生的事件来分析这种变化。

1990年初，北大中文系教授陈平原完成了研究我国武侠小说类型与演变的著作《千古文人侠客梦》③，并因此被称为武侠小说研究"第一个吃螃蟹的人"。这本书的写作起源于陈平原的小说史研究，"《千古文人侠客梦》在某种意义上为金庸小说被学院体制接纳度身定制了一套理论体系和评价标准，其尝试表现在为武侠小说追本溯源，在着力塑造武侠小说历史的同时打破小说类型在价值判断上的迷思"。④

1991年，三联书店购买了金庸作品集在大陆为期10年的版权。根据当时三联书店总经理董秀玉回忆："金庸找到她说想在大陆授权出版小说。虽然她喜欢金庸作品，但觉得三联品牌未必适合推出金庸小说，思想斗争矛盾。但经和朋友讨论后，她最终拍板决定出版"⑤。按照董秀玉的说法，当时三联书店出版中遵循"分层一流"的结构模

---

① 《80年代邓小平第一个接见的香港同胞为何是金庸？》，http://news.ifeng.com/a/20140822/41686446_0.shtml。

② 2007年，金庸接受记者采访时也曾说："和邓小平见面以后……我的书在内地也开禁了。我的书在香港出版多年以后才进入内地正式出版……仔细想一想，书的开禁和人的这种关系是分不开的。"

③ 陈平原：《武侠小说与中国文化·千古文人侠客梦》，新世界出版社2002年版。

④ 李云：《迈向"经典"的途径——"金庸小说热"在大陆：1976—1999》，《海南师范大学学报》（社会科学版）2008年第3期，第1页。

⑤ 《金庸流行30年》，http://www.china.com.cn/culture/txt/2008-11/03/content_16705876_3.htm。

式，也就是说，不论是小众、中众、大众读物都要求一流的水准，在她看来"金庸小说可以进文学殿堂，是大众读物中的一流作品"①。

1994年5月，三联书店正式推出了36册硬皮精装本的《金庸作品集》。因为三联书店一贯的精品出版定位，这套《金庸作品集》纸张考究，排版大方，印刷精美，被认为是"大陆发行的最好的正版"，上市以后持续热销②。甚至在2002年由广州出版社、花城出版社联合出版的金庸作品集问世后，"三联版"少量的库存因此成为在市场上热卖的"收藏品"。就出版而言，或许可以说三联书店1994年版的《金庸作品选》是金庸武侠小说的经典选本。

1994年10月，海南出版社出版了王一川、张同道等人主编的《20世纪中国文学大师文库·小说卷》中，金庸位列第四，成为仅次于鲁迅、沈从文、巴金的"20世纪文学大师"，《文库》选入了《射雕英雄传》第二回和第二十九回的后半部分。这一排名引发了关于金庸武侠小说的广泛讨论。

1994年10月，金庸被北京大学授予名誉教授称号并发表演讲。

1994年10月，在金庸受聘北大名誉教授的仪式上，严家炎做了题为《一场静悄悄的文学革命》的发言，高度评价金庸的武侠小说创作，指出"如果说'五四'文学革命使小说由受人轻视的'闲书'而登上文学的神圣殿堂，那么，金庸的艺术实践又使近代武侠小说第一次进入文学的宫殿。这是另一场文学革命，是一场静悄悄地进行着的革命，金庸小说作为20世纪中华文化的一个奇迹，自当成为文学史上光彩的篇章"。

1995年春，严家炎在北大开设"金庸小说研究"课程。

1995年12月，金庸武侠小说被写入冰心、董乃斌、钱理群主编

---

① http：//phtv.ifeng.com/program/tfzg/200811/1113_2950_876677.shtml.
② 董秀玉回忆说，"金庸代理方的要求比较高，要求每年发行5万套，一套36本，我们都做到了。过了七八年后，每年还可以卖4万套。十年一共销售了近50万套"。

的《彩色插图中国文学史》，并获得了较高评价①。

1996年12月，金庸小说《射雕英雄传》入选谢冕、钱理群主编的《百年中国文学经典》。

1997年6月，首届金庸学术研讨会在杭州大学召开。

1998年，中国大陆、中国台湾及美国等地有5个金庸作品研讨会召开。

1999年3月，金庸出任浙江大学人文学院院长。

1999年，严家炎著《金庸小说论稿》由北京大学出版社出版。

2000年，中央电视台以1元钱买断金庸的《笑傲江湖》版权，第一次拍摄武侠剧。

2004年11月，人民教育出版社第一次出版的全日制普通高级中学（必修语文读本第四册）内，收录了金庸所著的《天龙八部》片段。

从以上按时间顺序所列出的围绕金庸武侠小说的部分事件，我们可看到，从1981年金庸小说进入内地，在短短二十年间完成了从地摊通俗读物到文人雅士必备经典的华丽变身。作为一个通俗文学在媒介文化大众化时代命运变迁的典型案例，对金庸武侠小说经典化过程的研究很能反映出精英话语面对大众文化渗透的妥协与抵抗、改造与收编。

其一，精英文化对金庸武侠小说的关注不是"媚俗"式的对大众文化现象的追随，而是一种有意识的自主性选择和"发现"。

在1980年代陈平原就曾指出，对现代文学中的通俗文学的认识"最关键的一点是通俗小说在整个文学结构中的地位和作用"，通过对李涵秋、张恨水、金庸等通俗小说的梳理以及与整个小说思潮关系的分析，"建立起基本稳定的小说界'三分天下'（高雅小说、高级通俗

---

① 武侠小说"反映了人类古老的英雄梦在工业社会的延续，又是羁縻于世俗社会中的现代人试图超越具体时空限制的替代性投射，而虚拟的超现实的江湖世界，则是人类永恒的乌托邦幻想的本能在现代文明的体现。它满足的是人性中固有的好奇心和幻想力"。参见冰心、钱理群等主编《彩色插图本中国文学史》，中国和平出版社1995年版，第230页。

小说、通俗小说）的局面……"；① 在1990年《千古文人侠客梦》中陈平原又进一步系统分析了中国武侠小说的类型，并从小说类型的角度突破了武侠小说与其他小说类型之间的"高低雅俗之分"②。另一位金庸的支持者钱理群则是在对1980年代学术进行反思并"走出'五四'"的过程中，注意到文学史研究中将通俗文学等"所谓'非本质'、'非主流'、'非规律性'、'偶然'、'个别'的历史事实与现象统统排斥在研究视野之外，更拒绝承认文学发展中的'不连续性'与'超前性'现象"③，并从这个角度肯定金庸武侠小说的价值和意义。如果考虑到陈平原等学者阅读金庸小说是在1989年夏秋以后，那么，他们对金庸武侠小说的阅读和研究实际上要表达的更多的可能是关于心境的沉沦、学术路向的转变或对知识分子身份的重新思考。

其二，金庸小说经典化的过程体现了精英文学与大众文化的相互"收编"。

面对1990年代不断边缘化的处境，人文知识分子曾担忧"以后可能会形成这么一种格局。在这种格局下，学者的研究很大程度上受制于读者以及代表读者需求的市场"④。在受市场或受众引导的研究格局中，学者何为？一种是放弃抵抗全面缴械，拥抱市场和受众的"媚俗"，或者，在不断拓展研究边界的同时加强学术规范和品格，以引导而非迎合的姿态进行象征资本的生产。这两种学术选择在金庸武侠小说研究中同时存在，形成了精英文学与大众文化的相互"收编"。

金庸武侠小说作为通俗或大众文学，在1990年代学术研究中存在质疑的声音，但绝大多数学者部分承认金庸武侠小说在艺术形式和思想内容上确有可取之处，尤其是在中青年学者那里，金庸武侠小说获

---

① 陈平原：《通俗小说的三次崛起》，《人民日报》1988年7月26日。
② 陈平原：《千古文人侠客梦》，新世界出版社2002年版，第214页。
③ 钱理群：《返观与重构：文学史的研究与写作》，上海教育出版社2000年版，第156页。
④ 陈平原等：《人文学者的命运及选择》，《上海文学》1993年第9期。

得了较多的理解和支持。这种现象并非"批评的失语"或"学者的缺席",在这个过程中,学者和批评家更多的是以对金庸小说的认可为策略来实现对大众文化的收编和利用。正如严家炎所说"对金庸的推崇,犹如'五四'当年推崇元曲、歌谣一样,都是开风气之先"[①],或许其客观效果因为时代等因素未能如期实现,但对多数学者而言,其动机和出发点立足于学术发展和文化创建仍是值得肯定的。"在大学开设'金庸小说研究'课,平心而言,并非为了赶时髦,要争做'始作俑者',而是文学史研究者的一种历史责任感。早在80年代初,我就主张现代文学史不应该排斥鸳鸯蝴蝶派小说和旧体诗词,并首次将张恨水写入文学史教材。至于金庸这样的杰出作家,当然更应该入史并可开设课程"[②],这种学术建设诉求和表达与前面所提到的陈平原、钱理群等是一致的,应该代表了当时大多数学者开始金庸研究的立足点。许多现代文学的研究者都将金庸的武侠小说纳入近代以来通俗小说的历史流变之中,以此来表达对五四文学所包含的现代性的丰富性的理解和阐释,实现对原有文学规范和评价机制的扩充。在这个意义上,对1990年代金庸武侠小说和文学史讲述之间关系的理解就不只是作为大众文化的武侠小说的流行对精英文学史观念和写作的冲击,还必然包含着文学史写作中主动对武侠小说话语资源的"发现"和借重。金庸武侠小说作为"经典"也不只是大众文化流布对经典建构的外在颠覆,还可能是经典秩序的"内爆"。与金庸武侠小说被学者借重可以放在一起进行比较的是同样得到大众文化广泛认可的王朔小说,但其并未得到学者较高的评价和理论的重视。

另外一部分学者则借助对金庸武侠小说的热情肯定来实现对"极左势力"的对抗。金庸武侠小说并非无懈可击的典范,正如反对者所指出的,金庸的小说存在着表达的拖沓、模式化、人物性格和情节安

---

① 严家炎:《金庸小说论稿·序》,北京大学出版社1999年版,第28页。
② 严家炎:《金庸小说论稿·序》,北京大学出版社1999年版,第28页。

排等方面的缺陷，对此，其支持者也心知肚明，甚至有的"拥金派""对金庸小说包括金庸本人也颇有不满意见"①。但正是因为当时"社会上压制歧视金庸的正统力量很大"，为了表现出"一种坚决的抗争姿态"，大多数学者都选择了"对金庸小说以热情肯定为主"的话语策略，以实现"在极左势力全盘否定武侠小说和中国传统文化的汹汹攻势下，首先要保护人民大众自由阅读的权利"②的目标。

继文学研究的专家学者以话语形式赋予金庸武侠小说经典地位之后，北京大学、南开大学、浙江大学等高校聘金庸为教授以及一系列精英文化的代表性群体或机构对金庸小说的加冕活动共同将金庸武侠小说打造为一种文化的"稀缺性资源"。这种"稀缺性资源"迅速被大众文化收编，这集中表现为金庸在文化工业生产中的大获全胜，并在大众文化生产中形成一种文化霸权。1999年11月1日，《中国青年报》刊登了被视为大众文化代表性人物的王朔的《我看金庸》一文，将金庸小说与四大天王、成龙电影、琼瑶电视剧并称为"四大俗"，并由此引发了大众文化内部的讨论。在这场论争中，学术界并没有涉足其中，从一定程度上说明了金庸小说中的颠覆性力量在文学研究和大众文化生产中已经被耗散。

其三，未完成的经典化。这种"未完成"集中表现在两个方面：一是尽管在部分文学史书写和文学经典建构中，"金庸"已经成为名单上不可或缺的部分（就其所占比重而言是极为有限的部分），它要么被置于港台文学的部分，要么归入通俗文学的框架，以雅文学为正宗的观念依然影响着学者将注意的目光更多投向精英文学领域，雅俗之间的区隔在文学史写作中仍难以弥合。而且大众对金庸小说的阅读也主要是基于对其娱乐消遣功能的认可，这与精英文化所强调的金庸小说在审美、形式和语言等方面的创新有着很大的错位；二是尽管文

---

① 孔庆东：《笑书神侠北大醉侠遭遇金庸》，中国海关出版社2006年版，第4页。
② 孔庆东：《笑书神侠北大醉侠遭遇金庸》，中国海关出版社2006年版，第4页。

学史给予了武侠小说一定的叙述空间，但在整个文学活动中并不占据重要的位置，乃至于陈平原多次提到"被人看做'武侠小说研究专家'，不是一件很舒心的事……即便到了今天，学界中认可武侠小说研究价值的依然是少数。称你为专家时，或许不无嘲讽的意味。好在我著书立说的1990年代初，武侠小说研究还没成为时尚，不至于被指为'曲学阿世'，更何况，我讨论的是两千年来中国人对于游侠的想象，而不仅仅是新派武侠小说。对于后来发生的围绕金庸的争论，我基本没有介入。并非明哲保身，而是依我的经验，一旦成为公众关注的话题，陷入无休止的争吵，很可能是'真理越辩越不明'"①。不论是对武侠小说研究者身份的回避还是对与金庸相关的论争的回避都表明了在当前和今后的一段时期，不论是对其理论的研究还是对作品的阐释都不足以完成对金庸武侠小说的经典化。

还要补充的是，金庸小说经典化并不全部是在文学领域完成的，除了大众媒介之外，更为重要的是金庸特殊的文化身份：金庸一手武侠一手评论的报业传奇和人文理想实现了很多书斋中的知识分子的"济世"之志。尤其是1980年以后，金庸在大陆、香港、台湾之间发挥了重要的政治作用，这些都成为加速金庸文学经典化进程的外在力量。

媒介文化大众化是1990年代的文学现实境遇，大众文化采用了工业化的生产和销售方式，同样处在市场条件下的大众传媒作为一个文化组织，其市场导向和经济目的成为传媒运作的主要行为。为了追求发行量、收听率、收视率和点击率，传媒对所要传播的文化产品具有强烈的市场化要求。各种各样的文化产品为了赢得媒体的青睐，通过在大众传媒场域将文化资本顺利转化为经济资本而对大众传媒近乎无条件的迎合。由于传媒强大的传播能力以及覆盖到社会和人们生活每

---

① 陈平原：《我与武侠小说研究·千古文人侠客梦》，新世界出版社2002年版，第271页。

一个角落的传输网络,造成了人们对传媒的高度依赖性,大众传媒几乎成为人们了解社会文化最重要的甚至是唯一的窗口。凡是没有进入传媒的文化就成了没落的文化,凡是没有被传媒关注的文化就成了不存在的文化,因而各种各样的文化形态纷纷依照市场的需求和传媒的规范,进行内容的改写和形式的更新。

二 视觉文化对文学经典文本的冲击:文学经典影视改编之争

(一)视觉转向:从文学经典到电影电视

1980年代以来,世界范围媒介文化的一个显著变化就是视觉化的转向。传媒文化的视觉化转向以媒介技术发展和叙事修辞的演变为基础:近代摄影技术的发明对传统视觉文化的"摹仿"观念产生重大的冲击,然而"照片"因其平面、静止的叙事局限无法与语言叙事完全抗衡;电影发展出了以图像为主体结合语言叙事的表达方式,电视在此基础上把这种图像化的叙述方式延伸到生活的各个领域,使它不仅可用以艺术创造,还可以比语言更直观、全面地"还原"日常生活,从而成为大众传媒时代重要的表达和传播方式。这种视觉化的媒介文化景观真正开始成为中国社会的普遍现实是在1990年代:中国各级无线与有线电视网络已经全面完成,观众覆盖面为10亿人以上,电视逐渐取代了广播、报纸成为社会的强势媒体。传统印刷传媒也顺应变化宣布进入"读图时代",以图为主、文图结合的广告深刻改变着报刊的总体形象,报刊的"画刊化"也成为发展的一种潮流。"大量影像的复制品已经成为我们文化的风景和神话,'罐装的'大众影像是一个巨大的过滤器,把从加工事物到总统竞选人的所有事物都等同起来。"① 这里的"所有事物"必然包括了文学经典。当媒介文化向视觉化转向时,文学面临的一个重要的问题就是:以印刷媒介为主

---

① 刘文辉:《颠覆与转向——20世纪90年代传媒文化转向观察》,《当代传播》2010年第2期。

要载体并诉诸人的理性阅读的文学作品如何应对视觉化转变，是主动放弃视觉化的可能，还是在视觉化的再创造中实现影响力的拓殖？这一时期出现的文学经典影视改编以及由此引发的讨论部分回应了这个问题。

对文学的视觉化呈现自电影电视诞生之日起就已出现，对经典文学作品的视觉化改编几乎与电影诞生同步。1899年，导演兼演员B.特立和摄影师狄克森将莎士比亚的《约翰王》（King John）改编为时长4分钟的无声电影。此后，世界各国电影发展中都陆续将一些经典文本搬上荧幕。根据不完全统计，仅以莎士比亚作品为例，"从1899到1926年间，欧美主要国家共出品约90部默片，包括了《哈姆莱特》《威尼斯商人》等近20部莎士比亚戏剧作品。自1929年有声电影出现到2006年，上述地区共出产近70部莎士比亚电影，特别值得一提的是被称为'莎士比亚电影黄金十年'的20世纪90年代，从1989年到2000年，仅英美两国就出产了近20部莎士比亚电影，其中1996年就有6部"①。在国内，电影事业的发展更是和文学息息相关，张艺谋认为"中国电影离不开中国文学。你仔细看中国电影这些年的发展，会发现所有的好电影几乎都是根据小说改编的。谢晋的《芙蓉镇》、凌子风的《骆驼祥子》《边城》、颜学恕的《野山》、吴天明的《老井》……如果拿掉这些小说，中国电影的大部分作品都不会存在"②。国内的电视事业也从一开始就借助了文学的力量，1958年出品的中国第一部电视剧《一口菜饼子》就是由短篇小说改编成的。在诸多的改编作品中，以《红楼梦》为代表的文学经典名著常常成为新兴媒介的首选，文学经典作为一种既有资源，被电视剧改编者、制作方纳入电视剧的生产体系，既弥补了原创剧本

---

① 张冲：《经典的改编与改编的经典——论莎士比亚电影改编及改编研究的意义》，《艺术评论》2011年第1期。
② 李尔葳：《当红巨星——巩俐张艺谋》，北京出版社1989年版，第211页。

生产的不足，也因其特有的文化影响力，使改编后的电视剧题材更容易引起受众的关注和讨论。

（二）"忠实原著"：1980年代经典改编

1980年代经典的影视改编中最成功的当属1985年热播的28集电视连续剧《四世同堂》、1987年热播的《红楼梦》和1988年上映的《西游记》，这些作品在当时被业界认为"耗资巨万、费时数载"、电视画面花团锦簇，红楼歌曲哀婉动人……难能可贵，差强人意，[①]引起席卷全国的收视热潮，直到今天它们仍然被认为是经典改编的典范之作并在荧幕上发挥着持久的影响。到1990年代《围城》《雷雨》《三国演义》《水浒传》等改编自经典文学作品的电视作品在热播的同时，在学术界却引起了更大的争议。

1980年代，对于文学改编的讨论主要是在电视研究和业界展开，研究者对改编剧都表达了支持和期待。基于当时对电视作为一种新的艺术形式和艺术探索的肯定，不少学者都提出"电视这一强大的'传播媒介'，也有一个掌握在什么人手中，如何正确运用，向人们提供什么样的精神产品的问题"。因此，区别于西方媒体，我国的电视事业"不应当是一种由钱袋支配的赚钱工具，甚至也不能简单地把如何招徕受众放到考虑的首要目标。我们的电视和电视艺术首先是要有利于社会主义精神文明和物质文明的建设，有利于青少年精神和智力的健康成长，有利于满足人民群众日益增长的文化需要和文化水平、艺术鉴赏情趣的提高"[②]。在这种功能定位之下，人们对由经典改编而来的电视剧充满了期待。经典文学所传达的对人类生命、命运和生存境况的深刻思考、对社会和时代本质的揭示、对人类社会和生活发展的预示，在思想内容、艺术表达等方面都保证着由此改编的电视剧的基本水准。同时，大多数学者也认可"借时代所能提供的各种技术和艺

---

① 郭镇之：《中国电视剧三十年》，《当代电视》1988年第5期。
② 戚方：《电视艺术的崛起和腾飞》，《文艺理论与批评》1986年第1期。

术支持，在更高层次上实现自身的当代意义和经典性，而且也向我们展示了严肃的、自觉的学术研究在推动和推广经典改编中具有十分重要的意义"①。立足于建设社会主义精神文明的角度，文学经典和电视的结合既有利于提升和保证电视的艺术质量和内容水准，又有利于文学经典影响的扩大和生命的延伸，"这是电视剧的成功，也是文学作品本身的成功"②。

"忠实原著"成为1980年代经典文学作品的电视改编中被广泛认可和严格遵守的艺术原则。如1982年开拍的《西游记》在改编中创作者们提出了"遵循原著、慎于翻新"的原则，要求改编要尊重原著，首先要做到认真研究、感受原著，以吃透原著的主旨精神；全面把握和如实反映原著反映的时代背景、人情风貌、风格特点，在对主要情节和主要人物的表现中把握其"形似"和"神似"之间的关系等，或许正是基于这种对原著的"忠实"，这部28集的电视剧历时六年才完成创作。1987年上映的《红楼梦》也是如此：为了更好地"忠实原著"，改编者将作品和学术界《红楼梦》研究的最新成果结合起来，放弃了最为通行的高鹗续的120回的版本，而以"脂评本"为"真本"。在电视剧的结局部分，改编者舍弃了续作中具有强烈戏剧性和震撼力的"掉包计"和"黛死钗嫁"而另起炉灶，以此达到淡化"千红一哭、万艳同悲"的儿女之情转而凸显"呼喇喇似大厦倾"的社会悲剧的创作理念。在1980年代对经典文学进行影视改编的过程中，"忠实原著"作为衡量其作品成败的首要依据体现了对文学经典的价值认可。知识分子强烈的精英意识、文化反思、启蒙意识和人文精神等时代主题和核心价值通过"忠实原著"的电视改编，深深地印刻在一部部电视剧精品力作之中，使文学与电视呈现出一种琴瑟相合

---

① 张冲：《经典的改编与改编的经典——论莎士比亚电影改编及改编研究的意义》，《艺术评》2011年第1期。
② 戚方：《电视艺术的崛起和腾飞》，《文艺理论与批评》1986年第1期。

的审美景观。从客观效果而言,通过改编经典,电视剧一方面提升了自身的文化品格和社会影响,同时也促进了大众对文学经典文本的接受和阅读。如"一部《四世同堂》的观众累计数字就达到数十亿人次之多"①,而这本小说在改编为电视剧之前获得的关注和阅读十分有限,改编为电视连续剧后却引发了读者对文本阅读和购买的兴趣。在这个过程中,文学经典通过影视改编在新的社会境遇中表现出了对文化的适应性和影响力,以新的形式向人们呈现其价值和现实意义,"忠实原著"的改编在一定程度上也成为文学作品在当代获得经典认可的重要方式。

"忠实原著"虽然在当时是一种主导观念,但也一直是困扰影视创作和评论的一个主要问题。在创作过程中,改编者在个性发挥、原著特色之间进退为难,批评家以"忠实原著"为标准在面对改编作品时往往削足适履,莫衷一是。《骆驼祥子》《茶馆》的改编被认为"不合规格",《子夜》《边城》被认为改编得"偏道离谱",就是得到较多认可的《四世同堂》《红楼梦》等也被一些学者认为"无法达到原著的思想高度,遭受批评是应该的"②,在严格的"忠实原著"的尺度下,几乎找不到成功的改编作品。1980年代中期以后,越来越多的声音表达了对"忠实原著"的合理性的质疑,主要集中为以下几个方面。第一类声音认为"美文不可译"③。这种认识是基于文学作品尤其是经典作品中由文字形成的独有的美感气韵,好的作品"几乎都有难以捉摸而且深具魅力的美文,即文字本身携带的,洋溢飘忽于字里行间的一种美"④,"这种美文或这种文字美是电影不可能达到的,是电影的异域物"⑤。陀斯妥耶夫斯基曾就文学改编为戏剧的回信中指出

---

① 戚方:《电视艺术的崛起和腾飞》,《文艺理论与批评》1986年第1期。
② 章巍:《关于"忠实原作"的逆向思考》,《电影艺术》1988年第12期。
③ 张承志:《美文的沙漠》,《文学评论》1985年第6期。
④ 张承志:《美文的沙漠》,《文学评论》1985年第6期。
⑤ 张辛欣等:《作家谈电影》,《当代电影》1985年第5期。

"将小说进一步加以改造和变动,只保存它的某一段插曲用来改作戏剧,或者取原著的思想而完全改变情节,那就是另外一回事了",因为在作家看来,"艺术有某种秘密……各种不同形式的艺术都有与它们相适应的诗的思想,因而一种思想永远不可能在其他与它不相适应的形式中表现出来"①。从小说到影视的改变不仅意味着表现形式的改变,而且必然导致作品内容的本质性位移,它几乎不可能"忠实原著",而成为另外一个存在,是另外一个故事。第二类声音认为"个性不必译"。从影视艺术的角度看,影视编导作为独立的艺术活动需要有自己的个性表达,而"忠实"原著是要求艺术家放弃自己的独创而成为他人个性的翻译或复制,这意味着编导在整个影视创作中处在"非我"的盲目状态,由此改编而成的影视作品就不具有艺术独创的价值,而变成了文学经典的亦步亦趋的重复;从经典原著的角度出发,它必然带有其原创者不可重复的艺术个性,展露出个性作用下的独特感觉、特殊观察、独特思考和个性表达,这个特殊的个性世界是任何改编者无法忠实复制的。因此,文学经典改编中"个性不必译"。第三类观点认为"时代不需译"。艺术真实作为一种假定性的存在,它通过假定性艺术手段使观众在精神、心理和情感层面感受"真实"。在艺术欣赏活动中,其真实与否主要取决于欣赏者的经验积累以及艺术作品与经验积累相互吻合的程度。处于不同时代的艺术欣赏者对艺术中的真实感和时代感有着不同的经验积累和认知基础,任何人都不可能在超越和背离当代心理认同的前提下完成对艺术的理解和接受。因此,在改编中,即使影视作品具备了"忠实原著"提供的历史真实,但由于其与当代生活无涉甚至与当代生活潮势相抵牾,依然无法传达出当代观众可以理解和接受的"真实"。

在关于"忠实原著"的不同意见的背后,除了以上对艺术形式、

---

① 章巍:《关于"忠实原作"的逆向思考》,《电影艺术》1988年第12期。

作家个性和艺术"真实"的思考外,更直接和根本的问题是来自对"文学经典"的不同理解和对待。坚持"忠实原著"作为对经典的不可改写性的妥协后的追求,是一种以文学表现形式为中心、以经典权威性为立足点的改编原则。1980年代的影视改编一直面临着"是否忠实"的质疑或苛难,"对原著的篡改"甚至成为对影视改编作品最本质和最严厉的否定,吴世昌曾在观看了鲁迅小说《药》的同名改编电影后,因为其"篡改鲁迅作品"而"半个月来寝食不安",用"纪念鲁迅绝不允许篡改鲁迅"[1]的激烈言辞表达了对经典的捍卫。"忠实原著"意味着"原著"从形式到内容都具有天然的合法性和权威性,在改编者和欣赏者的认知结构中,文学形式是第一位的,是先在的艺术形态,而影视改编艺术是第二位的,它依附于文学文本而存在,对名著作为权威化、神圣化的存在的维护是影视可以改编经典的前提,而一切借"经典"之名而不"忠实原著"的改编行为就是对这一前提的"背离",因此成为不具有"合法性"的篡改。借助"忠实原著"的影视改编,电视剧的文学内涵和品格得到了极大的提升,这从客观上对我国电视剧从边缘走向中心发挥着极其重要的作用。同时,文学经典借时代所能提供的各种技术和艺术支持,在更大范围内显示和实现了自身的当代意义和经典性。但是,随着1990年代持续而来的越来越多的不"忠实"的改编作品,这样的观念也必然受到更大的质疑和挑战。

(三) 1990年代的文学经典改编之争

进入1990年代,第一部热播电视剧是50集通俗生活题材长篇电视剧《渴望》,由王朔策划、郑晓龙导演、李晓明等编剧,从策划到拍摄完成仅用了一年左右。上映之后,《渴望》带来了万人空巷的观看盛况(创下了90%以上的收视率)、声泪俱下的观看反应(一时间

---

[1] 张卫:《以电影的方式忠实原作》,《电影艺术》1983年第9期。

"举国皆哀刘慧芳,举国皆骂王沪生,万众皆叹宋大成")和此起彼伏的播放热潮,更获得了政府的积极回应和高度赞扬①,它被视为中国电视剧发展历史性转折的里程碑。"《渴望》以其对精英文化的偏离、对传统文化的复归、对现代大众传播的运用以及对官方意识形态的妥协而大获全胜,它既迎合了广大市民的传统心理积淀和情感宣泄的需求,又与官方传统的张扬暗契,于是上下同庆、皆大欢喜……打开了媒介通往通俗戏剧的大门"②,也因此"被看作当代中国大众文化正式登场的标志"③。《渴望》没有文学经典作为蓝本,没有大开大合的历史视野,作为一部室内剧,它展现的是生活场景中的家长里短日常生活。作品中人物是非善恶界限分明,迎合了大众的传统道德标准和观看心理,以贴近老百姓的生活方式和极为造势煽情的手法为观众们提供了情感宣泄渠道,并"开启了中国以平民化和非英雄化为特征的长篇电视连续剧的先河"。1992年集中上映的《爱你没商量》《皇城根》《风雨丽人》《半边楼》《编辑部的故事》等这类通俗生活剧成为了一时风潮。

  这种变化也得到了理论界和官方的关注认可。从1980年代中后期开始,理论界对影视中娱乐片的评价逐渐变化,如1987年《当代电影》在第1期上发表了批评家、评论家和导演就娱乐片问题展开的讨论;1988年《当代电影》联合"电影艺术研究中心"召开了"中国当代娱乐片研讨会"。学者多从娱乐片作为一种"新文化","是对中国封建性文化的一个大反驳"④和娱乐片在审美中"心态满足"的合理性及反抗压抑的解放性等角度,肯定了娱乐片存在的合理性及其文化促进作用。同时,文艺创造中主旋律影视作品向普通百姓生活的回

---

  ① 1991年1月8日,中共中央政治局常委、中央书记处书记李瑞环会见了《渴望》剧组成员。详见《中国广播电视年鉴·1991》,北京广播学院出版社1990年版。
  ② 陶东风:《双重文化语境中的中国大众文艺》,《电视艺术》1993年第4期。
  ③ 陈刚:《大众文化与当代乌托邦》,作家出版社1996年版,第60页。
  ④ 李陀、陈犀禾等:《对话:娱乐片》,《当代电影》1987年第1期。

归、从历史英雄的宏大叙事到寻找生活中平凡人物的大众化的通俗化叙事等，都显示了影视文化重心从精英到大众的转移。

这一时期，文学经典的改编现象依然引人注目。1990年，继《渴望》热播之后，由上海电影制片厂影视艺术部根据钱锺书的小说名著《围城》改编的同名电视剧在收视率和评论界均获得巨大的成功，它不但在普通观众中赢得好评，在与电视艺术相对疏离且口味挑剔的知识分子阶层中也受到推崇，这次改编的成功就连钱锺书先生本人都表示了充分的认可，他致信改编团队，认为《围城》"剪裁得法，表演传神，配合得宜。导演之力，总其大成"①。今天看来，《围城》虽然在1990年上映，但从其美学思想和其改编观念看，依然延续着1980年代精英文化的影响，遵循着"忠实原著"的原则，这最突出地表现在电视剧中大量的"旁白"使用。为了将小说中幽默的文字语言转化成视听语言，最大限度地减少转化过程造成的信息损失，电视编导从小说中选取和改写了多段文字，在每集的首尾和重要的段落以旁白的方式表现，"这些旁白与一段影视剧中的旁白功能迥异……加上著名配音演员毕克那幽默、知性又略带'洋味儿'的声音特征，许多属于文字的魅力被出色地转化为声的魅力，传达着作者钱老超然、优世、幽默的原作韵味"②。电视剧《渴望》和《围城》分别代表着视觉文化"俗"和"雅"的两个方向，《渴望》作为我国通俗电视剧的标志开启了影视的通俗化时代，而《围城》则是我国精英化改编电视剧的绝唱而后乏来者。

随着思想解放和个性化发展，在文学改编中也更强调大众审美趣味更加尊重"大众"的趣味和眼光，电视剧改编原则也从"忠实原著"到尊重"趣味"位移，这对改编作品的内容选择、价值定位、人

---

① 顾春芳：《看见他们，我就想到自己的父母——黄蜀芹与钱钟书、杨绛的〈围城〉情缘》，《档案春秋》2012年第3期。

② 刘彬彬：《中国电视剧改编的历史嬗变与文化审视》，岳麓书社2010年版，第106页。

物塑造、情节取舍等都有着重大影响。以完成于1990年代末的电视剧《水浒传》为例,总导演张绍林从一开始就将改编的目标定位为拍摄"具有浓郁平民意识的好看的电视剧",要"从这部作品的可视性、故事性、观众兴奋点的调动、情节的铺排、节奏的变化入手,下大力气让它适合多数人的胃口,获得更多层面观众的欢迎"①。在具体的改编中,电视剧张扬了水浒好汉"该出手时就出手"的草莽之气,水浒英雄的性格命运与原著发生了较大的错位,而小说中"官逼民反"的英雄豪气和投降招安的苍凉悲壮都被"风风火火闯九州"的江湖事件消解。

更能代表1990年文学经典改编特色的是1996年由第五代导演李少红执导的根据曹禺话剧《雷雨》改编而成的20集同名电视剧。《雷雨》播出后赢得了较高的收视率,但在文学界、影视评论界都因其"轻艺术,重商业"和对原著"非常出格的改编"而对其广泛批评。改编中,李少红引入了当时刚刚在国内兴起的"女性主义"视角,从"用女性的角度叙述"的情绪和观念出发,把女性在特定社会背景下命运的变迁作为叙事主线,在设置故事框架时遵循通俗剧的套路,大胆改变原著中的人物命运和故事情节,结局中繁漪以开枪自杀换来其他人的解脱,成为唯一的悲剧英雄。导演从受众心理出发对原剧的改编得到了观众的积极回应,《雷雨》以极高的收视率获得了商业的成功,但它以通俗影视剧的流行模式,融合了现代剧的理想、爱情、冲突的元素,不痛不痒、花前月下、拖泥带水的情节、几乎大团圆的结局消解了原著的悲剧性,人物之间的矛盾冲突、人与命运的搏斗、挣扎和残酷结局被彻底平庸化、世俗化。正是因此,在1997年5月16日由中国艺术研究院话剧研究所、《中国戏剧》杂志社、《中国电视》杂志社联合邀请在京部分专家学者对20集电视连续剧《雷雨》进行

---

① 张绍林:《电视剧〈水浒传〉的拍摄构想之一》,《中国电视》1998年第2期。

的座谈中，几乎一致的批评之声："酒里兑水，淡而无味"、"颠覆了《雷雨》，抹掉了内涵"、"不可信的情节人物，庸俗化的思想主题"、"成功的商业运作，失败的艺术改编"、"可悲的商业化，长鸣的警世钟"① 等。

如何平衡商业媚俗和艺术品质之间的关系以及如何理解文学原著与影视改编的关系是文学影视改编的核心问题。李少红对《雷雨》的改编引发的热议也正是源于对这个问题的不同立场。市场化运作中，影视艺术的功能主要不是作为启蒙和教化的媒介，它所带来的商业利益和娱乐功能成为出品人和大众更看重的价值。在这一点上，选择经典文学作品进行改编首先不是看重其思想内涵或艺术表达，而是"经典"为人们所熟知的潜在优势可以转化为"收视率"的现实收益。在改编中，经典作品不再是不可逾越的文本，为了进一步稳定和提高收视率，改编者会根据自己的意图，结合更符合大众审美需求的观念、更具吸引力的情节对经典"改写"，《雷雨》中乱伦等情节的扩展就是在引导或迎合人们的偷窥欲的同时达到提高收视率的客观效果。在主要以"收视率"为衡量标准的传播活动中，改编者获得了更大的话语自由，这对其艺术创造性的发挥是有利的，但这种自由的限度受制于市场上受众的接受程度。与此同时，学者几乎丧失了对文学改编活动的影响和干预能力，他们关于文学经典影视改编的严肃讨论只能拘于学术圈内。就本质而言，在两种不同艺术媒介形式转化的过程中，改写是必须的。在艺术生产和受众需求为主要来源的力量的推动下，这种背离经典原著的视觉化改编、文字改写、戏仿、拼贴在2000年以后已蔚然成风，它也不再拘泥于"文学经典改编"所能包含的现象之中而变为另一个问题。

文学经典的视觉化呈现给文学经典的"神圣性"带来了致命的

---

① 张耀杰：《慎重对待名著——电视连续剧〈雷雨〉座谈纪要》，《中国戏剧》1997年第7期。

冲击。这种冲击不是来自一种政治意识形态的强制，也不是文学研究学科发展的内在需求，各种各样的改写改编行为和成果，用最直接和富有冲击力的方式将文学经典用完全不同的面目呈现出来，向人们展示着：经典是可以被改变、被使用甚至可以被篡改、拆解或变形的。媒介文化的视觉转向不仅冲击了文学经典的神圣性，更本质的是它冲击了以印刷媒介为主要存在形式的文学在艺术表达中的位置。

（四）文学经典的视觉化生存之道

文学经典的视觉化过程并不是一帆风顺的甜蜜之旅，文学经典有着被利用、被篡改、被颠覆的尴尬和危险，但文学经典在当代媒介文化的境遇中无法完全离开视觉化媒介而生存和传承。随着媒介文化视觉化程度的不断加深，整个文化都卷入了视觉文化之中，在这种情况下，文学经典的"强势"慢慢弱化，而以接触率和时长、大众接受程度等指标衡量的视觉化媒体的"强势"日益加剧。如何理解文化的视觉化，并借助视觉化媒介来实现文学经典的生存与发展是需要正视的问题。

"我们正处于一个视像通货膨胀的'非常时期'，一个人类历史上从未有过的图像富裕过剩的时期。越来越多的近视现象仿佛是一个征兆，标志着人们正在遭遇空前的视觉'逼促'"[1]，以电视、电影、报纸、书刊、互联网、广告等为代表的大众媒体所制造的各种各样的视觉符号充斥着我们的生活空间。媒介文化的"视觉转向"已是一种不可逆转的趋势，正如丹尼尔·贝尔在《资本主义文化矛盾》一书中所言"当代文化正在变成一种视觉文化而不是一种印刷文化"[2]，这是千真万确的事实。从媒介演变看，人类文明经历了从口头传播、印刷传

---

[1] 周宪：《反思视觉文化》，《江苏社会科学》2001年第5期。
[2] ［美］丹尼尔·贝尔：《资本主义文化矛盾》，赵一凡等译，生活·读书·新知三联书店1989年版，第5页。

播再到电子传播的转变。早在电影诞生之初,巴拉兹就注意到由此所创造的不同于印刷文明的视觉文化的可能;本雅明从机械复制的角度认为电影作为一种新的有影响力的媒体将导致了"传统的大动荡";鲍德里亚则断言,"仿像"将取代传统的图像和话语而充斥在生活的各个角落;德波在《景观社会》一书中将视觉文化理解为:世界转化为形象,因此将人的主动的创造性的活动转化为被动的观察和发现行为;在文化传播中,视觉具有了优先性和至上性,它压倒了其他感官,将现代人转化为"观者";从根本上说,景观代表着一种独裁和暴力,拒绝观者和景观之间对话的发生;景观的表征具有自律性和自足性的特征,它不断复制和扩大自身。① 由此可见,媒介文化的视觉化转向不只是简单的媒介发展和技术更新,它所带来的是深刻性、本质性和整体性的文化改变。为了说明这种变化,这里借助了社会学家拉什对"话语的文化"与"图像的文化"的对比②,见表8。

表8　　　　　　拉什关于话语的文化与图像的文化性质对比

话语的文化	图像的文化
认为词语比形象具有优先性	是视觉的而非词语的感性
注重文化对象的形式特质	贬低形式,将日常生活中常见之物的能指并置起来
宣传理性主义的文化观	反对理性主义的或"教化的"文化观
赋予文本以极端的重要性	不询问文化文本表达了什么,而是询问它做了什么
一种自我而非本我的感性	一种"原初过程"扩张进文化领域
通过观众和文化对象的距离来运作	通过观众沉浸其中,无中介地进入文化对象的运作

其一,这两种文化的差异表现为媒介差异性:话语文化以语言为核心,语言和它构建的文本具有优先于形式的特权。在历史上相当长的一段时间人们都将文字的出现视为人类文明开始的重要标志,文字以其深刻性、时间性的优势在阐释世界诸手段中一直处于主导地位。从圣旨到

---

① 陶东风等主编:《文化研究(第3辑)》,天津社会科学院出版社2002年版。
② Scott Lash, *Sociology of Postmodernism*, London: Routeldge, 1990, p. 175.

咒语、从史诗到誓言、从历史到规范，文字成为编织人类社会之网的物质材料。在巴别塔的故事、"仓颉作书，而天雨粟，鬼夜哭"的传说和"敬惜字纸"的风俗中都可以看到文字近乎神圣的地位；而图像文化中，图像则代替了语言成为文化的主导因素，形成了"图像霸权"。

其二，话语建构的是一种理性主义的文化，它有着严格且有意味的表达形式，并以此宣扬和崇尚理性主义价值观；图像文化则明显趋向于感性，它排除形式的意义，把各种符号与日常生活现成物等同起来，消弭差异，强调感性直观，摒弃了理性主义的说教。在以话语（尤其是文字）为中心的媒介文化中，"图像"只是起到辅助理解的作用。语言因为具有抽象性、符号性的特点，对使用主体有着相应的文化水准的要求，对语言符号运用和理解的差异导致文化标准的存在，并因此产生了区隔：雅与俗、精英与大众等都是以话语的使用和理解不同而建立的区隔。而"视觉文化"的形象直观性使文化活动变成了人人可以进行的"观看"，进而导致了用于进行文化区隔的雅与俗、精英与大众的原则失效，"大众"以其作为"观看者"的绝对数量优势成为无法忽视的文化主体。

其三，话语构建的文化主要展现"自我"，是一种理性引导和制约下的表达，它遵循现实的原则；图像文化则以感性直观的形式表达"本我"，"快乐原则"取代了话语文化的"现实原则"。

其四，话语文化必然是一种带有距离的"静观式"文化，在主体与对象之间保持着一定的表达距离和审美距离；而图像文化直接指向欲望，它消弭主体与对象之间审美距离的可能，由静观感受到的"韵味"转向了一种直接作用于主体的"震惊"。

从这几个层面看，大众媒介文化的视觉转向至少在四个方面对文学和文学经典构成了挑战。视觉文化首先挑战了作为话语生产的文学艺术在文化生产中的主导性；视觉文化改变受众。它以欣赏和理解的直观性吸引了大量的受众，分散了文学阅读人群；视觉文化腐蚀了文学"灵韵"。视觉文化大多是集体合作产物，文学成为其中的一个"构件"，一个"脚本"，从创意到呈现所经历的无数道工序将作家个人风格消磨；视觉文化对文学经典的传播没有毕恭毕敬的膜拜，而是把经典打成碎片，随心所欲地将其与其他文化资源，与自己的当下生活经验组合、拼装在一起。它将经典的文本资本转换成经济资本，挖掘其潜在的功用价值，让其在不同的群体和不同艺术形式之间自由流动。这种对经典作品的挪用、拼贴和改写，消解了经典文本的深刻意义和权威光环，文本的价值在于它可以被使用，在于它可以提供的相关性，而非它的本质或美学价值。① 经典成为一种可以被偷袭或被盗取的文化资源。

视觉文化强势扩张造成了文学经典阅读和接受的普遍困境，许多研究将这视为文学经典无法逆转的根本性危机，也有学者提出了在视觉化转向中"重建阅读文化"② 的思考。重视大众媒介素养的培养和提升，实现从对媒介的盲目追随到对媒介使用的主动选择，并自觉规避媒介文化可能造成的负效应，在此基础上，重新认识文学经典阅读的价值和意义；同时，积极借助视觉化媒介进行文学经典在异质媒介中的传播。文学经典改编更需要改编者的文学修养、时代敏感度和艺术造诣，借助成功的经典改编，往往不仅能使经典文学大众化（通俗化），也能使大众更为接近经典文学所传达的情感、意境、品位，更愿意接近经典文学。乔治·布鲁斯东在《从小说到电影》一书中指出，"小说与电影像两条相交叉的直线，在某一点上会合，然后向不同的方向延伸"③。站在更为宏阔的视角看，视觉化的媒介作为一种新兴媒介的出现并不意味着文学的消失，文学这种主要以旧媒介为表现

---

① 陶东风：《大话文学与消费文化语境中经典的命运》，《天津社会科学》2005年第3期。
② 周宪：《重建阅读文化》，《学术月刊》2007年第5期。
③ ［美］乔治·布鲁斯东：《从小说到电影》，高骏千译，中国电影出版社1981年版，第69页。

形式的文化产品必然作为新的媒介生产中的内容被保留和继承下来，视觉化的文化传播不是以差异和深度而是以广度和覆盖的抵达为直接标准，那么，任何一种对文学经典在异质媒介的传播都是一种对文学经典的文化基因的保存、遗传和继承，它保证了文学经典的熟知和可得性。经典无法通过自身对受众实行强迫性阅读，但作为存在于多种媒介形式中的文化基因，它保存了自己的所有启示和秘密，也就有着被不断发现和认知的可能。

三　消费文化对文学经典价值的冲击

王一川认为，"90 年代，中国文学面对这三种制约因素：物欲满足、文化认同和影视夹击"。① 本节的前面两部分可视为对文化认同和影视夹击这两个制约因素的回应，这里我们来看"物欲满足"或者说媒介文化消费化对文学经典的冲击。

"消费社会"是波德里亚对物质极为丰盛的后工业社会的生动命名。传统意义上的社会生产主要是对生存需求的满足，而在消费社会里，生产过剩成为普遍的现象，"不断增长的物、服务和物质财富所构成的惊人的消费和丰盛的现象，它构成了人类自然环境中的一种根本的变化……人们不再像过去那样受到人的包围，而是受到物的包围"②。这种现象不仅表现为物质生产，更为重要的表征是文化消费化。在西方社会，这种"新的消费类型：人为的商品废弃；时尚与风格的急速变化；广告、电视和媒体以迄今为止无与伦比的方式对社会的全面渗透；城市与乡村、中央与地方的旧有的紧张关系被市郊和普遍的标准化所取代；超级公路庞大的网络发展和驾驶文化的来临——这些特征似乎都可以标志着一个与战前社会的根本

---

① 王一川：《文艺转型论：全球化与世纪之交文艺变迁》，北京师范大学出版社 2011 年版，第 87 页。

② ［法］让·鲍德里亚：《消费社会》，刘成富、全志钢译，南京大学出版社 2001 年版。

断裂"①。杰姆逊所描述的"消费社会"的这些主要特征在1990年代的中国社会是否已经成为现实？

在前面的论述中，我们曾把1990年代的中国描述为前现代、现代和后现代交织并存的"多元化"社会，一个处于迫切需要现代化的社会，一个处于向工业化发展的阶段但又的确拥有发达工业社会某种征候的社会。广泛流布的大众媒介一方面把这些文化差异并置于人们眼前，另一方面又以滚动播出的言情剧和娱乐节目、流行时尚、奢侈生活、精致细腻的男女情感故事等方式不遗余力地传播消费社会的生活理念、生活方式和行为习惯，以致在媒介文化中虚拟出一个仿真的或者说是类像的"消费社会"，这在客观上抵消和抹平了"差异"。一个由可视、可听、可见、可闻的立体媒介网络建构起来的消费社会图景成为一种超现实的存在。"日常的政治、社会、历史以及经济的整个现实都与超真实的仿真维度结为一体，我们已经走出了对现实的'审美'幻觉。"② 20世纪最后的十年，随着消费社会的逐渐显形，文学作为文化消费的征候日益凸显。

消费文化的出现，使文学生产从一种高雅的富有想象力的艺术创造变成了无差别的商品生产，"随着文化的高雅目标与价值屈从于生产过程与市场的逻辑，交换价值开始主宰人们对文化的接受"③。在以需求为导向、以营利为目的生产过程中，市场的中介作用越来越突出，它中介了文学的生产与消费，构建了多元化的文学生产、传播及消费场域，"人们从来不消费物的本身（使用价值）——人们总是把物（从广义的角度）用来当作能够突出你的符号，或让你加入视为理想的团体，或参与一个地位更高的团体来摆脱本团体"，因此"一件商

---

① ［美］弗雷德里克·詹姆逊：《文化转向》，胡亚敏等译，中国社会科学出版社2000年版，第19页。
② Jean Baudrilland, *Symbolic Excllage and Death*, London Sage, 1993, p.74.
③ ［英］迈克·费瑟斯通：《消费文化与后现代主义》，刘精明译，译林出版社2000年版，第20页。

品，无论是一辆汽车、一款大衣、一瓶香水，都具有这种彰显社会等级和进行社会区分的功能"①。消费成为一个由符号建立的秩序系统，消费是符号的生产和交换，在消费主导的社会里，为了培养和引导一种消费的态度和需求，可以通过"符号操作"达到目的。文学经典概念在这种消费文化的语境中被世俗化、普泛化和符号化了，媒介用"经典"进行命名、受众因"经典"进行消费，"经典"不但被消解了作为权威性的存在，甚至其本身的存在都丧失了主体的价值和意义，"经典"作为一个符号被再生产。

文学生产的消费化导致经典生产由传统的作者主导转向了读者主导。文学经典究其产生过程而言，可以分为"政治塑造是强制＋教化型，文化塑造是启蒙＋教化型，唯有经济塑造是设计—诱导型"② 三种。与市场交换原则连带着的价值取向看似一种自由自主的信息多元和民主，其实质却是把受众换算成收视率、点击量、订阅数等数字集合并最终落实为经济利益的最大化——这完全不同于经典文学和文化生产的价值标准：经济法则和市场逻辑取代了文学的自律性和自足性，经典生产与再生产自然更多地受经济权力的控制，经典的商业化不可阻挡，市场以经典的名义制造出了诸多"速成经典"，表现了商业利益对"经典"作为稀有性资源的渴望。在经济利益和市场机制主导下，形式多样的经典再生产现象频出：或以"经典"之名自诩（或诩人），或热衷于进行各种"经典"的命名，或是以组织或机构的名义颁发"经典"认证书，或是"大师""经典"冠名的文学出版……所有围绕"经典"喧嚣的话语，实际上凸显了经济、媒介与大众力量的增强，多声部的言说也使经典生产陷入无序状态。

"经典"原本是一种理想的概念，它预设了一种文学理想的境界，

---

① ［法］让·鲍德里亚：《符号的政治经济学批判》，夏小燕译，中国人民大学出版社2005年版，第55页。

② 吴兴明：《从消费关系座架看文学经典的商业扩张》，《中国比较文学》2006年第1期。

是一种美学价值的担保和确认，也是对当下文学进行反思和追问的立足点，一旦被泛化，就失去了其严肃性，商业逻辑在文化市场中大行其道，不断消费着"经典"概念并使其迅速贬值。在大众文化流行的时代，批评者更是要谨慎使用"经典"的封号，警惕各种"经典赝品"引发的劣币驱逐良币。从另一个角度来看，消费文化的受众指向也决定了消费文化在形式表现上的多元化，生产的极大丰富也在客观上造成了受众的分化，"日常生活在商业霸权的宰制下也为人们提供了多种文化消费的可能，这就是文化权力支配性的分离，文学经典指认者的权威性和可质疑性已同时存在"[①]，消费文化在制造"经典"的同时也不断消解着经典一致性认同的基础。因此，对文学经典和大众化、视觉化、消费化的媒介文化之间的抵牾和对立需要有清醒的认识。但同时，经典从来都需要通过在广泛的社会公共空间中获得普遍的影响力并赢得话语权，经典必须经历各个历史阶段文化的洗练而得以延存，因此，媒介文化的大众化、消费性也提供给作家作品更广泛播散的平台，提供给文学经典和其他文化资源进行竞争性传播的民主环境，被不断呈现和再生产的文学经典在媒介文化的传播中不断接受时代精神的阐释。因此，在媒介文化消费化的语境中，经典消费与经典传承似乎是一个硬币的两面，经典消费成为经典传承的主要方式，它一方面在蚕食着经典，又在消费中使经典得以传承。于是，经典消费与经典传承由一对矛盾变成一个统一体。

1990年代的文学经典论争在1980年代理论和问题积累的基础上，在与国外文学经典研究成果的汇集、碰撞中形成了巨大的话语磁场。不断涌现的文学史新作和关于经典选本的论争一方面反映了文学研究中标准和立场的多元化和丰富性，另一方面，虽然存在对"谁是经典"的认知的偏差，但整体而论，这些论争都是在对"文学经典"作

[①] 孟繁华：《新世纪：文学经典的终结》，《文艺争鸣》2005年第5期。

为文学研究的理论话语充分认可的基础之上,共同体现了精英知识分子对文学经典建构的努力。"如果说,80年代的'重写文学史'运动,以补白和钩沉的方式,将此前的文学史(也就是现代中国史)的完整权威图景,显现为存在着差异或遍布着裂隙与'天窗'的权力话语,其主旨在于某种抗衡或颠覆性的文化意图,那么,90年代的文学经典化,则在80年代逻辑延伸的意义上,成为一次全方位的文化建构过程,其主旨在于推进或完善以欧美为范本的学院化过程,同时在新的民族国家想象与文化价值标准的意义上提供有效的经典序列"[1]。与此同时,以视觉形式为主要媒介、以消费为主要表征的大众文化的繁荣与文学经典之间既相互借重又相互竞争的关系使得文学经典在不断扩展影响面的同时,其权威性也受到了挑战和质疑,文学经典的合法地位已不再单纯地借由文学史来确立,制约文学经典建构的因素变得多元而复杂。精英文化及知识分子在话语场域中的尴尬处境也是文学经典的处境。面对文化转型中文学经典及其研究的困境,如何实现理论的突破,重新获得对现实的解释力和影响力,这是2000年以后研究者思考和必须解决的问题。

---

[1] 戴锦华:《书写文化英雄》,江苏人民出版社2000年版,第120页。

第四章　21世纪：媒介化社会的文学经典理论反思

经历了1980年代以"拨乱反正"的政治意识形态力量为主要推动的"断裂"和1990年代以"市场经济建设"的商业意识形态力量为主要推动的"转型"。按照这样的逻辑，2000年以后的社会文化应该是建立在前两个时期所形成的文化结构和生产机制基础上的稳步建设和推进。但新的技术，尤其是媒介技术的发展作为2000年以后社会文化的重要变革性力量，开启了以互联网为代表的网络化电子媒介传播，推动社会文化走向了媒介化，人们进入了"通过媒介来应对现实"①的"真正的媒介化社会"：集团化发展的主流传统传媒、电子化生存的网络传媒、如影随形的移动终端新媒体等构成了立体化、全方位覆盖的媒介传播格局，它具有从公共生活到私人隐私、从大众传播到个人化书写的无所不包、24小时不间断发布和传播的强大媒介传播力。内容庞杂、众声喧哗的信息海洋，构成了一个超真实、信息"内爆"的"拟态"世界，真实世界与媒介化虚拟世界的界限逐渐消失，个人对世界和他人的认识在很大程度上只能凭借大众传播媒介这个中介才能实现，媒介成了操持社会的显著力量。如果说，在1980年代媒

---

① [美]托马斯·德·曾戈提塔：《中介化：媒体如何建构你的世界和生活方式》，王珊珊译，上海译文出版社2009年版，第8页。

介文化只是整个社会文化的冰山一角，到了2000年以后，"公众开始接受媒体所呈现的社会现实，因此，当代文化实际上就成了'媒体文化'"。① 文化被全面媒介化了：不仅原有的文化形式需要媒介呈现才能得到传播和认知，新的媒介也在不断制造新的文化以包围之势将整个社会文化生产活动卷入其中。这也正是2000年以后文学研究的整体性语境，是我们讨论这一时期文学经典论争必须面对和理解的语境。科技神话同商业奇迹一起改变着人们对文学本身、文学研究、文学经典观念的认知，也促成了人们在已经发生的本质性的文化转向中反思和重新认知我们习以为常的概念和理论。

第一节　文化媒介化

对2000年之后的媒介文化变化的描述已经很难用启蒙或消费来界定其功能，或是用精英或大众来界定其文化的主要偏向。随着资本的深度介入和技术的革命性发展，媒介已经不仅仅是作为大众传播的工具，它中介了整个社会的文化生产和消费。媒介不仅仅从事独立、分散的信息生产，而且占有了更广泛的市场空间、拥有更多份额的市场资源并朝着产业化集团化的方向发展。原本各自为战彼此割据的大众媒体在资本、技术、政策的多重力量作用下不断融合发展，发挥了对社会文化强大的整合作用。这一节将从媒介信息数字化的角度来说明2000年以后媒介文化的总体性变化，并在此基础上分析这种变化带给文学经典的新的挑战和机遇。

一　信息网络化

诚如欧洲学者加汉姆（Garham）所说"关于传媒经济、传媒政治

---

① ［美］戴安娜·克兰：《文化生产：媒体与都市艺术》，赵国新译，译林出版社2001年版，第4页。

或者传媒的社会文化影响的讨论，实际上往往都是关于技术的讨论"①。我们思考新媒体在当代中国文化领域的意义时，还是应当回到媒介技术的出发点上。

"19世纪缓慢地准备了物质消费资料、信息、人员乃至新的生产组织模式的交换和循环的新模式。在此期间，特别是从1850年开始，在舆论自由的概念被具体化的社会背景下，一系列新技术的发明使得新的传播网络大发展有了可能。对此进行移植的历史形式是每个新的交换通道自行嵌入多样化的社会，这宣告了随后将延伸到下个世纪的问题。"② 这里所说的"新技术""新的传播网络"主要是指1844年莫尔斯在美国试验电报的成功，电报随后开始在全世界逐渐普及并"最终成为朝着使各国团聚在一个国际传播网络中迈进的划时代的一步"③，并以此被《纽约时报》认为"在人类征服物质世界的一连串重大发明中，电报无疑是最重要的"④。

凯瑞在2005年出版的《作为文化的传播："媒介与社会"论文集》一书中首先强调了电报的经济推动作用，"电报是电子工业第一个真正的奠基产品，因此也是第一个以科学和工程为基础的工业……重要的是，电报是第一个电子工程技术，因此它第一个集中反映了现代工程的中心问题：即信息经济问题"。⑤ 作为一个脱胎于运输工具的新的通信形式，电报很快就与其他交通运输工具构成合力，推动着"世界经济一体化"的形成。另外，电报作为信息传播模式中的巨大

---

① [英]尼古拉斯·加汉姆：《解放·传媒·现代性：关于传媒和社会理论的讨论》，李岚译，新华出版社2005年版，第111页。
② [法]阿芒·马特拉：《世界传播与文化霸权：思想与战略的历史》，陈卫星译，中央编译出版社2001年版，第7页。
③ [美]叶海亚·R.伽摩利珀：《全球传播》，尹宏毅译，清华大学出版社2003年版，第14页。
④ [美]丹尼尔·杰·切特罗姆：《传播媒介与美国人的思想——从莫尔斯到麦克卢汉》，曹静生等译，中国广播电视出版社1991年版，第9页。
⑤ [美]詹姆斯·W.凯瑞：《作为文化的传播："媒介与社会"论文集》，丁未译，华夏出版社2005年版，第161页。

变革，"在电报之前，'communication'被用来描写运输，还用于为简单的原因而进行的讯息传送，当时讯息的运动依仗双足、马背或铁轨运载。电报终结了这种同一性，它使符号独立于运输工具而运动，而且比运输的速度还要快"①。电报的出现，以独立符号的形式，带来了物质运输和讯息传送的分离，由此"另一个平衡的宇宙像变戏法一样地出现了：人的复制品栖居在这里，它们遵循的规律与血肉之躯遵循的规律迥然不同……虽然蒸汽机动力使铁路和汽船的人货运输大大加快，然而人体还是跟不上快速的声觉、图像和视觉表现。我们的身体会疲劳，承受力有限，然而我们的形象一旦记录下来，就可以通过媒介而流通，没有什么确定的限制，且能够跨越空间和时间的荒园"。② 从电报开始，直至后来的电话、广播、电视等媒介都具有能够制造出"另一个世界"的功能，它们作为替身或复制品，遵循着不同于铁路等有形物体运输的另一种运作模式。

传播技术沿着这种"物质"与"讯息"相分离的路径发展，"每25年是一个重要阶段：1850年前后是电报，1850年至1880年是电话，1890年前后是电磁波传输，1920年至1930年是无线电广播，1950年至1960年是电视，最后是从七十年代开始的新媒体"③。

1946年第一台电子计算机在美国宾夕法尼亚大学问世；

1969年11月21日，六名美国科学家成功地将加利福尼亚大学洛杉矶分校计算机实验室里的一台计算机与千里之外的斯坦福研究所的另一台计算机联通了起来，开启了一个数字化传播的文化新纪元；

1981年家用电子计算机开始进入公众生活，到1988年，欧美国家15%的家庭拥有电脑；

---

① [美]詹姆斯·W. 凯瑞：《作为文化的传播："媒介与社会"论文集》，丁未译，华夏出版社2005年版，第162页。
② [美]彼得斯：《交流的无奈：传播思想史》，何道宽译，华夏出版社2003年版，第131页。
③ [法]弗兰西斯·巴尔等：《新媒体》，张学信译，商务印书馆2005年版，第11页。

1990年，蒂姆·伯纳斯－李（Tim Berners-Lee）发明了万维网和超文本，互联网的触角蔓延使网络的幽灵很快越出阿帕网时代军事专家的密室，开始光顾市井民间，浪迹全球；

1991年，全球第一个网站诞生，网址为http：//info. cern. ch；

1993年4月30日，CERN宣布开放万维网给所有人使用；

1995年，美国计算机的销售量首次超过汽车；

1998年5月，互联网已成为报刊、广播、电视之后的第四大媒体；

1999年底，美国2/3的家庭电脑联网，全美上网人数超过1.1个亿。

"因特网摆出了这样一幅姿态：它要把过去一切的媒介'解放'出来，当作自己的手段来使用，要把一切媒介变成内容，要把这一切变成自己的内容。"网络传播的内容从文本扩张到图像和声音再到视频播放，最终成为一个"宏大的包含一切媒介的媒介"。① 尼葛洛庞帝由此提出了"后信息时代"的"数字化生存"，日本学者水越伸宣布人类进入"数字媒介社会"，马克·波斯特则称之为"第二媒介时代"……数字化、双向型、实时同步性、去中心化成为网络等新兴互动媒体的特性所在。

在席卷全球的数字化浪潮中，中国起步稍晚但发展迅速。

1986年，国内互联网建设起步，"中国上网第一人"钱天白通过拨号方式实现了与Internet的间接链接，发出了中国有史以来的第一封E-mail；

1990年，中国正式向国际互联网信息中心注册了最高域名"CN"；

1994年，中国正式加入国际互联网，据统计，我国的上网人数1995年底不到6000人，1996年底约20万人；

1999年1月，中国电信和国家经贸委经济信息中心牵头举办"政府上网工程启动大会"，发起了"政府上网工程"；

2000年7月，国家经贸委、信息产业部指导，中国电信集团公司

---

① ［美］保罗·莱文森：《数字麦克卢汉》，何道宽译，社会科学文献出版社2001年版，第7页。

与国家经贸委经济信息中心共同发起的"企业上网工程"正式启动；

2000年10月，《中共中央关于制定国民经济和社会发展第十个五年计划的建议》明确提出"大力推进国民经济和社会信息化，是覆盖现代化建设全局的战略举措。以信息化带动工业化，发挥后发优势，实现社会生产力的跨越式发展"。

2001年12月20日，由中华人民共和国信息产业部、中华全国妇女联合会、共青团中央、中华人民共和国科学技术部、中华人民共和国文化部主办的"家庭上网工程"正式启动。

从1997年开始，中国互联网络信息中心（CNNIC）对我国互联网发展状况每半年进行一次统计。从1997年11月到2014年7月，该中心发布了34次统计报告，数据的对比清晰地显示了从1990年代后期开始，网络在中国社会的渗透和普及。根据1997年10月公布的第一次《中国互联网络发展状况统计报告》，当时我国上网计算机数29.9万台，上网用户数62万。从用户职业状况看，网络使用主要用于政府、企业、公共事业及科研教育。2000年6月第5次《中国互联网络发展状况统计报告》的数据显示：到1999年12月31日，我国上网计算机数达到350万台，上网用户人数为890万，用户平均每周上网时长17小时。在"政府上网"和"企业上网"的政策推动下，从上网用户人数增长率看，从1998年7月到1999年底，上网用户人数每半年都以超过50%的比例增长；随着家庭上网工程开始启动，上网费用不断调低，在半年之后的第6次调查中，上网的计算机总量达到650万台，几乎翻了一番，上网用户人数为1690万，是半年前的1.9倍。另外，从上网用户的文化程度数据可以看出，新媒介的传播和扩散最初的接受者多数具有大专以上学历，换言之，到20世纪末，网络在国内取得长足发展，但尚未成为被广泛使用的大众化媒介。2005年6月，国内上网用户总人数突破1亿，达到10300万，高中及其以下学历的网民人数开始激增，网络大众化趋势日益显著。

2006年12月的统计数据显示，国内网民人数已经达到了1.37亿，互联网普及率超过了10%。根据创新扩散传播过程的"S"形曲线，新事物的普及率超过10%时，扩散规模会大幅增长，作为新生事物的互联网的扩散在中国已经达到了临界点，从2006年起互联网在中国进入了快速增长阶段。

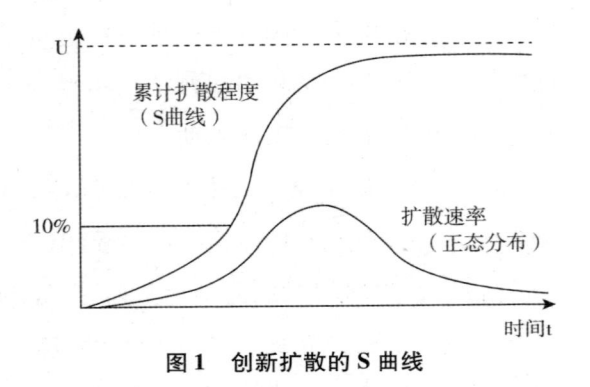

图1 创新扩散的S曲线

图片来源：[美]埃弗雷特·M. 罗杰斯：《创新的扩散》，辛欣译，中央编译出版社2002年版。

2007年6月，中国网民人数已经达到1.62亿，仅次于美国2.11亿的网民规模，位居世界第二。中国网民仍以高学历为主，大专及以上学历网民超过4成（43.9%）。这些网民中，又有一半是本科及以上学历（23.8%）。从历史变化情况来看，中国互联网网民学历结构正在变化，高学历网民的比例在逐步下降，网民中学历较低的人群比例超过50%。根据最新的统计数据，截至2014年6月，我国网民达6.32亿人，互联网普及率为46.9%，其中，使用手机上网率为83.4%，首次超越传统PC（80.9%），手机成为第一大上网终端设备。（见图2）

进入21世纪，互联网已经从创新事物迅速发展为大众广泛接受和日常使用的重要媒介，各种社会活动都被卷入其中，文学活动也不例外。迅速普及的互联网成为文学活动在21世纪发生改变的根本原因。技术的迅猛发展和媒介传播的普及，导致了书写—印刷文化的边缘化及新的媒体艺术的盛行和审美心理的转变，也促成了传统媒介与新兴媒介融合集成的"全媒体"格局。

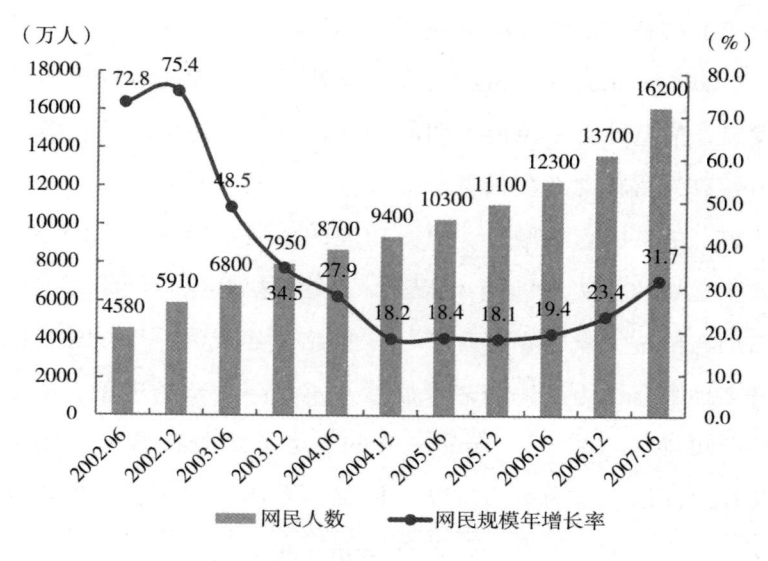

图 2　中国网民规模及年增长率（2002—2007）

数据来源：中国互联网络信息中心 2007 年 7 月发布的《第 20 次中国互联网络发展状况统计报告》。

二　媒介融合与媒介化社会

新的媒介"刚问世时，它们似乎是旧媒介的降格形式。新媒介必然把旧媒介当作内容来使用。这样做可以加速它们自己粉墨登场、成为艺术形式的过程"①，如果同意麦克卢汉以上的判断，那么，人类传播媒介发展的过程就是一个不断实现媒介融合的过程。新的媒体技术始终在融合之前存在着传统媒介的优势，从而促进传统媒介的革新，推动媒介传播功能的多样化和服务的广泛性。不断融合的媒介既是促进社会媒介化的直接作用者，也是社会媒介化程度不断加深的催化剂。

媒介融合首先表现为媒介技术要素的结合和汇聚。1983 年，美国

---

①　[加] 埃里克·麦克卢汉、弗兰克·秦格龙编：《麦克卢汉精粹》，何道宽译，南京大学出版社 2000 年版，第 411 页。

马萨诸塞州理工大学的伊契尔·索勒·普尔（Ithiel De Sola Pool）就在《自由的科技》（The Technologies of Freedom）中提出了"传播形态融合"（the convergence of modes）的设想，他认为随着计算机技术的迅猛发展，信息社会中泾渭分明的各种传媒正在走向融合，各种传统媒介由各自为营转向互相借鉴、交叉互渗、横向联合，以实现传播方式的兼容、信息内容的融合、媒介功能的拓展和媒介形态的整合。事实发展正是如此，从1990年代以来，"计算机和电信网络方面的进步使得它们与传统大众媒介融合了"，"网络已经成为一个全球性的多媒体。将多种媒介糅为一体的艺术显然并不是一种新的现象。文字与形象的结合可能像（绘画）作品一样的古老。至少在希腊悲剧出现以来，又在上面添加了声音与运动。传统多媒体与数字多媒体之间的差异表现在，事实上，后者的各种各样的媒介都具有一种共同的数字编码"[1]。在这种媒介融合的驱使下"继续讨论如印刷、收音机、电视、电影、电话和计算机等各种媒体，好像它们是完全不同的实体，已不再具有任何意义"[2]。媒介融合，究其本质而言就是信息媒介的数字化整合，数字化技术有着收编一切的倾向和可能，一切媒介形式都被整合到了数字化网络媒体这个空前巨大的系统中。

在新技术的先导作用下，传统媒介的诸多业务和市场也相应地被整合到网络媒介中。媒体技术的发展打破了原来不同媒介之间的壁垒，为媒介化社会的信息生产与传播拓展了平台。"数字化使各种媒体产品有了共同的平台基础，这带来了多种媒体的产品集中到一个共同的渠道的可能性。业务形态的整合，也将使各种不同媒体的内容产品最终汇流为一个大市场。原有媒体市场的界限可能不再那么分明。"[3] 广

---

[1] [美] 克里斯廷·L 博格曼：《从古腾堡到全球信息基础设施》，肖永英译，中信出版社2003年版，第6页。

[2] [美] 约瑟夫·斯特劳巴哈等：《今日传媒》，熊澄宇译，清华大学出版社2002年版，第3页。

[3] 彭兰：《媒介融合时代的合与分》，《中国记者》2007年第2期。

电网、互联网和电信网"三网"融合,信息的辐射力和穿透力大大增强。媒介形态的大融合,使社会的媒介化进程大大提速。除了媒介的技术融合和内容融合之外,21世纪的融合也广泛拓展到媒介服务领域,从而使媒介信息的生产和消费均受到了深刻影响。媒介融合推动了社会的大融合,使整个信息传播过程都发生了翻天覆地的变化,从信息的采集到生产,经过信息的传播,再到信息的接受,包括媒介接触方式、媒介使用行为等,融合已经深深地参与到信息传播的每一个环节。

随着媒介技术、业务和市场的融合,必然会带来新的文化融合的现象。在《第二媒介时代》中,波斯特就指出,电子书写客观上使学科边界变得模糊不清,它会催化高等文化和低等文化的融合,使文化丧失了往昔森严的疆界而日益泛化。"媒介将许多新文化形式变成了我们的日常文化生活的一部分"[1],"信息和交流技术将会更多地融合在一起,从而模糊了任务与活动、工作与娱乐之间的界限,我们将会有'无处不在的计算'和'四处渗透的信息系统'"[2]。

社会文化的媒介化作为一个过程,几乎是和人类文明进化一起展开的,但直到网络的产生和普及,这种媒介化才有了全面实现的可能,以媒介融合为特征和趋势的媒介技术衍化为社会文化的不断媒介化提供了可能性,大众对于信息的需求甚至构成了文化媒介化形成的主体牵引力,而现代社会信息环境的不断"环境化",正是媒介巨大影响力和建构性的表现,也是文化媒介化的必然后果。媒介逻辑不仅是引发和推动这些变化的原因,更是为进一步的发展演变提供架构支持。如果说卡西尔所说的"随着人们象征性活动的进展,物质现实似乎在

---

[1] [英]丹尼斯·麦奎尔:《麦奎尔大众传播理论》,崔宝国等译,清华大学出版社2006年版,第92页。
[2] [美]克里斯廷·L.博格曼:《从古腾堡到全球信息基础设施》,肖永英译,中信出版社2003年版,第6页。

成比例的缩小，人们没有直面周遭的事物，而是在不断地和自己对话，他们把自己完全包裹在语言形式、艺术形象、神话象征或宗教仪式之中，以至于不借助人工媒介他们就无法看见或了解任何东西"①，在他的时代是一种理论预言，到今天，网络普及之后，这已经是一种现实图景的表达。

传媒与文化，在信息网络时代，两者结合得越来越密切，我们很难想象文化存在的形式能够离开媒介而确立自身，"技术的影响不是发生在意见或观念的层面上，而是要坚定不移、不可抗拒地改变人的感官比率或感知模式"②，大众传媒已不仅仅是文化的容器，它还决定着文化的内容、性质与变迁，甚至媒介本身就是文化。大众媒介作为人的延伸覆盖着从群体社会到个体生活的各种信息传输网络，几乎成为人们了解社会甚至自身最重要的甚至唯一的窗口。凡是没有进入大众媒介传播的文化就很可能被视为一种没落或边缘的文化。无论是阳春白雪的高蹈还是下里巴人的流行，其存在和呈现的形式与内容无不以被媒介规定的形式与性质进行改写；在深度市场化的媒介场中，各种各样的文化产品以赢得大众媒介青睐来实现自身的经济效益，从而出现了文化迎合传媒的景观。因此，当代大众传媒已经具有强大的文化领导力和文化整合力，甚至成为无所不能、无所不在的传媒霸权。"如果说，在现代社会出现了生产拜物教和消费拜物教，那么后现代社会却出现了'传媒拜物教'。当代传媒以跨国资本的方式形成全球性的消费意识，其文化霸权话语渐渐进入国家、民族的神经之中"③，在新的文化生产中，媒介的文化霸权进一步加深了文化的媒介化发展，当代文化的推进在一定意义上是媒介文化霸权的延伸和文化的不断媒介化。

---

① [美] 尼尔·波兹曼：《娱乐至死》，章艳译，广西师范大学出版社2004年版，第12页。
② Mcluhan Marshall, *Understanding Media*: *The Extensions of Man*, New York: McGraw-Hill, 1964, p. 18.
③ 王岳川：《中国镜像》，中央编译出版社2001年版，第332页。

三 媒介化时代文学经典的境遇

（一）网络媒介文化对文学与经典的冲击

"每一种工具里都嵌入了意识形态偏向，也就是它用一种方式而不是用另一种方式构建世界的倾向，或者说它给一种事物赋予更高价值的倾向①。"就文化发展而论，在不同的媒介阶段会呈现不同的意识形态偏向。

在远古社会口耳相传的媒介形态中，"我用我口里说出的话创造各种形态的万物"②，神话和史诗成为主要的文学和文化样式；在以青铜器、泥板、陶土、象牙等为主要书写媒介的时代，"文学成为了宗教的奴仆"③，神权和王权是文学的唯一内容，作为王权和神权传播媒介存在的文学因此具有了不容置疑的神圣地位；当传播媒介"从倚重石头向倚重莎草纸"转移，纸质媒介"使得过去传播思想的昂贵材料被一种经济的材料取代"④，"手写文字的数量显著增加，文字、思想与活动的世俗化随之产生"⑤，世俗文学冲破了宗教文学的霸权，由此引起的重大革命使人类从此拥有了"自觉文学的文明，他们是为文学而文学"⑥，但由于此时的文学艺术只是在小范围内进行交流和传播，"以自给自足的小农经济为基础的社会结构"决定了"不存在共同的文学环境"，因此文学"被看作是一种提供奢侈品"的存在，文学从

---

① [美]尼尔·波斯曼：《技术垄断：文化向技术投降》，何道宽译，北京大学出版社2007年版，第7页。

② [加]哈罗德·伊尼斯：《帝国与传播》，何道宽译，中国人民大学出版社2003年版，第11页。

③ [加]哈罗德·伊尼斯：《帝国与传播》，何道宽译，中国人民大学出版社2003年版，第29页。

④ [加]哈罗德·伊尼斯：《帝国与传播》，何道宽译，中国人民大学出版社2003年版，第143页。

⑤ [加]哈罗德·伊尼斯：《帝国与传播》，何道宽译，中国人民大学出版社2003年版，第29页。

⑥ [加]哈罗德·伊尼斯：《帝国与传播》，何道宽译，中国人民大学出版社2003年版，第37页。

宗教中解脱获得了审美的可能并作为一种审美稀缺性资源，从而获得了来自君权和神权之外的精英文化加冕的具有审美的经典性保障；在大规模生产的现代印刷媒介时代，媒介自主化的要求不断强化，依托市场的发展印刷媒介"需要利用它作为信息承载物的优势为自己资本积累"，也就是说，在不断将文学推向读者的同时"获取更多的资本截留"①。在这种资本积累动力的推动下，现代印刷媒介在文学出版的最初阶段偏重于选择具有经典性、权威性内容的文本，从而彰显和确立自身的"合法性"和名望资本，进而利用已截留的名望资本来制造和命名新的权威和经典。在以上几种媒介形态中，人们倾向于以语言文字的有限生产和资源稀缺性的建构来获取受众，传统媒介默许了语言文字的优先性地位，也决定了文学不论在口传时代还是在印刷时代都处于文化传播的核心位置，是一种具有"经典性"的文化传播方式。这种媒介的传播偏向带来的文化序列性（sequence）、分类（classifications）、中心（center）、连续的（continuous）等特征决定了这些生产必然有位置的中心与边缘、等级的高低、品质的优劣等区隔存在，区分"经典"与"非经典"不仅是王权、神权或商业资本的需要，还是媒介偏向的必然要求。

　　网络媒介显现出包容性的传播偏向。理论上，每个个体都可以通过接触和使用网络媒介来面向网络大众，它被视为"让大多数人都能够成为创作者的唯一媒介"②。相对于传统媒介时代由组织机构化媒介垄断和控制主要文化传播渠道的文化传播制度而言，网络媒介赋予公民个体更多的文化表达自由和文化传播权利。在新媒介时代，大众传媒和文化传播机构仍将存在，但它们已很难垄断文化传播渠道，文化出版和传播的权力分散了。网络在保证传播主体多样性的同时，也成

---

① 单小曦：《现代传媒语境中的文学存在方式》，中国社会科学出版社2008年版，第135页。
② ［英］戴维·冈特利特主编：《网络研究：数字时代媒介研究的重新定向》，彭兰等译，新华出版社2004年版，第87页。

为包容各种符号形式和媒介内容的展示平台，文字、符号、声音、图像、运动、形体等各种可能的信息载体都在网络上获得了展示的可能。网络媒介的包容性"使得机构观念的持续适用性遭到质疑"，① 新媒介具有的能够"绕过现存制度化渠道的潜力，似乎为大多数人民文化活动带来了机会，并降低了他们对各种垄断性文化传播作品和传播来源的依赖"②。"一种新技术向一种旧技术发起攻击时，围绕旧技术的制度就受到威胁，制度受威胁时，文化就处在危机之中"③，在网络媒介包容性传播偏向下，现存的文化传播制度、媒介形态和观念都受到冲击，甚至传统的文化模式都处于危机中。与以印刷媒介为中心建构的价值体系相对比，序列性被共时性取代、分类被模式识别取代、边沿化解了中心、非连续替代了连续性、文字型的人让位于图像型的人④。从媒介技术的偏向看，"在因特网上，呈现文化内容的符号形式是复合的……而且人类不同层次的精神交往活动都可以在因特网上聚合，人们并可倚仗因特网这一复合型传媒进一步从事各种各样交往实践活动为核心的行为"⑤，因此，网络化媒介在一定程度上意味着语言文字核心地位的丧失，以及相应的文学在文化传播中的重要性减弱。同时，用"经典"或"非经典"作为标准的一致性优劣判断可能失效，而代之以个体趣味和多样化选择。网络媒介所"形成的冲击波正在打开生活的种种传统界限，重新书写一批著名范畴的含义，诸如自然与文化、虚构与现实、私人空间与公共空间、科学与神化、生与死、远与近、

---

① ［英］丹尼斯·麦奎尔：《麦奎尔大众传播理论（第四版）》，崔宝国、李琨译，清华大学出版社2006年版，第100页。
② ［英］丹尼斯·麦奎尔：《麦奎尔大众传播理论（第四版）》，崔宝国、李琨译，清华大学出版社2006年版，第116页。
③ ［美］尼尔·波斯曼：《技术垄断：文化向技术投降》，何道宽译，北京大学出版社2007年版，第10页。
④ ［加］埃里克·麦克卢汉：《理解媒介》，商务印书馆2000年版，第5页。
⑤ 张咏华：《试论媒介文化和"赛博文化"的关系》，《新闻大学》2003年第3期。

进步与落后、权力与民主、财富与贫穷，如此等等"①，以这样的逻辑推论，"文学"和"经典"可能遭遇双重危机。

媒介技术的传播偏向仅仅是提供的文化发展的可能性，但是，这种可能性和影响倾向，并不等于完全的文化现实。在文化发展过程中，贯穿其中并发挥作用的既有媒介技术逻辑，也有文化建构的过程，而"技术及其社会应用就包含在一个相互建构的过程之中"②，"混在一起的新旧媒体的未来也取决于社会对它们的选择，或取决于以社会的名义对它们采取决策的人们"③。也就是说，文化发展演进过程中，技术协同政治、经济等各种力量一同作用，没有其他社会条件的支持，文化的民主化倾向单靠技术偏向难以实现。此外，"要获得公众熟知与尊敬的条件，实际上并未随着新技术而改变。如果没有大众媒介的配合，要在网络上出名并不容易"④。从媒介形态看，大众传播媒介，如报纸、杂志、书籍、电视、电影等形态并未消失，在以网络为基础的融合性媒介中，它们在一定程度上还发挥着作用，长期以来受众所形成的对媒介选择和使用的习惯并没有完全被网络替代。与此同时，很多一般性的文化传播规律也没有随着网络媒介的出现而丧失其社会效应。因此，一方面，网络媒介带来的传播民主化、去中心化和文化解放等作用（或副作用）是有界限的，文学在各种印刷媒介中广泛存在，并作为内容存在于其他媒介形态档中；另一方面，大众或学者所期待的网络媒介能带来的"民主文化……迄今仍然只是一个理想"⑤，因此，认为网络媒介绝对削

---

① 南帆：《双重视域》，江苏人民出版社2001年版，第1页。
② [英] 尼古拉斯·加汉姆：《解放·传媒·现代性：关于传媒和社会理论的讨论》，李岚译，新华出版社2005年版，第126页。
③ [法] 弗兰西斯·巴尔等：《新媒体》，张学信译，商务印书馆2005年版，第96页。
④ [英] 丹尼斯·麦奎尔：《麦奎尔大众传播理论（第四版）》，崔宝国、李琨译，清华大学出版社2006年版，第101页。
⑤ [英] 阿兰·斯威伍德：《大众文化的神话》，冯建三译，生活·读书·新知三联书店2003年版，第161页。

平了高低优劣的区分并作出网络时代文学经典的评价标准已经失效的判断为时尚早。

（二）媒介文化全球化对文学及经典的挑战

网络的出现使人类精神交往活动以及相伴随的物质交往活动在最大程度上实现了跨越空间的流动。就内容而言，传统的大众传媒在一定程度上参与了世界信息的沟通，但是，从信息发布范围来看，不论是书刊报纸还是电影电视，主要还是地域性传播系统，在理论和实践两方面都无法真正实现超越地理限制的传播，"古典的传媒在传播其他地方所发生的事情上是有限的，而因特网却能把它的用户送到所谓的'其他地方'去"①。网络通过技术突破了时空限制，借助开放性交互式网络系统，信息交流的时空限制在最大程度上趋于消失，因此，世界各地"鸡犬之声相闻"的"地球村"从理论构想变为现实。"电子化的共同基质已经出现。打开、调节、关闭电器、媒介甚至组织程序的相同技能、看法和基本的能力已经改变融入了许多相同的范式。电子电路、电子技能和电子程序才是我们生活的共同面目，也是我们正在形成的全球文化的共同面目"②，传统的以民族国家为边界的"垂直式"传播被链接全球纵横式的网状形式所代替。跨越文化、民族和国界的交流与传播克服了时空的阻碍，推动了全球不同文化的碰撞和交流。

不同民族、不同国家的文化彼此之间越来越快捷、越来越密集地流布和互动，并不意味着必然形成全球不同文化多元共荣并存发展的景观。实质上，"在传播全球化的过程中，由于文化差异的存在，文化的适用性却使跨文化传播呈现'单向性'和'同质化'的趋势，即：强势文化单向流向弱势文化，而弱势文化在强势文化的侵入和渗

---

① 王列等编译：《全球化与世界》，中央编译出版社1998年版，第11页。
② ［美］大卫·阿什德：《传播生态学——控制的文化范式》，邵志择译，华夏出版社2003年版，第22页。

透下，不得不认同和接受强势文化的价值取向与行为规范等，以适用强势文化主宰的社会系统，因而出现弱势文化的特质逐渐与强势文化趋同的现象"①。换言之，网络作为文化传播的媒介手段在一定程度上加剧了文化的殖民化或霸权。与经济霸权、政治霸权、军事霸权、文化霸权结伴而来的是媒介霸权，强势文化资源的国家通过网络、广播、电视、广告、流行音乐等媒介，将自己的价值观念、审美倾向、文化产品向文化弱势国家进行传播和输送，从而对后者的本土文化带来侵犯、取代和挑战，并可能造成"民族国家自治性的衰落或削弱"②。在马尔库塞看来，社会的科技化可能会粉碎一切超越性的思想，同化所有不同性质的意见，最终以媒介的形式消灭所有不同的声音。这种状况在报纸时代已经初现端倪，而在当代社会，随着广播、影视、网络等电子媒介技术的普及这已经开始演变成为一种对发展中国家的文化信息入侵与殖民的问题，"最终表现在它让整个世界都像北美人那样思考"③。

全球化而今已成为"文化、政治以及经济生活中许多领域里一个决定性的因素"④，就文学发展而言，全球化带来的不仅是民族文学与世界文学进行对话的历史契机，更可能是我们民族文学传统与审美习惯被影响或悬置，取而代之的是对西方文学的全盘吸收，从而影响文学自身的民族性。从目前的文学研究、文学批评和文学创作来看，中国文学理论的话语在很大程度上被西方话语概念所垄断，特别在对于新的文学形式、体裁进行分析时，"言必称西方"成了很多文学理论的通病，中国传统的"只可意会不可言传"文化体系在面对新的文化问题时，以上的可能性不只是担忧而是一种现实，许多研究者对文学

---

① 郭庆光：《传播学教程》，中国人民大学出版社1999年版，第253页。
② 南帆：《双重视域》，江苏人民出版社2001年版，第7页。
③ 王列等编译：《全球化与世界》，中央编译出版社1998年版，第1页。
④ [美] J.希利斯·米勒：《论全球化对文学研究的影响》，《当代外国文学》1998年第1期。

"失语"的焦虑就是对我国在文化全球化语境中现实处境和未来可能的一种表达。塞缪尔·亨廷顿在1996年出版的《文明的冲突与世界秩序的重建》一书中曾提出,"后冷战的世界中人们之间最重要的区别不是意识形态的、政治的或经济的,而是文化的区别"[1],在全球化格局中,政治、经济力量的不平等加剧了"文化和文化认同"的危机,并由此形成新的"结合、分裂和冲突模式"[2]。可以说,中国文学研究中的"失语"焦虑以及文学跨文化传播中的输出和接受的严重失衡在一定意义上都可视作全球化带来的文化危机。

根据亨廷顿的理论,未来世界将是"一个以文化认同(种族的、民族的、宗教的和文明的)为中心,按照文化的相似和相异来塑造联盟、对抗关系和国家政策的世界"[3],换言之,国家之间不仅是经济的和武装的,更是一种文化实力的竞争和对抗,是文化认同重要的区分标准。作为文化表现的重要形式之一,文学被认为是现代民族国家的想象或文化共同体想象的重要来源和形式。在文化认同的建构中必然具有重要的作用,而文学中经典的建构活动作为文化认同的重要来源在跨文化传播中被赋予重要的价值和意义。从这个角度看,以2004年季羡林、任继愈、杨振宁、王蒙等六十多位学者共同发表的《甲申文化宣言》为集中代表的"国学热",即可视为包括文学经典在内的文化经典"对现代西方的财富和权力垄断发起挑战"[4] 和对全球化带来的文化同质化的对抗。这种以中国古典文化和古典文学为核心的经典建构,在1980年代与文化寻根热伴随而生。1984年9月,经中共中央批准在山东曲阜成立了中国孔子基金会,这表明儒家文化的发展在体制内

---

[1] [美]塞缪尔·亨廷顿:《文明的冲突与世界秩序的重建》,周琪等译,新华出版社2010年版,第6页。
[2] [美]塞缪尔·亨廷顿:《文明的冲突与世界秩序的重建》,周琪等译,新华出版社2010年版,第4页。
[3] [美]塞缪尔·亨廷顿:《文明的冲突与世界秩序的重建》,周琪等译,新华出版社2010年版,第284页。
[4] 杜维明:《儒教》,陈静译,上海古籍出版社2008年版,第142页。

受到了一定的肯定；到1990年代"儒家文化进入了一个复兴期"[①]，儒学研究文献的系统整理、学院派研究大师的出现、机构的成立和民间儒学的发展在一定程度上形成了"国学热"。在"国学热"的影响下，文学经典建构中古典文学经典被不断强调。古典文学不同于现当代文学经典建构中的现代性指向，转而继续被西方现代文化所中断的中国传统文化和文学的根脉，强调文化本土性和民族性的建构，从而形成与西方话语霸权的抗衡。这种将文学经典建构的坐标向后移的做法在一定程度上有利于文化认同的形成和文化力量的扩张，从文化传播的实践看，截至2010年10月，我们在全球96个国家成立了322所孔子学院；在文学研究中，更多的学者开始重视文学作品中传统文化的赓续与表达。但这种向后移的做法在某种程度上是对中国百年以来文学传统的否定，如果说五四以来的新文化建设在一定程度上"腰斩"了中国传统文化，那么，以古典传统的重新主张代替现代传统的建构也是以同样的方式对新文学传统的割裂，无法真正解决中国文化与文学的现代化问题。

这一节从媒介的网络化入手，讨论了21世纪以来媒介文化的重要变化，以及由此引发的媒介融合趋势和文化的媒介化。以网络媒介为主要表征的媒介偏向决定了网络文化包容性的倾向，也带来了文学在各种传播符号中从中心到边缘的变化趋势，以及一致性的"经典"评判标准失效的可能。媒介扩张带来的文化全球化问题一方面将民族文学置于"失语"的危险境地，另一方面激发了民族文化对抗和对话的可能，这给文学发展和经典的建构带来了新的合法性契机。这些变化影响着人们的文化心理、文学接受和文学研究，也是我们反思和评价2000年以来文学经典论争的重要语境。

[①] 卞程秀、廖永林：《文化政治视域下的儒家文化复兴及其当代路径》，《学理论》2013年第24期。

第二节　关于当代文学经典的论争

"经典修订的目标是在实践中将大纲的重心从古代作品转移到现代作品中……事实上，文学课程的历史一直都倾向于以牺牲较旧作品为代价以便将大纲现代化。为满足新生资产阶级的某种文化，18世纪的初等学校体系中将大纲向俗语文学作品开放，这一先例影响深远并最终导致了古希腊和古罗马文学作品在教学大纲中的退隐。时间更近一点的例子是文学体裁的现代化，小说在19世纪晚期被收入了大纲，或20世纪60年代以来电影被收入大纲。"[1] 在《文化资本》一书中，杰洛瑞分析了西方文学经典论争在时间轴上不断向当代位移的现象。在文学经典的竞争中，当代话语合法性建构的需求在很大程度上推动了批评家和理论研究的注意，一方面，文学研究中越来越注重对当代作品的经典性的确认，但也不乏反对的声音，尤其是在古今中西的比较视野当中，对当代文学经典的判断出现了更多元的观念和标准。不论是否定或肯定，国内文学经典的论争在2000年以后（尤其集中在2006年至今），逐渐从对现代文学经典认知的分歧转移到了对当代文学经典性的讨论，"垃圾说"与"高度说"并存，"伟大时代为何难觅伟大作品"的焦虑与"这是文学最好的时代"的喜悦共在，当代文学经典论争以其更具现实性、话题性和时代感而被各种媒介裹挟，形成了多次激烈的论争。在已经四分五裂的文学批评话语的争夺中，当代文学经典问题成为一个靶子，透射了文学创作、文学研究和批评的分化状况。

当代文学的经典化建构及其研究从当代文学诞生之日起就从未间断。在中华人民共和国成立之后很长一段时期内，当代文学因为新政

---

[1] ［美］约翰·杰洛瑞：《文化资本：论文学经典的建构》，江宁康等译，南京大学出版社2011年版，第1页。

权合法性建构的需要而迅速在意识形态所决定的反映时代主题、宏大叙事等"框架"的"规训"下完成了自身的"经典化"。这些"当代文学经典"讲述着革命神话、英雄传奇并提供终极承诺,通过国家意识形态机器的宣传行为在全国范围内不断进行着阅读和讲述实践,以此建立起新秩序中的主体意识,并维系了那个时代人民的希望与恐惧,可以说,"对'革命历史'的经典化讲述构成了这些作品进入当代文学正典的基本途径"[①];在新时期"拨乱反正"的潮流之下,依然是主流意识形态的转变推动了当代文学经典的重新认知,与以"人"的本体性的回归和尊重为内容而重新建构的历史主体相呼应的是伤痕文学、反思文学等当代文学在广泛的阅读接受中迅速完成了几乎神圣的"经典化"过程;到1990年代,随着政治体制的转型,当代文学在很大程度上"告别崇高"走向大众,文学和商业化运作的结合,精英话语权力的边缘化造成了"人文精神"的边缘化,离开了主流意识形态支持又面临着大众通俗文化的挑战,文化精英对当代文学经典建构的自信开始动摇和萎缩。"批评的失语"主要是针对1990年代文学批评以"文学经典"为普遍标准来引导当代文学创作方向的作用失灵而提出的。在"20世纪文学大师""百年文学经典""悼词"等事件引发的论争中,很大一部分是针对当代文学中的"经典"而来的。从1997年开始,林建法主编的《当代作家评论》联手《佛山文艺》发起了"在20年当代文学中寻找大师"的活动,张柠、贺邵俊、谢有顺等中青年作家对李国文、张炜、史铁生、刘震云、陈忠实、马原、林斤澜、王安忆等19位当代作家进行点评。研究者认为"能不能找到'大师'并不重要,重要的是以'大师'的标准来看当代作家的创作,会使我们更加清醒地认识批评对象"[②]。虽然最终按照"讲故事的非凡能力"、"完成一种故事精神的能力"和"诗性与幻想性"这三个被评论者认

---

① 李杨:《文学史写作中的现代性问题》,山西教育出版社2006年版,第22页。
② 周立民、林建法:《中国当代文学的经营者》,《中华儿女》(海外版)2001年第6期。

为"是成为大师的起码标准"来"遍览中国文坛",在此基础之上得到的是"几位最有希望的作家"和"大师的踪影何其难觅"的感叹,但"其意义就在那个找的过程"①。虽然文学批评运用经典标准来引导当代文坛的普遍作用已经失效,但在寻寻觅觅之间,批评家努力以真诚评价当代作品,表达了对文学经典的呼唤,在中西、古今的比较中提出了可能的方向。

狄更斯《双城记》的开头因被广泛引用于描述这个时代的多种矛盾现象和观点而为人熟知,而它也恰如2000年以来人们对中国当代文学经典研究的现实写照:

> 这是最好的时代,也是最坏的时代;是智慧的时代,也是愚蠢的时代;是信仰的时代,也是怀疑的时代;是光明的季节,也是黑暗的季节;是充满希望的春天,也是令人绝望的冬天;我们的前途拥有一切,我们的前途一无所有;我们正走向天堂,我们也正值下地狱。②

2000年以后学界对当代文学的评价形成了对立的两极:最好的或是最坏的、经典或是垃圾,在这种对立的表达背后,却有着相同的"焦虑"。这种焦虑既延续了"一直伴随着中华民族始自被动继而主动迈入统一世界史以来一百六十多年的现代化进程,由于文化、文学的惯例和内在转型的缓慢,直至新文学生成这一'内在焦虑'才逐渐突出"③的作为民族和国家的文学及其文化自觉与成熟的表征的经典生成的焦虑,又附加了社会文化转型和媒介技术数字化飞跃所带来的对

---

① 谢有顺:《大师没有现身》,《当代作家评论》1998年第6期。
② [英]查尔斯·狄更斯:《双城记(英国文学卷)》,盛世教育西方名著翻译委员会译,外文出版社2008年版。
③ 童庆炳、陶东风主编:《文学经典的建构、解构和重构》,北京大学出版社2007年版,第379页。

"文学"和"经典"的双重焦虑。这双重乃至三重焦虑推动着当代文学创作、批评和理论活动对"经典化"建构的思考和追问。在蒋子龙看来,这种焦虑在中国文坛表现为一直以来的两大情结,"一是呼唤全景式的、史诗般的巨著;二是呼唤大师级的作家"①。这两种情结既可以回应民族性文化建构的渴望,又能够化解"文学"和"经典"的双重危机。

一 "大师事件"引发的时代与经典关系论争

2002年,蒋子龙在渥太华参加国际作家交流期间接受了《环球华报》《中华导报》《世界日报》等国外媒体的采访,其相关文章通过互联网传入国内,于是2002年10月末,许多中文网站几乎同时发表了《蒋子龙称:中国文学进入大师时代!》《请问蒋子龙,文坛大师在哪里?》《质询蒋子龙乱封大师的资格》等消息,由"大师"引起了一场"事件"。蒋子龙在其后发表的《"大师事件"余论》中对自己的主张做出了几乎完全相反的解释。蒋子龙认为,文学"进入了非经典时代……举世公认的经典作品和经典作家已经找不到了……奖项在某种程度上说是……'矬子里面拔将军'或'情人眼里出西施'",因此文学要学会和时代相处,"重目标、轻意义,重销路、轻经典,心悦诚服地向市场、向商品经济低头,视畅销比能否成为经典更重要……目标就是意义,畅销就是现代经典",突如其来的现实比小说更不可思议,几乎占据了人类的想象力。但由此得出的结论是"喜事和丧事同在,盛世和末路并存……人们最缺乏的恰恰还是精神和情感。因此,文学……变得更加为人们所必需"②。

从严格意义上讲,"大师事件"并不是文学研究而是一场媒介误

---

① 蒋子龙:《"大师事件"余论》,《天津师范大学学报》(社会科学版)2004年第5期。
② 蒋子龙:《"大师事件"余论》,《天津师范大学学报》(社会科学版)2004年第5期。

读的事件。且不论语言和观念沟通理解的差异而造成的国外媒体的误读,仅以国内媒介传播而言,在整个事件中,表现出来的"现代传媒的盲从和武断"以及"媒体时代传闻的繁殖率"。媒介只对哄然而起的事件本身有兴趣,它倾向于碎片化的传播吸引眼球的话语,而对具体的语境和深层次的问题不感兴趣,它将蒋子龙在与国外文学对话中所言的"具备了和历史、和现实、和世界上任何一个民族的文学对话的自信和智慧"①的可能性表达压缩变形为宣告"大师时代到来"的简单判断。

前一章中我们讨论了媒介场中的新闻生产拓殖文学生产,其中,将强调理性判断、理论设定的文学论争变成文坛内斗的新闻生产,抽离了语境和讨论前提的限制性而变成一种普遍意义上的言说将不同观点推向彼此针锋相对的斗争"事件",以此吸引受众的关注。这在客观上影响了当代文学批评在理性的基础上进行问题的探讨,也引起了文学研究内部话语的进一步分裂。这在2000年以来关于当代文学经典性的论争中成为一种常态。

我们暂且不论"大师时代"是否真的"到来",就以"大师时代的到来"和"大师到来"、"经典到来"而论,这完全是两码事。由"大师事件"所引出的除了无谓的话语之争外,更有意义的话题是:时代和文学经典产生的关系。这个问题在文坛引起了持久的思考。2006年,雷达在《光明日报》发表了题为《当前文学创作症候分析》的评论文章,分析了这个时代产生不了伟大作家的主要原因。该文发表后,立刻引发了全国各地作家和评论家的关注,《光明日报》为此特辟了讨论专版,讨论持续了很长一段时间。2007年5月中旬,雷达又在第三届文博会上演讲时重申了这一主题,尖锐地指出了当代文学的精神缺失,也回答了为什么在我们这个堪称伟大的时代里却涌现不

---

① 蒋子龙:《"大师事件"余论》,《天津师范大学学报》(社会科学版)2004年第5期。

出伟大作家的问题。

2008年,《上海文学》发表了黄发有、邵燕君、何言宏三人关于近三十年中国文学有无大师的讨论。邵燕君认为,文学史的经验刚好与"盛世出大师"相反,往往是"国家不幸诗家幸",大师往往出现在新旧秩序交替之中,既要"背后有传统",又要"心中有苍凉"。大部分当代作家既缺乏古典传统的滋养,也缺乏系统的西方传统的学习,他们更多感受到的是茫然、慌乱和边缘化的失落,这样的"盛世"缺乏孕育"大师"的从容心态和深厚积淀;同时,在国家上升期,人才大都流向政治经济命脉,文学作家又基本处于社会和国家活动的外围,并越来越呈现出封闭的自说自话,无法承担为民族精神发言的神圣使命;我们所身处的社会转型期缺乏思想整合的力量,"宏大叙述"成为被嘲笑的对象,当代文化精英"从本质上失去了不同于社会普通人的价值系统和精神向度",还谈何大师;从文学文体和风格看,整个当代文学中美学风格数度变迁,造成了文体难以有发展成熟的机会。①

2009年10月,在法兰克福文学馆演讲中王蒙提出了"中国文学正处在它最好的时候"②,又一石激起千层浪,文学界就"最好的时代"提出了种种质疑。其中以公共知识分子形象活跃在网络空间的李承鹏直接批评"中国文学不是最好的时期,是最好蒙的时期",被作为反对意见最集中的表达通过各大网站的转载③,广为流布;到2011年,北岛在采访中还针对王蒙的判断指出,"中国文学处于'最好的时候'是痴人说梦,是自欺欺人……在这十几年商业化和新媒体写作造成的冲击下,我们基本都迷失了方向,在小说写作中尤其严重"④。

---

① 黄发有等:《没有大师的时代——对近三十年中国文学的一种反思》,《上海文学》2008年第1期。
② 《王蒙称中国是文学大国中国文学处在最好时期》,http://www.chinanews.com/cul/news/2009/10-19/1916775.shtml。
③ 李承鹏:《中国文学处于"最好蒙的时代"》,《羊城晚报》2009年10月31日。
④ 林健辉:《中国文学处于"最好的时候"是痴人说梦》,《羊城晚报》2011年11月14日。

在较为温和理性的表达中，学者认为"最好时期"包括了时代的"因"和好作品已然诞生的"果"，"只有这两个因素都具备了，才可以称为是最好时期"①，作品的好坏不能以生产的数量、种类和畅销程度来衡量。2010年4月14日，《光明日报》发表了《伟大时代为何难觅伟大作品》的采访文章，铁凝、贾平凹、韩少功等作家，雷达、陈晓明等评论家对"怎样解读当下文学的时代""伟大时代之伟大作品之要素""当代创作离伟大作品还有多远的距离""我们怎样才能走向伟大之作品"等问题给出了片段式的回答，记者从采访中提炼出了"一种共同的感知"，即"笔墨当随时代，作品应该反映时代的变化，伟大的时代需要伟大的作品"②。从采访的具体内容看，文坛意见的分歧远远大于"共同的感知"：时代带给文学的既有支持与保障，更直接的是挤压与冲击；"伟大作品之要素"既可能根植于"灿烂的中华文化"（铁凝），也可能依赖于"精英之士的提倡和引导"（赵玫），依凭作家"对命运的参悟"（刘醒龙）。

或许在历史上不可能为文学的发展划定出一个"最好的时代"，文学的边缘化、社会价值观念的分崩离析等也并不意味着文学发展"最坏的时代"，在对"大师""伟大作品"等当代经典的寻找和建构的背后，是人们在社会文化变化中多重"焦虑"的表达。如果考虑到这些"大师时代"和"最好时期"的话语发源地最初都不是在国内而是在海外，或许可以说，文学与文化交流中产生的"自我"与"他者"、"中国"与"海外"等文化身份，也是触动作家和研究者积极地把中国当代文学推向经典位置的重要因素之一。这些讨论多是在更具新闻性质的报纸以及更具传播力的网络上展开，其影响远远超过了学术界或文学界而引起了较大范围的社会反响。

---

① 林希：《"最好时期"是以质量为标志》，《光明日报》2010年4月2日。
② 韩小蕙：《伟大时代为何难觅伟大作品》，《光明日报》2010年4月14日。

二 "伟大的中国小说"：作家参与下的当代文学经典论争

2005年1月25日，新浪网发表了旅美华语作家哈金《中国需要"伟大的小说"》一文，这篇文章借助网络迅速传播，在被"世纪中国网"等多家网络媒体转载的同时，从5月份开始，《南方都市报》《青年文学》《南方周末》等纸质媒介也以《期待"伟大的中国小说"出现》《呼唤"伟大的中国小说"》等为题对该文进行转载，并迅速引起了文坛的关注，国内作家如残雪、韩少功、陈希我、王安忆、李锐、徐江、韩东等，批评家如陈绪国、张柠等参与论争。一时之间，这个话题成为中国文学界的一个论争焦点。

在《期待"伟大的中国小说"》一文中，哈金首先否定了国内当时的"文学的边缘地位"是一种弥漫西方世界的同步现象，他指出，"伟大的美国小说一直是一颗众目所望的星"。在创作中，"伟大的美国小说"的理想"推动着美国作家去创作伟大的作品"，因此诞生了《汤姆叔叔的小屋》《白鲸》《愤怒的葡萄》等里程碑式的作品。以此对照，中国当代文学日益边缘化、作家理想主义的普遍丧失、长篇小说创作薄弱等问题都主要是因为"没有宏大的意识"，"没有伟大的文学信念往往会给写作造成重大失误"，因此，哈金提出了"伟大的中国小说"的概念，以这种理想主义的概念来发现和促使真正伟大的作品诞生，并以此"取消'中心'与'边缘'的分野，将为海内外的中国作家提供公平的尺度和相同的空间"。[1] 作家残雪首先发表了《我心目中的伟大作品》，一方面表达了对具有超越性、永恒性的文学经典的渴望，另一方面也对"伟大的中国小说"的提法表示了质疑。在残雪看来，这个概念中对地域性、种族性的强调排斥了深刻性、普遍性的表达使其内涵狭隘。

---

[1] 哈金：《中国需要"伟大的小说"》，http://news.sina.com.cn/c/2005-01-25/12345662384.shtml。

韩东在《伟大在"伟大"之外》一文中直接批驳，这种对"伟大"的期待和呼唤不是一种文学的理想主义而是一种"实际和投机"，在他看来"确有其'伟大'、'宏大'，甚至'大师'、'大作品'，但这些从来都不是被呼唤出来的……伟大在'伟大'之外，文学的最高成果在文学之外"，文学创作应该用作品来"定义"伟大，而不是用"伟大"来定义和规范作品。①

对哈金的提法，作家余华则表达了相似的对精神追求的关切。他认为"作为一个作家，一定要心怀写出伟大小说的梦想，哪怕最后不一定完成，但还是应该抱着这样一种愿望"②，以此宏愿出发来关注小说的道德和精神力量。

作家徐江 7 月 4 日在《北京日报》上发表了《我们需不需要"伟大的中国小说"》，在肯定了小说精神指向意义后，徐江认为，在当下"影像已经毫无疑问地取代了文字，占据了文艺的第一位置"的时代中，小说与其"伟大"不如"亲近"，并提出了"与读者亲近的小说，与汉语之美亲近的小说，与切身体验亲近的小说，与想像力亲近的"小说创作理想。

作家陈希认为有必要提出"伟大的中国小说"这个概念，他从个体对文学的特殊认知出发，认为促成大艺术的是无法救治的危机感、痛感，"文学是一种深刻的病"。

评论家张柠则认为"纠缠于什么叫'伟大的小说'，是一个伟大的作家所不为的……凡是信誓旦旦要写出'伟大的小说'的人，注定写不出伟大的小说"。在他看来，文体的创作和时代之间会有彼此呼应的关系，"伟大的小说"在其奇峰突起的时代成就了英、法、俄、德等国家的长篇小说，而"我们没有赶上，我们缺失了近代意义上的'伟大的小说'这一环节。到 20 世纪中期以后，小说由一种大众化的

---

① 韩东：《"伟大的中国小说"及其他》，http://book.sohu.com/20060419/n242893834.shtml。
② 陶水平：《当下文学经典研究的文化逻辑》，《黑龙江社会科学》2007 年第 1 期。

俗文体变得越来越精英化，同时也边缘化了。现代技术支配下的各种新鲜'文本'（影视和音像）渐渐占据了大众的消费视野，18世纪贵妇人坐在花园里眼泪涟涟地读长篇小说的时代一去不返了"，创作"史诗"般"伟大的小说"的可能已经"被现实经验无情地瓦解"，并由此断言"中国作家根本写不出'伟大的小说'"。①

在这场"伟大的中国小说"的论争中，当代作家充当了讨论的急先锋。如果我们把目光移向之前的"大师事件"和之后的"最好的时代"的讨论，就必然注意到，不同于古代文学经典和现代文学经典问题的相关讨论以批评家和理论家为主体，在当代文学经典的讨论中，作家在很大程度上发挥了重要的作用，他们对当代文学的关注和书写使他们比理论界和批评界都更敏感于人们对当代文学（尤其是新时期以来文学）的评价和判断，他们从作家的立场出发对当代文学经典的建构发言。在布鲁姆看来，"对经典性的预言，需要作家死后两代人左右才能够被证实"。因此，文学经典不是由"批评家、学术界或政治家来决定的"，而是由"作家、艺术家、作曲家们自己决定了经典性，因为他们把最出色的前辈和最重要的后来者联系了起来"。② 事实上，当代作家不只是作品创作的主体，他们借助文学以外的媒介发言，还以自己的其他言论和对文学观念的阐释影响着批评家、理论界、大众对当代文学的理解和评价。

如同所有关于文学价值评价的讨论一样，这场关于"伟大的中国小说"的讨论在持续了一段时间之后并未形成一致的意见，但它从客观上推进了作家和评论家关于当代文学精神和创作层面的思考，哈金对"伟大的美国小说"的描述、对"伟大的中国小说"在中西的对比中提示和显示了在当代社会文化中，作家和文学依然有着精神建构的责任和可能。同时，哈金在"伟大的中国小说"中对"中国经验"和

---

① 张柠：《中国作家根本写不出"伟大的小说"》，《南方都市报》2005年5月24日。
② ［美］哈罗德·布鲁姆：《西方正典》，江宁康译，译林出版社2011年版。

文化认同感的强调,在作家中激起了"文学要不要走出民族经验"等问题的讨论,这种对本土经验的强调在之后的相关论争中也成为观念分歧之所在。

三 被"炮轰"的文学界:媒介对文学经典论争的策划和影响

(一)媒体制造的文学事件:思想界"炮轰"文学界

以文学界为主战场展开的"伟大的中国小说"讨论尚未平息,一场从外部袭来的批判将整个文学界(创作、理论与批评)裹挟其中,中国当代文学的作家作品和文学批评都受到了激烈的"炮轰"。

2006年5月12日,《南都周刊》以《思想界炮轰文学界:当代中国文学脱离现实,缺乏思想?》为题策动了一场搅动中国文学界的大规模论争。报道截取了在中篇小说《如焉@sars.come》的学术研讨会上,傅国涌、邓晓芒、丁东、赵诚、崔卫平等思想界的学者对中国当代文学的批评意见,在"中国文学脱离现实"、"中国文学缺乏思想"、"思想界与学术界已渐行渐远"和"批评已经沦为广告"等四个标题之下组织观点,制造了思想界与文学界巨大的意见分歧和话语裂隙。5月26日,《南都周刊》又刊发了《文学界反击思想界:不懂就别瞎说》的文章,用词凶猛、煽动性强,从而挑动了文学创作、文学批评和"思想界"的论争。在随后的发言中,互相指责寻找对方的"阿喀琉斯之踵"而攻击的有之,进行自我反思进行学理讨论的有之,各打五十大板的亦有之。在这场莫须有的"江湖对决"中,谁胜谁负并不重要,但对一位并不著名的作家新作召开的小型研讨会为什么能引发如此规模的激烈讨论却有着重要的反思和追问意义。

从对一篇小说的讨论衍化为"炮轰"的文化事件,媒体的修辞和策划要居首功。《如焉@sars.come》于2006年1月发表在《江南》杂志,因此,3月份的这次研讨会仅是一个普通的作品讨论,它既不需要新书促销，也不是高层论坛，以其重要性和新闻价值而言最多是当地晚报的一篇豆腐干大小的报道。经过《南都周刊》的策划酝酿，到5月12日它被制造为《思想界炮轰文学界》这个耸人听闻的新闻事件，在当期的封面上，《南都周刊》更为这个题目增加了一个令人难以接受的补语——"思想界炮轰文学界无良无知"，标题中的每一个词语都极具爆炸力。这里我们有必要结合《南都周刊》的媒介性质和定位进行分析。《南都周刊》创刊于2006年2月，每周五出刊，它被描述为以"有一定的教育背景、有良好的消费能力、关注中国转型和城市化进程的读者为主体……以新锐思维、超前想象……以故事文本、独特视角……颠覆理念、网络方式介入都市进程的新闻性综合类城市杂志"[①]。《南都周刊》的都市化、精英化、新锐性和颠覆性的定位决定了新闻内容的选择。这次论争中的许多问题对理论界而言都是1980年代以来被多次讨论过的老问题，但对于更多的非专业读者而言，这些"老问题"是他们所没有关注或思考过的，因此具有新闻价值；学界关于问题的见解分歧本是常态，但这种见解分歧在大众媒介的运作机制中就被简化或激化为观点的对立，在好与坏、善与恶的媒介修辞中推向极致；与此同时，原本由不同主体构成的精英群体被划分为"被炮轰的"文学界和"瞎说"的思想界，再加上"无知无良"的极端道德评判和"缺乏常识"的本质性否定，这些本来并不清晰可能也不存在的"社会各界"俨然成了在传媒教练和裁判下进行对抗的两支"辩论队"。文学和思想本非宿敌，思想界的邓晓芒和文学界的残雪在日常生活中是可以交换意见达成共识的朋友[②]，思想界的丁东和崔卫平在文学界也有诸多朋友，远不需要以"炮轰"的方式进行交流，就是在引发争论的研讨会现场，所谓的"思想界"和"文学界"在面对

---

① 《关于南都周刊》，http://past.nbweekly.com/Print/Article/163_0.shtml。
② 《中国作家富豪榜出炉余秋雨二月河韩寒位居前三》，《财经时报》2006年12月15日，以下相关数据均取自该榜单。

面交流中，也多是就作品和文学问题达成了共识并提出了善意的批评，并未形成一边倒的"炮轰"之势；为了引起论争和读者的注意，媒介在使用话语修辞夸大事实的同时，已然规定了读者理解和接受的框架，绝大多数读者只能在好与坏、胜与败的逻辑下来看待事件，只能看到片面而极端的话语表达，而讨论的问题和问题产生的深层次意义被集体遗忘。

在这场论争中，文学与市场化的问题引起的争执在2006年12月由"中国作家富豪榜出炉""余秋雨、二月河、韩寒位居前三"的新闻推到了论争的中心。在《财经时报》根据作家版税列出的"富豪榜"上，余秋雨以版税1400万元居于首位，二月河、韩寒分别以1200万元和950万元位居第二、第三。苏童、郭敬明、唐浩明、易中天、郑渊洁、杨红樱、姜戎等作家进入前十。榜单公布后，文坛内外质疑之声四起，批评者认为，"榜单不是出于对文学和文学家的关怀，而是用市场逻辑和商业标准对文学进行的一次骚扰"①，是以商业和市场的标准来进行文学优劣的评判。虽然有着这样的担心，但这个"中国作家富豪榜"从2006年到2013年共发榜八次，得到了很多出版界和评论界人士以及作家的支持。以残雪、苏童等当代作家的理解，以市场化代替政治化是一种进步，中国文学的问题不是"市场化"而是不够市场化②。

思想界炮轰文学界看似与文学经典没有直接的关系，但论争从客观上延续了1980年代以来当代文学经典论争中主要问题的思考：文学经典的思想性与审美性孰重孰轻？市场化时代能否出现文学经典？对这些问题的深入讨论和观念辨析是当代文学经典化的必经之路。这次事件也显现了社会文化媒介化对文学经典研究可能造成的

---

① 郭之纯：《"作家富豪榜"是对文学的骚扰》，《中国青年报》2006年12月19日。
② 参见残雪《给思想者们讲讲文学常识》《文学界反击思想界》，《南都周刊》2006年5月26日。

巨大冲击，媒介从论争的平台或组织者发展为论争的制造者、引导者和裁判，无远弗届的媒介文化影响甚至规定了大众对当代文学的基本判断，并在一定程度上也影响到研究者对当代文学的基本判断。

（二）顾彬"炮轰"中国文学

在国内论争尚未平息之时，2006年12月11日，重庆某报以《德国汉学家称中国当代文学是垃圾》为标题的报道引起轩然大波。这篇报道称德国著名汉学家顾彬在接受"德国之声"访问时，以"中国当代文学是垃圾"等"惊人之语"，"炮轰中国文学"。"垃圾说"以其直观性的修辞被媒介广泛传播并迅速激起了学术界的回应。2000年以后当代文学的成就和问题不断被讨论被质疑是论争者对这个海外版的"垃圾说"如此看重的前语境：对当代文学经典性建构持否定意见的作家、学者将"垃圾说"迅速接受并引以为同盟，而持肯定态度的学者则对极端意见的迅速挥拳回击几乎成了一种本能反应。具体的观点之争我们放在下一个问题中展开，这里要讨论的仍然是媒介在文学论争中所发挥的作用和施加的影响。

不同于"炮轰"事件经历了两个多月的策划和发酵，《德国汉学家称中国当代文学是垃圾》的报道在不到一天的时间内被国内上百家媒体转载，并迅速引发了一场"文学垃圾"的飓风。这则让国内文学界震惊的报道发出三天后，《顾彬：重庆报纸歪曲了我的话》呈现了另外的"事实"：重庆某报将顾彬对棉棉等少数几位作家的作品"垃圾"的评价无限放大到整个当代文学，并在"思想界炮轰"的余波中，制造了顾彬"炮轰中国文学"的虚假事件。一家并不权威的地方小报的惊悚新闻，或许还会有人对其真实性表示怀疑，但当上百家网络和纸质媒体转载之后，不论是普通大众、新闻媒体还是专家学者，都变成了应声而倒的"中弹者"。我们所熟知的媒介功能"魔弹论"在新的媒介环境下已经出现了新的变形，或许我们可以抵制某些大众传播的规约，但相同或相似内容的信息在短时间内通过不同性质、层次、种类的媒介对我们形成包围之时，我们几乎很难主动质疑大众媒介的"拟态环境"和"符号真实"。在"垃圾"事件中，重庆媒体报道的来源是"德国之声"的《德国汉学家另一只眼看中国现、当代文学》，要找到这个来源通过网络搜索就可以轻松实现。但从实际情形看，几乎没有人去追问来源与真实就开始了对"垃圾"说进行批判或支持。从学术研究的规范来看，研究者对观点的回应必须以前文本为根据，然而，在大众媒体的包围之中，我们对信息的接受和反馈都已发生了重大变化，这种对前文本的基本尊重几乎变成一种奢求。大众媒介在赋予我们信息表达和接受的双向平等、自由可能性的同时又使这些表达和接受缺少具体语境的支持，通过大众媒介去语境化的编辑加工，断章取义甚至歪曲事实的表达竟可能成为一种常态。与"垃圾"报道被广泛转载传播不同，顾彬在此后发表的对事实澄清的文章并没有得到国内大众媒体的青睐。直到今天，"顾彬称中国当代文学是垃圾"几乎像一个标语般在国内学术界广泛流布，并随着顾彬对《狼图腾》等当代小说的否定与国内批评者的高度评价之间的对立加深了人们对这位"垃圾说"始作俑者及其观点的印象。

　　正如萨义德所言，"文学是千变万化的。它们与环境和大大小小的政治联系在一起……阅读和写作文字从来不是中立的活动。不管一部作品是如何具有美学价值，使人赏心悦目，它总是带出权益、权力、激情与欢愉的成分。媒体、政治经济和大众机构——总而言之，世俗的力量和国家的影响——都是我们所说的文学的一部分"。① 在"顾彬事件"热议的背后，我们有必要对事件背后的话语权力关系进行分析。

　　1980年以来，国内主流话语以西方现代化的标准为主要参照系建构了中国在当代世界的边缘化位置，并展开了一场朝向世界中心移动

---

① ［美］爱德华·W. 萨义德：《文化与帝国主义》，李琨译，生活·读书·新知三联书店2003年版，第452页。

的文化启蒙和建设。在大众媒体协同建构的启蒙文化语境中，中国新一代学者和读者的阅读趣味逐渐形成：西方文艺、文化理论及作品的广泛传播、先锋派对西方现代、后现代写作的模仿和探索等都显示了中国文学在与"西方"或"世界"的遭遇中开始了重建；同时，以夏志清等为代表的海外汉学以西方文学标准对中国现代文学的研究、评判对国内研究影响日盛，并成为国内文学阅读和研究的重要参照体系；此外，以马跃然等为代表的汉学家在国际文学界对中国现当代文学的翻译、推介等活动在一定程度上迎合了国人对"诺贝尔文学奖"的焦虑。基于以上的原因，顾彬以海外汉学家身份对中国当代文学状况的发言必然会引起学术界和普通读者的高度关注。"炮轰事件"的首要问题不在于顾彬的判断是否正确，也不在于顾彬对中国当代文学的阅读量的大小，而在于他发言的背后所代表的"世界"文学标准，这恰好与国内媒介和受众对中国文学和文化的世界性"想象"相契合。

从报道中的顾彬的言论看，其表达是个人化的、随性的而非对中国当代文学全面、严谨、公正、系统的评价与分析，但媒介以其煽情和鼓动的优势迅速"扩大了意识形态在现代社会中运作的范围……使象征形式能传输到时间与空间上分散的、广大的潜在受众"①，将顾彬塑造为权威的公众话语代言人，借顾彬之口表达了相当一部分受众对中国当代文学未能赶上"世界"脚步的焦虑和失落。如果考虑到在顾彬发表此番言论前，10月12日，2006年诺贝尔文学奖颁给了土耳其作家奥罕·帕慕克，这个来自经济不发达国家、处于"欧洲的最边缘"的作家"却站上了欧洲文学的主流位置"，这带给当代中国文学和社会的强烈刺激和失落通过顾彬之口得到了宣泄和表达。"搜狐网站进行了一项测验，超过85%的网民投票赞成'中国当代文学是垃

---

① [英]约翰·B. 汤普森：《意识形态与现代文化》，高铦等译，译林出版社2005年版，第287页。

垃'的说法"①，受众的反应在某种意义上显示了1980年代以来在媒介的参与建构下，"世界文学/文化秩序"已经成为日常生活和文化的"集体无意识"，这也是我们在讨论文学经典问题时必须考虑的因素。另外，在大众媒介所制造的众声喧哗的语境中，媒介和受众对偏执惊世之语的偏爱远胜于中正平和的讨论。大众媒介片面、狭隘地处理相关讨论，对顾彬拯救者形象进行了"过度阐释"，并对中国当代作家及创作发表了许多"情绪化"的批评，这显现了媒介对中国当代文学作家、作品认识的偏狭。在大众媒介空间中并不存在绝对的客观公正，其中暗含理论立场和价值判断，无论是被阐释者还是被批评者，都由潜在的书写者和编辑者建构。

从受众的反应看，在对顾彬表示认同的人群中，有很多人并没有太多的中国当代文学阅读经验，他们仅从对"世界文学"的想象出发对作家、作品进行强烈的批评，借助网络提供的便捷媒介，受众变成了舆论的推动者和媒介话语的共谋，许多缺乏思考的主观臆断、凑热闹式的跟风起哄、发泄式的语言暴力都以对中国当代文学的不满发泄出来。在媒介文化的众声喧哗中，人们几乎不可能以这种方式对中国当代文学进行理性的批评或思考。因此，虽然围绕"垃圾说"产生了许多批评话语，但中国当代文学的价值并没有在论争中得到认可和确立。以网络为主要媒介展开的关于文学或文化的讨论中，大众媒介往往借助话题吸引眼球，网民则借题发挥挥霍话语"民主"。因此，讨论往往演变为一场各种话语竞技的"狂欢"而无法真正呈现"真理"可能的方向。大众媒体需要不断出现新的话题，网民也需要新的兴奋点，这注定了对问题的讨论必然是短暂的，其观点也受到具体事件的影响而改变。同样是对当代文学的评价，在2012年莫言获得诺贝尔文学奖后，大众媒介和普通受众表现出了远远超过学术界的兴奋和雀跃。

---

① ［德］顾彬：《中国当代作家害怕面对真正的问题》，《南方都市报》2006年12月14日。

2000年以来，以大众媒介为主要载体展开的关于当代文学价值的论争和文学经典"戏仿"、文学经典危机等讨论共同反映了学界对中国当代文学经典性的期待与焦虑。在作家、研究者、普通读者的共同期待中，当代文学能否真正成为具有独立品格、富有自身特色并为世界文学所认可的作品，实际上是中国现代化焦虑中的组成部分。在社会经济的不断发展中，我们期待看到以文化影响力为核心的国家软实力的提升，以我们的文化和文学回馈和滋养世界文学的进步。文学价值往往在不断的阅读和持续的阐释中逐渐呈现和被认可，主要依靠批评的仔细甄别、学理的深入挖掘而非话题式的炒作才能引领当代文学经典的建构之途。2009年，随着中国当代文学进入第一个甲子，同时，也是新时期文学走过的第三十个年头，更多的研究者开始了对当代文学的系统反思和回顾，关于当代文学经典的建构也取得了长足的进步。

四　当代文学60年回顾与当代文学经典建构的反思

2009年是中华人民共和国的一个甲子，也是当代文学发展的一个甲子。这一年，各种以"60年"回顾或"30年"（新时期文学）反思为主题的总结性学术讨论和研究活动普遍展开，如2009年11月1日在北京召开的第二届世界汉学大会；3月在香港召开的"当代文学60年"国际学术研讨会；7月，南京大学中国现代文学研究中心、安徽大学中文系、《文学评论》杂志社联合主办的"中国当代文学：六十年的回顾与反思"国际学术研讨会等。这种普遍的反思性、总结性活动也成为学术研究重新审视当代文学经典建构的契机。

在广泛讨论中，学者首先对"中国当代文学"的研究立场表示了分歧。有学者强调，对中国当代文学的研究主要应站在"中国"立场和文化语境中，评估1949年以来国内文学的经典性；反对这一观点的论者认为，对"中国当代文学"的研究应将作为"当代"文学和文化参与者的中国文学的成败得失放置在"当代"这个统一的时间性视域之下审视，换言之，要在一种世界性的视域中（主要在西方理论体系中）讨论中国当代文学的问题。视角的不同带来了评价标准的差异，由此产生了对中国当代文学不同的判断。

对这个问题认识的分歧在由哈金"伟大的中国小说"引发的讨论中已经出现。当时，以作家为主要论争主体的讨论中表达了较为一致的对"民族性"作为文学经典性属性的反对，以残雪为代表的作家大都强调了文学表达的超越性和普遍性价值。顾彬的"垃圾说"引发的论争中，研究者的文化身份成为论争的重要焦点。顾彬的德国身份，他在不同场合对中国作家不懂外语、世界视野不够的强调，在讨论中反复突出的"世界文学"的视角等都将顾彬等同于西方，造成了"当代的中国文学"与"中国的当代文学"之间观点的对立。不论是哈金提出的"伟大的中国小说"还是顾彬对中国当代文学的批评，实际上都是站在以"西方"文学标准为主要依据的"世界文学"的立场上对中国文学的评价。就其合理性而言，我们往往需要"以他者作为理解自我的工具，作为建构自身的方式"，这也是主体性形成过程中必不可少的内容。国内研究者和作家从哈金、顾彬等人的论点出发反观中国当代文学的"自我"，这不只是关乎当代文学评价的问题，还涉及民族身份和文化身份的认同。在2009年10月30日至11月1日举行的第二届"世界汉学大会"上，陈晓明针对这种差异提出"中国60年来的当代文学价值定位只有中国学者能够完成"的观点，在国内学术界引起了关于当代文学评价的"中国视野"和"西方视野"之间的论争。

在陈晓明看来，顾彬等西方汉学家对中国当代文学否定性的评价带有明显意识形态和理论的偏见。我们有着不同于西方知识界的"知识谱系"，对60年来的中国文学的评价"要找到自己的路子"，"只有我们自己才能"完成，因此"在吸收西方理论及知识如此深重的基础上，对由汉语这种极富有民族特性的语言写就的文学，它的历史及重要的作品，做出中国的阐释。这与其说是高调捍卫中国立场，不如说是在最基本的限度上，在差异性的维度上，给出不同于西方现代普遍美学的中国美学的异质性价值"①。从这样的立场出发，陈晓明得出了"中国文学目前已经达到前所未有的高度"的判断。肖鹰则认为，这种对"中国"的强调是传统中国文化的"长城心态"，他提倡在面对海外汉学对当代中国文学的批评时应尊重误读、误解的必然存在，"但我们不能因此拒绝海外汉学对中国当代文学的发言权"。② 中国作家协会主席铁凝一方面强调了文化交流和沟通借鉴的重要性，另一方面认为，中国当代写作和研究要"比以往任何时候都更直接地意识到，他对于我们的国家、我们的民族承担的文化责任"，因此，对"什么是属于我们的，是我们所独有的，是我们血液里和生命里不可混淆的密码和记号"有清醒的认知，并"从中获得力量和自信，展示我们中国的特色、风格、神韵、气派，用我们最好的东西，去加入世界范围内的文化竞争，为人类文明的丰富和发展做出我们的贡献"。③

当时，即使对"世界文学"的价值观念表示质疑，但它潜在的影响力依然存在，人们对某一位汉学家的批评或表扬如此在乎就表明了"中国文学在世界文学中的份额的焦虑"。④ 诸多中国学者和作家对"世界文学"标准的质疑，是对从西方中心主义出发的粗糙判断的对抗，在当代文学评价中对西方立场的抵制和"中国立场"的强调不仅仅是出于民族主义立场，而是对视西方价值判断为唯一标准的话语霸权的质疑，是对媒体中弥漫的"娱乐化"批评方式的不满，也是对作

---

① 陈晓明：《中国文学达到了前所未有的高度》，《羊城晚报》2009年11月9日。
② 《中国文学与当代汉学的互动——第二届世界汉学大会圆桌会议纪要》，《文艺争鸣》2010年第7期。
③ 铁凝：《走向世界的中国文学》，《散文选刊》2010年第1期。
④ 施战军：《份额焦虑与民族标识》，《当代小说》2008年第11期。

为主体的中国文学身份的确认。2012年,莫言代表中国当代文学和作家获得了诺贝尔文学奖,这在某种意义上可以视为"世界文学"对中国当代文学"经典性"的一种认可,也在一定程度上缓解了中国立场与世界立场之间的对立和对抗,缓解了文学界的"经典焦虑"情绪,对中国当代文学经典建构有着重要的激励作用。

在各种对当代文学价值评价的争论中,更多的学者开始反思和展开中国当代文学经典化建构的基础性工作。作为当代文学经典化的积极倡导者和实践者之一,程光炜指出,在古代文学和现代文学研究中出现的"经典化危机"是有着"十分学术把握的经典化危机",① 是建立在长久的学术分工、丰富的史料建设和整理基础之上的"再经典化"和"反复经典化",因此,当代文学的经典化过程也应该从学术分工和史料积累开始做起。以作家作品为首要依据,收集和整理丰富翔实的作家生平、经历、创作史、事件史、逸闻趣事等资料。在这方面,孔范今、吴义勤、杨扬等主持的当代文学史研究丛书,陆续推出了诸如莫言、王安忆、路遥、贾平凹、余华、王朔等作家的研究资料;王尧主持的"作家对话录"丛书收集和保存了许多当代作家的第一手资料;张健、张清华、张柠等主编的《中国当代文学编年史》、吴秀明开展的"中国当代文学史料"工程等都为当代文学史的史料整理和积累做了奠基性的工作。

中国当代文学,尤其是新时期以来的文学成就无疑是中国20世纪文学中重要的资源,学界从"中国视角"和基础研究出发进行的经典化建构和反思取得了很大的成绩,但中国当代文学经典研究也有其困难和问题:其一,对中国当代文学的水准判断和经典鉴定应该是一个长期的、艰苦的、复杂的、科学的系统工程。它需要包括广大读者、中外专家团体、批评家等在内的多种力量参与,才能出现大家所期待

---

① 程光炜:《当代文学的经典化研究》,《文艺争鸣》2013年第10期。

和认可的结果。其二,当代文学经典的确立与当下文学的建构之间是一种既相互冲突、碰撞、斗争,又相互补充、协商、支持的博弈关系。文学经典的立足点是对已有传统的持有,是建立并延续已有文学经典中的精神谱系,使文学批评、文学理论和文学创作有所依止,并赖以在当代社会条件下坚持民族的本土立场;而当下文学创作的总体指向是对经典所代表的传统的超越和突破,因此,当代文学经典的建构总是处于被当下创作不断否定和批判的对立面。其三,当代中国文学经典研究不可避免地涉及"中国话语"的发现与运用,西方理论及话语的同质性无法解释"当代中国文学"的具象性与复杂性。因此,中国当代文学经典化研究本质上是对文学研究中"中国话语"的发现、寻找与建构。

第三节 文学经典的理论论争与理论探索

不论是1980年代以政治话语推动的作品重评和以文学史重写为形式的文学经典建构,还是1990年代以学科发展为主要推动力的自觉的文学史书写和文学经典作品的遴选,都是将"经典"视为一种不证自明的具有话语解释力的存在。金庸的上榜与茅盾的落选主要是由于不同的评价标准造就的"一千个读者有一千个哈姆雷特"的选择。虽然社会文化构成中受到大众文化兴起和商业逻辑的冲击,但就文化的总体而言,文化多样性带来的是多个中心而非四分五裂的"去中心化",现代性的追求依然是主要的文化景观。[①] 从1990年代末期开始,随着后现代文化现象的出现和后现代文化理论的引入,在文学生产和文学研究中都表现出了对现代性话语和价值标准的质疑以及对中心的消解。这些质疑在文学经典的论争中表现为对"文学"和"经典"作为概念

---

① 陈晓明:《经典焦虑与建构审美霸权》,《山花》2000年第9期。

的适用性的反思以及对文学经典机制本身的必要性与合法性的质疑。在借鉴西方文学经典理论的基础上,国内研究者开始了对文学经典理论的重新认识,并由此形成了更为成熟的理论解释张力的文学经典理论成果。

一 文学经典"危机"

21世纪的文学经典论争在"危机"之声中开始,伴随着关于"危机"的论争不断将文学经典理论探讨引向深入。

对文学经典"危机"的表达在1990年代就已经出现。1993年,温儒敏在题为《文学走向死亡?》的文章中就对因商业浪潮和影视媒体的出现引发的关于文学和文学经典的危机进行了回应,认为影视媒体"具有某种文学功能……使文学发挥作用的领域扩展了……将许多观众带回文学",而商业化带来的"非中心化"和"非正典化"反而造就了"'经典'国际化的现象"①;1993年,张颐武从分析文化"商品化和大众传媒为主导的多元话语……是'后现代性'在中国大陆的第三世界文化语境中的独特展现"出发,指出"传统意义上的高级文学进一步受到威胁……经典的地位受到动摇"②;1996年,张荣翼提出"后文学经典机制"取代了传统的文学经典生成机制,"文学经典已俨然失去了过去照耀文学的光彩……经典的和非经典的界限正在模糊,它正在迫使文学领域作出秩序重构,也势必将使文学研究的领域作出相应的调整"③;与此同时,西方"文化研究"理论在国内传播和被广泛接受,"文化研究"以对大众文化的研究替代了对于"经典"的研究,其本质是反经典的;随着2000年的临近,在20世纪末的

---

① 温儒敏:《文学走向死亡?》,《文学自由谈》1993年第4期。
② 张颐武:《对"现代性"的追问——90年代文学的一个趋向》,《天津社会科学》1993年第4期。
③ 张荣翼:《文学经典机制的失落与后文学经典机制的崛起》,《四川大学学报》(哲学社会科学版)1996年第3期。

"反思"中,张荣翼、张柠、孟繁华、葛红兵等学者先后发表了文学经典危机乃至"终结"的宣言,很多观点以近乎极端的方式表达并引起了研究者的注意,张柠认为"在世界文学的坐标系里,中国文学的二十世纪,是一个没有经典的世纪"①;孟繁华在回应因"百年文学经典"引发的讨论中指出,因为"一个有共同目标的批评界就无法存在",而"对经典中某些作品有着同样偏爱的人正在锐减,已经有迹象表现他们在成为四处逢敌的少数派",因此"文学经典有可能成为一种遗物"②;1998年,作家韩东、朱文等发起的一场名为"断裂"的问卷调查"行动",表达了"对所有文化体制内部的全部经典规范的唾弃与抨击"③;葛红兵则宣布"我们生活在一个没有经典,没有大师的荒芜的世纪里",并以"悼词"的极端形式表达了"对二十世纪中国文学感到遗憾"④。

带着"危机"进入2000年的文学经典论争在媒介文化、文学研究等多种因素的作用下趋于白热化,经典"终结论"与经典"存在论"形成了对立的论争阵营。主张"经典终结论"的学者在1990年代对20世纪文学经典彻底否定的基础上,进一步提出了"'伟大的小说'或'经典文学'已经成为过去",预言了21世纪"没有文学经典的世纪"的宿命⑤。与此相呼应的各种关于"去经典化""后文学经典时代""经典焦虑症""经典的黄昏"等表达都从不同的角度对"文学经典"的理论适用性提出了质疑。这些质疑带动了文学经典存在论者的思考,进而推动了关于文学经典的整体理论反思。在讨论文学经典的理论建构之前,我们有必要首先追问是哪些因素引起了关于文学经典"危机"的持续论争。

---

① 张柠:《没有经典的时代》,《粤海风》1998年第1期。
② 孟繁华:《文学经典的确立与危机》,《创作评谭》1998年第1期。
③ 戴锦华:《书写文化英雄——世纪之交的文化研究》,江苏人民出版社2000年版,第79页。
④ 葛红兵:《为二十世纪中国文坛写一份悼词》,《芙蓉》1999年第6期。
⑤ 孟繁华:《新世纪:文学经典的终结》,《文艺争鸣》2005年第5期。

1. 缺乏稳定、持续的经典建构的"惯性危机"。历史地看，经典的危机并不是新时期以来的新动向。近代以来，处于不断从古典走向现代的转型期的中国的思想文化一直有着内在的变革冲动，从"打倒孔家店"和提倡白话文开始，中国文学一直处在经典序列不断被打破和建构的双重焦虑之中。每一次社会政治文化制度的变革都意味着以前建立的文学经典的"危机"，必然要求文学经典的剧烈变动和文学秩序的调整。仅就20世纪而言，在1919年、1949年、1966年、1976年等年份，文学经典都曾因为政治变动而遭遇"危机"，而后在1989年、1993年等年份，文学经典又因为社会政治文化的内部调整而变动。不断面临的"危机"和变动在客观上造成了中国现代文学缺乏连续性、系统性、持久性的经典建构，也很难形成一种被广泛认知和接受的现代文学传统。因此，在每一次的社会文化调整变化中，它都作为"薄弱环节"首先陷入"危机"。

2. "经典"权威性的消解。在前现代社会，经典"与帝权、神权共同构成了三个世界性的权力机构"①。王权或神权对"经典"的加冕使它具有超越性的话语权力，是一种作为绝对价值和绝对权威的存在。作为维系和确立王权与神权的象征符号，经典在不同时期都被不断加冕和广泛传播。由于生产力的缓慢发展，社会结构相对稳定，意识形态变化缓慢，人们依靠经验的积累和传承来认识当下。因此，经典能在相当长的时段内保持其规范、指导及认识社会的有效性，并获得持续的阐释和阅读，从而不断强化其经典的绝对权威。而现代社会生产力获得不断解放，人类社会变化和分化加剧，经典既失去了神权和王权加冕的权威和一致性话语，也因无法满足对时代变化提供解释的现实需求而逐渐失去了规范认知和指导行动的功能。与日俱增的民主化、多元化意识将矛头对准权威、中心和等级制，咄咄逼人地挑战着以权威自居的经典。

---

① 孟繁华：《文学经典的确立与危机》，《创作评谭》1998年第1期。

"经典"因此失去了绝对的权威性而面临不断被质疑的"危机"。

3. 文学"经典性"的丧失动摇了文学经典的根基。文学经典价值和地位在很大程度上来源于文学在文化形态中的权威性。在相当长的历史阶段中,"文学曾获得这样那样的权威,'以文学的权威性'来行动、决定、判断,并不会显得荒唐"①。这一方面来源于人们赋予文字作为人类文明的重要标志,另一方面在尚未完全分化的整一的文化形态中,文学所包含的内容远远大于我们今天用来进行审美阅读的文本,而是包含了政治、文化、历史、占卜等多种重要内容,因此具有多种社会功能的文化形态,文学曾经发挥的为社会活动方方面面立法的作用而成为一种具有"经典"性、权威性的文化存在。"但是在现实生活中,它却再也发挥不了那么大的作用了"②,"文学在旧式意义上的作用越来越小。"③ 这首先是源于现代学科的分化,文学已经卸去了直接服务于政治、历史、文化的功能,"文以载道"变成一种个人化的选择而非必然;文学资源的丰裕和充足乃至过量供给使得文学已经不再是为少数人享有的文化资源,而变成了大众表达情感和娱乐的工具;此外,不断出现的电子传播手段对文字的权威性形成了巨大的挑战,文学和文字的影响已经不再是决定性的,新的媒介形态正发挥着和文学类似的文化功能。笼罩在文学之上的神圣光晕逐渐散去——21世纪以来不绝于耳的"文学终结论"在很大程度上就是对文学"经典"性地位丧失的表达,这动摇了文学经典的根基。

就本质而言,对文学经典的焦虑和对"文学本身"的焦虑并非完全一致,两个问题遵循着不同的逻辑。对文学经典的"焦虑"主要来

---

① [美] J. 希利斯·米勒:《文学死了吗》,秦立彦译,广西师范大学出版社2007年版,第122页。
② [美] J. 希利斯·米勒:《土著与数码冲浪者——米勒中国演讲集》,易晓明编译,吉林人民出版社2004年版。
③ [美] J. 希利斯·米勒:《全球化对文学研究的影响》,王逢振编译,《文学评论》1997年第4期。

源于艺术家和批评家对一种艺术形式的表现能力的渴望和要求以及对已有的文学表达的尊重和祭奠；对"文学本身"的焦虑，来源于一种艺术能否表达当下各种人类关系的"情感模式"的一种期待。"一代有一代之文学"在某种意义上似乎可以扩展为"一代有一代之艺术"或"一代有一代之文化"的表达形态。从诗词曲赋的抒情到戏曲小说的叙事再到电影逼近真实的想象，人们的想象力在发展而不是萎缩。也正是因为新的艺术形式的不成熟，不论是来自媒介使用和理解的局限还是来自艺术表达能力的局限，满足人们精神和审美的领域依然需要古老而成熟的艺术形态的存在和帮助，正是文学的不断发展才会提供给电影等现代叙事艺术以艺术的灵感和创造的可能。其语言的精妙、精神的博大、探索之幽微、表达之独特、异风格之多样等都是现代叙事艺术所不能超越和无视的。旧的艺术形态和媒介形态并没有消失，它会作为质素存在于新的时代和媒介形态当中。

4. 现代传媒文化的转向改变了文学经典的生产环境和认知方式。按照本雅明的分析，在传统的"手工劳动关系"中，人际交往方式主要取决于时间性的建立。文学作为一种时间性的"叙事性艺术就驻足在这种关系中"，它是人类交往方式的产物。进入工业生产和信息社会后，人际交往呈现出"瞬间性"的特征，造成了"一切取决于时间的时代已一去不复返，现代人不再去致力于那些耗费时间的东西"，因此，主要作为时间艺术的文学被能"瞬间性"接受的空间艺术如摄影、电影、电视取代，并最终"在特定的电信技术王国中……整个的所谓文学的时代（即使不是全部）将不复存在。哲学、精神分析学都在劫难逃，甚至连情书也不能幸免"[①]，"阅读的时代……已经到了尽头，再生的神权时代将会充斥着声像文化"[②]。与此同时，传媒的功利

---

① ［美］J. 希利斯·米勒：《文学死了吗》，秦立彦译，广西师范大学出版社 2007 年版，第 122 页。

② ［美］哈罗德·布鲁姆：《西方正典》，江宁康译，译文出版社 2005 年版，第 410 页。

性和商品属性暗示和规导了我们的认知方式,在超量的信息面前,迅速获取和选择成为首要任务,人们几乎无暇通过心灵的沉思和细致的辨析来获取知识、把握世界。思想的深度被知识的广度取代,"大众传媒在把人从思想的动物改变成储存信息的动物"[1],"使人们的审美能力退化、思考缺席"[2],颠覆了人的心灵审视和思辨推理作为价值评估的基本原则。在新的文化秩序中,"传统的、以叙事话语为轴心的、以社会精英意识为主的,以历史经典为其价值范式的既有文化模式的崩溃和以消费、享乐为轴心,以建立在对现实的顺从、退避、自我适应基础上的'内在性'为主导的,以精神空间削平和审美空间平面化的流行文化形态为价值典范的新的文化模式的合法化"[3]。

5. 后现代理论和文化研究的兴起带来了文学经典理论危机。1990年代以来,以"后现代主义"为代表的理论和方法解构"元叙事",提倡多元文化、无厘头大话式文体成为时尚,全球化语境中"文化研究"成为显学、消费文化大行其道的"日常生活审美化"的逻辑的渗透、蚕食乃至颠覆。曾经设定的"权威"和"中心"意识被不断消解,高雅文化和大众文化的人为界线也被打破。后现代主义者在"全然摒弃解释的企图"的同时将文本向读者"开放";接受美学将文学研究的重点从作者、文本转移到了读者,它打破了少数权威对文学经典理解和阐释的垄断性特权,赋予读者有机会参与阅读和批评,为经典的调整甚至重构提供有益的阅读经验;文化研究一方面使一些原先处于边缘地带的理论话语步入中心,"文化"成为一个包罗万象的"保护伞",同时,它将传统意义上的"恒久之至道,不刊之鸿教"的文学经典置换为一个历史阶段型概念,世俗性与当代性取代了神圣性

---

[1] 朱立元:《当代西方文艺理论》,华东师范大学出版社2005年版,第390页。
[2] [法]让·波德里亚:《消费社会》,刘成富、全志钢译,南京大学出版社2000年版,第225页。
[3] 向怀林:《消费时代的经典碎片:一种文化秩序的终结与重组》,《河北师范大学学报》(哲学社会科学版)2009年第2期。

和古典性。文学经典并非一个"元概念",它是一种认为价值认定,因此,文学经典的标准及其本身在后现代理论和文化研究中都成为可疑之物和解构的对象。

6. 商业化导致的"经典"使用的普泛化。在1990年代的相关研究中我们曾论及媒介的商业化和文化的消费化对"经典"作为稀缺资源的倚重和利用,在促进文学经典传播的同时,"经典"一词作为符号资本的价值被看中和利用。在文化生产中,人们不再满足于"精品""佳作"之类的话语表达力量,而代之以经典唱片、红色经典、学术经典、经典散文、汽车经典、经典进球等"经典"话语,这造成了"从前神圣的慎用的概念被普泛化、平庸化了"①,从而在理论研究的表达中经典的定义变得含糊、多义,这可以被视为"经典"危机的表层原因。在更深层次上,"向市场经济转轨的大趋势下,新时期的精神神话开始被解构,社会文化出现多元转型。整个1990年代,知识分子都面临着现代化进程中的前沿问题——传统与现代、民族化与西化、本土化与全球化冲突的跨世纪焦虑,而且,这一系列问题将延伸至下个世纪"。②

由多种因素造成的21世纪文学经典的危机并不意味着文学经典的终结。从理论层面看,后现代在消解语义中心论和价值中心论的"元话语"后,将自己置身于功用主义的原点,但同时又陷入了一种新的循环:这是一种终结,还是一种开始?是危机还是机遇?我们对现存世界的怀疑与否定其实意味着一种新的超越的可能。后现代理论视角往往以一种否定的方式进行理性反思,琳达·哈琴认为"任何知识都不能避免与某种元叙事共谋。不能避免与各种可能变成'真理'之主张的虚构共谋"③。后现代主义远非一种文化的结果,而是一种文化过

---

① 金宏宇:《90年代的文学经典化之争》,《光明日报》1999年6月24日。
② 王岳川:《中国镜像》,中央编译出版社2001年版,第116页。
③ [法]热奈特等:《文学理论精粹读本》,阎嘉主编,中国人民大学出版社2006年版,第299页。

程和文化现象,作为一种历史语境,它并非代表终结,而意味着一种新的开始。"'没有'哪种叙事可以成为天然'主导'的叙事;不存在任何天然的等级秩序;只存在我们所构建的那些东西。"后现代并不止步于对所有价值标准的"解构",而是重估一切价值之后的重构;从社会文化心理看,大众文化已成为当代文化的主要语境,它在提供多元文化的同时又形成了新的话语霸权,它对理性思考和形而上追寻的排斥以及与物质、商品逻辑的扭结,造成了它无法满足人对深层精神的渴望。它所"强加的种种限制,也可能成为开辟各种新门径的道路,也许我们现在能更好地研究社会的、美学的、哲学的和意识形态的结构之间的关系"①,因此,大众文化对文学经典的冲击和质疑使我们从经典与流行、雅与俗、精英与大众等非此即彼的对立中跳脱出来,为在更为宽泛的文化秩序中反思和建构文学经典提供了契机。

二 文化研究引发的文学经典理论反思

"毫无疑问,在当代对经典的质疑乃至重构方面最为激进的实践来自文化研究②。"去经典化(decanonization)和非精英化可以被视作文化研究的两个重要特征。"去经典化"主要是指,文化研究主要是对"当代文化的研究"③,通过指向当代正在发生和具有活力的文化事件、文化现象将经过历史积淀的被封为经典的文本置于边缘;"非精英化"则表现为将大众文化、"亚文化"、消费文化以及大众传播媒介等历来为精英所否定的现象作为主要的研究内容。随着1990年代文化研究在国内的理论接受和扩张,它给文学经典论争带来了革命性的话语资源和颠覆性的重构可能。

---

① [法]热奈特等:《文学理论精粹读本》,阎嘉主编,中国人民大学出版社2006年版,第299页。
② 王宁:《文学研究疆界的扩展和经典的重构》,《外国文学》2007年第6期。
③ [新西兰]西蒙·杜林:《文化研究:批评导论》,李炳慧译,河南大学出版社2016年版,第1页。

(一) 文化研究的理论来源及其对"经典"的双向立场

一般认为,文化研究主要来源于两种传统:法兰克福学派的文化批判与英国新左派的文化研究。其理论的基石主要来自三种力量的构建:"德里达解构了文本边界,让文化研究踏上跨学科、跨文本的批评之旅;福柯的权力话语建构,使文化研究成为介入现实探询权力他者的生产性话语实践;阿尔都塞的意识形态理论和葛兰西的文化霸权理论,则为文化研究指明'矛头所向'的'用武之地',并提供最有力的思想武器。"① 在批评方法的使用中,德里达的"文本踪迹"照亮了新历史主义将历史叙事化的颠覆之旅、福柯的"权力之眼"启发了后殖民主义的文化抵抗、罗兰·巴特的"大众文化神话学"与巴赫金的"狂欢"理论使一直处于启蒙下位的大众文化来到文化研究的中心,女性主义也成为文化研究中一种重要的解构力量。作为一种生产性的批评话语实践,"文化研究主要描述并介入'文本'和'话语'(即文化实践)在人类日常生活和社会构成之内产生、插入和运作的方式,以复制、抗争乃至改造现存的权力结构"②。

由于文化研究本身的包容性和复杂性,其边界的划定并不清晰,但从基本的理论偏向、概念范畴看,它具有部分"家族相似"。这表现在与传统文学研究不同的五个方面:1. 不再注重历史经典而注重当代文化;2. 注重以影视为主要媒介形态的大众文化;3. 主要研究被主流文化排斥的边缘文化、亚文化等文化经验和文化身份;4. 注意与社会保持密切联系,关注文化中蕴含的权力关系及其运作机制;5. 跨学科乃至反学科的研究倾向。从当下西方的理论争鸣和批评实践看,文化研究并没有完全替代或解构文学研究,它在更为开阔的跨文化和跨学科的研究视野中通过对日益僵化的经典理论和文本的质疑为文学经

---

① 蔡志诚:《批评的踪迹与现代性测绘——九十年代文化研究的一种考察》,《海南师范学院学报》(社会科学版)2007年第1期。
② 罗钢、刘象愚主编:《文化研究读本》,中国社会科学出版社2000年版,第69页。

典研究注入了新的活力。

虽然西方文化研究理论始终强调其去经典化和反精英的文化立场，但不论是来自德国法兰克福学派的批判传统还是来自英国文化研究的理论范式，我们都可以从中寻到与文学经典、文化精英主义千丝万缕的内在联系。法兰克福学派将社会文化分为截然对立的本真文化与文化工业，与此对应的是艺术与生活、乌托邦与日常现实、高雅文化与通俗文化等对立的范畴。按照法兰克福学派的批判理论，大众是被资本主义文化工业禁锢于现状中放弃乌托邦理想追求的芸芸众生，革命的希望寄托在少数精英所创造的高雅艺术或"肯定的文化"之上，坚持优秀审美标准和趣味的观念。它一方面极力强调现代主义艺术的先锋派性质，否定传统艺术在当代社会的诸种功能，另一方面又表现出对优秀标准和典范性的无比留恋，并极力将这种典范和优秀品质移植到现代主义艺术中来。尽管英国文化研究与德国法兰克福学派并无直接的渊源关系，但作为文化研究的主要理论来源，1950年代以利维斯等为代表的精英知识分子的文学研究的出发点就是通过以伟大作家及其作品构建伟大的传统向读者大众进行启蒙，进而提高整个民族的文化水平。只是在后来的发展中，以威廉斯、霍尔等为代表的有着工人阶级背景的学者开始关注社区问题和日常生活，逐渐使文化研究走出早先的经典文学研究领地。由此观之，文学经典不只是文化研究的批判对象，它还是文化研究的出发点亦可能是其归宿。从文化研究本身的理论指向看，女性主义和后殖民文化理论在否定以"男权中心"和"西方中心"为标准的经典和权威的过程中，必然通过主张和建构以女性和第三世界文化为中心的文学经典，以此形成对抗性的话语力量。

（二）文化研究在中国的传播及其引发的文学经典论争

在国内，从1980年代开始，文化研究的相关理论就有过传播，但因为缺乏相关的文化现象和理论支持，并未改变当时的文化研究主要是传统文化和各民族文化研究的状况。对文化研究理论比较集中的接受和讨论从 1993 年开始。1994 年，李欧梵等人集中在《读书》杂志发表了《什么是"文化研究"？》《文化研究与地区研究》等论文，并举办了"文化研究与文化空间"讨论会；1995 年 8 月，北京大学、美国弗吉尼亚大学、中国社会科学院外国文学研究所等单位和学术团体共同发起主办了"文化研究：中国与西方"国际研讨会，特里·伊格尔顿、乔纳森·阿拉克、拉尔夫·科恩、王宁、汪榕培、吴元迈、杰丽·弗莉格、罗纳德·丁伯格、赵毅衡等 60 多名中西学者对文化研究的历史与现状、文化研究与比较文学研究、中国当代文化研究的理论课题、后现代主义和后殖民主义、文化研究与文学理论的未来等问题进行了全面而深入的探讨；1996 年，"文化接受与变形"国际研讨会在南京举行，会议讨论了文化研究的冲击和文学研究的对策、文化全球化和文化身份研究以及西方大众文化理论的影响……1990 年代中后期集中的理论译介和研究使用与国内出现的丰富的大众文化和亚文化现象共同促成了文化研究在国内理论界逐年"升温"的趋势，在激进主义与保守主义之争、国学复兴、现代性问题、全球化与本土化、新左派等文化思想界的重要论战中，都可以看到文化研究的话语活动。到 1990 年代末期，文化研究以一系列产生广泛影响的批评实绩成为学界的"显学"：王晓明对"新意识形态"的理论素描，汪晖的现代性谱系探询，南帆从文本生产与意识形态之间的动态交互关系切入测绘文本生产的权力话语踪迹，陈思和对民间文化形态的现代性重写，孟繁华对大众文化"众神狂欢"的解读，戴锦华的影视文化传播及大众文化研究，周宪的审美现代性研究，李银河、张京媛对西方女性主义思想的引介阐扬，孟悦、徐坤等的女性主义批评实践，鲁枢元的文艺生态学批评主张，叶舒宪的文化人类学视野下的文学新探等都显示了文化研究批评的实绩。文化研究的方法还渗透并影响了文学史研究：洪子诚的《中国当代文学史》和《问题与方法》对文学的制度性品格做出钩深致远的考察，陈思和主编的《中国当代文学史教程》

则以多层面的历史叙事展现"共名"的意识形态集体记忆与"无名"的民间潜在写作。此外，王宁、盛宁、王岳川等学者的理论译介和张颐武、陈晓明等的批评实践都是将源自西方的文化研究理论与方法同中国文化结合进行"再语境化"的积极转化。

从1990年代开始的一系列文化批评实践质疑并悬置了传统文学理论中的许多重要概念，大众文化和文学批评不断扩大研究的疆域、文化谱系的考察等，这些都动摇了以文学经典文本为主要理论来源的传统文学研究的理论霸权，冲击了理论界对文学经典的基本认知。

1996年，王宁在《天津社会科学》发表了《"文化研究"与经典文学研究》，旗帜鲜明地提出了文化研究对文学经典的理论冲击。王宁认为，文化研究的尝试动摇了经典的一成不变性，"促使原有的经典裂变"成为一个开放的体系，但是文化研究"不能提供新的经典"，因此，文化研究不但不会削弱经典文学研究的地位，相反对文化建设的关注能促成人们从提高民族文化素质的角度对文学经典进行重构。① 王宁从文化研究的建构性指向出发，认为文化研究导致的最终结果不是文学经典和文学研究的终结，而是文学经典的重构。换言之，文化研究并不是对价值的消解和价值判断的悬置，文学经典在文化研究中依然是一个有着解释力的理论范畴，此后发表的《文学经典的构成和重铸》（2002）、《文学的文化阐释与经典的形成》（2003）、《全球化语境下汉语疆界的模糊与文学史的重写》（2004）、《经典化、非经典化与经典的重构》（2006）、《文学研究疆界的扩展和经典的重构》（2007）等文章都延续和发展了这种认识。在对文化研究的积极作用表示认可的同时，这些学者对文化研究拓展了传统文学经典理论表现出极大的兴趣。他们将文化研究对外部和关系的建构与文学研究的内部关注和审美相结合，从文学经典的评价标准、文学经典的生产与再生产、文

---

① 王宁：《"文化研究"与经典文学研究》，《天津社会科学》1996年第5期。

学经典与文化认同、文学经典与话语权力等不同的理论偏向出发，用文化研究修正了以往文学经典的理论认知。

与这种研究取向相对的是对文化研究解构性质的强调和坚持，孟繁华、张荣翼、葛红兵、黄浩、王健等学者是这种取向的主要代表。他们或从文化思想批判的角度出发，主张文化研究以多元差异的可选择的现代性回应了市场经济或启蒙主义驱动下的单一现代性，坚守边缘正义的立场对任何可能的"权威"压迫发出抵抗性意见；或是从文化意识形态批评入手，坚持任何文本的再生产都是权力结构和话语运作的结果，以此来否认文学经典的确立有着源自内部的本质性特质；或是强调消费文化时代的文化特征，认为消费时代的市场机制和文化生产机制已经不可能提供给文学经典产生的可能。

在文学经典理论论争中还有一种立场是彻底否定文化研究的合理性和合法性。这一派学者认为文化研究所持有的去中心化、去经典化和多元文化的主张实际上是削平一切价值和差异，它可能拉低整个文化的精神含量，从而导致文化同质化和沙漠化，文化研究拓殖了文学研究，是文学研究理论"失语"的表现，是精英文化对大众文化的"媚俗"和犬儒。因此，在研究中，这些学者化身为布鲁姆式的文学经典的坚定捍卫者，将文学经典视为精英文化的文化堡垒，代表着文学艺术的高度和方向。

（三）问题与启发

中国文化研究的文化语境和理论来源的不同带来了认知的分化，文化研究的反对者和解构主义的不同立场背后都有着某种价值观念的预设，由此出发评判和臧否其他价值观念和主张必然导致某种排他性的价值专断，每一种立场下的"另类"文化形态总是被"缺席审判"。单一视角的局限是显见的，而其偏颇的深刻同时存在，因此，将传统的以文学经典为标准建构的文学研究和文化研究进行"视野融合"，在两种观念的张力关系中理解和透视文学经典的实践和理论问题是一种更为合理有效地避免价值专断的视角选择，它在避免价值相对主义和虚无主义的同时，提倡宽容和多元的文化观和价值观，既保证了各种文化立场的对话和交流，防止某种或某几种观念成为凌驾在其他文化之上的霸权，又保证了文化场内各种力量相互作用中新的价值观念的形成和保存。"如果在经典传达的知识与人们的需要和在非经典文本中可以获得这两者之间有着相当大的分歧的话，经典的调整就势在必行了。一方面，经典无法服务于社会和个人需要，另一方面，一套非经典文本又能满足这些需要，这样的差别从长远来看必然导致经典的变化和调整，因为经典的作用在于提供解决问题的模式"①，从这个角度看，不论是反对者、解构者还是重构者的主张都显示了文化研究从外部促进了经典的变革并起到调整的作用。

三 本土化的文学经典理论探索

在经典"危机"、文化研究和各种文学经典的再生产现象的共同推动下，2000年以后关于文学经典研究的论文和著作数量激增，其话题的丰富和深刻程度远远超过了1980年代和1990年代的讨论，推动了本土化文学经典理论的建构。这一时期学界关于文学经典问题的研究广泛而深入，文学经典的论争不同于1980年代借由文学史的重写来迂回进行，也不同于1990年代主要由个别文学事件引发间断性的关注。2000年以后，很多知名学者参与到这一问题的讨论中，通过集中的文学经典研究学术会议、重大课题的立项、研究论文集的出版、学术专著和论文写作，围绕文学经典的基础性概念、研究方法等方面形成了一些共识，为进一步研究奠定了基础。

（一）文学经典理论热

21世纪以来，关于文学经典的理论探讨成为学术研究中的热点，

---

① Douwe W. Fokkema, *Issues in General & Comparative Literature: Selected Essays*, Papyrus, Calcutta, India, 1987, p. 1.

学界召开了多次跨学科、跨领域的国际性或全国性的学术会议，集中探讨文学经典的相关理论，主要的学术会议如下。

2005年5月，由首都师范大学、北京师范大学和《文艺研究》杂志社联合主办的"文化研究语境中文学经典的建构与重构国际学术会"在北京召开。"来自中国、美国、德国、新西兰、澳大利亚、英国、新加坡、荷兰以及中国台湾等国家和地区，有着不同文化背景、知识背景和学术经历的不同民族的专家学者70多人，本着一种平等、真诚的学术对话精神"[①]，就"文学经典"问题展开了热烈而富有建设性的讨论，这次会议在学术界产生了很大影响。在会议提交论文的基础上，童庆炳、陶东风主编了《文学经典的建构、解构和重构》一书。会议对文学经典问题进行了全面而深入的反思，对什么是经典、经典化和经典建构、中国文学的经典化、解经典化和再经典化机制、文化研究与文学经典、消费文化与文学经典等问题进行了回应，并结合具体作品讨论了中国古典文学和现当代文学的经典化问题。

2006年4月，由中国社会科学院文学研究所、《文学评论》编辑部和陕西师范大学文学院共同主办了"文学经典的承传与重构学术研讨会"。会议讨论的问题涉及文学经典的概念界定、确认标准、价值维度、经典化途径与方法、当代语境下文学经典的处境和命运以及古今文学经典的承传重构与评估重建等。这次会议以文学经典为纽带，形成了中国古典文学、古典文献学、现当代文学、比较文学与世界文学、语言学、文艺学、民间文化与文学、美学等不同专业间的互补与融合，共同推进了文学经典的理论研究。会后，《陕西师范大学学报》开辟了"文学经典的承传与重构"学术前沿问题研究专栏，推出了研讨会的部分论文。

---

① 童庆炳、陶东风：《文学经典的建构、解构和重构》，北京大学出版社2007年版。

2006年10月,中国社会科学院文学研究所《外国文学评论》编辑部和厦门大学文学院共同主办了"与经典对话"全国学术研讨会,集中讨论了经典作家和经典作品的学术研究史、文化的多元性与经典的普世性、经典文学与通俗文学之间的关系、经典文学的诠释与过度诠释以及东西方文学经典之间:异中之同、经典文学研究与理论的形成与发展及经典文学的翻译与文化的传播等议题,将文学经典讨论引向深入。

2008年6月,由复旦大学、上海大学、哈佛大学、华盛顿大学联合举办的"中国现代文学教学方法与教材"国际学术研讨会在上海举行。文学的典律、时期和文类以及经典与非经典的对话与交锋成为会议的两大重要议题。文学经典不仅作为一个理论问题还作为一个文学教育的关键问题受到了重视。

2010年11月,在杭州召开了"世界文学经典与跨文化沟通国际学术研讨会",来自俄罗斯、德国、美国等的外国专家和国内研究者共同就新的文化境遇中重新审视文学经典的本质和功能、文学经典的传承和传播等问题进行探讨。

2011年8月,中国新文学学会第27届年会暨"革命历史书写与文学经典"学术研讨会在山西万荣召开,李希凡、刘玉琴、南帆、沈卫星、张炯等专家学者参与了会议研讨。会议对以"红色经典"为代表的革命历史书写的现代传播进行了探讨,并对有代表性的文本和典型的文学样式进行了深入解读与分析。

2011年12月,国家社科基金重大招标项目"外国文学经典生成与传播研究"专题学术研讨会在浙江召开。会议就文学经典的文本生成考证、文学经典与民族形象的构建、文学经典翻译与跨文化沟通、文学经典的影视改编研究等议题展开了热烈的研讨,12位知名专家作了主题发言、40多位学者在分会场作了发言,会议共收到文学经典研究论文50多篇。

2013年11月,以"作家作品的经典化与文学史研究的创新"为主题的第五届中国当代文学高峰论坛在沈阳召开,吴义勤、陈晓明、吴俊、丁帆、林建法、孙郁、王彬彬等研究者和阎连科等作家就当代文学的经典化问题和文学经典观念更新与文学史书写的创新等问题进行了深入的交流。

以上所列举的仅为以文学经典问题为主要议题的大型学术会议,事实上,从1990年代中后期开始,文学经典问题就在文学理论、文学批评、比较文学、现代文学和古典文学等各种学术研讨会上被提及和讨论。1997年10月广东现代文学界举办了探索"文学经典化问题"研讨会;2001年12月中山大学主办了"什么是经典"学术研讨会,来自香港、台湾、大陆的学者从历史学、哲学、文学等不同的领域出发讨论"什么是经典"的问题。2005年以后,它成为诸多学术会议的中心议题,吸引了众多国内外知名学者和专家,他们从各自的领域和视角出发对文学经典进行了全面而深入的研究,进而将研究成果带入文学史、文学理论等不同的研究领域中,使文学经典成为一个跨专业、跨领域的交叉地带,它既不断吸收新的研究成果发展和充实自身的理论,又为其他领域的文学研究提供了源源不断的理论和话语资源。仅从2000年以来的国家社会科学基金项目立项情况看,其中涉及文学经典研究的项目共计42项(其中中国文学经典研究17项,外国文学经典研究25项),涉及的问题包括:网络文学的经典化、不同时期文学经典化机制研究、文学经典与文学史写作关系研究、文学经典的跨文化传播、古典文学、文学经典的改编与"重述"、红色经典、具体文本的经典化等,几乎辐射到文学研究的各时期和各领域。

(二) 文学经典理论重构的探索

专题会议的讨论带动了文学经典的理论研究,为了论述的方便,以下将从研究方法与路径、理论内容与层次、对象的地域与历史等三个角度分别进行论述。

1. 就研究方法和路径而言,文学经典研究摆脱了单一的政治权威和审美唯一论,形成了:主要偏重文学内部的本质主义研究、偏重于外部关系的建构主义研究,以及融合这两种视角形成的包容性理论。

经典本质主义者将审美界定为人的本质属性,文学作品的审美本质决定了文学经典带有横向超越的普遍性和纵向超越的永恒性,在一定程度上具有跨越文化、代际、阶层、性别等的影响力和权威性。因此,审美价值的高低决定了作品的历史地位和价值,"只有审美的力量才能透入经典,而这力量又主要是一种混合力:娴熟的形象语言、原创性、认知能力、知识能力以及丰富的词汇"[①]。就本质而言,审美是缺乏客观稳定性的评价方式,它是一种在情感价值和艺术形式价值之间游移的动态标准。因此,本质主义者一方面一致认为文学经典因为审美的存在为人类保存了一种具有高度主体性意义的感受方式和精神理念:文学经典在一定意义上是超越时空的、非功利的、永恒的,并且其阐释空间是不可穷尽的、具有一定普世品质和价值的作品;文学经典是权威的、崇高的、典范的,并且能代表一个时代的艺术成就、审美理想与价值的原创性作品;文学经典是经常被人阅读与引用,且常读常新,引人向上,并对人生、人类产生巨大影响的优秀作品,而另一方面又因为各执一端的具体审美理想而就具体的作品是否经典进行着不断的调整和论争。经典建构主义者更多秉持知识社会学的立场,质疑文学经典的普遍性、永恒性、纯审美性或纯艺术性,认为"经典以及经典的标准实际上总是具有特定的历史性、阶级性、特殊性、地方性的"[②],文学经典的问题在他们看来往往是权力问题或从权力的角

---

① [美]哈罗德·布鲁姆:《西方正典》,江宁康译,译林出版社2005年版,第22页。
② 陶东风:《文学经典与文化权力(上)——文化研究视野中的文学经典问题》,《中国比较文学》2004年第3期。

度进行理解的问题。建构主义者以为"正义"寻找合法性为名来消除文学经典所笼罩的"审美"光环。

更多的学者在文学本质主义和建构主义之间虽有所侧重,但具有了理论的包容力和理解力,能够在兼顾二者的基础上,对文学经典的形成机制、美学属性、权力博弈等问题进行深入探讨。在具体理论建构中,这种"融合视角"又因为更偏重审美和更偏重权力建构不同而存在着具体差异。如童庆炳先生在2000年以后的文学经典理论中做出了调整:

> 文学经典建构的因素是多种多样的,起码要有如下几个要素:(1)文学作品的艺术价值;(2)文学作品的可阐释的空间;(3)意识形态和文化权力变动;(4)文学理论和批评的价值取向;(5)特定时期读者的期待视野;(6)"发现人"(又可称为"赞助人")。就这六个要素看,前两项属于文学作品内部,蕴涵"自律"问题;第(3)、(4)项属于影响文学作品的外部因素,蕴涵"他律"问题;最后两项"读者"和"发现人",处于"自律"和"他律"之间,它是内部和外部的连接者……文学作品本身的艺术价值是建构文学经典的基础……政治意识形态的变动、文化权利的变动对于文学经典建构的影响是很大的,但第一不能把这种"影响"归结为"决定作用",第二不能认为只要是意识形态的影响都是"操控",都是负面的。①

从这段文字中可以看到,童庆炳虽然承认了"意识形态和文化权力"是经典建构的因素之一,但同时强调这些绝非决定性作用,他仍然坚守文学作品的审美和艺术价值的决定性和第一性。

更多的研究者选取了个案研究作为文学经典理论建构的一种路径,

---

① 童庆炳:《文学经典建构诸因素及其关系》,《北京大学学报》(哲学社会科学版)2005年第5期。

将"经典化"上升为方法论,广泛应用于古代文学、现当代文学和文献"经典"分析。从文学经典的理论建构看,这类研究在数量上的增加和积累对文学经典大厦的建构是基础性和必不可少的,不同于整体性的理论建构,他们通过具体的个案分析不断扩充文学经典研究的版图,在对本土化经典经验进行分析和积累的基础上,我们有理由期待由此产生出更符合中国文化和文学现实的经典理论。

2. 从文学经典的理论内容与层次看

对与文学经典相关的概念进行辨析和梳理是研究的起点。在回答"什么是经典"的提问时,研究者一般采用了从中西词源入手分析"经典"的词义及流变,在此基础上,结合西方理论界对文学经典的界定,形成了有代表性的关于什么是经典的定义;另一部分学者则将"经典"作为一种描述性概念,并从中分解出"经典性"和"经典化"这组概念,前者主要偏重于经典之作所具有的本质属性,而后者则主要用来分析"经典"的形成过程。

(1) 经典

强调示范功能。佛克马认为,经典是"精选出来的一些著名作品,很有价值,用于教育,而且起到了为文学批评提供参照系的作用"[①]。这种理解回避了对文学经典的本质特性进行分析,转而强调其功能,换言之,经典就是发挥示范和教育作用的文本。这种功能描述式的定义方法启发了很多国内研究者,如南帆就将经典描述为"代表了某一个文学时期的最高成就,并且是其他作品竞相效仿的对象、依据和奋斗目标"[②];刘象愚则认为,"凡一切具有权威、能流传久远并包含真知灼见的典范之作都被人称之为经典,所以刘勰说经典是'恒久之至道,不刊之鸿教',此可谓一语中的之论",因此"经典指那些

---

① [荷] D. 佛克马、E. 蚁布思:《文学研究与文化参与》,俞国强译,北京大学出版社1996年版,第89页。

② 南帆:《文学理论新读本》,浙江文艺出版社2002年版,第113页。

权威的、典范的伟大著作"①，除示范功能外，这种定义强调了经典具有的"权威性"；童庆炳指出"文学经典就是指承载文学之'至道'和'鸿论'的各类文学典籍（特别是作品），凡创作这类作品的作家自然被称为经典作家"②，陶东风认为，"经典不但指历史上流传下来的、经过时间考验、以文字或其他符号形式存在的权威性文本，更包含此类文本所藏含的制约人的思维、情感与行为的文化规范之义"③。

强调长时段的稳定接受和传播。刘晗认为"文学经典是指那种能够经得住时间考验的文学作品。可否经得住时间的检验和历史的涤荡，是检验文本能否称得上经典的标尺。穿越时间，即超时间性是文学经典的最基本的含义"④，"经典是经受了一个相当长的时间长度考验之后仍然被视为优秀和伟大的作品"⑤；张清华对经典的判断主要是基于"阅读率"高的文本，经典是"共名"与"共鸣"的产物，是一种过程和秩序；凌建英、宗志平等人的定义则将经典与当下对接，认为"文学经典是指具有广阔的阐释空间和当代存在性"，具有"能不断与读者对话"功能的作品。⑥

强调作品的艺术特质。杨增和认为，"文学经典是指传统的具有权威性和典范性的文学作品，它们是一个时代文学艺术成就的标志和审美趣味理想的尺度，在某种意义上可以说，经典作品是精英文化在审美方面的代表"⑦；黄曼君提出了"在精神意蕴上，文学经典闪耀着思想的光芒；从艺术审美来看，文学经典应该有着'诗性'的内涵；

---

① 刘象愚：《经典、经典性与关于"经典"的论争》，《中国比较文学》2006 年第 2 期。
② 童庆炳：《文学批评首先要讲常识》，《中华读书报》1998 年 3 月 25 日。
③ 陶东风：《经典的解构与重建》，《中国比较文学》2003 年第 1 期。
④ 刘晗：《文学经典的建构及其在当下的命运》，《吉首大学学报》（社会科学版）2003 年第 4 期。
⑤ 南帆：《经典与我们时代的文学》，《钟山》2000 年第 5 期。
⑥ 凌建英、宗志平：《图像时代文学经典的命运与美育意义》，《文学评论》2007 年第 2 期。
⑦ 杨增和：《文学经典：跨时段的多维张力空间》，《文艺理论与批评》2007 年第 3 期。

从民族特色来看，文学经典还往往在民族文学史上翻开了新篇章，具有'史'的价值"①，从思、诗、史三个方面对文学经典进行界定；陶东风也认为，"经典是人类普遍而超越（非功利）的审美价值与道德价值的体现……经典之所以成为经典，是因其精妙的艺术价值，超功利的言说，深沉的思索，为苦苦'思乡'的离人指引着心灵慰藉的归途"②。

除了给出具体的界定外，研究者从本体和关系的角度、从文本与阐释的角度对"经典"概念的思考提供了有启发性的理解。黄曼君提出：

> 经典的概念，来自拉丁文 Classicus，意为"第一流的"，指"公认的、堪称楷模的优秀文学和艺术作品，对本国和世界文化具有永恒的价值"……它主要从实在本体论角度来看待经典，将其视为因内部固有的崇高特性而存在的实体。近代以来，许多理论家更倾向于从关系本体论的角度来看待经典，将它视为一个被确认的过程，一种在阐释中获得生命的存在。如伽达默尔说："'古典型'这词所表现的正是这样一点，即一部作品继续存在的直接表达力基本上是无界限的。"这里所说的"古典型"，具有经典的意思，而"无界限"则强调其无确定性，实际上就是处于不断的阐释之中……经典既是一种实在本体又是一种关系本体的特殊本体，亦即是那些能够产生持久影响的伟大作品，它具有原创性、典范性和历史穿透性，并且包含着巨大的阐释空间。③

以上所提供的"实在本体"与"关系本体"的思考兼顾了文学经典的内在本质与历史语境，是一种很有建设性和包容力的理解。

---

① 黄曼君：《回到经典重释经典——关于20世纪中国新文学经典化问题》，《文学评论》2004年第4期。
② 陶东风：《文学经典与文化权力（上）——文化研究视野中的文学经典问题》，《中国比较文学》2004年第3期。
③ 黄曼君：《中国现代文学经典的诞生与延传》，《中国社会科学》2004年第3期。

肖滨所提出的认知角度则将经典的阐释提升到绝对性的存在，在他看来："一是完全撇开解释者及其解释，仅就文本本身来说明什么是经典……二是引入解释者及其解释，在解释者与解释对象的关系结构以及文本的解释过程中，寻求对什么是经典问题的解答。"① 换言之，经典的存在主要从诠释者的活动出发，在解释—对象的关系结构和活动过程中才能显示出其价值和意义。

从以上所列的各种关于文学经典概念的讨论可以看出，2000 年以后，人们对文学经典的认知已经不仅限于其审美特质、历史跨度或示范作用，更需要从历史—社会结构、在阐释—对象的关系之中进行理解和把握。从前者出发，研究者提出了"经典性"的概念，从后一种立场出发，则衍生了"经典化"的概念。这两个与"经典"密切相关的概念主要是源自西方经典理论的舶来之物，在具体使用中又发生了意义转化。

（2）经典性

"'经典性'并非文本活动在任何层次上的内在特性，也不是用来判别文学'优劣'的委婉语，某些特征在某些时期往往享有某种地位，并不等于这些特征的'本质'"决定了它们必然享有这种地位。"显然，某些时代的文化中人可能把这类差异看作优劣之分，但历史学家只能将之视为一个时期的规范的证据。"② 郝俊杰在《多元系统论中"经典性"概念的局限与贡献》一文中从多元系统论出发讨论"经典性"，他认为，"经典性"概念的提出意在分离"经典"的能指与所指，倡导一种动态分层的多元经典观，有助于研究者在不同的文化和历史脉络中对具体文本具体讨论。③

---

① 肖滨：《经典：在问和答的结构之中》，《江海学刊》2004 年第 1 期。
② ［以］伊塔马·埃文—佐哈尔：《多元系统论》，张南峰译，《中国翻译》2002 年第 4 期。
③ 郝俊杰：《多元系统论中"经典性"概念的局限与贡献》，《北华大学学报》（社会科学版）2014 年第 2 期。

更多的研究者倾向于将"经典性"作为文学经典的本质性特征来理解和使用。如刘象愚认为"尽管有种种复杂的外在因素参与了经典的形成，但一定有某种更为重要的本质特征决定了经典的存在，我们可以把经典这种本质性的特征称之为'经典性'"①，进而提出，文学经典的"经典性"还可以具体分解为"内涵的丰富性""实质上的创造性""时空的跨越性"。从"经典"到"经典性"，学者提供了更为具体的评价标准为认知、判断和讨论具体作品提供了可操作的标准。

（3）经典化（Canonization）

布鲁姆认为，经典形成或者经典化实际上就是文学"传统中经典杰作形成的过程"②。这个概念主要用来分析已经作为"文学经典"被认知或质疑的作品不断被接受、传播、评价，进而获得认可，成为经典的过程。"经典化"概念首先揭示了经典是一个由各种力量建构的过程，在文本的取舍中掩藏着权力关系；经典因此具有特定的历史性、阶级性和地方性；文学作品被确认为经典的活动是一种过程性、系统性、运作性、参与性的过程，它和作品的本质性存在共同发挥着作用。这一概念被研究者广泛使用，表明文学经典不只是本质主义的存在还是不断被建构形成的观念在国内研究中基本达成共识。

在文学经典概念的研究中，为了区分理论和理解的不同层次，研究者还尝试对文学经典进行分类，提出了流动经典与恒态经典、文学史经典与群选经典等不同的区别，通过建立分类的标准对文学经典这一复杂的文学现象进行有针对性的分析……这些在客观上深化了学界对文学经典概念的理解，而区分的建立也有助于在模糊概念下产生的各种理论误解的消除。

---

① 刘象愚：《经典、经典性与关于"经典"的论争》，《中国比较文学》2006 年第 2 期。
② Harold Bloom, *Poetry and Repression*, New Haven: Yale University Press, 1976, p. 29.

其二，关于文学经典的形成与建构问题的理论研究。

更多的研究不是针对"什么是经典"的讨论，而主要是针对"经典是如何建构的"这一更具有历史性的问题展开，如我们在前文所列举的童庆炳关于文学经典建构六要素的观点就是对这一问题的思考结果。影响经典形成与建构的因素有很多，既有内部的因素，也有外部的因素，应该说，文学经典的形成是内部因素与外部因素共同作用的结果。综合各家观点来看，经典形构的动力主要来自两个方面：一是作品内在的艺术价值以及由此产生的可跨越时空的阐释空间是经典建构的前提；二是政治权威、主流价值导向、核心媒体的传播、评论家的批评、作家的继承、读者的广泛阅读、文学教育、文学史书写、理论的导向等构成了作品经典化的外部动力结构。内部和外部力量的交错作用和复杂的外部因素造成了对文学经典建构的不同理解和结论，这一问题因此被分解为文学经典的生产机制总体性研究、经典与外部诸要素对应与影响关系的局部研究、涉及具体作品或某一时段作品经典化过程的历史研究等三大类。

文学经典的生产机制总体性研究。陶东风将文学经典视为一种文化权力文本，从文化领导权斗争的角度分析文学经典的建构、解构和重构活动背后文学经典建构机制的转换，并以此作为勘测社会文化史的重要线索，对张爱玲、鲁迅、金庸等作家作品的经典化和后现代文学经典"大话"、戏仿等文艺思潮和文化热点问题进行了探讨；[①] 朱国华从场域的理解框架出发，把文学经典和文学场的自主化分化过程相结合，系统分析了文学经典建构过程中的政治权力、经济权力、大众

---

① 陶东风对文学经典机制进行研究的论文主要有：《精英化——去精英化与文学经典建构机制的转换》，《文艺研究》2007年第12期；《文学的祛魅》，《文艺争鸣》2006年第1期；《大话文学与消费文化语境中经典的命运》，《天津社会科学》2005年第3期；《"大话文化"与文学经典的命运》，《中州学刊》2005年第4期；《关于〈Q版语文〉与大话文化现象的讨论》，《当代文坛》2005年第3期；《文学经典与文化权力（上）——文化研究视野中的文学经典问题》，《中国比较文学》2004年第3期等。此外，在陶东风主编的文学理论和其他研究专著中都有很大篇幅涉及文学经典问题。

媒介以及文学场自身的法则的作用方式和力量对比;① 张荣翼从1990年代就开始对文学经典的生产机制问题有持久的关注,他认为以"一种权威的拟定,并要求得到文化惯例的认可"从而遴选可以代表一个国家、一种文化全貌的经典生产机制已经式微,代之以文学的评奖、文化生产和视觉文化为代表的"后文学经典机制";② 黄浩、王健等在研究中提出"后经典文学时代"中,由现代经济资本所决定的经济法则和市场逻辑确立的新的文学生产机制,使得大量文本被冠以"经典"之名生产出来,最终导致经典生产陷入无序状态;洪子诚分析了"十七年"文学经典机制的组成,指出1950—1970年代,文学经典的审定和监督、干预实施主要机制包括了具有权威性质的文学理论体系、文学书籍出版上的管理、批评和阐释上的干预以及丛书、选本、学校的文学教育、文学史编撰等内容③。

这些研究虽然各有偏重,结论各异,但他们共同将文学经典建构中的诸多因素置入一个整体社会文化生产机制的结构当中,从总体特征把握文学经典建构的过程,视野宏阔,为思考具体文本的经典化问题提供了理论支持。但如果考虑到"各种经典的合法化来源都是独特的"④,则

---

① 具体的研究论文如下。朱国华:《背诵经典与文化保守主义》,《南方周末》2004年7月22日;《文学"经典化"的可能性》,《文艺理论研究》2006年第2期;《颠倒的经济世界:文学场的结构》,《天津社会科学》2006年第6期;《经济资本与文学:文学场的符号斗争》,《社会科学》2004年第9期;《大众媒介时代的文学批评》,《四川大学学报》(哲学社会科学版)2007年第3期;《民族文化认同与经典的再发明》,《云南大学学报》(社会科学版)2007年第2期;《文学与符号权力:对中唐古文运动的另一种解读》,《天津社会科学》2002年第1期;《文学权力:文学的文化资本》,《求是学刊》2001年第4期;《印刷时代的文学权力》,《晋阳学刊》2001年第4期;等等。

② 张荣翼关于文学经典的研究论文主要有:《文学经典的类型及其意义》,《中南民族大学学报》(人文社会科学版)2010年第1期;《走向后经典形态的文学批评》,《社会科学》2008年第11期;《两种文学经典的夹缝中——中国现当代文学的文化语境》,《清华大学学报》(哲学社会科学版)2007年第5期;《意义蜕蚀与经典化——文学史包含的两种相关规律》,《三峡大学学报》(人文社会科学版)2006年第1期;《文学史的述史秩序:原型、经典和进化》,《齐鲁学刊》1999年第1期;《文学经典机制的失落与后文学经典机制的崛起》,《四川大学学报》(哲学社会科学版)1996年第3期;《文学史,文学经典化的历史》,《河北学刊》1997年第4期;等等。

③ 洪子诚:《中国当代的"文学经典"问题》,《中国比较文学》2003年第3期。

④ 朱国华:《文学"经典化"的可能性》,《文艺理论研究》2006年第2期。

为某一时期的文学经典生产机制所编制的结构原则很可能是不具有普遍性和解释力的,此外文学经典机制的整体研究也不能取代具体作品的经典化研究和对具体影响要素的分析。

经典与外部诸要素影响关系的局部研究。影响文学经典建构的外在要素纷繁复杂,概言之,主要包括了制度层面(如政治权力、评奖制度、作家和知识分子文化身份等)、文学活动层面(读者阅读、作家继承、文学批评、文学教育等)、观念层面(文化理论思潮、文学史观念变革)、媒介层面(媒介主要形态、媒介制度、媒介文化、跨文化传播等)四个方面。

某一时段作品经典化过程的历史研究。在具体操作中,这一类研究主要围绕一部经典作品进行深入挖掘,分析文学经典生成过程中各种因素的对比与博弈;通过历史的细致梳理来勘定对不同时期、不同作品而言,审美、市场、政治、文化等诸种力量的消长和对文学经典性确立的影响;此外,研究者还结合经典与外部诸要素的影响关系,如文学评奖机制、文学与传媒的关系、跨文化传播、文学人类学等在具体作品和经典化现象中进行讨论,如童庆炳通过对《红楼梦》艺术品质和"红学"流变的分析,陈宏则通过对《西游记》在明清两代经典化过程的研究,指出《西游记》的经典化"是道教介入传播的结果"[1],此外,《诗经》《离骚》《史记》《左传》、汉赋、陶渊明诗、杜甫诗歌、李白诗歌、唐宋八大家散文等各个时期的古代文学经典都有研究者专文论及。将经典加以语境还原,也就是意味着重建该经典之所以产生的种种复杂条件——研究者通过寻找这一过程中权威批评家的赞词、被选入各种选本的次数与时间、与其相关的当时的和以后的文学圈的复杂景观。客观而言,这种全面的恢复几乎是一种不可能的操作,即便可能,这样的经典化研究在任何两个经典之间寻找共同的

---

[1] 陈宏:《〈西游记〉的传播与经典化的形成》,《文学与文化》2010年第3期。

经典化构成因子几乎不可能。但在研究过程中，对文学经典构建的各种不同作用因素的分析和过程的描述为对文学经典的复杂性认知和文学经典理论建构提供了丰富的个案。

文学经典生产机制是总体研究，经典化与诸要素的关系是中观研究，作品经典化则是微观研究。文学经典的建构在三个不同的层面上得到了理论的关注，形成了一个较为成熟的话语和理论体系。

其三，关于文学经典在当代文化中的境遇研究。其中最具代表性的现象就是从1997年《西游记》的戏仿之作《大话西游》在中国大陆风靡开始的对文学经典进行"大话"式、"戏仿"式的改编和再生产，这不仅表现为文学经典的电影、电视改编，还出现了文学作品的变体、网络改编等多种形态。研究者从文学、文化现象入手，考察和评价以戏仿、拼贴、大话等方式展开的文学经典的重述和再生产活动对文学经典的影响及影响方式。

针对这些文学经典重述的现象，研究者进行了认真的历史追溯。"戏仿"（parody）源自古希腊词"parodia"，可译为"滑稽模仿、戏拟、讽刺诗文、戏谑性仿作等"①，它"是对经典文本和历史事件的有意识解构，或是与现实的任意拼凑"，"基本文体特征是用戏拟、拼贴、混杂等方式对传统或现存的经典话语秩序以及这种话语秩序背后支撑的美学秩序、道德秩序、文化秩序等进行戏弄和颠覆"②。作为一种文化现象，对经典文本的颠覆和戏仿并不是当代文化独有的。在西方文学和文化史上，对文学经典进行戏仿的文化行为一直都存在，根据玛格丽特·罗斯的考证，在公元前4世纪，古希腊就使用"parody"来指称滑稽性地模仿史诗的作品③。这种最初的戏仿是源于对诗歌形

---

① 张悠哲：《新时期以来文学戏仿现象研究》，博士学位论文，吉林大学，2013年。
② 陶东风：《消费文化中的经典》，《人民日报》2005年3月24日。
③ Margaret A. Rose, *Parody: Ancient, Modern and Postmodern*, Cambridge: Cambridge University Press, 1993, p. 8.

式的滑稽模仿，偏重寄生文本的滑稽性和模仿性因素；从 17 世纪开始，很多包含戏仿因素的滑稽讽刺之作逐渐成熟，20 世纪以后，这种现象和创作方法受到了理论研究的重视，"戏仿"被视为具有独特功能和技巧的叙事方法及其相关的叙述行为，它是"元小说"的互文性存在，如在巴赫金的小说和文化研究理论中，戏仿是一个贯穿始终的重要概念；发展到今天，在后现代文化中，不论是《荷马史诗》《圣经》抑或是莎士比亚的戏剧，都曾成为众多作家戏仿的对象，戏仿已经成为一种"猖獗"的文化现象，也因此引发了大量的争议。

在我国，虽然因为长期受儒家思想统治所形成的超稳定型文化结构缺乏一个线索清晰、充分展开的戏仿传统，但作为一种艺术观念和技法，文学艺术滑稽和模仿性在中国文学和戏剧中一直存在。从唐代新乐府对古体诗的拟写、宋元戏曲、话本对历史演义的模仿，到清代以来民间"续书"风潮和近代小说中的仿古故事形式，都带有模仿或戏拟的成分。"《西游记》《儒林外史》《老残游记》及晚清的讽刺暴露小说，当然是以戏拟占主导地位的讽刺小说线索。但《红楼梦》《三国演义》《金瓶梅》等小说中，戏拟亦是一个极端重要的话语特征"①；在现代文学的传统中，鲁迅的《故事新编》几乎每篇都是戏仿之作，《我的失恋》是对张衡的《四愁诗》的戏仿，此外，沈从文的《慷慨的王子》、施蛰存的《将军底头》《石秀》《鸠摩罗什》《李师师》都是对历史故事的戏仿之作，凌淑华的《绣枕》、王独清的《子畏于匡》、冯至的《仲尼之将丧》等都具有一定的戏仿痕迹。这些戏仿代表了作家对文学和文化的独特理解和创作，在戏仿中"更多注入了性质上的内省（荒诞），词语句法上的调式变化（冷嘲），故事与生活不协调编排（嘲弄），对传统形式与内容的普遍怀疑（非确定性）"②，但这

---

① 刘康：《对话的喧声——巴赫金的文化转型理论》，中国人民大学出版社 1995 年版，第 170 页。

② 刘恪：《先锋小说技巧讲堂》，百花文艺出版社 2007 年版，第 213 页。

种传统因"共名"时代的到来而绝迹于文坛;到1980年代,随着政治意识形态一元化的分解,"戏仿"现象又重新出现在文学创作活动中,在1990年代中期以前,戏仿作为先锋文学重要的形式探索和修辞策略,有意无意扮演了先锋文学抵抗政治的角色,体现了先锋文学的"纯文学"诉求,承担了形式主义实验的"革命性"任务。如王蒙的《一嚏千娇》《坚硬的稀粥》等小说狂欢化的语言游戏,王朔的《顽主》《我是你爸爸》对政治话语和精英话语的淋漓调侃,王小波的《红拂夜奔》等作品对唐传奇的改写,余华的《古典爱情》《鲜血梅花》等对侦探、武侠、才子佳人等经典的小说形式的戏仿和解构。此外,毕飞宇、东西、李冯、徐坤等人的戏仿之作各具特色;从1990年代中期开始,戏仿随着电子媒介的发达逐渐从文学中"出走",尝试着与其他文化媒体结合,在音乐、绘画、广告、影视、戏剧中对经典的改编和撷取更是俯仰可见;2000年之后,大众文化中的"大话"与"恶搞"以互联网作为主要创作和传播平台,迅速形成了新的经典戏仿之风,《大话红楼梦》《悟空传》《沙僧日记》《麻辣水浒》《大话三国》等对古典名著的戏仿,《红色娘子军》《林海雪原》《闪闪的红星》等对"红色经典"的戏谑。此外,《Q版语文》等对教科书中经典名篇的戏弄,"一个馒头引发的血案""闪闪的红星之潘冬子参赛记"等影像的恶搞都显示了"文化暴动"的气息。

众多的戏仿现象在1990年代已经引起了研究者的重视,首先是在叙事学的范畴中界定了"何为戏仿",如王洪岳的《现代小说学》、胡全生的《英美后现代小说叙事结构研究》等;其次是运用当代语言学理论和方法从文体学研究的角度进行分析。如张清华从"语言与历史的关系"角度,解读出王朔小说中语言的深层次的"历史"积淀[①],

---

① 张清华、程大志:《由语言通向历史——论作为"历史小说家"的王朔》,《山东社会科学》2004年第4期。

陶东风将王蒙《狂欢的季节》中运用随心所欲的戏仿、拼贴、杂交等策略建构新文体并命名为"狂欢体"①，王一川将王蒙的"季节"系列小说的新语体命名为"拟骚体"②等；进入2000年以后，随着戏仿从小说领域扩大到电影、网络、戏剧等文化领域，更多的研究者开始从文化批评和文化研究的角度来审视这些突如其来蜂拥而至广泛流布的戏仿现象并引起了广泛的论争。

就其产生的原因而论，大部分研究者有着比较一致的认同。在研究中，国内学界引入了互文理论、后现代理论和文化研究等方法，将戏仿现象与后现代文化思潮、青年亚文化、消费文化、大众文化等语境相结合进行思考。多数研究者认为：这种大话、戏仿经典的出现，其一是因为文化生产在商业法则的驱使与控制之下，文化和美感的生产融入商品生产的工业化过程中，市场化的操作为了迎合、满足大众的消费欲望和娱乐需求，利用现代的声像技术或网络便利，使经典文本成为大众消费文化的资源和对象。因此文学经典的戏仿成为文化产品的重要生产方式之一；其二，后现代文化"更愿意接受流行的、商业的、民主的和大众消费的市场。它的典型文化风格是游戏的、自我戏仿的、混合的、兼收并蓄的和反讽的"③，由此所带来的削平深度模式、淡漠历史意识、消除距离感等主张影响着以青年人为主体人群的价值取向和文化选择，而"戏拟几乎总是从经典文本或是教科书里的素材下手"④，对文学经典的戏仿是后现代文化的必然产物；其三，社会政治民主化进程的加快所带来的民间权力的上升和精英与大众文化权力的改变所导致的经典的危机；其四，从文学经典与时代的关系看，经典戏仿反映了随着当代文化语境变迁，与文学经典相适应的文化背景已然改变

---

① 陶东风：《论王蒙的"狂欢体"写作》，《文学报》2000年8月3日。
② 王一川：《汉语形象美学引论》，广东人民出版社1999年版，第181页。
③ [英] 特里·伊格尔顿：《后现代主义的幻象》，华明译，商务印书馆2000年版，第1页。
④ [法] 蒂费纳·萨莫瓦约：《互文性研究》，邵炜译，天津人民出版社2003年版，第42页。

甚至不复存在，文学经典与时代诉求之间不适应与脱节日益明显因而不断边缘化。

学术界对于戏仿现象，尤其是 2000 年以后对文学经典的消费式、解构式戏仿，则呈现出鲜明的对立立场。对"戏仿经典"持反对意见的学者认为，文学经典戏仿是在"商业法则的驱使与控制下，迎合大众消费与叛逆欲望，利用现代的声像技术，对历史上的文化经典进行戏拟、拼贴、改写、漫画化，以富有感官刺激与商业气息的空洞能指（如平面图像或事），消解经典文本的深度意义、艺术灵韵以及权威光环，使之成为大众消费文化的构件、装饰与喜爱笑料"①。戏仿被视为一种批评、嘲讽和攻击性的武器，强调原作与重述作品之间是"互相敌视，互相对立"②"保持批判反讽距离的模仿"③ 的对抗性关系。戏仿首先显示了当代文学和文化原创力的缺乏；此外，经典戏仿是一种以文化虚无主义的立场对经典进行的亵渎和破坏，它颠覆了正常的审美规范、文化秩序和文化传统，从而造成了传统文化和文学经典的新的危机。基于这种判断，他们提出了对戏仿现象的强烈声讨和严肃批判，甚至提出使用行政或法律手段对这些文化现象进行打压和封杀，以此来捍卫文学经典的权威与尊严，而这显然有悖于社会和文化民主化的主流。持肯定评价的研究者认为：文学经典戏仿作为一种广义上的文化实践，它以"滑稽模仿的方式变相'重复'既有的文化观念和文学成规，在刻意的'模仿'中制造语义或情境的'差异性'，从而催生了内在的批评意识，既具有一定'生长性'，同时，对于文化传统的重建具有一定'建设性'"④。在支持者看来，大众文化中大话和戏仿经典的盛行是大众娱乐化精神追求的表征，它反映了大众对文学

---

① 陶东风：《大话文学与消费文化语境中经典的命运》，《天津社会科学》2005 年第 3 期。
② ［俄］米·巴赫金：《诗学与访谈》，白春仁等译，河北教育出版社 1998 年版，第 256 页。
③ Linda Hutcheon, *A Theory of Parody: The Teachings of Twentieth Century Art Forms*, New York: Methnen, 1985, p.32.
④ 张悠哲：《新时期以来文学戏仿现象研究》，博士学位论文，吉林大学，2013 年。

经典作品所采取的一种实用态度,"文本不是由一个高高在上的生产者……而是一种可以被偷袭,或被盗取的文化资源。文本的价值在于它可以被使用,在于它可以提供的相关性,而非它的本质或美学价值"。在大众文化中,经典和所有的文本一样,它"提供的不仅是一种意义的多元性,更在于阅读方式以及消费方式的多元性"。①因而,经典戏仿的出现不以人的主观意志为转移,它是由当代社会文化存在决定的,"是文学经典在当代的存在方式"②。

  实质上,对"戏仿"的理论界定和评价在中、西理论界一直存在争议。由于总体上对后现代主义的批评或否定态度,弗雷德里克·詹姆逊和特里·伊格尔顿等人认为,后现代的艺术家们过度地消解了主体和精神。"戏仿"因此丧失了"嘲弄式模仿",而变成"拼凑"。在后现代文化的语境中,"戏仿利用了(现代主义作品)风格的独特性,并且夺取了它们的独特和怪异之处,造成了一种模拟原作的模仿"③。因此,后现代主义文化语境中,严肃、有效的戏仿实践已经变得"不可能"。琳达·哈琴则从对后现代的推崇出发,认为戏仿是后现代艺术的典型表征,"戏仿"的运用并不意味着消解历史或碎片拼凑,它是一种对历史、文化、话语和权力进行解码和再编码的方式,是"最具意图性和分析性的文学手法之一"④,"戏拟的地位比人们所能猜度的要模糊得多。在表面上,戏拟往往旨在通过夸张而对隐藏于原作中的缺陷和不足做出严厉批评,而它,正是从这个原作中获得灵感的,然而在一个较深的层次上,戏拟者可以私底下推崇他打算去嘲弄的作品"⑤。换

---

  ① [美]费斯克:《理解大众文化》,王晓钰等译,中央编译出版社2001年版,第171页。
  ② 张同胜:《论〈水浒传〉的大话文化解读——兼论"恶搞"文学经典的存在意义》,《济宁学院学报》2010年第5期。
  ③ [美]詹明信:《晚期资本主义的文化逻辑》,陈清侨等译,生活·读书·新知三联书店1997年版,第400页。
  ④ 王先霈、王又平:《文学理论批评术语汇释》,高等教育出版社2006年版,第295页。
  ⑤ [美]马泰·卡林内斯库:《现代性的五副面孔》,顾爱彬等译,商务印书馆2002年版,第152页。

言之，对一部作品的戏仿，其出发点不是否定和消解，而是对其经典地位的进一步确认、肯定甚至巩固。在某种意义上，能被当代社会作为戏仿的对象就意味着文本的审美价值和影响力得到了认可。

介于两种极端意见之间的是将文学经典戏仿看作"具有批判与妥协的双重特征"①的文化现象。从戏仿之作与文学经典之间既对抗又肯定的关系出发，我们一方面认为，在一定意义上可以说，戏仿是文学经典进行传播、意义增殖和价值考验的方法。经典作品既有历史特定性，又有着阐释空间和意义潜能从而具有超越性，"它的意义结构是开放而没有完成的；在每一种能促进其对话化的新语境中，它总能展示出新的表意潜力……我们把它引进到各种新语境中，把它应用到新的材料上，把它摆到新的环境中，目的在于得到它的新的回答，使它的含义产生新的光辉，获得自己的新的话语"②。经典的戏仿、重写、改编是经典流传中意义"撒播"过程中的一环，至此，文学经典得以存在于当代文化传统中，并与新的文化展开对话，"在多样化的文本及其价值之间的对话、交流、沟通乃至质疑、争议、冲突、竞争中脱颖而出"③，交换并获得新的意义和价值，从而实现意义的增殖。文学经典的传播"不是简单复写和被动吸收，而是一个主动、积极的文化建构的过程"④，文学经典的戏仿可以成为一种"建构经典的二度创作的过程"⑤，因此，经典戏仿不是经典的终结而是其在当代的重生。

文学经典戏仿是多个具体文化现象的总称，和所有总体性概念一样，其中鱼龙混杂，颠覆与建构同在，消解与启发并存，因此不可一概而论。我们既需要做总体性把握，又需要结合具体的文化语境和文

---

① 陶东风：《大话文学与消费文化语境中经典的命运》，《天津社会科学》2005年第3期。
② ［俄］米·巴赫金：《小说理论》，白春仁等译，河北教育出版社1998年版，第133页。
③ 陶水平：《当下文学经典研究的文化逻辑》，《黑龙江社会科学》2007年第1期。
④ 童庆炳：《文学经典建构的内部要素》，《天津社会科学》2005年第3期。
⑤ 金元浦：《接受反应文论》，山东教育出版社1998年版，第120页。

本进行分析判断。在肯定经典戏仿的正面意义的同时,不能对其负面效应视而不见。当下文学经典戏仿在很大程度上不是自主和自发的积极性建构,而是被文化工业利用、组织、推动的文化生产活动,以商业运作为主要逻辑的"戏仿"偏离了艺术和文化的精神性创造,不论是"经典"还是"戏仿"都成为文化工业生产中的符号,其启发性、解放性的力量已被大批量、同质性的符号生产和消费所耗散。对"戏仿"的负面效应应该引起足够的重视和警惕,虽然我们并不主张使用行政手段进行强行禁止,但通过调整税收等相关经济政策来调整生产从而引导文化生产的方向,应该是符合市场经济和文化生产的合理方式。此外,学校教育的普及和引导作用依然是当下社会文化发展中的主要调节机制。

此外,就文学经典对象而言,文学经典研究在中国文学、外国文学和比较文学等领域广泛展开,尤其是在外国文学和比较文学研究中,由于得西方风气之先,在中国文学经典研究还相对沉寂之时,对文学经典问题的讨论已得到了理论和研究的重视,其中涉及文学经典与文化身份、多元文化、文学经典的跨文化传播等问题都有深入的研究。

就文学经典主体的历史时段而论,中国文学经典研究在古典、现代和当代三个时段中各有其研究问题的侧重。在古典文学经典研究中,主要集中在文学经典作品的传播和具体文本"经典化"生成的研究;在现代文学中文学经典的讨论主要涉及文学史的书写、作品经典性的阐释、经典化与大众传播、文学经典与政治社会文化关系、新文学传统等领域。这些问题在1980年代、1990年代文学经典论争中已多有涉及;进入21世纪,尤其是2005年以来,在文学经典理论建构基本完成、当代文学发展超过50年的历史以及文学影响力和"诺贝尔"情结等因素的共同作用下,关于中国当代文学经典化问题的讨论已成为文学经典论争新的热点。在论争中,从1980年代开始积累的关于文学经典的思考和理论为当代文学经典化问题的讨论提供了很好的理论平台和批评经验，虽然在论争中也有关于话语和理论适用的分歧，但大多数研究都扬弃了各执一端的偏见，在更为包容和开阔的历史、文化、政治、审美等共同语境中对当代文学经典问题进行深入的辨析和理论探索。

结语　文学经典理论重构

1980年代以来，国内关于文学经典的讨论和研究已经积累了丰富的理论话语资源：开阔的理论视野、跨学科的现象分析、丰富的文本解读、多维度的文学经典秩序建构等。应该说，国内关于文学经典的研究已从对经典文本和相关现象的感性认识上升到了理性分析和反思，并为理解文学经典的历史以及当代处境和未来方向提供了指导。它既是文学研究的理论成果，也是人们在不断反思传统追问未来文化建设和文化走向的精神成果。但任何言说都不可能是真理的终结，它既会因为当下理解的局限而形成偏见或盲点，也会随着问题的解决或新问题的产生而不断发展。因此，近四十年来的文学经典研究也存在明显的不足。

第一，从现象出发的文学经典解构论调盛行。这主要受文化研究和文化媒介化的影响，研究者从文学经典在大众文化中的再生产、阅读经典人群数量减少和阅读习惯的改变、经典对阅读主体的影响力下降等现象出发，认为文学经典已经沦为文化符号，"文学经典"的生产机制已经改变，这个时代不可能再产生文学经典，进而提出"文学经典"作为价值评判的理论话语已经失效，它因为无法提供对当下文学现象的有效解释被"终结"，或作为一个"过气"概念被抛弃。这种解构主义的论调实质上混淆了围绕各种文学经典文本出现的危机现象和文学经典理论的关系。通过废止"文学经典"的概念来解决文学经典文本的危机是一种回避问题的鸵鸟政策,不论我们运用怎样的概念,都无法回避对文学作品的价值进行品评和区分,也需要以典范性的文学作品为文学批评提供标准和尺度并推动文学理论的发展。因此,直面文学经典文本的现实困境,需要研究提供对文学经典认知、评价、阐释、传播的整体性的理论思考。

第二,文学经典研究理论的本土化仍需努力。虽然近四十年来的经典论争已经积累了丰富研究成果,但国内文学经典研究的主要理论源自西方仍是不争的事实——这当然与文学研究整体的理论偏向有关,但具体到文学经典研究,国内文学经典问题的复杂性和解决的迫切性远超过西方文学经典的讨论,问题性的不同造成了主要话题的差异,由于没有充分认识到文学经典在当代中国特殊的社会文化语境和独特的问题性,对西方理论借鉴无法真正解决中国文学经典面临的问题和瓶颈,不论是布鲁姆的《西方正典》、佛克马的《文学研究与文化参与》抑或杰洛瑞的《文化资本》,都只能提供一种理论的启发而不可能代替我们的思考。此外,在国内大量的研究中,大多是关于某种经典现象或问题的论文写作,几乎难觅像《西方正典》或《文化资本》那样对文学经典提出系统理论建构的研究成果,这在一定程度上显示了文学经典理论重构的难度。

第三,在文学经典研究中忽视了读者接受的环节。当前的文学经典理论中部分延续了传统的权威性建构的影响,在文学经典外部研究分析中多着眼于政治、经济、媒介体制、学术研究的影响,而很少讨论经典形成和传播过程中的受众的作用(这里的"受众"不是作为大众文化的受众分析,而是作为文学阅读主体的审美心理及其历史变化,其中,包括了作为经典接受者的当代作家)。文学经典所具有的"开放性"的审美结构只有通过读者才能最后完成,文学经典形成虽少不了政治意识形态、审美权威话语、市场经济等外部权力的运作，但现今和未来确立文学经典应该是各类读者的合谋而不仅是学术或政治、权威的独断。在理论研究中作为实在本体和作为关系本体的文学经典在"受众"这里会合，"在作者、作品和读者的三角关系中，后者并不是被动的因素，不是单纯地做出反应的环节，它本身就是一种创造历史的力量。文学作品的历史生命没有接受者能动的参与是不可想象的"①，因此，在对受众的文学经典阅读、审美心理等问题进行实证研究的基础上，包括各种受众在内的理论建构应成为文学经典理论的重要内容。

第四，文学经典在新的媒介语境中的有效传播问题尚未解决。应该说，这个问题也是本书写作的一个重要的出发点。已有的成果主要集中在从消费文化、影视改编等角度研究文学经典的异质改编或符号化。在研究中，现象罗列和分析占据了很大的数量，但在理论建构上还缺乏有说服力的研究成果。另外，大多数研究都把媒介只作为一种介质，并未从文化的总体性角度来整体考虑在新的媒介化社会，文学经典作为重要的文化文本如何与时尚化、视觉化、娱乐化的大众文化进行竞争，在众声喧嚣的环境中，通过何种途径呈现文学经典的魅力，在持续不断的传承和因袭过程中实现经典的文化价值等问题尚未得到解决。

此外，目前的理论研究虽然已经出现了弥合文学经典研究的本质主义和建构主义话语对立的趋势，但二者在理论上的关系以及在具体的文学批评和经典建构过程中如何适用的问题并未得到解决。

"对于历史文本、历史品格，无论是'颠覆''消解'的解构，还是'融合'、'重建'的建构，都指向现实矛盾发展的历史进程，指向历史发展的未来。"②本书是对近四十年来文学经典论争的历史回溯，

---

① [联邦德国] H. R. 姚斯等：《接受美学与接受理论》，周宁等译，辽宁人民出版社 1987 年版，第 24 页。

② 黄曼君：《新文学传统与经典阐释》，湖北教育出版社 2005 年版，第 3 页。

而指向则是当下和未来的理论重建。

近四十年来的文学经典论争还有很多需要追问反思的问题，如此激烈的论争一方面表征着现代性事业的未完成，另一方面表征着我们文学创作研究滞后于民族现代化道路的探索，因此尚未形成恰切的"文学表达方式"来展现这一文化转型和建构的历程。在多元文化互动的全球化交往平台上，在后现代解构思潮和文化研究质疑经典的语境下，文学经典建构和思考对于中国文学而言依然是首要的和必须要直面的问题，它关乎文学价值、批评标准、文学教育、民族文化建构等根本性问题，对西方的理论借鉴不能代替本土化的问题思考，对价值判断的回避只会造成研究的"失语"。因此，在充分认识和理解国内文学经典问题的历史性、复杂性和重要性的前提下，进行文学经典理论的现代重构是解决这一问题的正途。

理论建构的前提是充分理解国内文学经典研究不同于西方的特殊性和复杂性。

西方文学经典论争的基础是从近代以来开始的现代文学经典的长期建构，以"大书"为代表的现代文学经典序列相对稳定，在一定意义上已经成为一种文化霸权的一元化存在，多元文化对一元文化的挑战、多种文化身份对精英、男性话语权的质疑使其解构成为一种必然的趋势和要求。但就国内文学经典问题的出现而论，其关键在于：现代文学经典的建构虽然经过了近百年的努力，但以现代性为指向的现代文学经典建构的每一次努力都没有能够在整个文化格局中发挥持续性的、广泛性的影响，历史因素、革命因素、政治因素、经济因素、媒介因素等的不断出现中断了这种现代性经典建构，我们因此缺乏一个稳定的、被广泛认可的文学经典序列作为基础；此外，中国文学经典问题的讨论起源于对现代文学传统的认知和评价，而这种传统所体现的后发达国家在现代蜕变中经历的文化裂变，其本身就是驳杂而非整一的。

这些因素决定了文学经典的理论重构首先应当提供一种认识中国现代性和现代化的总体性、开放性的视角，而不是僵化的总体性叙事。新文学只有百年历史，与之相适应的现代文学经典理论既需要提供审美和价值判断的标准，又需要具备反思性和多元性观照与阐释，当下建构的文学经典还需经过长期的淘洗和积淀孰优孰劣才可水落石出，这有利于保存中国现代性发展中的复杂传统和话语资源，也有助于增强文化自信、自省、建构以及传播。

文学经典理论现代重构需要在与当下文学总体性境遇结合的同时保持对话的张力。一方面，面对文化多元化和媒介化的总体趋势，文学经典理论研究的多元化有其合理性和必然性，这就需要建立不同的评价机制和话语表达方式；同时，充分认识和注意到文学经典的建构与当下文学实践之间是既相互冲突、碰撞、斗争，又相互补充、协商、支持的博弈关系。现代文学经典建构的立足点是对已有传统的持有和继承，我们期待的是延续文学经典中的精神谱系，并将其内在精神融入日常实践中，使我们的文化和文学有所抑制，并赖以在当代社会条件下坚持民族的本土立场。而这种传统在被建构和继承的同时，也受到当下文学观念和文学实践活动的挑战和冲击。因此，文学经典理论必然是对话性质的：它既要发现和揭示文学经典的现代性，又要从现代性的外部揭示被当下文学和文化实践所忽视的价值维度。作为当代文化的他者，现代文学经典理论和秩序的重建不能局限于当下文化的叙事逻辑而忽略其他向度和可能性，研究者不仅需要以发展的眼光回顾百年来文学的风云变幻，更要着眼于对未来发展的思考，保存和昭示文学传统的多样性可能。

文学经典理论体系的重建是一个系统的建构过程，非一人、一时之力可以完成。本书的努力只是为中国文学经典理论的重建提供基础。文学经典理论的重建需要在中国文学理论和文学观念整体推进的前提下，以文学批评对经典文本"诗性"的不断阐释和发现为基础、以对中国现代性和现代化传统的确立为核心、以文学史书中对文学经典秩序的建构为直接推动,最终以文学经典在文学教育中的普及和共识为形式,真正实现对中国现代性文学传统的重估和对未来文学创作的引导。

参考文献

一 中文著作

（一）国外著作翻译

[美] 阿尔温·托夫勒：《第三次浪潮》，朱志众等译，生活·读书·新知三联书店 1984 年版。

[斯洛文尼亚] 阿莱斯·艾尔雅维茨：《图像时代》，胡菊兰等译，吉林人民出版社 2003 年版。

[英] 阿兰·斯威伍德：《大众文化的神话》，冯建三译，生活·读书·新知三联书店 2003 年版。

[法] 阿芒·马特拉：《世界传播与文化霸权：思想与战略的历史》，陈卫星译，中央编译出版社 2001 年版。

[美] 阿瑟·C. 丹托：《艺术的终结之后——当代艺术与历史的界限》，王春辰译，江苏人民出版社 2007 年版。

[加] 埃里克·麦克卢汉：《理解媒介》，何道宽译，商务印书馆 2000 年版。

[加] 埃里克·麦克卢汉、弗兰克·秦格龙编：《麦克卢汉精粹》，何道宽译，南京大学出版社 2001 年版。

[美] 艾布拉姆斯：《镜与灯：浪漫主义文论及批评传统》，郦稚牛等译，北京大学出版社 1989 年版。

［英］艾略特：《艾略特诗学文集》，王恩衷编译，国际文化出版公司1989年版。

［美］安东尼·吉登斯：《批判的社会导论》，郭忠华译，译文出版社2007年版。

［法］安托万·孔帕尼翁：《理论的幽灵：文学与常识》，吴泓缈等译，南京大学出版社2011年版。

［美］保罗·莱文森：《数字麦克卢汉》，何道宽译，社会科学文献出版社2001年版。

［美］本尼迪克特·安德森：《想象的共同体：民族主义的起源与散布》，吴叡人译，上海人民出版社2003年版。

［德］本雅明：《经验与贫乏》，王炳钧等译，百花文艺出版社1999年版。

［美］彼得斯：《交流的无奈：传播思想史》，何道宽等译，华夏出版社2003年版。

［美］C.赖特·米尔斯：《社会学的想象力》，陈强等译，生活·读书·新知三联书店2001年版。

［荷］D.佛克马、E.蚁布思：《文学研究与文化参与》，俞国强译，北京大学出版社1996年版。

［美］大卫·阿什德：《传播生态学：控制的文化范式》，邵志择译，华夏出版社2003年版。

［美］戴安娜·克兰：《文化生产：媒体与都市艺术》，赵国新译，译林出版社2001年版。

［英］戴维·冈特利特：《网络研究：数字时代媒介研究的重新定向》，彭兰等译，新华出版社2004年版。

［美］丹尼尔·贝尔：《资本主义文化矛盾》，赵一凡等译，生活·读书·新知三联书店1989年版。

［英］丹尼斯·麦奎尔：《麦奎尔大众传播理论（第四版）》，崔宝国等

译，清华大学出版社 2006 年版。

［美］道格拉斯·凯尔纳：《媒体文化：介于现代后现代之间的文化研究、认同性与政治》，丁宁译，商务印书馆 2004 年版。

［英］F. R. 利维斯：《伟大的传统》，袁伟译，生活·读书·新知三联书店 2002 年版。

［英］菲利普·史密斯：《消费文化》，周宪等译，商务印书馆 2008 年版。

［美］费斯克：《理解大众文化》，王晓钰等译，中央编译出版社 2001 年版。

［英］弗兰克·克默德等：《愉悦与变革：经典的美学》，张广奎译，上海译林出版社 2009 年版。

［美］弗雷德里克·詹姆逊：《文化转向》，胡亚敏等译，中国社会科学出版社 2000 年版。

［法］古斯塔夫·勒庞：《乌合之众：大众心理研究》，冯克利等译，广西师范大学出版社 2007 年版。

［美］哈罗德·布鲁姆：《西方正典》，江宁康译，译林出版社 2011 年版。

［美］哈罗德·布鲁姆：《影响的焦虑》，徐文博译，江苏教育出版社 2005 年版。

［加］哈罗德·伊尼斯：《帝国与传播》，何道宽译，中国人民大学出版社 2003 年版。

［美］海登·怀特：《后现代历史叙事学》，陈永国等译，中国社会科学出版社 2003 年版。

［美］赫伯特·马尔库塞：《单向度的人：发达工业社会意识形态研究》，刘继译，上海译文出版社 2008 年版。

［美］J. 希利斯·米勒：《土著与数码冲浪者：米勒中国演讲集》，易晓明译，吉林人民出版社 2004 年版。

［美］J. 希利斯·米勒：《文学死了吗》，秦立彦译，广西师范大学出

版社 2007 年版。

[德] 卡西尔:《人论》,甘阳译,上海译文出版社 1985 年版。

[美] 克里斯廷·L.博格曼:《从古腾堡到全球信息基础设施》,肖永英译,中信出版社 2003 年版。

[美] 莱斯利·菲德勒:《文学是什么?高雅文化与大众社会》,陆扬译,译林出版社 2011 年版。

[美] 利奥·洛文塔尔:《文学、通俗文化和社会》,甘锋译,中国人民大学出版社 2012 年版。

[美] 罗伯特·达恩顿:《阅读的未来》,熊祥译,中信出版社 2011 年版。

[美] 罗杰·菲德勒:《媒介形态变化:认识新媒介》,明安香译,华夏出版社 2000 年版。

[德] 马丁·海德格尔:《存在与时间》,陈嘉映等译,生活·读书·新知三联书店 2006 年版。

[英] 马修·阿诺德:《文化与无政府状态》,韩敏中译,生活·读书·新知三联书店 2002 年版。

[英] 迈克·费瑟斯通:《消费文化与后现代主义》,刘精明译,译林出版社 2000 年版。

[美] 尼尔·波斯曼:《技术垄断:文化向技术投降》,何道宽译,北京大学出版社 2007 年版。

[美] 尼尔·波兹曼:《娱乐至死》,章艳译,广西师范大学出版社 2004 年版。

[英] 尼古拉斯·加汉姆:《解放·传媒·现代性:关于传媒和社会理论的讨论》,李岚译,新华出版社 2005 年版。

[法] 皮埃尔·布迪厄:《实践感》,蒋梓骅译,译林出版社 2012 年版。

[法] 皮埃尔·布迪厄:《艺术的法则:文学场的生成与结构》,刘晖译,中央编译出版社 2001 年版。

[法] 皮埃乐·布迪厄等:《实践与反思:反思社会学引论》,李猛等

译，中央编译出版社1998年版。

[英] 齐格蒙·鲍曼：《立法者与阐释者：论现代性、后现代性与知识分子》，洪涛译，上海人民出版社2000年版。

[法] 让·鲍德里亚：《消费社会》，刘成富等译，南京大学出版社2000年版。

[法] 热奈特等：《文学理论精粹读本》，阎嘉主编，中国人民大学出版社2006年版。

[美] 施拉姆：《传播学概论》，何道宽译，中国人民大学出版社2002年版。

[英] 斯道雷：《文化理论与大众文化导论》，常江译，北京大学出版社2010年版。

[英] 特雷·伊格尔顿：《二十世纪西方文学理论》，伍晓明译，北京大学出版社2007年版。

[英] 特里·伊格尔顿：《后现代主义的幻象》，华明译，商务印书馆2000年版。

[美] 托马斯·德·曾戈提塔：《中介化：媒体如何建构那你的世界和生活方式》，王珊珊译，译文出版社2009年版。

[德] 瓦尔特·本雅明：《机械复制时代的艺术》，李伟等译，重庆出版社2006年版。

[德] 瓦尔特·本雅明：《发达资本主义时代的抒情诗人》，张旭东等译，生活·读书·新知三联书店2012年版。

[美] 韦勒克：《近代文学批评史（第五卷）》，杨自伍译，上海译文出版社2002年版。

[加] 文森特·莫斯可：《传播政治经济学》，胡正荣等译，华夏出版社2000年版。

[英] 西莉亚·卢瑞：《消费文化》，张萍译，南京大学出版社2003年版。

[美] 叶海亚·R.伽摩利珀：《全球传播》，尹宏毅译，清华大学出版

社 2003 年版。

［意］伊塔洛·卡尔维诺：《为什么读经典》，黄灿然等译，译林出版社 2012 年版。

［美］约翰·费斯克等：《关键概念：传播与文化研究辞典》，李彬译，新华出版社 2004 年版。

［美］约翰·杰洛瑞：《文化资本论文学经典的建构》，江宁康等译，南京大学出版社 2011 年版。

［英］约翰·凯里：《知识分子与大众：文学知识界的傲慢与偏见（1880—1939）》，吴庆宏译，译林出版社 2010 年版。

［美］约瑟夫·斯特劳巴哈等：《今日传媒》，熊澄宇译，清华大学出版社 2002 年版。

［美］詹明信：《晚期资本主义的文化逻辑》，陈清侨等译，生活·读书·新知三联书店 1997 年版。

［美］詹姆斯·W. 凯瑞：《作为文化的传播："媒介与社会"论文集》，丁未译，华夏出版社 2005 年版。

［英］珍妮特·沃尔芙：《艺术的社会生产》，董学文等译，华夏出版社 1990 年版。

（二）国内研究著作

查建英：《八十年代访谈录》，生活·读书·新知三联书店 2006 年版。

陈刚：《大众文化与当代乌托邦》，作家出版社 1996 年版。

陈平原：《文学的周边》，新世纪出版社 2004 年版。

陈卫星：《传播观念》，人民出版社 2008 年版。

陈伟军：《传媒视域中的文学：建国后十七年小说的生产方式与传播方式》，广西师范大学出版社 2009 年版。

崔保国：《2010 年中国传媒产业发展报告》，社会科学文献出版社 2010 年版。

戴锦华：《书写文化英雄：世纪之交的文化研究》，江苏人民出版社

2000年版。

戴燕：《文学史的权力》，北京大学出版社2002年版。

单小曦：《现代传媒语境中的文学存在方式》，中国社会科学出版社2008年版。

丁宗皓：《重估中国当代文学价值》，春风文艺出版社2010年版。

董天策：《消费时代与中国传媒文化的嬗变》，中国社会科学出版社2011年版。

方厚枢等：《中国出版通史（中华人民共和国卷）》，中国书籍出版社2008年版。

甘阳：《中国当代文化意识》，生活·读书·新知三联书店1989年版。

高建平：《当代中国文艺理论研究（1949—2009）》，中国社会科学出版社2011年版。

郭庆光：《传播学教程》，中国人民大学出版社1999年版。

贺桂梅：《"新启蒙"知识档案：80年代中国文化研究》，北京大学出版社2010年版。

洪子诚：《1956：百花时代》，山东教育出版社2004年版。

洪子诚：《问题与方法：中国当代文学史研究讲稿》，生活·读书·新知三联书店2002年版。

洪子诚：《中国当代文学史》，北京大学出版社1999年版。

胡正荣等编著：《社会透镜：新中国媒介变迁六十年（1949—2009）》，清华大学出版社2010年版。

黄曼君：《新文学传统与经典阐释》，湖北教育出版社2005年版。

黄修己：《中国现代文学研究史》，广东人民出版社2008年版。

黄修己：《中国新文学编纂史》，北京大学出版社1995年版。

蒋晓丽等：《传媒与文化：文化视角下的传媒研究》，华夏出版社2008年版。

蒋晓丽：《传媒文化与媒介研究》，四川大学出版社2007年版。

蒋原伦：《媒介文化十二讲》，北京大学出版社2010年版。

金惠敏：《积极受众论：从霍尔到莫利的伯明翰范式》，中国社会科学出版社2010年版。

柯汉琳等：《文化生态与20世纪中国文学理论批评的发展演变》，中国社会科学出版社2012年版。

李彬：《中国新闻社会史（插图本，第二版）》，清华大学出版社2009年版。

李良荣：《新闻学概论（第二版）》，复旦大学出版社2005年版。

李强：《中国社会变迁30年（1978—2008）》，社会科学文献出版社2008年版。

李杨：《文学史写作中的现代性问题》，山西教育出版社2006年版。

李玉平：《多元文化时代的文学经典理论》，南开大学出版社2010年版。

李震：《重塑西部之魂：西部大开发的文化战略》，人民出版社2003年版。

林精华等：《文学经典化问题研究》，人民文学出版社2009年版。

刘彬彬：《中国视剧改编的历史嬗变与文化审视》，岳麓书社2010年版。

刘海龙：《大众传播理论：范式与流派》，中国人民大学出版社2008年版。

刘茂华：《媒介化时代的文学镜像》，武汉出版社2010年版。

陆学艺：《当代中国社会结构》，社会科学文献出版社2010年版。

路善全：《中国传媒与文学互动研究》，中国社会科学出版社2007年版。

罗岗：《危机时刻的文化想象：文学、文学史、文学教育》，江西教育出版社2007年版。

罗岗等编著：《90年代思想文选》，广西人民出版社2000年版。

罗钢等编著：《文化研究读本》，中国社会科学出版社2000年版。

罗以澄等：《中国社会转型下的传媒环境与传媒发展》，武汉大学出版社2010年版。

马凌等编著：《媒介化社会与当代中国》，复旦大学出版社 2011 年版。

马原：《阅读大师（全本）：细读经典》，花城出版社 2013 年版。

孟繁华：《众神狂欢：世纪之交的中国文化现象》，中国人民大学出版社 2009 年版。

南帆：《后革命的转移》，北京大学出版社 2005 年版。

南帆：《双重视域》，江苏人民出版社 2001 年版。

南帆：《文学理论新读本》，浙江文艺出版社 2002 年版。

南帆：《隐蔽的成规》，福建教育出版社 1999 年版。

钱理群：《返观与重构：文学史的研究与写作》，上海教育出版社 2000 年版。

秦凤珍等：《信息传媒文化与当代文艺生产消费的新变》，中国社会科学出版社 2012 年版。

邵燕君：《倾斜的文学场》，江苏人民出版社 2003 年版。

苏晓芳：《网络与新世纪文学》，中国社会科学出版社 2011 年版。

孙立平：《转型与断裂：改革以来中国社会结构的变迁》，清华大学出版社 2004 年版。

陶东风：《当代中国文艺思潮与文化热点》，北京大学出版社 2008 年版。

陶东风等：《文化研究》，广西师范大学出版社 2006 年版。

童庆炳等：《文学经典的建构、解构和重构》，北京大学出版社 2007 年版。

汪晖：《去政治化的政治：短 20 世纪的终结与 90 年代》，生活·读书·新知三联书店 2008 年版。

王宁：《"后理论时代"的文学与文化研究》，北京大学出版社 2009 年版。

王晓明：《思想与文学之间》，人民文学出版社 2004 年版。

王一川：《文艺转型论：全球化与世纪之交文艺变迁》，北京师范大学出版社 2011 年版。

文红霞：《新媒体时代的文学经典化》，南京大学出版社 2012 年版。

吴义勤：《文学现场》，山东文艺出版社 2002 年版。

伍庆：《消费社会与消费认同》，社会科学文献出版社 2009 年版。

谢冕等：《中国百年文学经典文库》，海天出版社 1996 年版。

徐国源等：《当代媒介生态学》，生活·读书·新知三联书店 2006 年版。

阎景娟：《文学经典论争在美国》，社会科学文献出版社 2010 年版。

张冲等：《视觉时代的莎士比亚》，北京大学出版社 2009 年版。

张国良：《新闻媒介与社会》，上海人民出版社 2001 年版。

张涵等：《当代传播美学》，中国书籍出版社 2010 年版。

张积玉：《编辑学论稿》，中国社会科学出版社 2004 年版。

张志忠：《新时期以来中国现当代文学研究重要现象述评（1978—2008）》，武汉出版社 2009 年版。

周海波：《中国现代文学批评史论》，人民出版社 2002 年版。

朱国华：《文学与权力：文学合法性的批判性考察》，华东师范大学出版社 2006 年版。

朱立元：《当代西方文艺理论》，华东师范大学出版社 1997 年版。

庄晓东：《文化传播：历史、理论与现实》，人民出版社 2003 年版。

二　论文类

（一）学位论文

艾洁：《哈罗德·布鲁姆文学批评理论研究》，博士学位论文，山东大学，2011 年。

蔡敏：《二十世纪九十年代中国传媒文化转型研究》，博士学位论文，四川大学，2003 年。

蔡颖华：《沈从文文学经典化研究》，博士学位论文，福建师范大学，2011 年。

初清华：《新时期文学场域研究》，博士学位论文，苏州大学，2006 年。

高艳芳：《中国白蛇传经典的建构与阐释》，博士学位论文，华中师范大学，2014年。

李明德：《当代中国文化语境中的文学期刊研究》，博士学位论文，兰州大学，2006年。

李兆前：《范式转换：雷蒙德·威廉斯的文学研究》，博士学位论文，首都师范大学，2006年。

林宛莹（LIM WOAN YIN）：《传统的再生：中国文学经典在马来西亚的伦理接受》，博士学位论文，华中师范大学，2014年。

罗昔明：《消费主义视域下经典的生成与延存》，博士学位论文，华东师范大学，2011年。

施敏：《思想教育与经典建构》，博士学位论文，南京大学，2012年。

王健：《"经典焦虑症"透视——"后文学"视野中的"经典问题"研究》，博士学位论文，吉林大学，2010年。

王晶：《从文学经典到数码影像》，博士学位论文，上海师范大学，2010年。

王艳荣：《1993：文学的转型与突变》，博士学位论文，吉林大学，2012年。

易图强：《新中国畅销书历史嬗变及其与时代变迁关系研究（1949.10—1989.5）》，博士学位论文，湖南师范大学，2012年。

张红军：《鲁迅文学经典与现代传媒的关系》，博士学位论文，辽宁大学，2011年。

张悠哲：《新时期以来文学戏仿现象研究》，博士学位论文，吉林大学，2013年。

赵宏丽：《中国古代文学经典的数字影视媒介化研究》，博士学位论文，东北师范大学，2013年。

赵黎波：《新时期文学批评的启蒙话语研究》，博士学位论文，复旦大学，2007年。

周春霞：《红色经典的文本张力与生产机制》，博士学位论文，北京师范大学，2008年。

（二）期刊论文

鲍海波：《审美现代性视阈中的媒介文化及其审美属性》，《新闻大学》2009年第3期。

鲍海波：《文化转向与媒介文化研究的任务》，《新闻与传播研究》2006年第3期。

蔡志诚：《批评的踪迹与现代性测绘：九十年代文化研究的一种考察》，《海南师范学院学报》（社会科学版）2007年第1期。

查尔斯·伯恩海默：《比较的焦虑》，《电影艺术》1998年第2期。

畅广元、李继凯等：《关于当前文学批评的对话》，《小说评论》1995年第2期。

陈静：《省思文学传统和经典：从艾略特到布鲁姆》，《理论月刊》2010年第7期。

陈力丹：《传媒推动社会思想解放的上世纪80年代》，《今传媒》2009年第10期。

陈平原：《近百年中国精英文化的失落》，《二十一世纪》1993年第6期。

陈平原等：《人文学者的命运及选择》，《上海文学》1993年第9期。

陈思和：《关于"重写文学史"》，《文学评论家》1989年第2期。

陈思和：《知识分子在现代社会转型期的三种价值取向》，《上海文化》1993年创刊号。

陈婷：《浅析红色经典影视剧改编热背后的大众信仰危机》，《电影文学》2007年第13期。

陈晓明：《"历史终结"之后：九十年代文学虚构的危机》，《文学评论》1999年第5期。

陈晓明：《经典焦虑与建构审美霸权》，《山花》2000年第9期。

陈祖君：《论作为文化传播媒介的1980年代文学期刊》，《文艺理论与批评》2006年第5期。

程光炜：《"鲁郭茅巴老曹"之说是怎样产生的》，《南方周末》2001年9月29日。

程军：《当代戏仿的兴盛与经典的"危机"》，《天府新论》2013年第6期。

邓正来等：《构建中国的市民社会》，《中国社会科学辑刊》1992年第4期。

董健等：《我们应该怎样重写中国当代文学史》，《江苏行政学院学报》2003年第1期。

樊骏：《〈丛刊〉又一个十年（1989—1999）——兼及现代文学学科在此期间的若干变化（上）》，《中国现代文学研究丛刊》2000年第2期。

樊骏：《〈中国现代文学研究丛刊〉十年（1979—1989）》，《中国现代文学研究丛刊》1990年第2期。

范玉刚：《"经典不再"时代的文艺学何为》，《人文杂志》2009年第1期。

冯奇：《现代性的沉重脚步——启蒙与反启蒙运动在中国》，《鲁迅研究月刊》1998年第9期。

傅守祥：《经典美学的危机与大众美学的崛起》，《中国社会科学院研究生院学报》2007年第2期。

盖生：《"文学终结论"疑析：兼论经典的文学写作价值的永恒性》，《文艺理论研究》2006年第2期。

葛红兵：《二十世纪的中国文学没有大师和经典》，《大舞台》2000年第3期。

葛红兵：《为二十世纪中国文学写一份悼词》，《芙蓉》1999年第6期。

郭镇之：《中国电视剧三十年》，《当代电视》1988年第5期。

贺桂梅：《80—90年代对"五四"的重构》，《中国现代文学研究丛刊》1999年第4期。

洪子诚等：《当代文学史写作及相关问题的通信》，《文学评论》2002年第3期。

洪子诚：《中国当代的"文学经典"问题》，《中国比较文学》2003年第3期。

胡耀邦：《关于党的新闻工作》，《新闻战线》1985年第2期。

黄发有等：《没有大师的时代：对近三十年中国文学的一种反思》，《上海文学》2008年第1期。

黄浩：《从"经典文学时代"到"后文学时代"——简论"后文学社会"的五大历史特征》，《文艺争鸣》2002年第6期。

黄浩等：《从文学信仰时代到文学失仰时代：对文学经典主义的批判》，《吉林大学社会科学学报》2007年第4期。

黄浩等：《文学经典主义批判：兼答盖生先生》，《吉林大学社会科学学报》2005年第3期。

黄怀军：《解读文学经典的当代危机》，《理论与创作》2008年第1期。

黄曼君：《回到经典重释经典：关于20世纪中国新文学经典化问题》，《文学评论》2004年第4期。

黄曼君：《中国现代文学经典的诞生与延传》，《中国社会科学》2004年第3期。

黄升民：《"媒介产业化"十年考》，《现代传播》2007年第1期。

黄升民：《虚拟还是现实：再描广播电视媒介的市场竞争版图》，《现代传播》2001年第1期。

J. 希利斯·米勒：《"论全球化对文学研究的影响"》，《当代外国文学》1998年第1期。

J. 希利斯·米勒：《现代性、后现代性与新技术制度》，《文艺研究》2000年第5期。

季中扬：《文学经典危机与文学教育》，《江西社会科学》2007年第8期。

蒋子龙：《"大师事件"余论》，《天津师范大学学报》（社会科学版）2004年第5期。

蒋子龙：《反省"大师事件"》，《文学自由谈》2005年第1期。

旷新年：《民族国家想象与中国现代文学》，《文学评论》2003年第1期。

旷新年：《视阈的转换：从"追求现代化"到"反思现代性"》，《西南民族大学学报》（人文社会科学版）2012年第1期。

李继凯：《方法、眼光及现代文学史建构》，《文学评论》2005年第6期。

李继凯：《中国现代文学史理论品格的缺失现象》，《福建论坛》（人文社会科学版）2013年第4期。

李庆西：《作家的排座次》，《文艺评论》1995年第1期。

李杨：《"好的文学"与"何种文学"、"谁的文学"》，《南方文坛》2003年第1期。

李玉平：《文学选集与文学经典的生成》，《文艺评论》2010年第3期。

李泽厚：《启蒙与救亡的双重变奏》，《走向未来》1986年创刊号。

梁新俊：《关于"重写文学史"争鸣概述》，《文艺争鸣》1990年第3期。

刘晗：《文学经典的建构及其在当下的命运》，《吉首大学学报》2003年第4期。

刘文辉：《颠覆与转向：20世纪90年代传媒文化转向观察》，《当代传播》2010年第2期。

刘象愚：《经典、经典性与关于"经典"的论争》，《中国比较文学》2006年第2期。

刘忠：《"文学史"书写的漫长之旅行：兼论文学经典的流动性》，《文艺研究》2011年第12期。

罗钢等：《雅俗及其他》，《文艺争鸣》1993年第4期。

麦斯威尔·麦考姆斯：《制造舆论：新闻媒介的议程设置作用》，《国际新闻界》1997年第5期。

孟繁华：《文学经典的确立与危机》，《创作评谭》1998年第1期。

孟繁华：《新世纪：文学经典的终结》，《文艺争鸣》2005年第5期。

南帆：《当代文学史写作：共时的结构》，《文学评论》2008年第2期。

南帆：《经典与我们时代的文学》，《钟山》2000年第5期。

彭兰：《媒介融合时代的合与分》，《中国记者》2007年第2期。

曲辰：《请读〈经典常谈〉》，《江苏教育》1983年第6期。

施秋香等：《文学经典危机及其论争述评》，《电影文学》2007年第19期。

苏琴琴：《流动中的文学经典——20世纪中国的四次文学经典危机回溯》，《暨南学报》（哲学社会科学版）2013年第4期。

苏云等：《大学生经典阅读危机与对策分析》，《山东图书馆学刊》2013年第4期。

孙立平：《总体性社会研究》，《中国社会科学辑刊》1993年第1期。

谭旭东：《也谈电子媒介与文学经典的当代危机》，《绥化学院学报》2008年第4期。

陶东风：《"大话文化"与文学经典的命运》，《中州学刊》2005年第4期。

陶东风：《大话文学与消费文化语境中经典的命运》，《天津社会科学》2005年第3期。

陶东风：《精英化—去精英化与文学经典建构机制的转换》，《文艺研究》2007年第12期。

陶东风：《去精英化时代的大众娱乐文化》，《学术月刊》2009年第5期。

陶东风：《全球化、后殖民批评与文化认同》，《东方丛刊》1999年第1辑。

陶东风：《双重文化语境中的中国大众文艺》，《电视艺术》1993年第4期。

陶东风：《文化经典在百年中国的命运》，《文艺理论研究》1995年第3期。

陶东风：《文学的祛魅》，《文艺争鸣》2006年第1期。

陶东风：《文学的知识生产与文学研究的机制创新》，《当代文坛》2007年第3期。

陶东风：《文学经典与文化权力（上）——文化研究视野中的文学经典问题》，《中国比较文学》2004年第3期。

陶东风：《新文学三十年：从精英化到去精英化的历程》，《语文建设》2009年第1期。

陶水平：《当下文学经典研究的文化逻辑》，《黑龙江社会科学》2007年第1期。

特里·伊格尔顿：《当代文化的危机》，《天涯》1999年第3期。

童庆炳：《文学批评首先要讲常识》，《中华读书报》1998年3月25日。

童庆炳：《文学经典建构诸因素及其关系》，《北京大学学报》（哲学社会科学版）2005年第5期。

丸山昇等：《现代文学史研究漫谈》，《现代文学研究丛刊》1992年第4期。

汪晖：《当代中国的思想状况与现代性问题》，《文艺争鸣》1998年第6期。

汪晖：《预言与危机：中国现代历史中的"五四"启蒙运动》，《文学评论》1989年第3期。

王健：《后文学时代的经典价值危机》，《长春大学学报》2013年第1期。

王健、刘素敏：《后文学时代的"经典焦虑症"》，《大连理工大学学报》（社会科学版）2012年第1期。

王妮娜：《"红色经典"现象与大众文化认同危机》，《唐都学刊》2005年第3期。

王宁：《"文化研究"与经典文学研究》，《天津社会科学》1996年第5期。

王宁：《经典化、非经典化与经典的重构》，《南方文坛》2006年第5期。

王宁：《全球化语境下汉语疆界的模糊与文学史的重写》，《甘肃社会科学》2004年第5期。

王宁：《文化研究：西方与中国》，《国外文学》1996年第2期。

王宁：《文学的文化阐释与经典的形成》，《天津社会科学》2003年第1期。

王宁：《文学经典的构成和重铸》，《当代外国文学》2002年第3期。

王宁：《文学研究疆界的扩展和经典的重构》，《外国文学》2007年第6期。

王晓明等：《旷野上的废墟：文学与人文精神危机》，《上海文学》1993年第6期。

王瑶：《中国现代文学研究的现状与前景：在"现代文学研究创新座谈会"上的讲话》，《中国现代文学研究丛刊》1985年第4期。

王一川：《我选二十世纪中国小说大师》，《文学自由谈》1994年第4期。

温儒敏：《文学走向死亡？》，《文学自由谈》1993年第4期。

吴福辉：《进入"历史"的茅盾》，《博览群书》1996年第9期。

吴兴明：《从消费关系座架看文学经典的商业扩张》，《中国比较文学》2006年第1期。

吴义勤：《在怀疑与诘难中前行：20世纪90年代中国文学批评的反思》，《山东文学》2003年第6期。

向怀林：《消费时代的经典碎片：一种文化秩序的终结与重组》，《河北师范大学学报》（哲学社会科学版）2009年第2期。

肖滨：《经典：在问和答的结构之中》，《江海学刊》2004年第1期。

谢有顺：《大师没有现身》，《当代作家评论》1998年第6期。

许纪霖：《道统、学统与政统》，《读书》1994年第5期。

《新周刊》编辑部：《20年中国备忘录：20年来最有影响的20本书》，《新周刊》1998年第22期。

杨增和：《文学经典：跨时段的多维张力空间》，《文艺理论与批评》2007年第3期。

应小敏等：《消费时代的经典文化危机与审美范式转换》，《艺术百家》2009年第3期。

渝生：《有幸于茅盾被除名》，《文艺理论与批评》1996 年第 2 期。

余岱宗：《文学经典："筛选"与"危机"》，《东南学术》2007 年第 1 期。

俞子林：《艰难的历程：出版〈中国现代文学史参考资料〉的回忆》，《出版史料》2009 年第 1 期。

喻国明：《传媒发展：从"增量改革"到"语法改革"——小议中国媒介改革逻辑的转型》，《青年记者》2007 年第 11 期。

喻国明：《中国媒介产业的现实发展与未来趋势》，《中国人民大学学报》2001 年第 1 期。

曾子师：《"大师"膨胀之忧》，《学理论》1995 年第 8 期。

张春田：《"新启蒙"到"后革命"——重思"90 年代"的中国现代文学研究》，《现代中文学刊》2010 年第 3 期。

张国功：《语境与意义：关于百年中国文学经典的争论》，《创作评谭》1998 年第 3 期。

张积玉：《当代人文社会科学发展趋势探析》，《复旦学报》（社会科学版）2009 年第 3 期。

张积玉：《现当代文学研究应重视资料的"田野调查"》，《陕西师范大学学报》（哲学社会科学版）2005 年第 5 期。

张积玉：《中国期刊业发展趋势探析》，《陕西师范大学学报》（哲学社会科学版）2003 年第 4 期。

张建永等：《媒体知识分子与经典的危机》，《文艺评论》2008 年第 1 期。

张丽军：《新世纪文学经典化危机及其建构途径》，《南方文坛》2012 年第 2 期。

张柠：《没有经典的时代》，《粤海风》1998 年第 1 期。

张柠：《文学批评与文化批评》，《文艺争鸣》1997 年第 2 期。

张荣翼：《两种文学经典的夹缝中：中国现当代文学的文化语境》，《清华大学学报》（哲学社会科学版）2007 年第 5 期。

张荣翼:《文学经典的类型及其意义》,《中南民族大学学报》(社会科学版)2010年第1期。

张荣翼:《文学经典机制的失落与后文学经典机制的崛起》,《四川大学学报》(哲学社会科学版)1996年第3期。

张荣翼:《文学史,文学经典化的历史》,《河北学刊》1997年第4期。

张荣翼:《走向后经典形态的文学批评》,《社会科学》2008年第11期。

张绍林:《电视剧〈水浒传〉的拍摄构想之一》,《中国电视》1998年第2期。

张辛欣:《作家谈电影》,《当代电影》1985年第5期。

张旭东:《后现代主义与中国现代性》,《读书》1999年第12期。

张耀杰:《慎重对待名著:电视连续剧〈雷雨〉座谈纪要》,《中国戏剧》1997年第7期。

张颐武:《对"现代性"的追问:90年代文学的一个趋向》,《天津社会科学》1993年第4期。

张颐武:《文化研究与大众传播》,《现代传播》1996年第2期。

张咏华:《试论媒介文化和"赛博文化"的关系》,《新闻大学》2003年第9期。

赵学勇:《消费文化语境中文学经典的处境和命运》,《陕西师范大学学报》(哲学社会科学版)2006年第5期。

赵学勇:《转折·构建·流变:论中国当代文学"新方向"的确立及历史实践》,《陕西师范大学学报》(哲学社会科学版)2010年第3期。

赵勇:《文化批评:为何存在和如何存在:兼论80年代以来文学批评的三次转型》,《当代文坛》1999年第2期。

郑闯琦:《当代文学研究的四种文学史观和三条现代性线索》,《唐都学刊》2004年第3期。

郑润良:《"反现代的现代性":新左派文学史观萌发的语境及其问

题》,《福建论坛》(人文社会科学版) 2010 年第 4 期。

周宪:《反思视觉文化》,《江苏社会科学》2001 年第 5 期。

周宪:《重建阅读文化》,《学术月刊》2007 年第 5 期。

朱国华:《大众媒介时代的文学批评》,《四川大学学报》(哲学社会科学版) 2007 年第 3 期。

朱国华:《文学"经典化"的可能性》,《文艺理论研究》2006 年第 2 期。

朱水涌:《五四与新时期:百年文学的不解纠葛》,《文艺理论研究》1999 年第 4 期。

三　报纸、电子文献及其他

(一)报纸类

陈戎:《我们是否还需要文学经典》,《北京日报》2000 年 8 月 30 日第 13 版。

黄浩:《文学经典主义批判的历史理由》,《文艺报》2006 年 7 月 4 日第 2 版。

金宏宇:《90 年代的文学经典化之争》,《光明日报》1999 年 6 月 24 日。

李承鹏:《中国文学处于"最好蒙的时代"》,《羊城晚报》2009 年 10 月 31 日。

林健辉:《中国文学处于"最好的时候"是痴人说梦》,《羊城晚报》2011 年 11 月 14 日。

孟繁华:《传媒与社会主义文化领导权》,《文艺报》2000 年 12 月 12 日。

陶东风:《论王蒙的"狂欢体"写作》,《文学报》2000 年 8 月 3 日第 3 版。

陶东风:《消费文化语境中的经典》,《人民日报》2005 年 3 月 24 日。

铁凝等:《伟大时代为何难觅伟大作品》,《光明日报》2010 年 4 月 14 日。

武建奇:《从经典危机到现代危机》,《河北日报》2009 年 4 月 21 日。

张联:《经典的危机》,《人民日报》2009年4月19日。

张柠:《中国作家根本写不出"伟大的小说"》,《南方都市报》2005年5月24日。

(二)报告

《中国广播电视年鉴》(1991—1992),中国广播电视出版社1992年版。

中国出版工作者协会:《中国出版年鉴》(1985),商务印书馆1985年版。

中国出版工作者协会:《中国出版年鉴》(1986),商务印书馆1986年版。

中国年鉴社:《中国年鉴》(1990),中国年鉴出版社1990年版。

(三)电子文献

《中国互联网络发展状况统计报告》,中国互联网络信息中心,http://www.cnnic.net.cn。

德永健:《王蒙称中国是文学大国中国文学处在最好时期》,2009年10月,中国新闻网,http://www.chinanews.com。

吴跃农:《80年代邓小平第一个接见的香港同胞为何是金庸?》,2014年8月,人民网,http://www.people.com.cn。

四 外文类

Carlyle Reader, *Selections from the Writings of Thomas Carlyle*, Cambridge: University of Cambridge Press, 1986.

Bloomfield M. W. & Dunn, *The Role of The Poet In Early Societies*, Cambridge: D. S. Brewer, 1989.

E. Dean Kolbas, *Critical Theory and the Literary Canon*, Westview Press, 2001.

Frank Lentricchia, *After the New Criticism*, Chicago: The University of Chicago Press, 1980.

Harold Bloom, *The Anxiety of Influence: A Theory of Poetry*, Oxford: Oxford University Press, 1973.

Jan Gorak, *The Making of the Modern Cannon: Genesis and Crisis of a Literary Idea*, London: Athlone Press, 1991.

Leavis, F. R., *For Continuity*, Cambridge: The Minority Press, 1933.

Linda Hutcheon, *A Theory of Parody: The Teachings of Twentieth-Century Art Forms*, Urbana and Chicago: University of Illinois Press, 2000.

Louise Cowan and Guinness (ed.), *Invitation to the Classics*, MI: Baker Book House Company, 1998.

Margaret A. Rose, *Parody: Ancient, Modern and Postmodern*, Cambridge: Cambridge University Press, 1993.

Marjorie Ferguson & Peter Golding, *Cultural studies in Question*, London: Sage Publication, 1997.

Matthew Arnold, *Essays in Criticism*, German: Nabu Press, 2010.

Mcluhan Marshall, *Understanding Media: The Extensions of Man*, New York: McGraw Hill, 1964.

Raymond Williams, *Keywords: A Vocabulanry of Culture and Society*, London: Fontana Paperbacks, 1976.

Simon Dentith, *Parody*, London: London and New York Routledge Press, 2000.

T. S. Eliot, *T. S. Eliot: Selected Essays*, London: Faber 8c Faber, 1999.

后　　记

　　2001年，我开始读硕士研究生，站在学术研究的门口踮脚眺望。在师大教学十楼学报编辑部的办公室里，导师张积玉先生要求刚入学的我们，重视积累史料，回到历史语境，扎扎实实做现代文学期刊研究。那年我22岁，有些任性、不谙世事，坐不住冷板凳，偶尔向往象牙塔外的花花世界。于是，硕士毕业论文，我选择了现代文学中最"洋气"、最"现代"、最"异质"、最"躁动"的流派——"新感觉派"，去描摹摩登上海的光怪陆离，目迷五色。当时自己写得畅快淋漓，现在想来，却非常感谢老师对我的宽容、包容和理解。

　　毕业后在高校工作，最初的几年按部就班，忙着备课、结婚、生子，也做一些行政工作。这样到了第五个年头，或许是三十而立的压力自然来袭，似乎人生可以一眼看到头，生出一种莫名的恐慌感。那时候，学校开始大量引进博士毕业生，这种压力也更大了。2009年，我30岁，决定考博。

　　2010年9月，我再次回到母校新闻与传播学院，继续跟随张积玉老师攻读博士学位，研究的方向是文艺与文化传播。虽然有家庭、工作和孩子的压力，但再次做回学生，又是在一个新的领域中，我很兴奋，充满力量。还记得报名那天的自己，带着新鲜、期待，走在本已经很熟悉的校园里，道路两旁的每一片叶子都透着光。那之后，每个周末，三岁的儿子都知道，妈妈要去上学啦，下午五点可以去接妈妈放学。有课的上午，我会提前一个小时到学校，找一个安静的角落，看书、思考、发呆。现在回想起来，那时距离现在似乎并不遥远。老师们全心投入讲课的样子，同学们讨论发言的样子，课后交流聊天的样子，光从窗户里照进老校区图书馆四楼阅览室的样子，孩子在学校操场上奔跑的样子……都还历历在目。

也是在这一年的9月，诸如"鲁迅文章被踢出教材"的一系列标题党新闻引起了我的注意。大约从2006年开始，每年开学季，媒体上都有关于中小学语文课本篇目调整的报道，到了2010年，微博如火如荼地发展的好年份，这样的话题上了微博的热门，引起来更为广泛的社会关注。网络上，叫好的人有之。他们认为鲁迅某些作品内容很难理解，文章里的语句比较拗口；表示担忧的人亦有之。我属于后者。虽然从鲁迅创作之日起，批评的声音就没有停止过，但鲁迅作品中探讨人性幽微之深入、批判精神之彻底、文学格式之特别……这些都堪为现代文学史上的典范。或许是因为硕士阶段学习中国现当代文学的缘故，对于鲁迅，我总有一份特别的关注，特别的情怀。因此，2010年秋天，有关鲁迅的话题引起我的注意。

在此后的半年时间里，我的关注点从鲁迅的文章到中小学语文选本，从入选篇目的标准到文学经典的价值，从文学经典到大众阅读趣味等，一个接一个的问题延伸开去，最终，"文学经典"和"媒介"这两个问题成为我研究的关键词。在2011年的一次交谈中，我把自己的一些粗浅的看法和研究兴趣同张积玉老师进行了交流。张老师非常支持，他认为这是一个重要的理论问题，有很大的研究价值和研究空间。老师鼓励我，虽然文学经典问题有理论难度，但非常值得研究。随后的多次探讨中，张老师帮助我一起梳理思路，逐步确立了研究的核心问题。

到今年，我师从张积玉先生已有20年。多年来，先生不仅给予我学业上的指导和帮助，还和师母王钜春老师一起，给予了我莫大的精神支持和生活上的关心。先生为学务实严谨、笔耕不辍，为人宽厚谦和、豁达明朗，为师循循善诱、因材施教，师母幽默爽朗、温暖慈爱。他们是我成长中的引领者和激励者。师恩如山如海，难以尽言，铭刻在心。

一路走来，遇到了很多帮助过的人。感谢李继凯先生，我始终记得第一篇学术论文是李继凯先生手把手教我完成的，他宏通的学术视野、勤勉的治学态度、深厚的学术涵养、儒雅的学术气质是我永远的榜样；感谢李震先生，在新闻与传播学院读博的几年中，李震先生待我如自己的弟子一般无二，他不但亲自授课，课后也常常给予提点。毕业之后，李震先生也一直在工作和研究中给予我无私的帮助，他洒脱不羁的诗人气质和智慧深邃的学者之思完美结合，让人向往。他们的学术成就、人格修养，是我效仿的楷模。

另外，在博士学位论文开题、预答辩、送审和答辩的各个环节，吴义勤教授、赵学勇教授、李震教授、李继凯教授、周燕芬教授、杨琳教授、鲍海波教授、袁盛勇教授、王荣教授、李春青教授、刘俊教授、黎风教授等诸位学者均对该书稿提出了富有指导性的中肯建议，督促我对相关问题做更深一步的思考，深表感谢。感谢清华大学彭兰老师，在人大一年的学习让我受益良多。感谢本书的编辑郭晓鸿博士，在本书的出版过程中，她给予我很多专业的指导和很好的建议。

本书得以出版，尤其要感谢我所在的单位西安财经大学各级领导和学术委员会的学术支持。感谢文学院的学术资助。感谢我的研究生陈燕、王明娟、张钰、尚芳芳、陈欣儿在书稿校对过程中的帮助。其他关心和帮助过我的师友在这里一并感谢。

张　颖

2020 年 7 月 21 日于西安